James
FREY

Le dernier testament de Ben Zion Avrohom

ROMAN

Traduit de l'anglais (États-Unis)
par Michel Marny

J'AI LU

Titre original :
THE FINAL TESTAMENT OF THE HOLY BIBLE

Éditeur original :
Gagosian Gallery

Il reviendra

Le Symbole des Apôtres

Ce livre a été écrit avec la coopération de, et après des entretiens approfondis, la famille, les amis et les adeptes de Ben Zion Avrohom, autrement appelé Ben Jones, autrement appelé le Prophète, autrement appelé le Fils, autrement appelé le Messie, autrement appelé le Seigneur Dieu.

MARIAANGELES

Il avait rien de spécial. Juste un Blanc. Un Blanc ordinaire. Cheveux bruns, yeux bruns, taille moyenne et poids moyen. Juste comme dix ou vingt ou trente millions d'autres Blancs en Amérique. Rien de spécial du tout.

La première fois que je l'ai vu c'était dans le couloir. Il y avait un appartement en face du mien qui était vide depuis un an. Généralement les appartements dans notre cité partent vite. C'est des HLM donc ils sont pas chers, pour ceux qui ont que dalle, même si on nous dit toujours le contraire, ils savent qu'ils auront toujours que dalle. Il y a des listes d'attente pour eux. De plus en plus longues. Mais personne voulait habiter dans celui-ci. Il avait mauvaise réputation. Le type qui y habitait était devenu fou. Il était normal. Vendait des souvenirs devant le Yankee Stadium et avait une femme et deux petits garçons, vraiment mignons. Puis il s'est mis à entendre des voix et des trucs, il a commencé à faire des grands discours à propos des diables et des démons et à raconter qu'il était le seul homme qui était entre nous et la fin. Il a perdu son boulot et s'est mis à s'habiller tout en blanc et à essayer de toucher la tête de tout le monde. Il s'est fait casser la gueule deux trois fois et son église lui a dit de ne plus venir. Il gueulait sur sa famille et écoutait de la musique d'orgue toute la nuit. Maudissait les démons et implorait le Seigneur. Hurlait comme un chien. Il laissait même pas sortir sa famille. On a plus entendu la musique et ça a commencé à sentir et maman a appelé les flics et ils l'ont trouvé pendu à la douche. Dans une robe blanche comme un moine. Suspendu à un fil électrique. On a trouvé sa femme et ses garçons avec de la bande d'isolation électrique autour des chevilles et des poignets et des sacs en plastique sur la tête. Il y avait un mot qui disait qu'ils étaient partis dans un monde meilleur. Peut-être que le Diable l'a pris ou les démons l'ont pris ou que son Seigneur l'a quitté. Ou peut-être qu'il en a juste eu marre. Et peut-être qu'il est vraiment allé dans un monde meilleur. Je sais pas, et je saurai probablement jamais, vu que je crois pas à ce que je crois. Et ça avait pas d'importance de toute façon. Tout le monde en a entendu parler et personne voulait habiter ici. Jusqu'à Ben. Il est arrivé avec un sac à dos et une vieille valise et s'est installé tout de suite. Peut-être qu'il savait pas ou qu'il s'en foutait de ce qui s'était passé. S'est installé tout de suite.

C'était le seul Blanc de l'immeuble. À part les juifs qui vendaient de l'alcool et des fringues, c'était le seul Blanc du quartier. Sinon on est tous Portoricains. Quelques Dominicains. Quelques enculés de Blacks de la vieille école. Tous pauvres. En colère. À se demander comment s'en sortir en sachant qu'il n'y a pas de réponse. C'était comme ça, comme c'est. Un ghetto dans une ville d'Amérique. Ils sont tous pareils. Ben semblait pas s'en rendre compte. Se foutait de pas être à sa place. Il allait et venait. Parlait à personne. Portait un genre de déguisement de flic pendant la semaine qui faisait marrer tout le monde. Restait chez lui la plupart du temps le week-end, sauf quand il sortait boire. Alors on le voyait évanoui sur les bancs devant les immeubles, près du terrain de jeux. Ou dans le couloir avec du vomi sur sa chemise. Une fois il est revenu en titubant un dimanche matin et son pantalon était tout mouillé et il essayait de chanter à pleins poumons un morceau de rap d'il y a vingt ans. Mon frère et ses copains ont commencé à le suivre en se foutant de sa gueule et tout, et il était trop bourré pour s'en rendre compte. On a commencé à penser qu'on savait pourquoi il vivait parmi nous. Pourquoi il s'en foutait de pas être à sa place, jurer dans le décor. On a pensé qu'il était pas le bienvenu là où il habitait avant. On voulait pas de lui. Et on s'était pas trompés, il s'était fait jeter par les siens, c'est juste pour la raison qu'on avait faux.

La première fois que je lui ai parlé c'était dans le couloir. C'était probablement six mois après qu'il avait emménagé et moi et ma fille on sortait de notre appartement pour aller prendre l'air devant l'immeuble. Il était là en caleçon et tee-shirt, la porte ouverte, son téléphone à la main. Ma fille avait genre un an et demi et commençait à apprendre quelques mots. Elle a dit hola et il a rien répondu. Elle est comme sa maman. Je dis quelque chose à quelqu'un, j'attends qu'il me réponde quelque chose. Tout le monde veut ça. Un minimum de respect. Être reconnu comme un être humain. Donc elle l'a redit et il est juste resté planté là. Alors j'ai dit hola enculé, tu peux pas être un enculé de voisin poli et répondre quelque chose. Et il a eu l'air nerveux et genre effrayé et il a dit pardon. Et alors ma fille a redit hola, et il lui a répondu et elle a souri et s'est serrée contre sa jambe et il a ri et je lui ai demandé ce qu'il faisait dans le couloir en caleçon avec la porte ouverte et le téléphone à la main. Il a dit qu'il attendait une nouvelle télé, qu'il en avait acheté une en promo et qu'on la lui livrait. Je lui ai dit qu'il avait intérêt à avoir une bonne serrure, qu'il y a des enculés dans le coin qui tueraient un enculé pour une bonne télé, sans blague. Il a juste souri, toujours l'air nerveux et effrayé et a dit ouais, je crois que la serrure est bonne, je vais vérifier. Et c'est tout. On l'a laissé là. À attendre sa télé.

Je sais que cette foutue télé est arrivée, parce qu'on a commencé à l'entendre. Bang bang bang. Des sacrées explosions. Des hélicoptères et des avions. Entendu pousser des cris et des beuglements, disant ouais ouais ouais, j'tai eu salopard, qu'est-ce que t'en dis maintenant, enculé, qu'est-ce que t'en dis maintenant.
On l'entendait faire les cent pas, tourner en rond. Ça nous a fait un peu peur parce qu'on aurait dit le dingue qui a tué sa famille et j'ai commencé à me demander si cet endroit était

vraiment maudit. Demandé à mon frère qui avait quitté l'école l'année d'avant moi et qui était encore là d'aller écouter à la porte. Mon frère a pris l'air super sérieux et a écouté vraiment tout près et s'est tourné vers moi et a dit c'est la merde, Mariaangeles, on a un cinglé qui joue aux jeux vidéo en face de chez nous, je ferais bien d'appeler mes gars pour s'occuper de ça. J'ai ri, et j'ai su que je m'étais plantée. Mais c'est comme ça dans cette vie, vous aimez les vôtres, et vous faites pas confiance à ceux qui sont pas comme vous. Si j'avais été habiter dans un quartier blanc et qu'un de mes voisins avait commencé à entendre des coups de feu et des hurlements, il y aurait eu un foutu bataillon de flics qui seraient venus défoncer ma porte à coups de lattes. C'est juste comme ça que c'est.

Mon frère aimait les jeux vidéo. Il a commencé à passer tout son temps dans cet appartement avec Ben. Ils ont acheté un jeu de basket et un jeu où on gagne des points en écrasant le plus possible de gens en bagnole. Ils se sont mis à regarder les matchs des Knicks et à boire de la bière et parfois à fumer de l'herbe. J'ai dit à mon frère de faire attention parce que les Blancs peuvent jouer des tours et on ne peut jamais savoir ce qu'ils veulent. J'ai pensé que tout ce qui s'était mal passé dans ma vie était à cause des Blancs, et la plupart avaient l'air juif. Mon papa a été envoyé en prison quand j'étais toute petite. Maman a dû faire des ménages presque toute sa vie. Mes professeurs, qui faisaient semblant de s'intéresser tellement à nous mais avaient juste la trouille de nous et nous traitaient comme des animaux, étaient des Blancs. Ce sont les flics, les juges, les proprios, le maire, les gens qui dirigent tout et qui ont tout. Et ils ne lâchent ni ne partagent rien. Les riches prennent soin des riches pour s'assurer qu'ils restent riches et ils parlent d'aider les pauvres, mais s'ils le faisaient vraiment, il n'y en aurait pas autant. Et c'était une chose d'avoir un Blanc qui habitait en face et lui dire salut de temps à autre ou de le regarder se bourrer ou porter son uniforme à la con, mais c'en est une autre d'avoir mon frère qui passe tout son temps avec lui. Je ne pensais pas qu'il en sortirait quelque chose de bon.

Mon frère m'a jamais écoutée. Jamais. J'aurais aimé, il serait encore avec nous. Mais cette fois-ci il avait raison et j'avais tort. Même avant qu'il sache, avant qu'il devienne ce qu'il est devenu, avant la révélation, Ben était OK. Rien de plus, rien de moins, juste okay. Je l'ai compris la première fois que mon frère m'a emmenée là-bas. Il en avait marre que je lui dise tout le temps que le Blanc n'était pas bon, et un jour il dit ou tu viens avec moi et tu verras qu'il est cool ou tu arrêtes de me reprocher de passer tout mon temps là-bas et tu la fermes. Je suis pas du genre à la fermer, rien que quelques fois dans toute ma vie, donc je suis allée avec lui. On s'est assurés que maman allait bien et on a traversé le couloir et on a frappé à la porte et il a ouvert dans son caleçon et son tee-shirt plein de sauce tomate et mon frère a commencé à parler.
Ça baigne, Ben ?
Ben a essuyé un peu la graisse qu'il avait sur la figure et lui a répondu.

Ça baigne, Alberto.
Je te présente ma sœur Mariaangeles
et sa fille Mercedes.
Ouais, je les ai déjà rencontrées.
Ben m'a regardée.
Comment ça va ?
Je lui ai filé un regard de travers.
Tu nous invites ?
Je présume.
Il a ouvert la porte. Nous a laissés passer.
Et on est entrés et j'ai commencé à regarder autour de moi. Grosse télé dans le living. Un vieux canapé sale avec des brûlures de cigarettes qui ressemblait à un vieux tapis. Des DVD et des télécommandes. La cuisine était dégueulasse. Cartons de pizza. Boîtes vides de soupe et de nouilles avec les cuillères et les fourchettes encore dedans. Sacs-poubelle pleins par terre. J'ai ouvert le frigo parce que je pensais prendre un soda ou quelque chose et tout ce qu'il y avait dedans c'était du ketchup et c'était tout. Ça sentait la vieille bouffe et la bière éventée. Suis allée dans la chambre et il y avait un matelas et un oreiller. Des vêtements au sol. Dans le placard il y avait son uniforme pendu, et c'était la seule chose qui avait l'air un peu soignée. Salle de bains, la salle de bains où l'homme s'était pendu, était pire que la cuisine. Taches dans la cuvette et le lavabo. Mouchoirs en papier qui débordaient d'une petite poubelle. Pas de papier toilette en vue et je doute qu'il l'a jamais nettoyée. Même d'après nos critères habituels, cet endroit était moche. Et pire que moche ou horrible ou dégoûtant, il était juste triste. Vraiment triste. Comme s'il savait pas. Comme s'il pensait que c'était normal pour

un adulte de vivre comme ça. Me suis dit qu'il avait personne dans sa vie qui pensait à lui. Comme s'il était tout seul. Seul dans un endroit où il n'avait pas sa place parce qu'il n'avait nulle part où aller, et personne à retrouver. Qui aurait fait quelque chose s'il avait été là. Mais il n'y était pas. Il était tout seul. Je suis retournée dans le living. Bang bang bang. Lui et Alberto en train de tirer sur des nazis, leur lancer des grenades. Mercedes assise par terre qui suçait sa couverture et regardait des gens exploser sur l'écran. Trop. Il y a déjà assez de laideur dans le monde sans faire semblant d'en rajouter. Trop, j'ai dit et j'ai donné une claque à Alberto sur l'arrière de la tête. Il s'est énervé, a dit tu savais ce qu'on fait ici, t'étais pas obligée de venir. J'ai dit joue à un autre jeu, joue à un jeu où on est pas obligé de voir du putain de sang gicler partout, et Ben a dit on va jouer au basket et a changé de disque. Pendant qu'il faisait ça je lui demande d'où il vient et il dit Brooklyn, et je demande s'il a de la famille là-bas, et il dit oui. Je lui demande s'il les voit, il dit non. Je lui demande pourquoi et il dit je les vois pas c'est tout. Je lui dis depuis combien de temps et il dit longtemps. Je lui demande quel âge il a et il dit trente, je lui demande où il habitait avant et il dit qu'il veut pas en parler. Les réponses m'ont rendue triste. J'ai toujours pensé que les Blancs avaient de bonnes vies. Même les pires étaient mieux lotis que moi et tous ceux que je connaissais. Juste ce que je croyais. Mais ce type était pas mieux loti. Moins bien. Juste lui et ses jeux vidéo et son appartement de merde où personne voudrait vivre. Moi au moins j'avais ma fille et ma famille. Il était moins bien loti.

Ils ont recommencé à jouer et ça me plaisait pas d'être ici parce que c'était triste et déprimant alors j'ai pris Mercedes et on est rentrées chez nous. Et ça a été tout. Pendant un bon moment. Six ou neuf mois ou je sais pas. Alberto jouait aux jeux vidéo avec Ben. Je le voyais dans le coin. Avec son uniforme si c'était le jour, bourré si c'était la nuit, parfois en sous-vêtements dans le couloir s'il attendait une pizza. J'ai eu dix-huit ans. Suis sortie avec des copines de la cité et des copines de quand j'étais à l'école. Elles avaient toutes environ mon âge, presque toutes dans une situation pareille à la mienne : pas de diplôme, un gosse ou deux et quelques-unes trois, copain juste dans le coin mais pas vraiment là, pas moyen de s'en sortir. Juste des moyens de tenir la journée ou la semaine ou le mois. Une des filles avait des beaux vêtements et une belle montre et sentait bon genre parfum cher et elle a commencé à dire qu'elle travaillait comme danseuse et se faisait plein de blé. A dit qu'il fallait avoir dix-huit ans, mais qu'on pouvait se faire trois, quatre, peut-être cinq cents dollars en une nuit en dansant dans des clubs. On a commencé à dire qu'elle faisait la pute mais elle a dit non, elle dansait nue sur une scène et dansait sur les genoux des types dans une pièce privée et qu'ils lui donnaient des billets. Que c'était facile. Des types de Manhattan venaient, disaient à leurs femmes qu'ils avaient des réunions ou travaillaient tard, ou venaient après un match de baseball au Yankee Stadium. Ils étaient stupides et c'était facile de leur faire croire qu'ils baisaient et plus on pouvait le leur faire croire plus ils vous payaient. Elle a dit que c'était pas un job de rosière de frotter son cul et ses seins contre un mec mais qu'on était pas des rosières, et une bonne douche à la fin de la nuit et elle se plaignait pas, surtout parce qu'elle se faisait un max de blé. Elle a dit que peut-être elle allait quitter le quartier. Trouver un endroit où ses gosses pourraient aller dans une bonne école. Parce que même si presque toutes on avait laissé tomber les études, on savait que la seule manière de s'en tirer pour de vrai était une éducation. Juste qu'aucune y était arrivée.

Le lendemain j'ai appelé la fille. Elle m'a emmenée au club. J'ai rencontré le gérant. Gros Blanc de Wetschester. Il m'a fait mettre en culotte et soutien-gorge et lui montrer comment je dansais. M'a fait frotter mon cul contre sa braguette et frotter mes nichons contre sa poitrine et murmurer des trucs que sa femme voulait pas lui dire dans son oreille. Ses mains ont commencé à se balader et je lui ai demandé ce qu'il faisait et il a dit qu'il faisait faire un tour de circuit à toutes les filles avant de les lâcher dans la course. M'a donné envie de gerber mais j'avais besoin de l'argent maman ne travaillait pas et qui sait ce qu'Alberto foutait. M'a donné envie de gerber. Mais je l'ai laissé faire. Je lui ai laissé faire n'importe quoi et tout. M'a fait faire un tour de circuit. M'a donné foutrement envie de gerber.

Commencé à travailler quelques jours plus tard. Ce n'était pas dur mais il fallait que je ferme une partie de mon cœur, une partie de mon âme. J'avais déjà été avec trois hommes. Un quand j'avais douze ans. Le père de Mercedes, avec qui j'étais quand j'avais quatorze ans jusqu'à ce que je le quitte quand j'avais dix-sept. Le gérant. Sauf pour le gérant, j'avais attendu. Essayé de m'assurer qu'ils m'aimaient. Je sais que je les aimais. Aurais fait n'importe quoi pour eux. Aurais tué pour eux ou serais morte pour eux. Montée sur la croix pour eux. Je croyais qu'ils sentaient pareil, aimaient pareil. Mais l'amour est différent pour chaque personne. Pour certains c'est la haine, pour certains c'est la joie, pour certains c'est une torture, pour certains c'est la paix. Pour certains c'est tout. Pour moi. Tout. Et laisser un homme me toucher comme ça, ou toucher un homme comme ça, il avait toujours fallu que j'aime. Alors j'ai baissé le rideau dessus. Fermé. Enterré quelque part. Et j'ai dansé et touché et murmuré et les ai fait bander et les ai emmenés aussi loin que je pouvais et leur ai pris autant que je pouvais. Ils le savaient pas mais ils me prenaient encore plus. Une douche à la fin de la nuit ne suffisait pas. Pas du tout. Nettoyait rien.

Trois nuits par semaine je travaillais, parfois quatre. Commencé à économiser. Acheté à Mercedes des vêtements que personne avait jamais portés, des chaussures rien qu'à elle, toutes neuves. Acheté à maman un chandail et des magazines neufs toutes les semaines. Pas mis d'argent en banque parce que je sais ce qui arrive avec les Blancs et leurs banques. Je l'ai planqué. Quand Alberto regardait pas. Où personne n'irait voir. Deux mois, deux mois encore. En faisant de l'argent mais en ayant mal. Et changeant. J'ai commencé à plus en pouvoir de me garder fermée et dure tout le temps. Une fille m'a donné du shit à fumer et ça a aidé. Alors j'en ai pris encore. Et ça a aidé. Plus qu'une douche ou n'importe quoi d'autre. Mais quand ça passait je commençais à avoir plus mal donc j'en prenais plus. Dormant et travaillant et me défonçant. Commençant à faire des trucs que j'aurais jamais faits avant parce que je m'en foutais, parce que j'avais si mal qu'un peu plus n'était rien. Et ça a rapporté plus de blé. Une nuit je travaillais et Ben est entré et une des filles a souri et a dit salut toi. Et je lui posé des questions sur lui et elle m'a dit que c'était un bon pigeon. Venait avec sa paye se bourrait la gueule et claquait tout son blé. Je lui ai dit qu'il habitait dans mon immeuble et qu'il était à moi. Elle a commencé par gueuler une minute jusqu'à ce que je lui dise jusqu'où j'étais prête à aller. Je claquais trop et il m'en fallait plus. Maman était malade et Mercedes était malade et il fallait que je les envoie au docteur et j'avais pas d'assurance. Et il m'en fallait plus.

Je suis allée le voir. Il était déjà bourré. Il a souri et a dit salut et j'ai dit salut chéri, contente de te voir ici. Et je ne lui ai même pas demandé. Pris sa main. L'ai emmené dans la pièce où on faisait les danses. Et je l'ai travaillé, lui donnant tout ce que ces hommes voulaient et murmurant dans son oreille tout ce qu'on pourrait faire chez nous maintenant que je savais quel genre de type il était. Je lui ai dit que j'avais envie de lui sucer la queue et que j'avais envie qu'il me baise, que je le chevaucherais toute la journée et toute la nuit, et que rien que d'y penser ça me faisait mouiller. Et j'ai pas arrêté de commander des verres et de le faire boire. Et j'ai continué. Et il a marché. Et il en voulait encore. Et après une heure il était parti. Son esprit était parti et son argent était parti. Et j'ai eu honte parce que je savais qui c'était et je savais qu'il était pas mauvais. Juste triste. Et seul. Un homme sans rien ni personne, seul dans cet appartement où personne d'autre aurait voulu vivre, avec sa télé et ses jeux et ses cartons de pizza ses boîtes de soupe et ses poubelles et son matelas triste et sa salle de bains sale. C'est ça qu'il était. Il s'est évanoui. Là dans le fauteuil avec mon cul entre ses cuisses. Les videurs sont venus le chercher. Il n'avait pas de carte d'identité ni de permis de conduire ni de carte de crédit. Rien avec son nom ou son adresse ni rien. Je leur ai dit que c'était mon voisin et que je savais où il habitait. Ils allaient le jeter dans la rue, dans le caniveau. Le laisser là. Laisser se passer tout ce qui pourrait se passer. Il y avait déjà été, je sais. Et il lui était arrivé des merdes, je savais bien. Je leur ai dit que je pourrais au moins le ramener à l'immeuble. Je venais de lui prendre tout ce qu'il avait et je pensais que je pouvais au moins faire ça. On a appelé un taxi et on l'a mis tout endormi à l'arrière. Je me suis assise à côté de lui. Il ronflait comme un bébé. Et quand on est arrivés dans la cité le taxi m'a aidée à le sortir. Et je l'ai fait entrer dans l'immeuble et dans l'ascenseur. L'ai amené jusqu'à sa porte. Et laissé là. Et je suis ressortie me défoncer. Dépensé une partie de son fric pour ce dont j'avais besoin. Et quand je suis revenue il était encore là.

La fois d'après que je l'ai vu c'était deux jours plus tard. Il rentrait chez lui dans son uniforme et j'allais au travail. On s'est rien dit. Je sais même pas s'il se souvenait. Avait juste l'air triste et nerveux comme toujours. Et la fois d'après que je l'ai vu c'était bien après. Il n'était plus le même. Il avait changé. Changé et devenu quelqu'un d'autre. Il était devenu quelque chose que je ne pouvais même pas croire. Et alors je l'ai fait. J'ai cru. J'ai cru.

CHARLES

Il m'a fait de la peine la première fois que je l'ai vu. Il était venu pour une place de vigile sur mon chantier. On en avait deux à la fois, par roulement de douze heures. Salaire minimum. Pas de primes. C'était un boulot de merde. Vous faisiez le tour du chantier, restiez debout pendant des heures. On n'avait pas de bungalow. Quand on en a un les vigiles n'en bougent plus. Ils achètent des petites télés et passent leur journée à boire du café. Font la sieste. C'était un chantier sensible. On construisait quarante étages dans un quartier où l'immeuble le plus haut en faisait douze. Les riverains étaient contre. Il y avait eu quelques manifestations, et une grande pétition. J'avais besoin de gars qui étaient prêts à bosser. Pour assurer la sécurité du chantier. Ils ne sont pas si faciles que ça à trouver. La plupart des gens veulent quelque chose pour rien. Ils veulent que tout soit facile. Quand un boulot est dur, ils demandent plus d'argent, plus de congés, ils se plaignent à leurs délégués syndicaux et essaient de négocier les termes. Ce n'est pas comme ça que ça marche. La vie est dure, il faut faire avec. Le travail fait chier, il faut faire avec.

J'adorerais rester chez moi et toucher mon chèque tous les quinze jours pour regarder les matchs de baseball et passer du temps avec mes gosses. Pas comme ça que ça se passe. Il faut travailler pour tout dans ce monde. Gratter et se battre pour la moindre chose. Et ça ne devient jamais plus facile. Jamais. Et ça ne finit qu'avec la mort. Et après ça n'a pas d'importance. Il faut apprendre à faire avec. C'est comme ça que va le monde. On se bat et on s'échine et on se tue au boulot et après on meurt. Il faut faire avec ça.

Il est venu avec un CV. Il était écrit qu'il s'appelait Ben Jones, qu'il avait trente ans. Il portait une chemise avec le logo d'une école d'agents de sécurité. Ma première impression était qu'il était très désireux d'avoir le job, très excité, et très nerveux. Sa main tremblait quand je l'ai serrée. Ses lèvres aussi. À part les informations biographiques succinctes, et une formation de huit semaines à l'école de sécurité qui le qualifiait officiellement pour le poste, le CV était vide. Je lui ai demandé d'où il venait et il m'a dit Brooklyn. Je lui ai demandé s'il avait été à l'université et il a dit non. Je lui ai demandé quand il était parti de chez lui et il a dit à quatorze ans. Je lui ai dit que ça faisait tôt et il a haussé les épaules et je lui ai demandé ce qu'il avait fait pendant ces seize années et il a changé, juste un peu, mais il a changé, et quelque chose dans ses yeux est apparu qui était vraiment triste et vraiment solitaire et extrêmement douloureux. Ça n'a été là que pendant une seconde, et normalement je ne remarquerais pas une chose pareille, ou je n'y ferais pas attention, ou je n'en aurais rien à foutre, mais c'était très frappant, et il a regardé ses pieds un instant et a relevé les yeux et a dit j'ai eu des moments difficiles et je suis prêt à travailler et je vous jure que je serai le meilleur employé que vous aurez, je vous le jure. Et ç'a été tout. Il n'a rien ajouté et je ne l'ai pas poussé. Je me suis juste dit seize putains d'années, qu'est-ce que ce type a bien pu foutre. Et j'y pense encore, tout le temps, qu'est-ce qu'il foutait. Et j'ai pensé, et je le pense encore, à cause de l'éclair de profonde tristesse et de solitude et de douleur que j'ai vu, que quoi que ça ait pu être, et où, ça a dû être vraiment vraiment atroce.

Donc je lui ai donné le boulot. Il était très excité. Comme un gosse devant un sapin de Noël. Un grand sourire, un énorme sourire. Il m'a dit merci environ cinquante fois. Et il n'arrêtait pas de me serrer la main. C'était drôle, et très touchant. Ce n'était pas comme s'il avait gagné au loto. Il était payé au smic à faire le tour d'un chantier douze heures par jour.

Je l'ai mis dans l'équipe qui fait cinq jours par semaine. Pensé que ce serait le mieux. Qu'il serait fier de ce poste. Et il l'était. Ça se voyait à la façon dont il faisait le travail. Il était toujours à l'heure. Son uniforme était toujours propre. Il n'essayait pas de faire durer ses pauses ni son déjeuner. Il ne se plaignait jamais. Il paraissait fasciné par le processus de la construction : la pose des piliers, des fondations, de la charpente. Il demandait aux ouvriers ce qu'ils faisaient, ou pourquoi ils le faisaient de cette façon. Il écoutait leurs réponses avec beaucoup d'attention, comme s'il se préparait pour un examen ou je ne sais quoi. C'était le vigile le plus heureux que j'ai vu ou employé, et il est devenu un peu la mascotte du chantier. Tout le monde l'aimait et appréciait sa compagnie. Il connaissait le nom de tout le monde et saluait tout le monde le matin et disait au revoir à tout le monde à la fin de la journée. Il y avait juste deux choses qui m'ont paru bizarres, et je ne m'y suis pas arrêté parce qu'il travaillait très bien et qu'il avait l'air très heureux. La première c'était juste après sa première paye. Il est venu changer son adresse dans son dossier pour une adresse dans le Bronx. La précédente était dans le Queens. Je ne sais pas pourquoi mais j'étais curieux et j'ai regardé l'adresse dans le Queens. C'était un logement de transition, où on envoie les types qui sortent de prison, de désintoxication, d'un foyer d'hébergement, ou d'un hôpital psychiatrique. J'ai pensé me renseigner un peu plus, mais j'avais d'autres préoccupations et Ben semblait aller très bien. La seconde chose est arrivée un jour pendant le déjeuner. J'avais rendez-vous chez le médecin et j'ai dû quitter le chantier. En allant prendre le métro, j'ai vu Ben assis sur un banc à quelques rues de là. Il pleurait. On était au milieu de la journée et il m'avait paru normal quand je l'avais vu plus tôt. J'y ai regardé à deux fois parce que je n'arrivais pas à croire que ce soit lui. Mais c'était bien lui. Il était assis sur un banc avec le visage dans les mains et il sanglotait.

Le jour de l'accident était un beau jour de printemps. Il y avait du soleil, pas de nuages, une légère brise, environ vingt-cinq degrés. Un parfait jour new-yorkais, pas du genre que je croyais qu'il me péterait à la gueule. Je n'avais jamais eu d'accident grave sur un chantier, et j'en étais très fier. Je pensais qu'il n'y avait pas un bâtiment au monde qui valait qu'on lui sacrifie une vie, et je le pense toujours. La sécurité est plus importante que la rapidité. C'était une des raisons pour lesquelles j'avais été embauché. Parce que c'était une question sensible dans la collectivité, et qu'il y avait tant de gens qui étaient contre, le promoteur ne pouvait pas se permettre que quelque chose se passe mal. Les accidents sont la meilleure arme qu'ont les activistes qui représentent des collectivités contre les promoteurs. Même s'il est agréable de se dire que les promoteurs pensent à la sécurité, ce n'est pas le cas. Comme presque tout le monde en Amérique, les promoteurs sont foutrement avides. Ils pensent à l'argent, et les activistes qui ont des armes contre eux leur coûtent de l'argent. Mon boulot consistait à respecter les délais, respecter le budget et assurer la sécurité de ce chantier.

La charpente était terminée. Quarante étages d'acier qui montaient dans le ciel. Nous étions en train de poser les fenêtres, qui étaient des panneaux de verre réfléchissant de trois mètres sur trois. Nous avions terminé les premiers trente-trois étages sans problème. On montait les panneaux par groupe de sept. On les assemblait, les sécurisait, les élinguait, les grutait. Je l'avais fait littéralement des milliers de fois sur des chantiers et je n'avais jamais eu de problème.

Je ne sais pas ce qui a déconné. Toujours pas. On a fait venir des inspecteurs de la municipalité, de l'État et de la compagnie d'assurances qui ont vérifié l'élingage et personne n'a rien trouvé. Jusqu'à ce jour, la cause sur les documents est consignée comme inconnue. Je pourrais les appeler pour leur dire que ce qu'on a fait ce jour-là n'a pas d'importance, qu'il n'y a pas d'élingage qui aurait retenu ce verre, qu'il y avait d'autres forces en présence bien au-delà de celles que la municipalité, l'État ou la compagnie d'assurances pouvaient rassembler, mais ils m'auraient pris pour un fou. Et parfois je ne suis pas sûr de ne pas l'être. Mais ça fait partie de la foi. Croire et savoir en dépit de ce que les autres disent, et malgré ce que le monde peut penser de vos croyances.

J'étais au sol. Près de notre caravane qui était contre le trottoir. Je tenais un clipboard, je vérifiais des chiffres avec un de nos comptables. On actionne une sirène à main avant de faire monter une charge importante, et la sirène a été actionnée. J'ai regardé en l'air et les panneaux montaient doucement. On arrête la circulation quand on monte les panneaux et il n'y avait pas de voitures qui arrivaient. La plupart des ouvriers étaient en train de bavarder, ce qu'ils faisaient quand le travail était suspendu. Ben était à la limite du chantier, regardant en direction de la file de voitures immobilisées, prêt à arrêter une voiture qui aurait voulu éviter notre contrôleur de circulation. Normalement j'aurais dû revenir à mon clipboard. Mais j'ai senti quelque chose, quelque chose d'inévitable. Si on peut d'une manière ou d'une autre sentir le sort, ou le destin, ou le pouvoir de l'avenir, je l'ai senti, très littéralement. Et ça m'a fait regarder. Ça m'a forcé à faire une chose que je ne ferais pas habituellement. Je n'arrivais pas à détourner mon regard. Je ne pouvais pas ne pas surveiller ces panneaux.

Les panneaux continuaient de monter et ils ont dévié de quelques centimètres, comme ils font toujours, comme ferait toute charge importante soulevée à cette hauteur. La grue fonctionnait parfaitement. L'élingage était parfait. Les panneaux étaient dans des caisses de bois clouées. Nous en avions déjà gruté et installé des centaines. Ce n'était pas sorcier. Faisait juste partie de la routine. Personne ne regardait j'étais le seul qui regardais. J'ai vu les clous sortir de la caisse. J'ai vu tomber le fond de la caisse. J'ai vu l'angle des caisses changer. Je les ai vues dévier. J'ai vu le panneau tomber. Un panneau de verre de trois mètres sur trois. Pesait probablement cinq cents kilos. Je l'ai vu tomber.

Il l'a heurté à l'arrière de la tête et a volé en éclats. Il y a eu un bruit énorme, une explosion de verre. Il a été écrasé. Totalement aplati. Tout s'est arrêté, tout a tourné. Il y a eu un instant, un long et affreux instant de silence, de putain de silence sans fin. Puis les hurlements ont commencé. J'ai laissé tomber le clipboard et je me suis mis à courir vers lui. Sorti mon téléphone de ma poche et appelé le 911. Il n'y avait aucune chance qu'il soit vivant. J'ai dit à l'opératrice qu'un homme venait juste de mourir sur mon chantier et je lui ai donné l'adresse. J'ai vu le sang avant d'arriver. Il y en avait partout. Je n'entendais que les hurlements. Les gens sortaient de leurs voitures, couraient, appelaient le 911. Et au-dessus de moi, un bref instant, j'ai vu les autres panneaux qui arrivaient au trente-quatrième étage. Il n'y avait pas moyen qu'il y en ait eu un qui soit tombé.

Quand je suis arrivé j'étais sûr qu'il était mort. L'arrière de sa tête était écrasé. Il y avait du sang et autre chose, j'ai pensé que c'était du liquide cérébrospinal, qui en coulait. Il avait des éclats de verre dans tout le corps. Il était littéralement déchiqueté, avec le sang qui coulait des bras, des jambes, de la poitrine, du ventre, du visage. Il y avait du sang partout. Je n'arrivais même pas à le voir vraiment. Je ne savais pas quoi faire, si je devais le toucher, le déplacer, essayer d'enlever les éclats de verre. Il n'y avait pas moyen d'arrêter le sang avec un garrot, ou dix garrots, ou cinquante garrots. Et je ne croyais pas en Dieu et je ne pouvais pas prier. J'ai juste attendu que quelqu'un vienne me dire quoi faire.

Les gens ont commencé à s'attrouper. Les ouvriers ont essayé de les tenir à distance. Sirènes au loin. Un groupe de femmes à genoux faisaient un cercle de prière. Les gens continuaient à hurler. Quand ils approchaient et voyaient ce que je voyais, ils se détournaient, se couvraient les yeux, quelques-uns vomissaient. Et le sang continuait de couler. J'étais agenouillé à côté de lui, et le sang coulait de part et d'autre de mes jambes, trempant mon pantalon. J'ai pris deux de ses doigts qui avaient été épargnés par les éclats de verre, et j'ai commencé à essayer de lui parler. Je ne savais pas s'il pouvait m'entendre. J'ai pensé que ça pourrait l'aider s'il m'entendait, que ça pourrait le réconforter, lui apporter une sorte de consolation pour l'aider à mourir. Personne ne veut mourir seul, même si c'est ce qui nous arrive à tous, même si on prétend qu'il y a un autre moyen. J'ai pensé que ma voix pourrait lui rendre les choses plus faciles. Le calmer, qu'il ait moins peur. Je ne peux pas imaginer à quel point il devait être choqué et terrifié, s'il avait conscience de quoi que ce soit. Je lui ai dit que les secours arrivaient et que tout irait bien. Ça me faisait mal au cœur de dire ça. Je voyais sa cervelle à travers sa boîte crânienne défoncée. Je voyais littéralement sa cervelle. J'ai juste tenu ces deux doigts et je l'ai regardé se vider de son sang.

L'ambulance est arrivée. La foule s'est ouverte et deux infirmiers ont accouru avec un chariot. J'ai entendu l'un d'eux qui disait bon Dieu de merde, l'autre a dit pas possible que ce type soit vivant. Ils ont laissé tomber leurs sacs et se sont mis au boulot. Ils ont commencé à l'ausculter mais ils ne semblaient pas savoir par où commencer. L'un d'eux m'a demandé ce qui s'était passé et j'ai dit qu'un panneau de verre lui était tombé dessus. Ils lui ont pris le pouls, ont parlé de comment procéder, laisser les éclats de verre, l'emmener, laisser les chirurgiens s'en occuper s'il était toujours vivant. Ils ont trouvé le pouls et tous deux ont paru choqués. Ils ont abaissé le chariot, m'ont demandé de me pousser. L'un a pris le haut et l'autre le bas. Ils l'ont déposé sur la surface d'un blanc immaculé. Le sang coulait de son corps, tachait le chariot, gouttait par terre. Ils se sont mis en route vers l'ambulance et je les ai suivis. Ils m'ont demandé son nom, je leur ai dit. Ils m'ont demandé d'où il était et j'ai dit qu'il habitait le Bronx. Ils l'ont mis dans l'ambulance. J'ai demandé à venir, leur ai dit que j'étais son patron, que c'était mon chantier. Ils m'ont dit montez et je suis monté et ils ont fermé les portières.

Je me suis assis sur la banquette près de la portière. Un conduisait, l'autre s'occupait de Ben. Il a installé un électrocardiographe, a passé les fils autour des éclats de verre qui sortaient du corps de Ben. Une fois qu'il l'a eu branché, il a essayé d'arrêter le saignement des coupures qui n'avaient pas d'éclats de verre dedans, mais il y en avait tant que c'était presque inutile. L'électrocardiographe s'est arrêté, et l'infirmier a fait une réanimation cardio-pulmonaire à Ben, et son cœur est reparti. Je ne sais pas combien de temps on a été dans l'ambulance. Ça m'a paru dix secondes et ça m'a paru dix heures. Il est mort dans cette ambulance quatre ou cinq fois, et l'infirmier n'arrêtait pas de le ramener. Quelque chose n'arrêtait pas de le ramener.

Une fois l'électrocardiographe s'est arrêté et l'infirmier n'a rien fait. A juste regardé et secoué la tête. Je ne lui en veux pas. Ça paraissait une cause perdue. Dix secondes ont passé, peut-être vingt, on aurait dit l'éternité. J'ai juste regardé Ben ou ce qui en restait, et j'ai essayé de comprendre ce qui avait cloché, comment ça avait pu arriver. J'ai commencé à dire pardon, comme si demander pardon à un mort signifiait quelque chose, bien qu'il semble que c'est comme ça que ça se passe la plupart du temps ; on dit les choses qui importent aux gens quand il est déjà trop tard. Avant que les mots sortent de mes lèvres, l'électrocardiographe s'est remis à enregistrer un pouls. Quelque chose n'arrêtait pas de le ramener. Quelque chose refusait de le laisser partir.

On est entrés à l'hôpital et ils l'ont emmené à toute vitesse. Je les ai suivis jusqu'à la salle des urgences. J'ai donné aux secrétaires toutes les informations que je pouvais. J'ai rempli tous les papiers du mieux que j'ai pu. J'ai appelé le chantier pour demander qu'on m'apporte des vêtements parce que les miens étaient pleins de sang. Les gars du chantier ont commencé à arriver. On était tous sous le choc. On restait juste assis là à se dire qu'on n'arrivait pas à croire que ce soit arrivé, que c'était affreux. Les médias ont commencé à arriver et à interviewer les gens. Personne n'a dit un mot. On savait que ça ne servirait à rien, que les médias écriraient ce qu'ils voulaient malgré leur soi-disant éthique, et leur prétendue croyance en la vérité. On est juste restés là à attendre qu'on nous annonce que Ben était mort. On en était sûrs. Bien que j'aie vu ce que j'avais vu dans l'ambulance, je n'avais pas pensé que c'était autre chose qu'une coïncidence.

Il est arrivé encore plus de gars du chantier. Le grutier et les installateurs de panneaux sont entrés. Ils étaient profondément et visiblement secoués. Je me suis assis avec eux, ai demandé ce qui s'était passé. Ils ne savaient pas. Ils disaient que la caisse était intacte. Qu'il était impossible que ce verre soit sorti ou puisse sortir. Je leur ai dit que j'avais vu les clous tomber, et que j'avais vu le fond de la caisse tomber. Ils ont dit que c'était impossible. Que la caisse était intacte. Elle était entourée d'adhésif, de l'adhésif qui avait été posé à l'usine et qui n'avait pas été rompu. La caisse était vide. Ça se sentait au poids. Mais elle n'avait jamais été ouverte. J'ai pensé que quelqu'un essayait de se couvrir. Quelqu'un avait déconné et ne voulait pas assumer la responsabilité d'une mort. C'est sur moi qu'en fin de compte la responsabilité aurait fini par retomber. Mais il s'est révélé qu'ils avaient raison. La caisse n'avait pas été ouverte et elle était vide. On n'a jamais expliqué comment le verre est tombé. Et Ben n'est pas mort. Il a survécu. Plus que survécu. Tellement plus. Quelque chose n'arrêtait pas de le ramener. Quelque chose refusait de le laisser partir. Quelque chose ou quelqu'un, je ne sais quoi, ne voulait pas qu'il meure.

ALEXIS

Je faisais la pause quand j'ai reçu l'appel, je regardais un match de baseball avec des types qui travaillent à la cafétéria et faisaient aussi la pause. C'étaient les Yankees, et j'aime les Yankees, et bien que mon emploi du temps ait tendance à m'empêcher de regarder autant de matchs que je voudrais, j'essaie d'en voir deux ou trois par semaine pendant la saison, et je regarde toujours pendant mes pauses. J'aime le système et l'ordre du baseball, et j'apprécie la nature cause-et-effet du jeu. En tant que chirurgienne, ma vie tout entière est basée sur les systèmes du corps humain, les systèmes de l'hôpital et de l'équipe chirurgicale, l'ordre ou les ordres auxquels ces choses obéissent, et la nature cause-et-effet du trauma, de la blessure, et les tentatives chirurgicales pour y remédier. Bien qu'elle paraisse souvent chaotique, anarchique et spontanée, toute vie est système, ordre, cause et effet. Même si tant de gens essaient, il est impossible d'y échapper. J'ai abandonné assez jeune et j'ai décidé de vouer ma vie à leur service.

On m'a décrit un homme blanc, proche de la trentaine ou un peu plus, trauma massif, importantes blessures à la tête, perte de sang massive, puis la partie inhabituelle, qui était la première des circonstances inhabituelles concernant Ben et son cas, des centaines d'éclats de verre dans le corps. Je suis folle de mon boulot et bien que cela fasse de nombreuses années que je l'exerce – j'avais alors quarante et un ans – je suis toujours excitée quand un cas se présente qui semble différent ou stimulant pour une raison ou pour une autre. Sur le moment, je n'ai même pas pensé à l'élément humain, que quelqu'un venait de vivre une chose horrible et qu'il éprouvait des sensations et des émotions qui sont bien au-delà du champ de mon expérience. Je pensais seulement aux difficultés potentielles d'ordre médical et technique et à la façon dont je devrais les résoudre. Ben a changé tout ça pour moi. Maintenant une grande partie de mes préoccupations concerne le côté humain de l'expérience chirurgicale, ce que ressent le patient, ce que ressentent ceux qui aiment le patient, et en quoi je peux également être utile à ce niveau. Je comprends que nos vies tout entières tournent autour de ce que nous ressentons à un moment ou à un autre. Il n'y a rien de plus humain que l'émotion.

Je me suis levée et j'ai dit au revoir à mes camarades supporters des Yankees et je me suis rapidement dirigée vers le service de traumatologie. Tout le monde se préparait, les infirmières, les aides opératoires, les internes, et je suis arrivée la dernière. À ce moment-là, et encore une fois c'était avant que mon expérience avec Ben ne me change, du fait qu'en tant que chirurgienne j'occupe une position d'autorité, j'avais tendance à ne pas parler à ceux avec qui je travaillais, à moins d'avoir besoin de leur demander quelque chose ou d'aborder un point particulier de l'opération imminente, ce qui était rare. Pendant que je me lavais et me préparais à ce qui m'attendait, je gardais le silence.

Les instants qui précèdent l'arrivée d'un patient peuvent être très tendus. Vous vous tenez prêt. Même si vous avez une idée générale de son état, vous ignorez souvent quels sont les problèmes spécifiques et vous ne savez absolument pas si vous allez être là pendant dix minutes ou dix heures, bien qu'il y ait rarement quelque chose entre les deux. Chaque chirurgien se prépare à sa façon. Je me vois comme un batteur pendant la phase décisive de la finale du championnat national. J'ai un coup pour réussir ou échouer et le résultat dépend entièrement de ce que je fais et de ma performance. Mais contrairement au baseball, je ne peux pas frapper un coup qui élimine un, deux ou trois adversaires. Soit je frappe un coup de circuit soit je sors, et le patient vit ou meurt.

Comme j'ai dit, j'étais intriguée et excitée par l'appel, et n'avais aucune idée de ce à quoi pouvait ressembler quelqu'un qui avait des éclats de verre dans tout le corps ni de ce que je devrais faire pour que le patient survive. Quand les infirmiers arrivent à l'hôpital avec un cas critique, ils sont reçus par les médecins du service d'urgence et des membres de l'équipe chirurgicale à qui ils transmettent toutes les informations en leur possession : les circonstances du trauma, les problèmes éventuels pendant le transport, un premier diagnostic si possible. Cela fait, le patient est emmené au bloc où je me mets au travail avec le reste de l'équipe. C'est généralement un processus qui se déroule de manière fluide, et qui se répète avec une grande régularité.

Il n'en alla pas de même avec Ben. Les infirmiers étaient couverts de sang ainsi que le chariot. Ils ont commencé à décrire les circonstances de l'accident et l'un d'eux ne cessait de dire une chose que moi-même j'ai répétée souvent par la suite, qui était qu'il était impossible que le patient soit toujours en vie, et qu'il ne comprenait pas ce qui se passait. Les médecins et les infirmières, qui étaient incroyablement aguerris et expérimentés, et avaient vu toutes sortes d'horreurs après des années aux services des urgences et de traumatologie, étaient quasiment paralysés de saisissement et une infirmière a vomi. Ils se tournaient les uns vers les autres pour savoir que faire, ce qui n'est pas complètement surprenant. Dans la vie nous nous tournons souvent vers les autres à la recherche de réponses simples mais difficiles, en dépit du fait que nous les avons. Il fallait qu'ils l'emmènent au bloc, et il fallait qu'ils le fassent le plus vite possible.

L'un d'eux a pris l'initiative et a poussé les autres à agir, et ils se sont mis en route pour me rejoindre, moi et mon équipe.

On les entend toujours quand ils arrivent, on entend les roues du chariot, les divers bruits qu'il émet, on entend les infirmières qui parlent entre elles, parfois les patients hurlent, appellent ou gémissent. À mesure qu'ils s'approchent j'ai tendance à devenir de plus en plus calme, plus concentrée, et plus consciente, et le temps ralentit d'une manière qui fait que ces brefs instants semblent incroyablement longs et paisibles. Parfois je voudrais toujours demeurer dans cet état et je crois que ceux qui trouvent l'illumination, les gens comme Ben, bien qu'il ait découvert bien plus que cela, sont ainsi toute leur vie.

Les portes se sont ouvertes et il est entré dans le bloc, et pour la première fois en quinze ans de carrière j'ai entendu tous ceux qui étaient présents laisser échapper un hoquet de surprise. C'était une vision surréaliste, incroyable, tout droit sortie d'un film d'horreur, une chose qui ne devait pas être possible et n'est pas possible, mais se trouvait juste devant mes yeux. Il y avait du sang partout. Il y avait d'énormes et profondes lacérations partout. Quand on m'avait parlé d'éclats de verre je m'étais attendue à de petits bouts de verre, longs tout au plus de trois centimètres. Ce qu'il avait dans le corps n'était pas des éclats, mais des fragments, dont certains faisaient vingt-cinq centimètres de long et trente de large, et nous ne voyions que ce qui était en surface. L'arrière du crâne avait été écrasé et apparemment il en manquait des parties. Son visage était invisible parce qu'il était entièrement couvert de sang. Tout était entièrement couvert de sang.

La première chose à faire dans toute situation de ce genre est de stabiliser le patient. Le premier problème évident était la mort par hémorragie. Si un patient a perdu plus de quarante pour cent de sa masse sanguine, il est très probablement dans un état de choc hypovolémique dont la conséquence habituelle est la dysfonction organique générale. Pendant que nous prenions sa tension artérielle qui était de 40/20, la plus basse que j'aie jamais constatée chez un patient, et son pouls, qui était de 30, de nouveau un chiffre absurdement bas, nous lui avons fait des injections d'adrénaline et d'atropine pour stimuler son cœur et faire remonter sa tension et son pouls.

Simultanément nous avons essayé de lui brancher un électrocardioscope et un tensiomètre, mais c'était incroyablement difficile du fait qu'il fallait éviter de couper les fils aux arêtes du verre qui étaient extrêmement vives. Nous avons posé un cathéter central et l'avons transfusé avec des globules rouges du groupe O négatif, puisqu'il n'avait pas été soumis au test de compatibilité sanguine. Avant d'essayer de lui enlever les éclats nous devions commencer par le stabiliser et décider lesquels enlever d'abord et dans quel ordre le faire pour le reste.

Il m'a fait trois arrêts cardiaques. Nous l'avons défibrillé, ce qui était difficile à cause du verre, et une fois j'ai été sûre que la défibrillation fonctionnait, mais les deux autres son cœur a paru repartir de lui-même, ce qui était à la fois surprenant et déroutant.

Nous n'arrêtions pas de le transfuser et il continuait à saigner et nous continuions à le transfuser. Je ne sais pas le volume exact, mais c'est devenu une sorte de jeu, un jeu où la vie d'un homme était en jeu, et dans lequel moi et les autres personnes qui étaient dans la salle travaillions avec une urgence et une résolution incroyables, nous assurant que nous transfusions plus de sang qu'il n'en perdait, un jeu dont nous savions qu'il se terminerait par la mort si nous échouions. Ce que nous pouvions voir de sa peau était blanc et je ne veux pas dire blanc de type européen, mais vraiment blanc, blanc d'albâtre, comme s'il était en marbre. Et malgré tout le sang que nous lui transfusions sa peau ne changeait pas, et son corps ne montrait aucun indice du fait qu'il conservait le sang.

Pendant que nous le stabilisions, il fallait aussi que je couvre et que je protège sa tête. Il souffrait d'une fracture comminutive, ce qui signifie que le crâne s'était brisé en un grand nombre de petits fragments, à travers lesquels je voyais nettement son cerveau. Je supposais qu'il y avait une hémorragie intracérébrale, très probablement sous-durale, épidurale ou parenchymateuse, et même si j'arrivais à le maintenir en vie, il souffrirait de graves lésions cérébrales. Nous lui avons appliqué des compresses chirurgicales stériles, de la gaze et des bandes chirurgicales adhésives en prenant soin de bouger la tête le moins possible. Nous avons trouvé des fragments d'os pas plus gros qu'une petite pièce de monnaie que nous avons mis dans un sac au cas où nous pourrions les utiliser plus tard.

Deux heures extrêmement longues et pénibles après son arrivée à l'hôpital, son rythme cardiaque et sa pression étaient stables, du moins suffisamment pour que nous essayions de commencer à enlever les éclats de verre. Je me suis reculée d'un pas, j'ai pris une grande inspiration et j'ai regardé ce qui m'attendait. Il y avait trois cathéters qui lui transfusaient du sang. Nous appliquions des compresses partout où c'était possible mais il continuait à saigner à un rythme plutôt alarmant. Nous avions pu le nettoyer et lui couper ses vêtements, et sa peau était toujours d'une blancheur cadavérique. Le verre lui sortait des jambes, des bras, de l'abdomen et de la poitrine, il y avait des éclats plus petits sur le visage, et un certain nombre de gros morceaux qui avaient profondément pénétré dans son dos quand il avait heurté le sol.

J'ai essayé d'identifier les éclats qui avaient entaillé, percé, coupé ou potentiellement sectionné des veines et des artères principales : les veines jugulaires, les artères carotides et les artères et veines subclavières, les veines du cou, les artères fémorales et les veines des jambes. J'ai supputé ce que je ne pouvais pas voir : une lésion possible de l'aorte, de la veine cave inférieure, des artères fémorales ou dans le système vasculaire pulmonaire, qui se trouvent plus profond dans la poitrine et le torse et étaient au-delà de mon champ de vision. Même s'il peut sembler sage à qui n'est pas médecin de débarrasser ces veines et ces artères des éclats de verre, il était tout à fait possible qu'ils aient tamponné d'autres saignements et bouché des parties lésées ou détruites. Cette étape du traitement de Ben relèverait en partie de la chance, en partie de la stratégie et, en cas de succès, en partie du miracle.

J'ai demandé à un spécialiste de chirurgie vasculaire et à son confrère de venir me rejoindre pour me donner leur avis. Je pensais qu'ils pourraient avoir quelque chose à m'apporter qui m'aiderait, et aiderait Ben, d'une manière ou d'une autre. Personne n'avait la moindre idée de par quoi commencer, ni de quoi faire, ni de quelle voie prendre, ni de ce qui pouvait nous attendre quand nous commencerions à enlever les bouts de verre. Donc j'ai simplement commencé. J'avais trois internes avec moi, et j'ai demandé à deux d'entre eux de préparer des sutures au cas où cela serait nécessaire et au troisième de préparer un Bovie, qui est un instrument d'électrocautérisation. Nous avions deux infirmières, l'une chargée de l'appareil de succion et l'autre de celui d'aspiration qui administrait un anticoagulant. Les autres surveillaient ses signes vitaux et continuaient à le transfuser.

Une fois que nous avons commencé, nous avons agi très rapidement, parce que chaque mouvement, particulièrement quand il s'agissait d'enlever les plus gros morceaux, provoquait une perte de sang, parfois une perte de sang importante. Si nous n'avions pas agi rapidement, Ben serait sûrement mort. Il y a eu un certain nombre d'alertes, et un certain nombre de fois où ses signes vitaux ont plongé de façon dramatique, et un certain nombre de fois où nous n'avons pas pu arrêter l'hémorragie en temps opportun à mon avis. Mais Ben refusait de mourir et, à ce point, après tout, je crois que ce que nous avons fait ce jour-là n'avait pas beaucoup d'importance. Ben ne mourrait pas.

Neuf heures plus tard, nous avons fait la dernière suture. Nous avons totalisé 745 points, autant internes qu'externes, plus les agrafes externes. Nous avons utilisé 40 unités sanguines, ce qui est approximativement le double du volume sanguin contenu dans un être humain. Nous lui avons aussi transfusé de nombreuses unités de plaquettes et de plasma surgelé. Et pour lui, la journée était loin d'être terminée. Une équipe de spécialistes de chirurgie craniofaciale et de neurochirurgiens attendait de s'occuper de son crâne et de son cerveau. En me reculant de la table, j'ai vu qu'une de ses mains était agitée de contractions, ce que j'ai interprété comme un bon signe et je l'ai prise dans la mienne en espérant que quelque part, à un certain niveau, cela le réconforterait. À ma grande surprise, il m'a serré la main avec beaucoup d'énergie et de fermeté et j'ai senti immédiatement quelque chose de similaire, mais plus profond, à ce que je ressens juste avant d'opérer, un calme et une sensation de paix et de satisfaction intenses. C'était irréel, et évidemment inattendu, et cela a fini par changer ma vie de bien des façons. Je ne voulais pas la lâcher. Je ne voulais pas que ce moment finisse et je ne voulais pas que cette sensation me quitte jamais. Mais tout nous quitte, toutes les personnes, toutes les sensations, quel que soit notre désir de les conserver, quelle que soit la force avec laquelle nous nous accrochons à elles. À un moment ou à un autre dans la vie nous finissons par tout perdre. J'ai perdu ce moment à l'instant où j'ai lâché sa main.

Après l'avoir stabilisé hémodynamiquement il a fallu lui faire un scanner pour déterminer l'étendue des lésions intracrâniennes. Déplacer un patient dans un état aussi critique que le sien peut être très difficile, très compliqué, et très lent, et je savais que j'avais le temps de faire la pause dont j'avais bien besoin. Je suis allée dans notre salle de repos et j'ai pris une douche et j'ai essayé de faire un somme mais je n'arrivais pas à dormir. Je me sentais électrifiée. Je m'imagine que j'étais dans l'état de ceux qui prennent de la cocaïne et de l'ecstasy, bien que je n'en aie jamais pris, ni aucune drogue. Je me suis habillée et j'ai été retrouver Ben au bloc où les chirurgiens travaillaient maintenant sur son cerveau et j'ai passé une blouse pour pouvoir suivre l'opération. Ils avaient quasiment fini de pratiquer une craniotomie, et évacué les hématomes épiduraux et subduraux. Je les ai regardés poser des plaques de titane tout en laissant une grande partie de son crâne en l'état pour prévenir un œdème cérébral, un gonflement du cerveau, qui peut provoquer une hernie et la mort. Quatre heures après le début de l'opération, Ben a été transporté dans la salle de réveil.

Plus tard on l'a transféré au service de soins intensifs et même s'il était stable il a continué d'être ventilé, transfusé et appareillé d'un cathéter urinaire. Il était maintenu sous propofol pour qu'on puisse surveiller son cerveau et ses fonctions. Le service de soins intensifs l'a pris en charge même si nous avons continué à le traiter, de même que les spécialistes de la chirurgie craniofaciale et les neurochirurgiens. Quand j'ai quitté l'hôpital, j'étais très contente de ce que j'avais fait, vu la gravité de la situation et du trauma, et confiante en la possibilité d'une sorte de rétablissement. Il était encore trop tôt pour que nous sachions vraiment comment il se rétablirait, s'il se rétablissait, ce qui est généralement la règle même dans des cas moins graves. J'ai pensé qu'à mon retour le lendemain tout serait plus ou moins pareil. J'aurais dû m'en douter.

Quand je suis arrivée, il n'y avait pas d'urgences et je suis allée en service de soins intensifs voir comment allait Ben et s'il y avait de nouveaux développements. J'ai pris sa feuille de température, et j'ai immédiatement remarqué que son nom et sa date de naissance étaient maintenant mentionnés comme inconnus. J'ai remis la feuille de température à sa place et j'ai été au bureau où j'ai vu le médecin de garde avec deux policiers en uniforme et un troisième en civil. Le médecin m'a présentée et a dit que c'était moi qui lui avais prodigué les premiers soins et pratiqué la première intervention sur lui. Je leur ai demandé pourquoi il était considéré comme inconnu et ils m'ont expliqué que son nom était faux, que son permis de conduire était faux, qu'il n'y avait trace nulle part de ses empreintes digitales ni d'un Ben Jones né le jour mentionné sur son permis de conduire, dans aucune des bases de données à leur disposition, au niveau des municipalités, des États, du pays ou de la police. Inutile de dire que j'ai été surprise. J'ai dit aux policiers que je n'en savais pas plus sur lui que ce que me disait sa feuille de température et ce que m'avait appris l'opération, et que je n'avais aucune idée de qui il était et d'où il venait. Je leur ai également suggéré de parler aux hommes qui avaient attendu de ses nouvelles et qui avaient dit qu'ils travaillaient avec le patient sur un chantier. Ils m'ont répondu qu'ils l'avaient fait et que tous le connaissaient sous le nom de Ben Jones et qu'ils avaient examiné tous les documents en possession du chef de chantier et que tous contenaient les mêmes informations qui figuraient sur son permis de conduire. Je leur ai répété que je ne savais rien. Ils ont demandé si quelqu'un d'autre avait demandé des nouvelles du patient ou des renseignements sur lui. J'ai dit qu'il n'y avait rien à ma connaissance mais que j'avais passé presque vingt-quatre heures à l'opérer ou à regarder les autres interventions qui avaient été pratiquées sur lui et que je n'avais généralement pas de contact avec les personnes qui étaient à la recherche d'informations sur les patients. Ils ont dit merci et sont partis.

Je suis retournée à la chambre de Ben avec le médecin de garde et nous avons commencé à parler de son cas, de son pronostic et avons commencé à échanger des idées sur son traitement. Il avait demandé un électroencéphalogramme pour mesurer l'activité électrique et espérait obtenir un électroencéphalogramme quantitatif pour faire une carte complète du cerveau de Ben et voir quelles zones avaient été lésées et à quel degré. Après son départ, je suis restée seule avec Ben et j'ai pris sa main, la même que la première fois, mais il n'y a pas eu de réaction. Elle était molle et froide comme celle d'un cadavre.

Durant la semaine suivante j'ai continué à suivre le cas. Il y a eu un nombre important d'articles dans la presse à propos de l'accident – c'était un chantier contesté financé par un promoteur en vue – qui a fourni matière à gros titres orduriers aux journaux et aux blogs. Nous avions espéré que cela aiderait à identifier Ben, mais personne ne s'est manifesté. J'ai été harcelée par des reporters qui m'attendaient devant chez moi pour me mettre des micros sous le nez en espérant me faire dire quelque chose. Mais je savais me taire et je savais que malgré les magnétophones, les reporters écriraient ce qu'ils voudraient et que les journaux imprimeraient ce qu'ils auraient envie d'imprimer. Ma vérité se situe dans le domaine de la vie et de la mort que je vois tous les jours à l'hôpital. En fin de compte, la vie et la mort sont la seule forme de vérité parfaite qui soit au monde. Tout le reste est subjectif, et dépend d'une perspective individuelle. Je ne cherche pas la vérité dans les médias.

Au-delà du mystère de son identité, Ben est devenu un mystère médical. Ses lacérations ont guéri avec une rapidité remarquable, inouïe ; au bout d'une semaine nous avons pu enlever toutes les sutures, toutes les agrafes, et ses blessures se refermaient et commençaient à cicatriser. Il était toujours branché au respirateur et nous continuions de l'alimenter par intraveineuses. Les résultats des encéphalogrammes étaient irréguliers et inexplicables. Parfois il semblait qu'il était en coma dépassé et le tracé ne montrait aucun signe d'aucune activité d'aucune sorte. D'autres fois, il semblait être dans un état végétatif persistant, où on pouvait reconnaître les cycles de sommeil et un faible niveau de conscience mais pas de cognition. Une ou deux fois par jour il entrait dans un état d'activité cérébrale extrême centrée dans deux zones de son cerveau, le cortex orbitofrontal médian, un des centres de l'émotion, et le cortex médiotemporal droit, qui est souvent associé aux hallucinations verbales. L'activité était telle qu'elle n'était presque plus mesurable, et les neurologues qui le suivaient n'avaient jamais vu une chose pareille, particulièrement chez un patient qui a subi un grave trauma cérébral. Les inquiétudes concernant l'œdème cérébral, l'hémorragie et la pression intracrâniene étaient écartées, comme si son cerveau se rétablissait de lui-même aussi rapidement et miraculeusement que son corps. Parfois aussi il était agité de contractions, de tremblements et de convulsions accompagnés de bruits gutturaux, ce qui n'aurait pas dû être possible vu la puissance des sédatifs qui lui étaient administrés. À la fin de la première semaine il a subi une seconde intervention qui a consisté à réparer les brèches subsistantes de son crâne à l'aide de plaques de titane. L'intervention s'est passée sans problème et il a réintégré le service de soins intensifs. Deux semaines plus tard nous avons appris son vrai nom, ou du moins celui qui lui avait été donné à la naissance. Il était toujours dans le coma, mais plus artificiel. C'est un certain temps après, probablement un peu plus d'un an, que j'ai appris qui il était, et que son nom, ou quelque nom qu'on ait pu lui donner, ne signifiait rien. Il était, et c'est cela qui importe. Il était et il sera toujours.

ESTHER

Mon frère Jacob ne laissait pas les médias de masse infecter, comme il disait, notre foyer. Il n'y avait pas de journaux, il n'y avait pas de télévision, sauf Christian TV. Nous n'avions droit d'écouter que les stations de radio chrétiennes et nos ordinateurs avaient des filtres qui empêchaient d'accéder aux sites des médias de masse. Il croyait, et continue à croire, que les médias de masse sont antichrétiens et diffusent des idées en faveur des homosexuels en contradiction directe avec l'enseignement de notre Seigneur et Sauveur Jésus-Christ et Dieu Tout-Puissant.

Jacob était le chef de famille. Mon père était décédé quand j'avais six ans et Jacob seize, et il avait pris sa place. Quelques mois après la mort de mon père, Jacob est né de nouveau dans le Royaume du Dieu chrétien. Peu après ma mère est née de nouveau, et quand j'ai eu huit ans, moi aussi. La vie a changé complètement, et très très rapidement. Nous étions des juifs orthodoxes. Mon père avait toujours dit que nous appartenions à une famille ancienne, que nous étions de la lignée davidique, ce qui signifie que nous étions des descendants directs du roi David, que nous faisions partie, d'une certaine manière, de la famille royale juive. La vie avec lui était difficile et il n'avait pas, pour une raison que je n'ai sue que par la suite, une bonne relation avec ma mère. Ils se disputaient tout le temps, ou alors mon père ne lui parlait pas. Je n'ai jamais su pourquoi ni ce qu'elle avait fait, mais c'était comme ça. Et quand mon père n'était pas au travail – il était boucher casher – il buvait, lisait la Torah à la table de la cuisine, ou parlait au salon avec notre rabbin et plus tard avec Jacob. Quand le rabbin venait, tous les enfants devaient aller dans leurs chambres et y rester jusqu'à son départ. À la synagogue, le rabbin était toujours joyeux et gentil et très accueillant. Quand il était avec notre père il était très sérieux et absorbé.

J'ai vu Ben sur la première page d'un journal. J'allais à l'église assister à une lecture commentée de la Bible et je passais devant une épicerie. Le gros titre disait Le Miraculé et il y avait une photo de lui étendu par terre avec à côté un homme coiffé d'un casque de chantier qui lui tenait la main. Il y avait du verre qui sortait de son corps et sa tête saignait. Il y avait du sang partout. On aurait dit que la photo avait été prise avec un téléphone portable. Je me suis arrêtée pour regarder le journal pour m'assurer que j'avais bien vu. Cela faisait seize ans que je n'avais pas vu ni parlé à Ben, depuis que mon frère l'avait mis à la porte. C'était difficile de se rendre compte exactement alors je suis entrée acheter le journal. C'était gênant.

Je n'entrais généralement pas dans des endroits pareils, surtout si on y vendait les journaux, particulièrement les magazines, dont Jacob disait souvent que ce sont les livres du Diable. L'homme qui était derrière le comptoir m'a demandé si j'avais lu l'article et j'ai dit non. Il a dit que c'était sacrément incroyable, qu'un panneau de verre lui était tombé dessus depuis le trentième étage et qu'il avait survécu. L'homme était un musulman. On m'avait appris qu'il fallait détester les musulmans, qu'ils étaient mauvais. Je lui ai donné cinquante cents en faisant attention de ne pas le toucher, et je suis sortie.

Dans la rue j'ai lu l'article qui disait que l'homme s'appelait Ben Jones et qu'il habitait le Bronx. Je savais que c'était Ben, notre Ben, notre Ben disparu, notre Ben exilé. Il disait qu'il était au service de soins intensifs dans un hôpital à Manhattan. Ce n'était qu'à quelques kilomètres. Je n'arrivais pas à croire qu'après tout ce temps il n'était qu'à quelques kilomètres de là. Jacob avait essayé de le retrouver pendant des années. Il n'a jamais dit pourquoi il l'avait chassé ni pourquoi il voulait qu'il revienne mais il voulait à toute force qu'il revienne. Il en avait parlé aux membres du conseil de notre église, qui avaient engagé un détective qui l'avait cherché pendant un an. Ils n'avaient rien trouvé, pas la moindre trace de lui nulle part, et ils avaient cherché partout en Amérique, au Canada et même dans certains pays d'Europe. Donc Jacob avait prié et attendu des signes ; il espérait et croyait qu'un jour Ben reviendrait.

Je ne savais pas quoi faire, si je devais le dire à Jacob ou aller voir Ben ou juste le laisser tranquille. Une partie de moi voulait obéir à mon frère et l'honorer en tant que chef de famille et pasteur de notre église. Une partie de moi pensait que si Ben voulait revenir il reviendrait, et que si c'était la volonté de notre Seigneur et Sauveur, ainsi en serait-il. Une partie de moi avait juste peur, vraiment peur, et je ne savais pas pourquoi, et normalement j'aurais pensé que c'était l'œuvre de Satan – c'est ce que Jacob aurait pensé et ce qu'on m'avait appris à l'église – mais je ne savais pas pourquoi mais je ne sentais pas que tel était le cas cette fois-ci. J'ai jeté le journal à la poubelle et après la lecture je suis restée à l'église pour prier Jésus de me montrer la voie. Je suis restée toute la journée, et j'ai prié toute la journée. Normalement si je sortais Jacob se mettait en colère contre moi et me disait que ma place était à la maison pour aider ma mère à faire la cuisine et le ménage. Sauf si j'étais à l'église et surtout si je priais. Jacob croyait que la prière était la solution à tout, et moi aussi à l'époque. Je n'ai pas cessé de demander à Jésus de me montrer la voie.

Je n'ai vu aucun signe et n'ai eu aucune révélation, donc j'ai décidé de continuer. Tous les jours j'achetais le journal pour avoir des nouvelles de Ben et j'allais à l'église passer la plus grande partie de la journée à prier. C'était dur pour ma mère parce qu'elle avait l'habitude que je l'aide. Et Jacob était très curieux de savoir pourquoi je priais tant. Je leur ai dit que j'avais besoin des conseils du Seigneur du fait que je devenais femme et que je les lui demandais à genoux. J'ai appris par le journal qu'ils avaient découvert que Ben Jones n'était pas son vrai nom. J'ai appris qu'ils cherchaient quelqu'un qui le connaissait. Je l'ai vu quand ils ont montré son permis de conduire et je n'ai plus eu de doute. Il ressemblait exactement à ce qu'il était quand il était parti sauf qu'il était plus vieux et j'ai regardé la photo pendant très très longtemps. Ben et moi nous avions toujours été très proches quand j'étais petite. Mon père et Jacob ne l'ont jamais vraiment aimé, et ils ont toujours été méchants avec lui.

Je n'ai jamais su ni compris pourquoi, mais ils lui faisaient toujours porter la responsabilité de ce qui n'allait pas et lui criaient tout le temps dessus. Parfois mon père le frappait et parfois, quand il n'y avait que les enfants, c'est Jacob qui le frappait. Et à mesure qu'il grandissait ils le frappaient plus, et ils le frappaient plus fort. Je l'entendais pleurer dans sa chambre et j'allais le serrer dans mes bras et lui dire que je l'aimais. Il disait toujours que j'étais la seule de la famille qui l'aimait et il me disait que j'étais la meilleure petite sœur au monde. La plupart du temps mon père et Jacob m'ignoraient et ma mère n'arrêtait pas de se faire du souci pour mon père, et c'était Ben qui faisait le plus attention à moi, donc c'était moi qui étais la plus proche de lui et c'était lui que j'aimais le plus.

Il y avait des nouvelles fraîches tous les jours. La guérison de Ben était la plus rapide que les docteurs avaient jamais vue. Il a eu une nouvelle opération du cerveau. Il était stable mais toujours dans le coma. Il y a eu des manifestations devant le chantier et on parlait de faire un procès et le promoteur disait que ce n'était pas de sa faute. Je n'arrivais pas à croire qu'il suscitait autant d'attention. J'ai pensé que quelqu'un qui connaissait notre famille quand nous étions juifs avant d'avoir accepté Jésus-Christ notre Seigneur et Sauveur le reconnaîtrait et se manifesterait, mais personne ne l'a fait. Les journaux continuaient juste à l'appeler le Miraculé. C'était la première fois de ma vie que je lisais vraiment les journaux et je voyais pourquoi les gens les détestaient. Pourtant ils n'avaient pas l'air dangereux, juste un peu bêtes.

J'ai continué ainsi en attendant que les journaux en parlent moins. J'avais peur que si j'allais le voir avant le départ des journalistes quelqu'un ne devine qui j'étais et que j'aie des ennuis avec Jacob et l'église. J'attendais aussi un signe du Seigneur. Je croyais, à l'époque, que le Seigneur donnait à ceux qui vivent selon sa parole les signes qui leur disaient quelle voie suivre dans la vie. Un après-midi, j'ai entendu une des femmes qui chantait dans le chœur raconter qu'elle avait reçu une lettre d'un frère qu'elle ne voyait plus parce qu'il buvait et couchait avec d'autres femmes que son épouse. Son frère avait trouvé le Christ et était né à nouveau et avait renoncé au péché et voulait la voir. Elle était sous une croix et elle tenait une bible et il y avait de la lumière qui venait d'une fenêtre et éclairait son visage. J'ai été sûre que c'était un message de l'au-delà. Aujourd'hui je sais qu'une telle chose n'existe pas, qu'il n'y a pas d'au-delà et personne pour nous envoyer des messages surnaturels. Il n'y a que des coïncidences et notre interprétation de ce que nous voyons autour de nous, et si nous voyons quelque chose c'est un accident, et cela ne signifie rien. Telle est en vérité la parole de Dieu.

Mais à l'époque, j'étais convaincue du contraire et j'ai décidé d'aller voir Ben. J'allais rarement à Manhattan. Sinon c'était avec Jacob et ma mère, et généralement d'autres membres de notre église. Notre pasteur prêchait que Manhattan faisait partie de l'Empire de Satan. Une île pleine de péché et vouée à la cupidité, où il était permis aux homosexuels et aux pervers de vivre librement et de prospérer, et où la parole du Seigneur était diffamée et objet de blasphèmes. J'en avais peur. Je craignais en y allant seule d'être violée ou forcée de pécher d'une manière ou d'une autre. La tentation était partout, dans chaque rue et dans chaque immeuble, les bars, les restaurants et les banques contrôlés par les Maçons, les magasins qui vendaient des vêtements impurs, les quartiers entiers voués aux relations homosexuelles. Satan tenait fermement la ville sous son emprise. Je sais aujourd'hui que c'était une manière ridicule de penser, mais je l'ignorais alors. Donc j'ai prié pour avoir de la force, j'ai prié longtemps et fort, et quand je me suis sentie assez forte j'ai quitté discrètement l'église et j'ai pris le métro qui passait sous le fleuve. J'ai suivi les directions que j'avais trouvées sur un ordinateur de l'église, je suis sortie du métro et suis allée directement à l'hôpital. En entrant j'ai demandé le service de soins intensifs et j'ai pris l'ascenseur pour le premier étage. J'avais très peur. Je tremblais quand je suis sortie de l'ascenseur et que j'ai emprunté le couloir. Je tenais une bible qui avait été imprimée en Israël et bénie par le chef de notre église. Je portais une croix que Jacob m'avait donnée pour mon dix-septième anniversaire et dont il m'avait dit qu'elle me protégerait toujours. Je me suis arrêtée dans la salle d'attente pour prier. Et quand j'ai senti que le Saint-Esprit était fermement en moi, je suis entrée au service de soins intensifs et j'ai trouvé la chambre de Ben. Je me suis arrêtée à la porte et j'ai regardé à l'intérieur. Il y avait une femme, une femme habillée en médecin, assise à côté de son lit en train de lire un clipboard avec des papiers dessus. Elle lui a tenu la main quelques instants et j'avais peur, parce que je pensais que les femmes ne devaient jamais toucher un homme qui n'était pas de leur famille ou qui n'était pas leur mari. Mais je ne pouvais rien faire pour l'en empêcher. Je suis restée là à le regarder. Il était allongé sur un lit et il y avait des machines partout autour de lui et il y avait des tubes qui lui sortaient des bras et il y avait des fils fixés à sa poitrine et à sa tête, qui avait aussi un pansement. Je suis restée là et j'ai dit son nom, le nom qu'il avait reçu à sa naissance : Ben Zion Avrohom, Ben Zion Avrohom, Ben Zion Avrohom.

La femme a levé la tête et m'a vue et a commencé à se lever. Je ne voulais pas lui parler alors je suis partie aussi vite que j'ai pu et je suis rentrée directement dans le Queens. Je suis allée à l'église et j'ai prié pour que le Seigneur Jésus me pardonne mes péchés parce que j'avais menti à mon frère Jacob, et j'ai prié le Seigneur et j'ai rendu grâce pour sa protection pendant que j'étais à Manhattan, et j'ai prié le Seigneur pour lui demander d'aider mon autre frère, Ben Zion, à guérir de ses blessures.

Les deux semaines suivantes, j'ai pu voir Ben Zion presque tous les jours. C'était une des deux périodes de l'année où notre église collectait des fonds, et les membres du groupe des jeunes étaient censés aller quêter. Notre église n'avait jamais été riche en argent, même si tous les pasteurs, y compris Jacob, disaient que ses coffres débordaient de dévotion, de vénération, de ferveur pour l'Esprit Saint et d'amour pour le Sauveur Jésus-Christ. La plupart de nos paroissiens étaient, et sont toujours, des ouvriers et des immigrants, surtout de l'Europe de l'Est. Même si chaque membre du troupeau devait verser dix pour cent de ses revenus, la collecte de fonds était importante. Elle payait généralement les brochures et les livres qui servaient à répandre la parole du Seigneur et payait les efforts d'expansion et les travaux de rénovation de l'église. Notre pasteur voulait tripler la taille de la congrégation et voulait trouver un bâtiment plus grand à consacrer pour en faire notre lieu de culte. Les membres du groupe des jeunes devaient collecter une grande partie de l'argent. Je disais à Jacob que j'allais quêter, prêcher et répandre la parole du Seigneur et j'allais à l'hôpital. Les premiers jours je restais à la porte à regarder Ben avec tous ses fils et ses tubes et à écouter le bruit que faisaient les machines. Petit à petit je me suis approchée, jusqu'au fauteuil près de la porte, jusqu'au fauteuil près de son lit, à genoux à côté de son lit. Je priais pour sa guérison et je priais pour qu'il revienne à la maison et je priais pour la douleur que j'imaginais qu'il ressentait. Il avait des coupures sur tout le corps, des entailles profondes avec des cicatrices roses, et il y avait des pansements sur certaines, et je voyais les petites marques sur d'autres où il y avait eu des sutures, ou peut-être des agrafes. Sa tête était enveloppée dans un gros pansement, un énorme pansement, qui faisait l'arrière de sa tête presque deux fois plus gros qu'il n'était. Parfois il tressaillait un peu ou faisait une sorte de bruit, comme s'il grognait ou pleurait. Je pensais qu'il se colletait avec les suppôts de Satan et je priais plus fort pour lui. À l'époque je croyais aux esprits et au Diable et que la prière peut tout. Aujourd'hui je sais.

À la fin des deux semaines, j'étais agenouillée à côté du lit de Ben. J'avais fini de prier et je lui racontais notre vie depuis qu'il était parti. Notre conversion, notre départ de Williamsburg, notre installation dans un quartier du Queens où il n'y avait presque pas de juifs, les études de Jacob et son métier de pasteur, la maladie de notre mère, notre dévotion à l'église. Je lui ai parlé un peu de mes relations personnelles avec mon Seigneur et Sauveur Jésus-Christ et je lui ai dit qu'il était la seule personne en qui j'avais confiance et à qui je pouvais confier mes problèmes, que le Christ était la seule personne qui était toujours là pour moi et m'écouterait toujours. À un moment, je lui ai dit je l'aime tellement Ben Zion, j'aime tellement Jésus-Christ, et j'ai entendu quelqu'un derrière moi dire comment vous venez de l'appeler ? Je me suis retournée, et un médecin, la femme qui m'avait déjà vue, se tenait debout à quelques pas de moi. Je l'ai regardée, je me suis levée et j'ai essayé de m'en aller. Elle m'a arrêtée et a dit comment vous l'avez appelé ? d'une voix très ferme. J'étais très nerveuse et très effrayée et je ne voulais rien lui dire, alors j'ai dit que je l'avais appelé Ben, le nom dans les journaux. Elle a dit non, vous l'avez appelé autrement, et j'ai juste secoué la tête et je lui ai dit que j'avais appris son nom dans les journaux. Elle a paru très en colère, et je ne voulais pas avoir d'ennuis. Si je devais appeler Jacob pour lui expliquer tout, il se mettrait très en colère et il pourrait me frapper ou m'enfermer dans la chambre ou me forcer à faire une pénitence dont je ne voulais pas. J'ai essayé de contourner la femme mais elle ne voulait pas me laisser partir. Elle m'a demandé qui j'étais, et j'ai dit que j'appartenais à la Première Église de la Création dans le Queens et que j'étais venue à l'hôpital prier pour les malades et les blessés. Elle m'a demandé si j'avais la permission de l'hôpital, et j'ai dit que les seules autorités desquelles je relevais étaient Dieu et son Fils unique, Jésus-Christ. Elle m'a demandé qui était Ben, et j'ai dit que je le connaissais seulement d'après ce que j'avais appris dans les journaux, et que je pensais que c'était un homme à qui la prière pouvait faire du bien. Je l'ai contournée et elle m'a laissé partir. J'ai quitté l'hôpital en courant et j'ai passé tout le trajet en métro à pleurer et à trembler et à demander au Seigneur de me pardonner. J'avais menti et bien que je croie que je l'avais fait pour de bonnes raisons, je n'en pensais pas moins que c'était un péché horrible et qu'il fallait que je demande au Dieu du Ciel qu'il m'accorde son pardon.

J'ai fini par rester longtemps dans le métro. Je ne pouvais pas m'arrêter de pleurer et je ne pouvais pas m'arrêter de trembler et je n'arrêtais pas de demander à Dieu de me pardonner, ce qui généralement me faisait du bien, mais pas cette fois-ci. Je me suis demandé si je n'avais pas commis un péché impardonnable et j'avais peur de devoir brûler éternellement dans les flammes de l'Enfer. J'ai fini par me calmer suffisamment pour retourner à l'église. À la fin de chaque journée nous devions venir déposer les dons que nous avions reçus. Il faisait nuit et c'était bientôt l'heure du dîner, que je devais aider à préparer tous les soirs. Je savais que j'allais avoir des ennuis parce que je n'avais rien, et j'espérais que Jacob ne serait pas là. J'aurais bien prié mais je craignais que prier pour l'absence d'un pasteur soit une sorte de péché.

Quand je suis entrée dans l'église, Jacob m'attendait. Il m'a demandé pourquoi j'étais en retard et j'ai dit que j'avais prêché la

parole de Dieu aux pécheurs pour essayer de les mener dans la voie du salut. Il m'a demandé combien j'avais récolté de dons et je lui ai dit que je n'avais rien reçu aujourd'hui. Il m'a regardée pendant un long moment et j'ai pris peur. Il m'a prise par le bras et m'a emmenée au fond de l'église. Je lui ai dit qu'il me faisait mal et il m'a ignorée et a continué à me tirer. Il me faisait mal au bras et j'avais peur et je savais qu'il savait que je mentais. Il m'a emmenée dans son bureau et il m'a lâché le bras et m'a poussée dans un fauteuil et m'a fixée de nouveau et j'avais terriblement peur et il avait l'air terriblement en colère et il m'a parlé.
Où étais-tu ?
Je suis sortie quêter.
Il m'a giflée.
Où étais-tu ?
J'ai commencé à pleurer.
Je suis sortie.
Il a crié.
Où ?
Je pleurais et il a encore crié.
Où ?
À Manhattan.
Pourquoi ?
J'avais tellement peur. J'ai essayé de m'essuyer la figure, et Jacob m'a de nouveau giflée.
POURQUOI TU AS ÉTÉ LÀ-BAS ?
Et il m'a encore giflée.
QU'EST-CE QUE TU FAISAIS ?
Et encore. Et encore. Et encore.
Et alors il s'est arrêté et je regardais par terre et je pleurais et il m'a pris la figure pour m'obliger à le regarder

et je tremblais et il était terriblement
en colère et il l'a dit de nouveau.
Pourquoi tu as été là-bas, et
qu'est-ce que tu y faisais ?
Je le lui ai dit, mais j'avais encore
plus peur de ce qu'il m'aurait fait
si je ne le lui avais pas dit.
J'ai trouvé Ben Zion.
Je me suis remis à pleurer.
J'ai trouvé Ben Zion.

RUTH

Ma vie a été comme toutes les vies, longue, difficile, pleine de tristesse, de confusion et d'horreur, un rêve effrayant et difficile ponctué de brefs moments de joie. Et ainsi qu'il en est de toutes les vies, les moments de joie ne sont jamais assez fréquents ni jamais assez longs. Ils m'aident à continuer, de la même façon qu'un verre d'eau ou l'idée d'un verre d'eau pourrait m'aider à traverser le désert, sauf que le désert ne finit jamais, il fait des millions de kilomètres de long, et il ne finit jamais.

Je suis née en Israël. Mes parents avaient survécu à l'Holocauste dans des camps en Pologne ; mon père était polonais et il a été à Stutthof et a fini à Treblinka, et ma mère, qui était slovaque, a d'abord été à Theresienstadt et plus tard à Birkenau. Ils se sont rencontrés à Tel Aviv en 1949 et se sont mariés presque tout de suite. À l'époque les Juifs de leur âge étaient encouragés à se marier et à fonder une famille afin de peupler Israël. Ils ne s'aimaient pas vraiment, mais à un certain niveau ils se comprenaient, se comprenaient d'une façon que les autres ne pouvaient pas comprendre. Leurs deux familles avaient été tuées par les nazis pendant la guerre. Leurs familles au complet, parents, grands-parents, frères, sœurs, tantes, oncles, et cousins, tous avaient été assassinés dans les camps de la mort. Telle était la base de leur mariage. L'extermination de leurs familles.

J'ai vécu en Israël jusqu'à l'âge de douze ans. Nous nous étions installés dans une petite colonie qui s'appelle aujourd'hui Gush Katif, au sud de la bande de Gaza. Elle a été attaquée par des moudjahidines d'Égypte et mes parents ont été tués. J'étais à l'école quand c'est arrivé et je les ai trouvés égorgés par terre dans la cuisine. Leurs meilleurs amis avaient quitté Israël pour New York une année auparavant et ils m'ont prise chez eux. N'ayant pas d'enfant, ils étaient heureux de m'avoir et, comme mes parents, c'étaient tous deux des survivants. Aussi comme mes parents, leur mariage était sans amour et tendu, ayant surtout en commun le fait d'avoir été dans les camps. Aussi comme mes parents, ils avaient survécu mais ils n'avaient pas surmonté ce qui leur était arrivé. Ils respiraient, mangeaient, parlaient et vivaient leur vie, mais ils ne vivaient pas, ils n'étaient pas vraiment vivants, parce qu'ils n'en étaient pas capables après ce qu'ils avaient vu et vécu. On peut survivre à un traumatisme, mais souvent pas beaucoup plus. Il vous tue en vous permettant de continuer à vivre.

Ils faisaient de leur mieux avec moi et je les ai acceptés comme étant mes parents. Comme mes parents, ils étaient très protecteurs, ne faisaient pas confiance aux non-Juifs et avaient peur du monde en dehors de leur quartier, qui était entièrement juif. Mon père adoptif était cuisinier dans un restaurant casher, et ma mère était blanchisseuse. Nous allions à la synagogue toutes les semaines, observions le shabbat, mangions casher, et faisions le dîner de shabbat tous les vendredis soir. Nous étions heureux, ou aussi heureux que possible vu le cours que nos vies avaient pris, et nous ne désirions pas plus que ce que nous avions. En ce sens nous avions de la chance. Parce que si on ne sait rien de ce qui est possible dans le monde, nous ne le désirons pas et cela ne nous ne manque pas.

Après la yeshiva, je suis allée travailler comme blanchisseuse avec ma mère. J'avais espéré entrer à l'université et peut-être devenir médecin ou professeur, mais nous n'avions pas l'argent pour ça. Quand j'ai eu vingt ans, j'ai commencé à penser au mariage et à espérer l'amour. J'ai eu l'un des deux quand j'ai rencontré Isaac, qui devait devenir mon époux. Il apprenait le métier de boucher casher et on disait que sa famille appartenait à la lignée davidique et était en Amérique depuis le début du vingtième siècle et possédait sa propre boucherie. Nous nous sommes rencontrés parce que le restaurant où travaillait mon beau-père se fournissait chez eux et que Isaac faisait souvent les livraisons. Mon beau-père l'a invité au dîner de shabbat et il est venu avec ses parents et nous étions assis face à face. Il était très beau et très timide, avec de jolis yeux verts et des cheveux blonds, qui sont plus rares parmi nous, et j'étais timide moi aussi. Cette première fois nous avons à peine parlé et nous avons passé presque tout le temps à nous jeter des coups d'œil en espérant que l'autre ne s'en apercevrait pas. Ce soir-là quand je me suis couchée j'ai su qu'il serait mon mari.

Pour mon beau-père c'était un bon mariage qui lui donnerait plus d'importance au restaurant, et pour Isaac ce serait prestigieux d'épouser une fille de survivants née en Israël parce qu'alors nous étions très peu nombreux. Je croyais que nous nous aimerions.

Notre mariage a été simple et beau et notre nuit de noces a été plus compliquée pour nous. Aucun de nous deux n'avait jamais été seul avec une personne du sexe opposé et nous étions effrayés et nerveux. J'étais très excitée et j'ai attendu Isaac mais il n'était pas prêt alors il a pleuré. Nous savions que nous voulions des enfants et que c'est ce que tout le monde attendait de nous. Pendant six mois Isaac a essayé et il était gêné et il était de plus en plus triste. Un soir il a trop bu et nous sommes devenus mari et femme pour de vrai et il a pleuré de nouveau parce qu'il était heureux. Cette nuit-là nous avons été tous deux très heureux.

Nous avons essayé pendant deux ans de me mettre enceinte. La plupart du temps Isaac buvait mais parfois il ne buvait pas. Nous priions et vivions dans la stricte observance de nos lois juives. Quand je suis tombée enceinte nous avons été fous de joie, et nos familles aussi. Nous avions fini de choisir un nom pour un garçon ou une fille quand j'ai commencé à saigner. Quelques jours plus tard nous avons écrit les noms sur un bout de papier et nous les avons brûlés et nous n'en avons plus jamais parlé. Pour les pires choses dans la vie, c'est parfois ce qu'il y a de mieux, de ne plus jamais en parler.

C'est arrivé encore trois fois pendant les quatre années suivantes avec deux bébés arrivés à terme. Nous avons arrêté d'essayer de choisir des noms, pensant toujours que nous ne devrions donner des noms qu'aux vivants. Notre septième année de mariage j'ai été de nouveau enceinte et il est resté et notre fils Jacob est né en bonne santé et comme il faut. Nous avons pensé que c'était un enfant du miracle, et il ressemblait tout à fait à son père et nous ne pensions pas que nous allions avoir d'autres enfants. Nos familles étaient formidablement contentes et nous avons eu deux autres années de bonheur à regarder Jacob grandir et apprendre, et ressembler chaque jour plus à son père. Nous n'espérions plus d'autres enfants et nous avons arrêté d'essayer d'en avoir. Un soir nous allons à un mariage et Isaac boit trop et je bois un peu moi aussi. Le lendemain matin nous ne nous rappelons plus tout de la nuit mais je sais que je suis enceinte et je sais que ça ira bien et je sais que le bébé sera un garçon et je sais ça de tout mon cœur sans aucun doute du tout, de même que je sais que je suis en vie et que je respire et que Dieu, sous n'importe laquelle des formes de Dieu, est tout-puissant et omniscient. Il n'y a pas de doutes dans mon cœur.

Isaac avait beaucoup de doutes et n'arrêtait pas de me faire douter de ma grossesse. Quand je lui ai appris il est triste et fâché même s'il ne me dit pas pourquoi il ressent ces choses. Il voit notre rabbin de nombreuses fois et alors il est heureux et prêt pour un autre enfant. Quand Ben Zion est né, il y a des complications avec lui, et des choses pas normales, et il ne ressemblait pas à Isaac, parce que Ben est brun avec les yeux noirs comme moi et mes parents, et Isaac a quitté l'hôpital très en colère. Le rabbin Schiff examine le bébé et après vient me voir et me dit que c'est un grand jour, un jour monumental, que le petit Ben est véritablement un don de Dieu, et il est resté à mon chevet et m'a lu la Torah, et ensemble le restant de la nuit nous avons prié.

Quand je suis rentrée, Isaac avait bu et m'avait attendu, et Jacob est avec les parents d'Isaac dans leur maison près de chez nous. Le rabbin Schiff m'aide à ramener Ben à la maison et a emmené Isaac pendant que j'installais Ben Zion dans un berceau que nous avions pour lui. Isaac est lui aussi allé dormir chez ses parents et le rabbin Schiff est revenu avec deux autres rabbins et ils sont restés à côté de Ben le restant de la nuit et le lendemain également à lire la Torah et prier.

Quand Isaac est revenu avec Jacob, rien n'a plus été comme avant. Il était toujours en colère et buvait et il n'aimait pas Ben Zion et quand j'essaie de lui en parler il refuse de parler avec moi. Il buvait beaucoup plus et presque tous les jours il buvait et il voulait avoir bientôt un autre bébé. Il lui était égal que mon corps ne soit pas prêt et que j'aie besoin de temps pour tisser des liens avec Ben Zion. Il voulait d'autres bébés tout de suite, je pense pour se prouver que Ben Zion n'était pas un coup de chance. Nous avons commencé à essayer et ça me faisait très mal mais c'était mon devoir de femme envers mon mari.

Nous essayons pendant un an et ça n'a pas marché, ce qui rendait fou Isaac. Il m'a accusée d'être avec un autre homme et je lui ai dit que j'avais été seulement avec un homme dans ma vie et c'était toi. Il ne m'a pas crue et il a dit que j'avais été avec quelqu'un d'autre, que Ben Zion ne lui ressemblait pas et que ce ne pouvait pas être son enfant. Il me criait dessus souvent et parfois se mettait à me bousculer et à me frapper et me traiter de putain, même devant les enfants. Je suis allée voir le rabbin Schiff et il s'entretient de nombreuses fois avec moi et Isaac et il venait souvent pour parler à Isaac et voir Ben Zion, il disait qu'il était un garçon spécial, un don véritablement de Dieu. Et c'était notre vie. Nous essayons d'avoir d'autres bébés, et Isaac buvait et me criait dessus, et le rabbin Schiff essayait de lui parler pour le calmer. Les garçons se sont mis à grandir et sont allés à la yeshiva et à l'école hébraïque et ont appris à être plus tard des orthodoxes. Nous observons le shabbat et célébrons le shabbat à la synagogue. Et je priais Dieu de faire des changements pour moi pour améliorer ma vie. Je priais Dieu chaque jour.

Et alors huit ans plus tard après avoir continué d'essayer je suis encore enceinte par un miracle de Dieu et j'ai une fille à qui nous donnons le nom d'Esther. C'est une ravissante petite fille qui ressemble beaucoup à Isaac, avec les yeux clairs et les cheveux clairs. J'espère que cette enfant rendra Isaac heureux et fera qu'il redevienne l'Isaac que j'ai épousé, mais ça n'a pas été le cas. Il est devenu encore plus convaincu que Ben n'était pas de lui et il commençait à dire aux gens à la synagogue ou à shabbat que j'étais une putain qui avait eu un enfant d'un autre homme. Une fois il l'a fait devant le rabbin Schiff, qui l'a immédiatement emmené. Il a disparu pendant une journée et presque deux et quand ils reviennent Isaac est différent d'avant. Il avait l'air effrayé et contrarié et quand j'essaie de lui demander ce qu'il y a il me repousse.

Nos vies se sont séparées dans la même maison depuis lors jusqu'à la fin de notre temps ensemble. Il aimait beaucoup Jacob et Esther mais n'aimait plus moi qui étais son épouse ni son deuxième fils Ben Zion, qu'il repoussait quand Ben Zion essayait de lui parler. J'essayais de lui dire qu'il était mon époux et que je l'aimais et il me disait qu'il m'aimait par politesse mais je savais qu'il ne m'aimait pas. Je savais que ce que le rabbin Schiff lui avait dit l'avait changé en le rendant différent. Le rabbin continuait à venir et s'occupait tout particulièrement de Ben Zion et lui posait des questions sur ses études et son amour pour Dieu, et Ben Zion était un si bon garçon, un gentil garçon qui aimait tout le monde, qui était toujours souriant et en train de faire de bonnes choses pour les gens. C'est Ben Zion qui m'a permis de traverser ces années difficiles. Je n'avais plus Isaac, et Jacob était son fils et Esther était sa fille et il leur disait pas de bonnes choses sur moi que je crois ne les faisait pas m'aimer comme des enfants doivent aimer leur mère. Et Ben Zion semblait le remarquer et m'aimait plus et me faisait savoir qu'il m'aimait de tout son cœur.

À l'âge de treize ans, Ben Zion est devenu un homme avec sa bar-mitzvah. Je n'ai jamais su pourquoi mais beaucoup de rabbins sont venus de New York et d'autres endroits, pas juste des orthodoxes, mais aussi des hassidiques et des conservateurs et des réformés, et deux sont venus d'Israël. Il a lu la Torah d'une façon qui a fait pleurer beaucoup des membres de la synagogue, ce qui est quelque chose que je n'avais jamais vu avant de toute ma vie. Sa voix était claire et pure et tellement forte, presque comme un tonnerre, mais aussi sa voix avait de la compassion et de l'amour sans faire exprès. Je n'avais jamais entendu cette voix à mon fils Ben Zion, et je ne sais pas d'où elle venait à l'intérieur de lui. Parfois je me demande, spécialement maintenant, si c'était lui qui parlait, ou si c'était le Seigneur Dieu lui-même.

Après la bar-mitzvah les choses ont encore empiré, avec Isaac qui buvait et buvait et n'allait pas au travail et me battait moi et Ben

Zion tous les jours. Un matin après une année je vais dans notre chambre pour voir s'il n'est pas réveillé et il avait trépassé dans les mains de Dieu. Le docteur a dit que son cœur avait lâché mais personne dans sa famille n'avait ça donc je me suis toujours demandé si c'était vrai. Le rabbin Schiff a pratiqué la keriah et Jacob a récité le kaddish. On a mangé des œufs durs au dîner et il y avait beaucoup de tristesse dans notre famille. Pendant sept jours nous avons observé la shivah. Même si l'Isaac que j'aimais était parti depuis de nombreuses années, j'ai profondément souffert de sa perte.

Après la fin de shloshim, après avoir pleuré Isaac pendant quarante jours, Jacob est devenu le chef de famille. Ce même jour il a dit à Ben Zion de partir et de ne jamais revenir, qu'Isaac était mort à cause de Ben Zion et que Dieu le punirait. Ben Zion a essayé de parler à Jacob pour lui dire qu'il l'aimait et qu'il aimait son père, mais Jacob l'a battu très fort et l'a jeté hors de la maison et a fermé la porte à clé pendant qu'il saignait sur le trottoir. Je n'ai pas pu regarder et je suis allée verser toutes les larmes de mon corps dans ma chambre et j'ai lavé le sang le lendemain. Le rabbin était choqué et a été très sévère avec Jacob et a dit qu'il avait fait une terrible terrible erreur qu'il devait réparer. Mais il n'a l'a pas réparée. Et Ben Zion a disparu. J'ai pensé qu'il reviendrait ou qu'il serait chez quelqu'un qui connaissait notre famille mais il n'était nulle part et personne ne l'a plus vu ni n'a plus eu de ses nouvelles. Et toutes les nuits je pleurais pour lui et ça n'est jamais devenu plus facile pour moi. Mon bien-aimé Ben Zion avait disparu.

Et puis seize ans après, seize années de terreur, où j'ai été obligée de renier mon Dieu et prier devant un auquel je ne croyais pas, obligée de quitter ma communauté pour une que je ne connaissais pas, forcée d'être l'esclave de mon fils qui ne m'aimait pas, Jacob est revenu de l'église avec Esther comme tous les jours, mais ce jour-là allait changer notre vie à jamais. Quand ils sont entrés, j'ai compris que Jacob avait frappé Esther comme il faisait parfois, ainsi que moi, et je savais qu'il ne fallait pas que je pose de question ni que je le défie parce qu'alors il frappait plus et plus fort. Mais il n'était pas comme il est d'habitude quand il frappe ; il n'avait pas l'air aussi mauvais et en colère, et je lui ai demandé ce qui se passait et il m'a dit qu'Esther l'avait trouvé, trouvé Ben Zion, qu'il était en vie, dans un hôpital à Manhattan, qu'elle l'avait vu de ses deux yeux et prié son Seigneur et Sauveur à son chevet.

Même si j'avais toujours su que le jour viendrait où Ben Zion serait de retour, je ne pouvais pas croire que c'était aujourd'hui. J'ai demandé à Esther qui pleurait si c'était vrai et elle m'a dit oui. Je lui ai demandé quel hôpital et elle me l'a dit et je lui ai demandé pourquoi il était dans un hôpital et elle m'a dit qu'il avait eu un accident avec du verre qui lui était tombé dessus et qu'il était en soins intensifs et elle s'est mise à pleurer. Je suis allée la prendre dans mes bras et je lui ai dit que tout irait bien et que tout irait bien pour Ben Zion et je l'ai gardée dans mes bras jusqu'à ce que Jacob me dise de la lâcher, qu'elle irait bien. Je lui ai dit elle a besoin de moi et il me crie Non Elle N'est Pas Un Bébé et il l'a tirée très fort et l'a jetée par terre et lui a dit d'arrêter de pleurer. Puis il se tourne vers moi et dit Mère, il faut que nous demandions conseil au Seigneur et je dis non, je n'ai pas besoin de conseils, j'ai seulement besoin de voir mon fils qui est à l'hôpital, mon fils que je n'ai pas vu depuis seize ans. Il a dit le Seigneur nous dira quand y aller et je dis le Seigneur me l'a déjà dit et je me suis dirigée vers la porte. Il m'a saisie et j'ai repoussé son bras et il m'a tenue fort de ses deux bras et m'a poussée contre la porte et m'a crié Nous Allons Prier Ensemble Jusqu'à Ce Que Le Seigneur Nous Envoie Un Signe. J'essaie de me dégager parce que je voulais juste aller à l'hôpital voir Ben Zion et Jacob me frappe trois fois très vite du plat de la main sur le même côté du visage et je sais que je dois prier avec lui, même si je sais que ce n'est pas pour moi et que ça ne fera pas de différence pour moi, je dois prier.

Nous nous sommes agenouillés devant un crucifix avec moi d'un côté de Jacob et Esther de l'autre côté et Jacob a commencé à demander conseil au Seigneur. Il a dit Jésus-Christ je suis ton humble serviteur je t'en prie montre-moi la voie, je t'en prie guide mes actes, je t'en prie donne-moi un signe pour que je puisse connaître tes intentions pour moi et ma famille. Et il continue comme ça pendant quatre heures, à demander un signe, le conseil de son Seigneur et Sauveur

Jésus-Christ, la force du Saint-Esprit pour agir avec rectitude. Je n'avais pas besoin d'un signe, qu'Esther ait vu Ben Zion est un signe suffisant pour moi. Je voulais juste partir.

Après qu'on a prié Jacob a dit qu'il faut aussi qu'on jeûne et ne pas dîner et nous dit qu'il faut qu'on aille prier chacune dans nos chambres. Je vais préparer un petit sac et prendre de l'argent d'une petite somme que j'ai gagnée pour moi et j'attends que la maison soit silencieuse et je sors sans que personne m'entende. Je sais que Jacob sera très en colère et qu'il me punira mais je sens qu'il faut que je le fasse alors je le fais. Je me dis si tu crois profondément dans ton cœur tu dois le défier, et si tu es prête à payer, tu dois toujours le faire, même si tu dois avoir très mal. Trop de fois dans nos vies nous ne le faisons pas, et nous payons encore plus, donc cette fois-ci je le fais.

Je ne connaissais pas l'hôpital ni où il était donc j'ai pris un taxi et j'ai dit au chauffeur de m'y conduire. Le chauffeur était un musulman et il y avait quelque chose écrit en arabe accroché au rétroviseur. J'étais déjà nerveuse d'être partie en sachant que Jacob serait en colère et le chauffeur m'a rendue encore plus nerveuse parce que je pensais que s'il savait que je suis israélienne il me haïrait. Je sais que ce n'est pas bien de penser comme ça mais c'est aussi la vérité. Et c'est aussi la vérité que je hais le musulman de vouloir que je meure et de croire que je ne suis pas un être humain. Peut-être que s'il n'était pas comme il est et que je n'étais pas comme je suis nous serions amis. Nous sommes ce que nous sommes, et les hommes auront toujours de la haine. C'est la ruine de notre monde.

Il m'a déposée et je lui ai donné l'argent mais je ne l'ai pas touché. J'entre dans l'hôpital et je demande où est mon fils Ben Zion et la dame me dit que l'heure des visites est passée. Je lui dis que mon fils que je n'ai pas vu depuis seize ans est ici et que je dois le voir. Je lui dis qu'il s'appelle Ben Zion Avrohom et elle regarde dans son ordinateur et dit qu'il n'y a personne ici de ce nom. Je lui dis que ma fille l'a vu et qu'il a reçu du verre et qu'il est aux soins intensifs. Elle me regarde un moment et décroche le téléphone et appelle quelqu'un et me dit de m'asseoir et d'attendre que quelqu'un vienne me parler du problème. J'ai commencé à me fâcher et j'ai dit je veux juste voir mon fils qui a disparu si longtemps et la femme dit qu'elle appelle quelqu'un pour voir.

Je me suis assise et j'ai attendu que quelqu'un vienne et une dame arrive en blouse de docteur et elle dit qu'elle est un chirurgien qui travaille sur un jeune homme qu'elle croit qui pourrait être mon fils. Je dis je ne crois rien, je sais, je sais avec mon cœur, que ma fille était ici et a vu Ben Zion Avrohom, qui m'a quittée il y a seize ans. La femme me pose des questions sur Esther et je lui dis comment elle est et la femme hoche la tête et dit j'ai vu votre fille aujourd'hui mais elle m'a dit qu'elle était là pour prier pour les malades et les blessés de la part d'une église du Queens. Je lui dis que ma fille est une chrétienne qui habite le Queens et priait son Seigneur et Sauveur Jésus-Christ pour le bien-être de son frère qu'elle aime. Le docteur me demande encore quel est le nom de Ben et je lui dis et elle me demande quand je l'ai vu pour la dernière fois et je lui ai dit que ça faisait seize ans qu'il avait disparu et que chaque jour je prie Dieu qu'il revienne. Elle me demande pourquoi il a disparu et je commence à pleurer et je pleure longtemps et elle s'assied à côté de moi et prend ma main et c'est la première fois depuis beaucoup d'années que j'ai senti de la bonté de quelqu'un d'autre que ma fille, la première fois depuis beaucoup, beaucoup d'années. Je cesse de pleurer et je m'essuie la figure et j'essaie de me tenir tranquille. Le docteur me dit qu'elle s'appelle Alexis et elle me dit qu'elle a opéré Ben quand il est entré à l'hôpital et le soigne pour ses blessures qui sont très graves et mettent sa vie en danger. Elle dit que c'est un miracle qu'il soit en vie et qu'il n'y a pas d'explication à ça. Je ne lui ai pas donné l'explication que je connais parce qu'elle ne m'aurait pas crue si je lui disais. Elle m'a demandé si je voulais voir Ben Zion et je dis oui et elle me conduit dans l'hôpital. Quand nous arrivons devant sa chambre, nous nous arrêtons et je me sens très nerveuse et effrayée et heureuse. Elle me dit de me préparer et je dis que je pense que Ben Zion ira bien quoi qu'il soit arrivé. Elle me sourit et me dit préparez-vous s'il vous plaît. Mais il n'y a rien qui nous prépare aux pires choses de notre vie. Il n'y a rien qu'on peut faire pour empêcher le choc ou atténuer la douleur.

Je suis entrée dans la chambre. Bien Zion était au lit sur le dos. Il y avait des tubes d'intraveineuses dans ses bras et un masque sur sa figure et des appareils sur sa tête qui était sans cheveux et sur sa poitrine pleine de cicatrices. Il y avait des cicatrices partout sur son corps où il avait été coupé par le verre. De terribles cicatrices longues et irrégulières sur son corps partout. J'avais peur de m'approcher de lui, peur de mon propre fils endormi sur son lit, mon beau garçon, que j'avais aimé toute sa vie, même quand il n'était pas avec moi. Mon fils avec toutes ses cicatrices, avec toute sa souffrance.

Je me suis approchée lentement et je me suis mise de nouveau à pleurer. Je pleure à cause de ce qui lui est arrivé, et à cause de toutes ces années perdues, et parce qu'il a été chassé de ma maison, et aussi à cause de toutes les fois qu'Isaac et Jacob l'ont battu et ont été méchants avec lui, et à cause des fois où j'étais avec lui quand il était un petit garçon et un bébé et qu'il souriait et riait et à cause de tout l'amour que j'avais pour lui. Je vais jusqu'à lui et je dis son nom et je me mets à pleurer très fort et ça me fait mal au corps et à l'intérieur comme si j'étais détruite et je me mets à genoux à côté de son lit et je ne peux pas le toucher ni le regarder, juste lui dire encore et encore pardon, pardon. Il n'y a pas d'autres mots, et même ces mots ne sont pas assez pour ce que je sens. Il n'y a jamais de mots pour nos sentiments les plus forts. Il y a juste la douleur qu'on ne peut pas partager. La douleur que nous devons sentir tout seuls.

Je reste à côté de son lit toute la nuit et quand le soleil se lève je m'assieds dans un fauteuil à côté de son lit et je lui prends la main et je lui parle de quand il était pas là et de ce qui s'est passé dans notre vie. Je tiens sa main et elle est froide et il y a des cicatrices sur son poignet et sa main et il ne bouge pas sauf sa respiration qui est faible, et parfois difficile, et parfois il s'agite ou tremble un peu. À un moment beaucoup de docteurs arrivent et ils disent que la feuille de température est toujours marquée X et ça me fait pleurer de penser à tout le temps que mon fils est resté tout seul ici à être nommé X. Un docteur appelle quelqu'un au téléphone au mur et plus de gens arrivent mais ce ne sont pas des docteurs. Il y en a qui travaillent à l'hôpital et d'autres qui sont de la police et je leur dis son nom et d'où il vient et je dis depuis combien de temps je ne l'ai pas vu. Ils me demandent ma carte d'identité et je leur dis que mon fils m'interdit d'avoir une carte d'identité ou un permis de conduire parce qu'il ne reconnaît pas d'autre autorité que celle de Dieu. Ils m'emmènent dans une pièce où ils me disent de rester jusqu'à ce qu'ils s'assurent que je suis qui je dis que je suis.

C'est un long moment, de nombreuses heures où je suis seule. Quand la porte s'ouvre, c'est Jacob et il dit de venir avec lui. Je lui demande ce qui s'est passé et il dit qu'il a parlé à la police et leur a tout dit et leur a montré son permis de conduire et qu'ils disent que je peux partir. Nous allons dans la chambre de Ben Zion et Esther nous attend devant la porte et nous entrons ensemble et nous nous mettons à genoux et passons la journée à prier ensemble pour la santé de Ben Zion. Et pendant de nombreux jours c'est ce que nous faisons. Nous nous mettons à genoux à côté du lit et ensemble nous prions pour la santé de Ben Zion. Jacob et Esther retournent dans le Queens parfois parce qu'ils ont de nombreuses responsabilités à l'église mais je ne quitte pas l'hôpital. Je reste avec mon fils. Et je l'attends. Et je sais dans mon cœur, parce que je l'ai su toute ma vie, et que je l'ai su toute sa vie, ce qu'il deviendra à son retour. Je l'attends.

JÉRÉMIE

Jacob était comme un frère pour moi et un père pour moi et un guide spirituel pour moi et une véritable source d'inspiration pour moi. Il m'a sauvé et a cru me guérir et je l'aimais et l'admirais, et de bien des manières j'aurais voulu être lui. Quand les médias sont arrivés après que l'identité de Ben a été rendue publique, il m'a demandé de rester à l'hôpital avec sa mère pour les protéger des reporters et leurs magnétophones et leurs caméras et leurs mensonges. Il voulait aussi que je prenne des notes chaque fois que les docteurs étaient là pour les avoir pour les procès qu'il avait l'intention de faire au nom de Ben à la ville, au constructeur, aux promoteurs et à l'hôpital, il espérait qu'ils lui procureraient la sécurité financière et permettraient à l'église d'avoir plus de moyens et de propager son enseignement. C'était véritablement pour moi un grand honneur, et je lui ai juré que je prendrais ce travail très au sérieux et que j'y sacrifierais ma vie si nécessaire. Jacob a dit qu'il le savait et que c'était pour ça qu'il m'avait choisi. Comme l'hôpital ne permettait qu'aux parents de rester, Jacob leur a dit que j'étais son frère, son vrai frère.

Et nous croyions qu'aux yeux de Dieu, du Saint-Esprit et de notre Seigneur et Sauveur Jésus-Christ, nous disions la vérité, et que parce que notre intention était bonne, que le péché de mensonge n'était pas vraiment un péché. Nous avons fait ce que les gens font tout le temps, nous nous sommes dit que ce que nous faisions était bien et nous avons trouvé moyen de le justifier, même si nous savions que ce n'était pas bien. Nous nous sommes dit que Dieu nous le permettrait, mais pas à cause des Lois de Dieu, mais parce que nous voulions le faire.

J'ai fait la connaissance de Jacob pendant une manifestation contre les styles de vie déviants devant un club où j'allais rencontrer des hommes. Je l'avais déjà vu quelques fois avec deux ou trois autres personnes avec des pancartes qui disaient Dieu Hait les Pédés, ou Les Pédés Pourriront en Enfer, ou Le Sida est le Remède de Dieu contre les Pédés, et il criait des versets de la Bible aux gens qui fumaient devant le club et distribuait des brochures sur son église. Mon histoire était la même que celle d'un million d'autres à New York. J'ai grandi dans une petite ville, j'aimais les garçons et les robes, je me suis fait chambrer et battre à la maison et à l'école, me suis enfui à New York à l'âge de dix-sept ans pour devenir mannequin ou chanteur ou acteur ou tout ce que je pourrais être d'amusant et de facile et qui me rendrait célèbre. Ça n'a pas marché, et je suis devenu accro à la drogue, au sexe et aux clubs et j'ai vécu une vie triste et vide que je prétendais être amusante et excitante. J'avais toujours l'impression d'avoir un trou dans le cœur, ce trou noir qui me faisait me sentir seul, vide et bon à rien. J'ai essayé de le remplir, tout le monde essaie d'une manière ou d'une autre, et il est juste devenu de plus en plus grand. Le soir où Jacob m'a abordé j'étais avec un homme qui me donnait certaines choses et attendait certaines choses en retour. Il habitait le Midwest et passait trois ou quatre jours par mois à New York. C'était ma deuxième soirée avec lui et j'avais très mal. L'homme voulait que je trouve de la méth', et en sortant du club Jacob m'a dit je peux te guérir quand je suis passé devant lui. Je me suis arrêté et je lui ai demandé de quoi il pouvait me guérir, et il a dit de l'ignoble et damnable style de vie de la sodomie et de l'homosexualité. Je lui ai demandé comment et il m'a dit la Bible propage un message d'amour et d'espoir, et le Seigneur et Sauveur Jésus-Christ te sauvera et te montrera la voie. Je me suis mis à pleurer. J'étais surpris. Je détestais la religion pour la façon dont elle me traitait et son intransigeance, et je n'aurais jamais cru que je croirais en elle, mais quelque chose s'est ouvert en moi, le Saint-Esprit s'est ouvert en moi, et c'était merveilleux et fantastique et la chose la plus forte que j'ai jamais ressentie, une sensation de joie, de paix et d'amour, et j'ai cru à cet instant que Dieu m'appelait et me disait de suivre cet homme. Deux heures plus tard j'étais baptisé et né de nouveau. Le lendemain je me suis installé dans un appartement en sous-sol dans le Queens dans la maison de l'un des membres du conseil de l'église. J'avais le sentiment d'être dans la vérité et le bien et c'était merveilleux, joyeux, sûr et fort. D'avoir en moi le Saint-Esprit et de cultiver une relation personnelle avec le Seigneur et Sauveur Jésus-Christ. D'avoir des amis qui m'appelaient leur frère et voulaient s'occuper de moi au lieu de m'utiliser. C'était tout ce que j'avais toujours voulu dans la vie, tout ce que veut tout le monde. Avoir quelqu'un qui vous aime. Avoir quelqu'un qui vous dise qu'il connaît le chemin et veut le partager avec vous.

Je passais la plus grande partie du temps dans un fauteuil près de la porte de la chambre de Ben. Nous gardions la porte fermée et quand elle s'ouvrait je me levais pour demander à la personne qui entrait ce qu'elle venait faire dans la chambre. Cela embêtait les médecins et les infirmières parce que je leur demandais à tous de me montrer leur carte, même si je les connaissais et avais déjà vu leur carte. Deux fois des reporters ont essayé d'entrer en se faisant passer pour des docteurs. L'un d'eux a même essayé de me montrer une fausse carte. Tout le monde voulait voir le Miraculé qui avait disparu pendant seize ans et avait survécu à une chose à laquelle il n'aurait pas dû survivre. En plus des reporters il y avait des avocats, des photographes, des médiums, des guérisseurs, et des femmes. Je prenais les cartes des avocats mais je renvoyais les autres aussi vite que possible. Et je ne pouvais pas croire le nombre de femmes qui voulaient le voir ou le toucher ou l'épouser. Il n'était même pas réveillé et elles ne savaient pas à quoi il ressemblerait s'il finissait par se réveiller, s'il pourrait parler ou bouger ou marcher. Je donnais une brochure à chacune d'elles en leur disant que peut-être le vide qu'elles ressentaient dans leur cœur pourrait être comblé par l'amour de Dieu et l'amour de son Fils, le Seigneur et Sauveur Jésus-Christ.

Pendant les dix premiers jours, il ne s'est rien passé. Mrs. Avrohom priait près du lit de Ben et je lisais la Bible. J'allais acheter à manger à la boutique ou à la cafétéria. Nous dormions tous les deux dans des lits pliants, le sien près du lit, le mien près de la porte. Jacob et Esther venaient après le petit déjeuner et restaient généralement jusqu'à avant le dîner. Ils passaient la plupart du temps agenouillés à côté du lit à prier, même si Jacob sortait souvent dans le couloir pour parler avec les docteurs, et deux trois fois avec des avocats. Personne ne semblait connaître l'état de Ben. Les machines qu'ils branchaient à son cerveau leur donnaient toutes sortes de résultats différents, et parfois ils étaient contents et disaient qu'il semblait normal et parfois ils disaient qu'il serait un légume et parfois ils disaient qu'ils voyaient des choses qu'ils n'avaient jamais vues, une activité extraordinaire, comme a dit un docteur, et la plupart du temps ils n'avaient aucune idée de ce qui se passait. Quand ils ont enlevé le tube de sa gorge, ça a été toute une affaire. Ils ont demandé à tout le monde de sortir sauf Jacob, qui a refusé, et ils craignaient vraiment qu'il ne puisse pas respirer tout seul. J'ai attendu dehors avec Mrs. Avrohom et Esther, et nous avons prié Jésus de donner à Ben la force de vivre. Nous priions vraiment fort, et quand nous avons entendu les docteurs applaudir et

Jacob hurler alléluia, Seigneur, nous avons su que nos prières avaient été exaucées.

Pendant les cinq ou six jours suivants, rien de bon n'est arrivé. Ben respirait, mais il ne bougeait pas, et tous les appareils indiquaient qu'il n'y avait aucune activité cérébrale, et les docteurs disaient qu'il allait être un légume pour le restant de ses jours. Ça tombait vraiment mal parce que Jacob terminait la collecte des fonds et allait annoncer les plans pour l'expansion de l'église. Il m'a demandé de prendre des notes de tout ce que disaient les docteurs et les infirmières et il venait les lire à la fin de la journée. Il m'a aussi demandé de prier encore plus fort, et je lui ai dit que je priais aussi fort que je pouvais, mais je savais que ma relation à Dieu était bien moins forte que la sienne, et je craignais de ne pas avoir assez de force, et de ne pas être assez saint, pour être efficace.

Les docteurs allaient et venaient. J'ai entendu des expressions comme graves lésions cérébrales, absence de signes de conscience, syndrome apallique, état végétatif persistant, état végétatif permanent. Ils ont testé sa réaction aux stimuli et il n'y en a pas eu. Ils ont essayé de lui faire suivre des choses des yeux mais il fixait juste le plafond, bien que je ne pense pas qu'il voyait quoi que ce soit. Un docteur a suggéré une chose appelée stimulation corticale bifocale extradurale, qui semblait effrayante et mauvaise, et j'ai dit à Jacob que je pensais que ce docteur qui avait l'air juif et le nez crochu devait être en légion avec le Diable.

Le septième soir, j'étais en train de lire la Bible. Ce soir-là je lisais l'Apocalypse 12. C'est un chapitre puissant, l'un des plus puissants du Nouveau Testament, et qui possède beaucoup de vérité. Il parle d'une femme enveloppée par le soleil avec la lune sous ses pieds et une couronne de douze étoiles sur sa tête, et du grand dragon rouge à sept têtes, dix cornes et sept couronnes qui entraîne le tiers des étoiles du ciel, et de comment le dragon se prépare à dévorer l'enfant de la femme, l'enfant qui doit mener toutes les nations avec un sceptre de fer, la femme est entraînée dans le désert de Dieu pendant 1 260 jours pendant que l'archange Michel et son armée d'anges font la guerre au dragon. J'avais lu le chapitre de nombreuses fois, et je croyais que les événements qu'il y a dedans allaient bientôt arriver, puisqu'il était prédit qu'ils arriveraient à la Fin des Temps, et je savais que la Fin des Temps arrivait, et que j'en serais témoin, et que je serais un des 144 000 oints du Seigneur qui seraient sauvés et emmenés au Ciel. Mrs. Avrohom était agenouillée à côté de Ben comme tous les soirs. Mais ce soir, ce septième soir, elle a commencé à prier en hébreu. Jacob m'avait dit qu'elle le ferait peut-être et il voulait savoir si elle le faisait parce qu'il avait défendu les enseignements, la loi, la langue et les mots juifs chez lui, et qu'il la punirait en conséquence pour avoir enfreint ses règles. Je ne savais pas ce qu'elle disait mais j'ai pensé que je devais poser ma bible et essayer de noter ce que j'entendrais. Pendant qu'elle priait, les lèvres de Ben se sont mises à remuer. Elle ne le voyait pas, mais moi si. Il n'en sortait aucun bruit, mais elles formaient les mêmes mots qu'elle disait dans ses prières. Et alors ses yeux se sont ouverts, et pas comme les docteurs les ouvraient pour les tests, cette fois-ci ils se sont ouverts et ils étaient clairs et voyants et vivants, et ils avaient quelque chose de pur et de céleste, comme si c'étaient les yeux du Sauveur lui-même et j'étais transporté par eux. Mrs. Avrohom continuait à prier, et je ne savais pas si Ben était avec elle, et elle disait tout bas les versets en hébreu et Ben a commencé à les dire avec elle, doucement, d'une voix très vieille et puissante, exactement en même temps, comme s'il savait ce qu'elle allait dire avant qu'elle le dise, et ça m'a donné des frissons. J'ai essayé d'écrire ce que je voyais, et ce que Mrs. Avrohom disait, et ce que Ben disait, mais j'étais paralysé, paralysé par la joie et la liberté et une légèreté d'esprit qui était comme au moment où j'avais été sauvé, quand le Saint-Esprit vivait si puissamment en moi.

Mrs. Avrohom a eu conscience de Ben quand il a posé la main sur son front. Je l'ai vu se passer comme au ralenti. Ses doigts ont commencé à bouger lentement, légèrement, un par un, comme s'ils dansaient. Et puis sa main et son bras se sont soulevés du drap blanc et ses doigts ont arrêté de bouger et ont paru se tendre, comme les doigts d'Adam vers Dieu. Mrs. Avrohom priait toujours, et Ben avec elle, et le son synchronisé de leurs paroles était simple et ancien et possédait un rythme magnifique et alors que son bras s'est approché de son front il s'est tourné pour la regarder et on aurait dit que ça lui prenait un million d'années pour l'atteindre et on aurait dit qu'il n'y avait rien d'autre qui se passait dans le monde, il y avait juste cette chose, ce seul moment, ce fils perdu et meurtri qui tendait la main vers sa mère pendant qu'ils priaient le Dieu Tout-Puissant.

Quand enfin il l'a touchée, elle a eu un hoquet. Je ne sais pas si c'est parce qu'elle était surprise ou à cause de quelque chose qu'elle ressentait, mais on aurait dit qu'elle était traversée par un immense éclair. Le bras de Ben était fermement sur son front, et elle a levé les yeux, sa bouche s'est ouverte, son corps est devenu tout mou, ses yeux étaient pleins de joie, de paix et de contentement. Et ils continuaient à prier, il n'y a pas eu de suspension, pas d'arrêt, les mots continuaient juste à sortir. Ben a souri, s'est tourné et a commencé à s'asseoir et, alors qu'il le faisait, les instruments et les tubes qui étaient fixés à son corps ont commencé à tomber et il a arraché ceux qui ne l'avaient pas fait de sa main libre. Les alarmes ont commencé à sonner, à hurler, et lui et sa mère ne semblaient pas s'en apercevoir. Il s'est assis tout droit et a souri, et c'était un magnifique sourire calme, pareil à celui que j'ai vu sur tant d'images du Seigneur et Sauveur Jésus-Christ, et sa mère le regardait, et il a sorti les jambes du lit et ils continuaient à prier, presque à chanter, et sa main était toujours sur son front, et il s'est levé. Il portait une chemise de nuit blanche. Son corps était hideux et affreusement marqué, on voyait les cicatrices sur ses bras, ses jambes et son visage. Sa peau était si blanche et si pâle. Et il y avait les alarmes qui hurlaient. Et c'était magnifique. C'était tellement magnifique. Si seulement j'étais capable de communiquer les sentiments que ça m'inspirait. Mais c'est comme ça avec tous les sentiments, les émotions et les moments importants de notre vie, les mots échouent à exprimer même une fraction de ce que nous éprouvons réellement. Tout ce que je peux dire c'est que j'avais vraiment l'impression de me trouver en présence de la divinité, en présence de Dieu lui-même. Et j'étais incapable de bouger ni de parler ni d'écrire ou de faire quoi que ce soit à part le regarder et ressentir l'amour, et la crainte respectueuse, et l'humilité. C'était juste tellement magnifique.

La porte s'est ouverte brutalement et une équipe d'infirmières et de docteurs s'est précipitée dans la chambre, mais se sont arrêtés dès qu'ils ont vu ce qui se passait. Ben ne s'est pas tourné vers eux ni n'a pas semblé remarquer leur présence. Il regardait sa mère, qui le regardait, et alors il a fermé les yeux et a enlevé sa main de son front et l'a levée à sa poitrine et l'a tenue là et a arrêté de dire les prières en hébreu et a pris une grande inspiration et expiré en souriant. Et dès qu'il a fini d'expirer il s'est écroulé par terre et il a eu une attaque.

On m'a fait sortir mais ce que j'ai vu de l'attaque était affreux. Ben tremblait, tout son corps tremblait violemment et des fluides ont commencé immédiatement à sortir de sa bouche et de son nez, et il faisait ces horribles bruits gutturaux. Sa mère s'est levée et s'est mise à crier. Les docteurs et les infirmières ont immédiatement essayé de le maîtriser et de lui saisir la langue mais il était fort, épouvantablement et incroyablement fort, surtout si on pense qu'il avait été dans le coma pendant plusieurs semaines et il a fallu qu'ils s'y mettent à deux à chaque bras et chaque jambe pour le maintenir au sol. Dans le couloir, je l'entendais se débattre, on aurait dit un animal, comme s'il était possédé par Satan en personne, et j'entendais les infirmières et les garçons de salle qui criaient pour demander des renforts, et j'entendais Mrs. Avrohom qu'on avait repoussée dans un coin de la chambre quand j'étais sorti qui hurlait de toutes ses forces.

Je ne sais pas combien de temps de temps ça a duré ou ça a pris, parce qu'on aurait dit des heures et des heures et des heures, mais la crise de Ben a cessé et tout s'est calmé et on m'a permis de rentrer dans la chambre. Ben était dans son lit, endormi ou sous sédatifs, et ses bras ses jambes étaient sanglés aux bords du lit au cas où il aurait une autre attaque. Mrs. Avrohom était dans le coin, sanglotant tout bas dans ses mains. Je ne savais que faire, mais j'ai décidé que si Jacob me considérait comme un membre de la famille, je devais réconforter sa mère comme si j'en étais vraiment un, et que les choses qui importaient normalement pour un chrétien, le fait que j'étais célibataire et qu'elle était veuve, qu'elle avait prié en hébreu et qu'elle avait été élevée dans la religion juive, n'avaient pas d'importance, et que si Dieu me jugeait, il me pardonnerait aussi quand je me repentirais. Je suis allé vers Mrs. Avrohom et j'ai posé la main sur son épaule et lui ai demandé si elle allait bien. Elle m'a regardé et entre deux sanglots m'a demandé ce qui venait d'arriver, ce qui venait d'arriver à son fils. Je lui ai dit que je ne savais pas, que Dieu avait toujours un dessein et que nous ne devions jamais nous y opposer, mais que je ne savais pas.

Jacob est arrivé plus tard. Les docteurs l'avaient appelé parce que c'était le membre de la famille à contacter. Entre l'appel et son arrivée, les docteurs sont entrés et sortis pour prendre la pression et le pouls de Ben. Je ne touchais plus sa mère quand il est entré, mais il a été contrarié que je sois assis près d'elle. Et je lui ai dit ce qui était arrivé, avec tous les détails que je connaissais, mais il n'a pas semblé surpris ni contrarié. Il a regardé son frère et a dit prions, prions pour l'homme qui est peut-être devant nous. Je ne savais pas ce qu'il voulait dire et je n'ai pas pensé qu'il fallait que je le lui demande. Nous nous sommes agenouillés et nous avons prié ensemble, prié en silence jusqu'à ce que le soleil se lève et que commence pour nous un des splendides jours de Dieu.

Le matin, Jacob a emmené sa mère à la maison. Elle ne voulait pas partir, mais il pensait qu'elle avait besoin de passer un peu de temps loin d'ici et elle lui a obéi parce qu'il était le chef de famille. Il m'a demandé de rester pour essayer d'apprendre tout ce que je pourrais sur l'état de Ben. Les docteurs

continuaient d'entrer et sortir, mais quand ils parlaient c'était tout bas et je n'arrivais pas à entendre ce qu'ils disaient. Aux alentours du déjeuner ils ont cessé de venir. Il n'y avait plus que Ben, qui n'avait pas bougé depuis son attaque, et moi. Je me suis mis à lire ma bible en commençant directement par une de mes parties préférées, Matthieu 4, 1-11, qui parle de la tentation du Christ par le Diable quand Jésus vivait dans le désert et de la nourriture que les anges du Ciel lui ont apportée après qu'il a résisté à ce que le Diable lui offrait. Je me suis souvent imaginé dans la position du Christ, en train de résister aux vils dons du Diable, dont j'avais passé tant d'années coupables à jouir, et de voir un jour les anges descendre du Ciel, leurs ailes resplendissant de sainteté, pour m'apporter des cadeaux. Quand j'ai entendu une voix, j'ai cru que mes prières avaient littéralement été exaucées. J'ai fermé les yeux et j'ai dit merci, mon Dieu, merci de récompenser ma dévotion. Et puis j'ai entendu de nouveau la voix et je me suis levé et j'avais peur d'ouvrir les yeux, ne sachant pas à quoi m'attendre, et conscient que les anges avaient des pouvoirs extraordinaires que les humains ne pourraient et ne voudraient jamais comprendre. La voix encore, et encore. J'ai ouvert les yeux, et il n'y avait pas d'anges, mais Ben me regardait, ce qui était presque comme si un ange était là.
Il a parlé.
Qui es-tu ?
Je m'appelle Jérémie.
Où suis-je ?
Tu es dans un hôpital à New York.
Pourquoi es-tu ici ?

Je suis ici parce que ton frère, Jacob, qui
est mon frère dans l'adoration de Dieu
et de son Fils, le Seigneur et Sauveur
Jésus-Christ, m'a demandé d'être ici.
Jacob ?
Oui.
Il a détourné les yeux, a ri,
m'a regardé de nouveau.
Est-ce que c'est Jacob qui m'a fait attacher ?
Non. Les docteurs l'ont fait à
cause de ton attaque.
Mon attaque ?
Oui.
Détache-moi.
Je ne peux pas.
S'il te plaît détache-moi.
Il m'a regardé, m'a regardé droit dans
les yeux, et il y avait quelque chose dans
ses yeux qui étaient noirs, d'un noir de
jais, et si profonds qu'ils avaient l'air sans
limites, qui m'a fait me sentir faible et
vulnérable, m'a humilié, et m'a donné l'envie
de faire tout ce qu'il me demanderait. Je
comprenais pourquoi il était attaché, mais
je savais aussi qu'il y avait beaucoup de
docteurs et d'infirmières tout près si quelque
chose se passait. Il l'a dit de nouveau.
S'il te plaît.
Ce n'était ni désespéré ni suppliant,
juste simple et direct.
S'il te plaît.
J'ai posé ma bible, me suis levé, et ai défait
les sangles. Il a souri et a dit merci, et
il n'a pas bougé, juste fermé les yeux et
pris des inspirations profondes, l'une après
l'autre après l'autre. Je ne sais pas de quelle
manière je m'attendais qu'il agisse, ni ce que

je m'attendais qu'il fasse, mais pas ça, juste rester allongé là comme s'il était toujours attaché. Je l'ai juste regardé, j'ai attendu. Après quelques minutes, il a commencé à promener lentement les mains le long de son corps en touchant les cicatrices, en promenant les doigts tout du long. Il a mis les mains sur son visage, passé le bout de ses doigts partout, les a passés sur sa tête et l'arrière de son crâne. Quand il a eu terminé avec l'arrière de sa tête, il a continué à les passer sur son corps et son visage et il a parlé.
Qu'est-ce qui m'est arrivé ?
Tu as eu un accident sur un chantier. Un panneau de verre t'est tombé dessus.
Depuis combien de temps je suis ici ?
Deux mois.
Comment est-ce que Jacob m'a trouvé ?
Ta sœur t'a vu en première page d'un journal et est venue te voir et l'a dit à Jacob.
Qu'est-ce que ça peut faire à Jacob ?
Jacob te cherche depuis de
très nombreuses années.
Pourquoi ?
Je ne sais pas. Je sais seulement qu'il voulait absolument te trouver.
Tu dis qu'il est chrétien ?
Oui, Jacob est né à nouveau et a été baptisé par le ministère du Seigneur et Sauveur Jésus-Christ. C'est un pasteur maintenant, un saint homme.
Quand est-ce que ça s'est passé ?
Il y a de nombreuses années.
Et ma mère et ma sœur ?
Elles aussi sont chrétiennes.
Il a ouvert les yeux et s'est tourné vers moi et il a posé les pieds par terre. Il m'a regardé

et la bible que je tenais, et de nouveau j'ai ressenti cette sensation de paix, de joie, d'amour et de contentement et d'humilité. Il a posé la main sur mon avant-bras, et dès qu'il m'a touché, tout ce contre quoi j'avais lutté, et essayé de laisser derrière moi, chacun de mes désirs et de mes tentations, mon besoin de pécher et de me conduire de manière déviante, est revenu en brisant les murs que j'avais élevés pour les contenir. Je le voulais, je le voulais plus que je n'avais rien voulu dans ma vie, plus qu'aucun homme dans ma vie. Je voulais le prendre, et que lui me prenne, et je ne voulais pas que ça finisse jamais. J'ai fermé les yeux et j'ai dit je t'en prie protège-moi, Seigneur, je t'en prie protège-moi, Jésus, mais il ne s'est rien passé, rien n'a disparu. Sa main était sur mon avant-bras et je le voulais dans ma bouche et dans moi et sur moi et derrière moi. Je savais que ça allait arriver s'il ne me lâchait pas, je savais que je lui demanderais de me satisfaire. Alors j'ai senti qu'il enlevait sa main, et j'ai ouvert les yeux et il me regardait comme s'il savait, s'il savait ce que je voulais, et qu'il ne me jugeait ni ne me haïssait pour ça. Il m'a fixé. Il a pris une grande inspiration. Il a souri. Et quelque chose en lui a changé. Ses yeux étaient au même endroit, mais il ne me regardait plus. Il regardait au-delà de moi, quelque chose que je ne pourrais jamais connaître ni toucher ni comprendre.
Et alors il a expiré.
Et alors l'attaque a frappé.

ADAM

J'ai été certainement surpris quand Jacob est venu me voir dans mon bureau à la synagogue, très surpris, certes. Cela faisait de nombreuses années que je ne l'avais pas vu, bien que je n'aie jamais cessé de penser à lui, ou plutôt, devrais-je dire, que je n'avais cessé de penser à son frère, Ben Zion.

Ben Zion a été extraordinaire depuis le jour de sa naissance, ou plus précisément, depuis l'instant de sa conception. Les circonstances étaient inhabituelles, ou déconcertantes, ou mystérieuses. Il y a un certain nombre de mots qu'on peut employer pour décrire cela, et tous seraient inadéquats. Ses parents avaient essayé sans succès d'avoir un deuxième enfant, Jacob étant leur premier, depuis plusieurs années. La nuit de la conception, ou ce qu'on croit être la nuit de la conception, ils avaient été à un mariage et avaient consommé tous deux, très certainement, bien que la mère de Ben prétende que non, un peu trop d'alcool, ce qui, ainsi que chacun sait, peut affecter le comportement et la mémoire, ainsi que bien d'autres choses. Le père de Ben prétend ne pas avoir eu de rapports maritaux avec son épouse cette nuit-là, alors que la mère de Ben prétend le contraire. Cela a creusé une terrible faille dans le mariage, et d'une certaine façon a ruiné leurs deux vies. Le père de Ben croyait que sa femme devait avoir été avec un autre homme. Ce n'était pas le cas. Cependant elle a bien menti, je crois – bien que je ne puisse l'assurer de manière définitive – en disant qu'elle avait été avec le père de Ben cette nuit-là. Il a vécu dans un grand ressentiment et une grande colère, qui ont été reportés sur Ben Zion, et il n'a plus jamais fait confiance à sa femme, ni aimé son enfant ainsi que doit faire un père, et elle a vécu avec un mensonge qu'elle a perpétué bien trop longtemps. Si tous deux avaient accepté et reconnu la vérité, quelque incroyable qu'elle puisse avoir été, ils auraient eu des vies totalement différentes, et très probablement plus heureuses, et plus satisfaisantes. Et j'ai toujours vu ceci vérifié : si vous êtes capable d'accepter la vérité et de vivre avec, votre cœur sera en paix.

Jacob est arrivé au milieu de journée, période à laquelle je travaille souvent sur mon sermon hebdomadaire que je prononce pendant le service du samedi matin. Ce sermon était centré sur des lectures d'Exode 13, 17 à 15, 21, qui se rapportent à Moïse et à la mer Rouge et à la série d'événements qui menèrent Moïse à utiliser ses pouvoirs divins pour ouvrir les eaux de la mer, permettant ainsi aux Israélites de quitter l'Égypte pour se rendre à Canaan. Dans le monde d'aujourd'hui, je trouve cette histoire, et l'histoire de la vie de Moïse en général, particulièrement appropriée, du fait que tant de gens, des gens de toutes religions, cherchent un individu exceptionnel, peut-être même divin, qui puisse nous guider en un endroit où nous trouverions plus de sécurité, de prospérité et plus de paix. Je me demandais, et en fin de compte, aux membres de la synagogue, si cette quête est saine et productive, si l'on doit parler de la même façon des politiciens et du Messie, s'il est possible, en dépit des vantardises ridicules dans lesquelles tant se complaisent, et auxquelles tant de personnes ajoutent foi, qu'un politicien puisse opérer des changements significatifs, en dépit de leurs prétentions et de leurs promesses. On a frappé à la porte. J'ai levé les yeux et j'ai dit entrez, et mon assistant, le rabbin Stern, est entré pour me dire qu'un certain Jacob Avrohom voulait me voir. Le rabbin Stern connaissait l'existence de la famille Avrohom du fait que j'en avais souvent parlé avec lui, et de Ben Zion en particulier, et savait qu'une visite de Jacob pouvait être de quelque portée. Je lui ai demandé de faire entrer Jacob et j'ai mis mon sermon de côté.

Bien qu'il ressemblât à celui que je connaissais jadis, plus âgé, bien sûr, d'une bonne décennie, si j'avais vu Jacob dans la rue je ne suis pas sûr que je l'aurais reconnu. Ses cheveux étaient très courts, il était rasé de près, et portait un pantalon marron et une veste bleue. Il avait une bible à la main, qui avait visiblement été lue avec une grande régularité, et là où on porte généralement une cravate, il arborait une grande croix en or pendue à une chaîne en or. Je me suis levé en souriant lorsqu'il

est entré, et lui ai tendu la main. Il n'a pas souri, ne m'a pas serré la main. Il m'a demandé s'il pouvait s'asseoir et je lui ai dit bien sûr, et avant que je puisse lui demander s'il désirait une boisson, de l'eau, du thé, ou peut-être une tasse de café, il a parlé.
J'ai trouvé mon frère.
J'ai été surpris, mais pas choqué, car j'avais toujours cru que Ben Zion reviendrait. Je croyais qu'il était obligé de revenir, que Dieu le forcerait à le faire. J'étais très excité par cette nouvelle, transporté à vrai dire, et extrêmement curieux. Cependant, vu l'attitude de Jacob, et le fait que tout le temps que je l'avais connu dans son enfance il s'était montré de nature colérique, j'ai jugé bon de rester sur ma réserve.
Où ?
Il a eu un accident et il est dans un hôpital à Manhattan.
Quel genre d'accident ?
Il travaillait sur un chantier et un panneau de verre lui est tombé dessus.
Oh mon Dieu. Il va bien ?
Oui, il va bien, ou du moins je le crois.
Depuis combien de temps tu ne l'as pas vu ?
Seize ans.
Ta mère doit être très heureuse.
Évidemment. Nous sommes tous heureux. Ben nous a terriblement manqué, et nous craignions tous de ne jamais le revoir.
Il est toujours à l'hôpital ?
Oui.
Je peux aller lui rendre visite ?
Il m'a dit de venir vous voir pour vous le demander. Bien que vous sachiez que j'étais contre.

Tu n'as pas de raison de m'en
vouloir, Jacob, j'ai essayé...
Il s'est levé et m'a interrompu.
Je ne suis pas venu pour parler d'autre
chose que de votre visite à mon frère.
Si vous voulez le voir, je peux vous
emmener. Sinon, je m'en vais.
J'aimerais beaucoup voir Ben Zion.
Venez avec moi.

Je me suis levé et j'ai rangé mon sermon, sachant que cela, la réapparition de Ben Zion, était plus important que tout ce que je pourrais jamais écrire ou dire, et que s'il était ce que certains, dont moi-même, croyaient, il rendrait tout sermon inutile. Jacob a tourné les talons et il est sorti. Nous sommes allés à la station, avons pris le métro pour Manhattan, et avons marché jusqu'à l'hôpital. Je n'ai pas essayé de faire la conversation, sachant l'accueil qui lui serait réservé, et Jacob ne m'a pas adressé un mot ni un regard, se conduisant comme si je n'étais pas là. Nous sommes entrés dans l'hôpital et avons parcouru une série de longs couloirs blancs, des couloirs du genre qui, parce que je viens voir tous les membres de ma synagogue qui sont hospitalisés, que ce soit pour une jambe cassée ou un cancer en phase terminale ou autre chose, me déprime généralement, mais qui en cette occasion particulière, m'enthousiasmait grandement. Jacob me précédait de quelques pas, et il s'est arrêté devant une porte et m'a fait signe d'entrer, et ce faisant j'ai remercié Dieu pour celui que je croyais que j'allais avoir l'honneur et le privilège de voir et à qui j'allais parler et dont j'allais être en présence, même si c'était pour un bref moment.

Ben Zion était sur le lit, sur les draps, vêtu d'une chemise d'hôpital et en train de regarder la télévision. Un beau jeune homme était assis dans un fauteuil près du lit, occupé à lire le Nouveau Testament. Ben Zion a levé les yeux sur moi, et j'ai été frappé de plein fouet par la manière dont il était changé, et la gravité du trauma auquel il avait survécu. Sa tête était rasée et cerclée de profondes cicatrices dentelées. Sa peau était blanche, d'un blanc surnaturel, presque inhumain, et était couverte de cicatrices, dont certaines étaient épaisses, d'autres minces, d'autres longues, et d'autres très courtes, mais qui semblaient être partout. Ses yeux, qui étaient marron sombre dans son enfance, mais nettement marron, étaient maintenant noirs, d'un noir si profond et intense que c'était presque autre chose, quelque chose qui n'a pas de nom ni d'étiquette à quoi on puisse l'appliquer. Il a souri et a éteint la télévision, s'est assis et m'a parlé.
Bonjour, rabbin Schiff.
Bonjour, Ben Zion.
Il s'est levé.
Juste Ben. Plus de Zion.
Bonjour, Ben.
Et nous nous sommes serré la main. Jacob était maintenant près de moi. Ben l'a regardé ainsi que le jeune homme et il a parlé.
Cela vous ennuierait de nous laisser ?
Le jeune homme s'est levé, a fermé la bible et il est sorti. Jacob a parlé.
Je préférerais rester.
S'il te plaît respecte ce que je dis, Jacob.

Je n'ai pas confiance en lui.
Moi si.
Tu sais ce qu'il a fait à notre famille ?
Je sais ce que tu crois, Jacob, et je respecte ton droit de le croire, mais je voudrais lui parler seul à seul.
Jacob l'a regardé et Ben a soutenu son regard, mais sans hostilité ni colère, et Jacob a tourné les talons et il est sorti, bien qu'il fût clair qu'il n'était pas content.
Ben s'est assis au bord de son lit et m'a fait signe de m'asseoir sur le fauteuil en face de lui, ce que j'ai fait. Il a parlé.
Ça fait longtemps, rabbin Schiff.
Certes. Je me suis souvent demandé ce que tu étais devenu et si, ou plutôt quand, je te reverrais.
Il a souri, n'a rien dit, et j'ai fait de même.
Où étais-tu ?
Ici.
Depuis peu, si je comprends bien, mais avant ?
J'ai erré.
Dans la région de New York, en Amérique, où ? Et comment as-tu vécu ?
Ça n'a pas d'importance.
Tu étais heureux, en sécurité ?
Ça n'a pas d'importance. Je suis ici maintenant.
Et je suis ravi de te voir, Ben Zion, pardon, Ben, j'ai été terriblement secoué quand tu as disparu et que ton frère a fait ce qu'il a fait à ta famille. Comme tu sais, j'ai toujours pensé que tu étais très exceptionnel, et j'ai fait tout ce que j'ai pu pour te protéger quand tu étais petit et...
Il m'a fait signe de la main.

Le passé n'a pas d'importance. Les gens s'y accrochent parce que cela leur permet d'ignorer le présent. Je vous ai demandé de venir parce que j'ai besoin de vous parler du présent. Quelque chose m'est arrivé, ou est en train de m'arriver, et je ne le comprends pas, et je ne le veux pas, et cela me fait peur.
Tu as eu un terrible accident et...
Je ne me rappelle pas beaucoup de choses de mon enfance, mais je m'en rappelle suffisamment. Vous ne veniez pas me voir par charité.
Non, même si je me préoccupais beaucoup de ta famille et de ton bien-être, comme je fais pour toutes les familles qui appartiennent à ma synagogue.
Dites-moi ce qui m'arrive.
Toi seul peux le savoir, Ben, et à un moment, si ce n'est déjà fait, soit tu le sauras soit tu ne le sauras pas, et soit tu seras ou tu ne seras pas.
Je n'ai plus dix ou douze ans, rabbin Schiff. Dites-moi ce qui m'arrive.
C'est à toi de me le dire, Ben et si je peux te renseigner ou t'aider de quelque manière que ce soit, je le ferai certainement.
Il est demeuré parfaitement immobile et m'a adressé un regard qui m'a semblé très doux, et très aimable, et presque secret, s'il est possible de regarder en secret. J'ai senti qu'il regardait en moi, pour voir ou connaître mes intentions. Il a pris une grande inspiration, mais seulement par le nez, ce qui m'a donné la dernière indication dont je pensais que j'avais besoin, et puis il a expiré, et alors il a parlé, a dit les mots que j'attendais depuis trente ans, il a parlé.

Je crois que Dieu me parle.
Et même si je ne le voulais pas, et bien que j'aie essayé de résister à le faire, j'ai souri, du sourire le plus large et vrai qui soit jamais apparu dans ma vie.
J'ai toujours pensé que ce jour viendrait.
J'ai l'impression d'être fou, et j'ai besoin de savoir pourquoi cela m'arrive.
D'abord, dis-moi ce qu'il dit.
Dieu n'est pas un homme.
Une femme ?
Non. Dieu n'est ni homme ni femme.
Quelque chose au-delà de ça, au-delà de notre humanité, de notre idée de l'homme et de la femme.
Si ce n'est ni un homme ni une femme, à quoi ressemble sa voix ?
Ce n'est pas une voix idiote qui vient du Ciel, comme dans les livres de la Bible ou au cinéma, ou comme celle dont parlent les religieux fanatiques. Ce n'est même pas une voix du tout. C'est juste cette présence, cette sensation, cet état dans lequel j'apprends des choses, des choses me sont montrées, où je vois des choses.
Quoi ?
Quand j'étais dans le coma, j'étais conscient.
Pas conscient comme je suis maintenant.
C'était cet état où parfois il y avait du silence et le noir, ce noir infini, mais d'autres fois je voyais et j'entendais et je comprenais des choses que je n'aurais pas dû. C'était au-delà de l'individualité ou de l'identité. Je n'étais pas Ben, ni Ben Zion Avrohom ni Ben Jones, ni un homme ou un être humain d'aucune manière, j'étais juste une partie de cette chose plus grande,

ou endroit, ou force, ou énergie. Je ne sais pas. C'est pour ça que je voulais vous voir. J'hésite à faire des commentaires, parce que ça ne ressemble pas à Dieu tel que je le connais ou le comprends. Ça ressemble à quelque chose qui pourrait provenir de tes blessures, dont je ne connais pas la nature précise, mais qui à l'évidence étaient plutôt traumatisantes et en relation avec ton cerveau.

Il m'a souri, a désigné un Nouveau Testament posé dans une petite table à côté de son lit.

Prenez ce livre.

Je l'ai pris.

Ouvrez-le.

Où ?

N'importe.

J'ai ouvert le livre.

Posez le doigt et dites-moi le chapitre et le verset.

J'ai suivi ses instructions.

Luc 12, 5.

Je vais vous montrer ce que vous devez craindre : Craignez celui qui, après avoir tué, a le pouvoir de jeter dans la géhenne, oui, je vous le dis, celui-là, craignez-le.

Tu as l'étudiée, avec ton frère, peut-être ?

Jamais lue. Jamais même tenue en main. Je peux faire la même chose avec l'Ancien Testament, avec la Mishna et la Guémara, et les commentaires sur le Talmud de Babylone. Je sais, date par date, chaque jour des douze cycles du Daf Yomi, depuis ce jour jusqu'au premier.

Et tu as su tout cela quand tu t'es réveillé ?

Une partie. Le reste est venu avec les attaques. Chaque fois que j'en avais une j'en ai su plus.

Il va falloir que tu me pardonnes Ben, mais c'est la première fois que je te vois depuis de nombreuses années, et je ne sais plus rien de toi. De quelles attaques parles-tu ?
Les docteurs disent que c'est une sorte d'épilepsie. Ils me font passer des scanners, des IRM, toutes sortes d'examens. Je ne sais pas quoi leur dire, si je dois leur dire quelque chose, mais ce qui se passe c'est que je les sens venir. Je le sais quelques minutes avant. C'est un calme pesant qui me recouvre progressivement. C'est comme si on me versait lentement de l'eau sur le corps. Et une fois que je suis recouvert, j'ai ce moment, juste un bref, très bref moment, un instant où je sens tout, je vois tout, je sais et comprends tout, et où le monde, ou l'univers ou ce que nous sommes et dont nous faisons partie, me semble parfait, et je m'y sens parfait. La seule chose à quoi ça ressemble c'est à un orgasme, mais c'est mille fois plus intense, et c'est au-delà du physique. C'est comme un gigantesque orgasme irréel où tout le savoir et la sagesse qui a jamais été et sera jamais est mien, mais seulement pendant un instant. Et après la crise arrive. Et je ressens tout dans la crise, et la douleur est irréelle, et aussi magnifique que le moment qui précède, la crise est son complément horrible, sa terrible compagne. Un peu avant la fin, tout devient noir. Et quand je me réveille, j'en sais plus, comme si j'avais conservé une partie de ce que j'ai vu ou ressenti ou su.
J'imagine que tu es soigné par des médecins compétents. Que disent-ils de ce phénomène ?
Je ne leur en ai pas parlé.
Rien qu'à vous et Jacob.
Peut-être que tu devrais.

Ils me diront que je suis fou.
Je pourrais leur parler pour toi.
Mon état de rabbin pourrait prêter quelque crédibilité à tes dires.
Les paroles de Dieu ne signifient rien pour la science.
Je ne te suivrai pas sur ce point, Ben.
Est-ce que vos paroles peuvent guérir le cancer ? Ou le sida ? Est-ce que les paroles de Dieu peuvent guérir un enfant malade ?
Il y a des gens qui le croient.
Ce sont des imbéciles qui hallucinent.
Et s'il en est ainsi, qu'est-ce que tu es, toi qui entends les paroles de Dieu ?
Il est possible que je sois moi aussi un imbécile qui hallucine.
La porte s'est ouverte et un médecin est entré, suivi par Jacob et son compagnon, le jeune homme à la bible. Je me suis levé et j'ai pensé qu'il valait mieux que je parte, avec l'espoir de pouvoir revenir bientôt. J'ai dit au revoir à Ben, et lui ai dit que j'aimerais le revoir. Jacob s'y est opposé, mais Ben a dit qu'il aimerait que je revienne, le lendemain si possible. Jacob a dit que les pasteurs de son église venaient le lendemain, et Ben a dit qu'il aimerait que je sois ici avec eux. Jacob a dit il n'en est pas question, et Ben s'est allongé et a fermé les yeux et a demandé au médecin de faire ce qu'il avait à faire.

Je suis sorti de l'hôpital et je m'en suis retourné en métro, ce que je fais d'habitude quand je me déplace dans New York, et particulièrement quand je suis hors de Brooklyn. Dans le métro, j'ai pensé à Ben, qui, bien qu'il fût évidemment la même personne, ressemblait à peine, physiquement, émotionnellement, spirituellement ou d'aucune manière, à l'enfant et au jeune homme que j'avais connu et à qui j'avais donné des leçons pendant tant d'années. Il était, pensais-je, ou avait été depuis le moment où j'avais appris sa conception, le genre d'individu qui apparaît, selon le point de vue théologique où on se place, une fois par génération, une fois dans une vie, une fois dans un millénaire, ou rien qu'une fois, une fois dans l'existence de l'humanité. Les signes m'avaient mené à croire cela, et tandis que certains étaient susceptibles d'être interprétés, d'autres ne l'étaient absolument pas, et je n'avais jamais mis les signes en doute, car je n'avais pas de raison de le faire. Mais ce Ben, ce nouvel homme, cette nouvelle incarnation d'une personne que je n'avais pas vue depuis tant d'années, et qui refusait de parler de ce qu'il avait fait et d'où il avait vécu pendant toutes ces années, me posait un certain nombre de questions. Certaines choses le concernant, y compris le vaste savoir, obtenu, disait-il, pendant un coma, d'un livre qui n'était pas reconnu comme valide par mon autorité religieuse, entraient en conflit avec certains des signes dont je pensais qu'ils devraient confirmer son identité. Avant notre entretien j'avais entretenu des espoirs colossaux, dont j'aurais dû tempérer certains. Je savais que son frère nourrissait de grands ressentiments à mon égard, qui incluaient tous les Juifs, et le judaïsme en tant que religion, en dépit de ce qu'on m'avait dit être ses nouvelles croyances concernant Dieu, Jésus-Christ et le Saint-Esprit, la Fin des Temps, le Second Avènement de Jésus-Christ, et l'existence nécessaire d'Israël pour que ces événements se produisent. Je me demandais si ce n'était pas une ruse subtile destinée par Jacob à exercer contre moi une sorte de vengeance triste, inutile et finalement malencontreuse, et si Ben n'avait pas été persuadé d'y participer afin de regagner la faveur de son frère et par là de sa mère et de sa sœur. D'autre part, il y avait quelque chose chez lui qui semblait d'un autre monde, divin. Ses cicatrices, sa peau et ses yeux, qui étaient remarquables et le fait qu'il ait survécu à un trauma aussi important, tout cela venait confirmer ma réaction première, et je n'avais pas de vraie raison de douter de ce qu'il avançait, mon penchant ayant toujours été, jusqu'à aujourd'hui, de considérer qu'on me dit la vérité jusqu'à preuve du contraire. Et cet instant, juste avant qu'il me dise qu'il croyait parler peut-être à Dieu, où il a pris une grande inspiration, et la façon dont il l'a fait, était l'indice de quelque chose de stupéfiant, et à moins qu'il n'ait appris je ne sais comment ce que seul moi-même ou un autre rabbin pouvait lui avoir dit, il ne pouvait pas savoir que cela signifiait quoi que ce soit pour moi.

Quand je suis arrivé chez moi, je suis allé directement m'asseoir à la table où ma femme et mes trois enfants m'attendaient pour le repas du soir. Ma femme voyait que j'étais préoccupé, ce que je suis rarement, et a essayé de m'en demander la raison, mais je ne jugeais pas que Ben Zion était un sujet de conversation approprié et je ne voulais pas parler de lui ni de sa famille devant les enfants. Une fois le dîner terminé, je me suis excusé et je suis allé dans mon bureau où j'ai une petite bibliothèque qui contient la Bible juive et les textes sacrés que j'utilise pour mes études ou mes sermons ou dont je partage la lecture avec ma famille, particulièrement pendant les fêtes religieuses et les jours redoutables. J'allai droit au Talmud de Babylone, qui à lui seul remplit plusieurs étagères. Mon exemplaire comprend soixante-quatre traités totalisant 2 711 pages réparties en vingt-quatre folios. Le cycle de Daf Yomi consiste à étudier une page du Talmud chaque jour, en commençant par la première et en poursuivant pendant 2 711 jours consécutifs. Il a été conçu par le rabbin polonais Yehuda Meir Shapiro et promu au premier congrès mondial d'Agoudat Israel qui s'est tenu à Vienne en 1923, 5684 du calendrier hébreu, et le premier cycle a commencé le premier jour de Rosh Hashana de la même année. Chaque jour, approximativement 15 000 juifs du monde entier étudient, méditent et commentent la page, et la fin de chaque cycle est célébré par une fête appelée Siyum Hashas. La plus récente a eu lieu le 1er mars 2005, 5766 pour nous. L'idée que quelqu'un puisse connaître le livre en son entier, ou même un seul volume, était inconcevable, et franchement, tout à fait ridicule. J'ai pris un volume au hasard et je l'ai ouvert. C'était celui de la Mishna, ou Loi juive, imprimée en milieu de page, avec la Guémara juste en dessous. La Guémara est le commentaire de la Loi et de ses relations à la Torah, écrite il y a fort longtemps par les Amoraïm, un groupe de sages. Le Tosafot, une série de commentaires rédigés au Moyen Âge par des rabbins, est imprimé dans les marges de la page. Ce texte incroyablement dense, rédigé en hébreu, a force de loi pour le judaïsme orthodoxe. On peut vouer sa vie entière à l'étudier, ainsi que nombreux sont prêts à le faire, sans même commencer à le comprendre entièrement, encore moins à le mémoriser, ce qui, même si c'était possible, serait un exploit surhumain. J'ai remis le volume à sa place et je suis allé dire bonsoir à mes enfants. Je suis retourné prier dans mon bureau. Quand ma femme est entrée pour me demander ce qui n'allait pas, je lui ai dit qu'on avait retrouvé Ben Zion et que j'avais passé l'après-midi avec lui. Étant ma compagne depuis tant d'années, elle savait ce que cela signifiait pour moi, et peut-être pour le judaïsme tout entier, et le monde également. Plutôt que de passer la soirée avec moi, ainsi que nous le faisions presque chaque jour, elle m'a laissé en prière, et j'ai prié pendant plusieurs heures avant d'aller me coucher.

Le lendemain je suis allé à la synagogue, où la plupart de mes pensées tournaient autour de Ben Zion, et mes tâches et responsabilités quotidiennes, qui sont généralement pour moi source de joie, me pesaient horriblement. Une fois que je m'en suis débarrassé, je suis allé immédiatement à l'hôpital. Quand je suis arrivé à la chambre de Ben, le jeune homme qui était assis au chevet de Ben, et qui avait toujours sa bible en main, se tenait à la porte. Quand j'ai essayé d'entrer, il s'est placé devant moi et m'a dit que Jacob était à l'intérieur avec les médecins de Ben et qu'il avait instruction de ne laisser entrer personne. Je lui ai dit que Ben m'avait expressément demandé de revenir, que j'étais le rabbin de la famille avant leur conversion et que pour autant que je sache, j'étais toujours celui de Ben du fait qu'il ne s'était pas converti au christianisme. L'homme me dit qu'il savait qui j'étais, et que Jacob lui avait dit de ne pas me laisser entrer. Je lui ai demandé son nom et il a dit que c'était Jérémie. Quand je lui ai tendu la main, il ne l'a pas prise.

Nous avons attendu quelques minutes, et bien que Jérémie ne soit pas imposant physiquement, il semblait que quelque chose n'allait pas chez lui, comme s'il était très en colère, très nerveux, ou très effrayé, ou quelque combinaison de toutes ces émotions. Il est resté debout devant la porte à lire sa bible, me jetant de temps à autre des coups d'œil furieux ou hochant la tête tout en disant Jésus soit loué ou alléluia Seigneur. Quand enfin la porte s'est ouverte et que plusieurs médecins sont sortis, l'un d'eux, un homme maigre et de haute taille qui semblait avoir une certaine importance, vint à moi et m'adressa la parole.
Rabbin Schiff ?
Oui ?
Dr Wulf. Neurologue.
Ravi de faire votre connaissance.
Ben est sous calmants en ce moment. Il a eu deux crises graves aujourd'hui. Mais hier soir il m'a demandé de parler avec vous de son cas.
En savez-vous plus qu'hier ?
Oui. Si vous voulez bien venir dans mon bureau nous pourrons parler quelques minutes.
Ce serait formidable. Merci.

Nous sommes allés dans son bureau, rempli de papiers, de livres, de diplômes encadrés au mur et d'un grand nombre de photos de famille le représentant lui et une femme, sans doute son épouse, et trois petites filles, ses filles sans doute, en vacances, assistant à des matchs de baseball, devant une église. Il y avait aussi un crucifix au mur. Il s'est assis derrière son bureau et je me suis assis en face de lui, et il a parlé. Nous avons eu du mal à faire le diagnostic de Ben. Il est évident qu'il souffre d'une forme d'épilepsie, très probablement provoquée par son accident. Jacob est venu me voir hier soir et il m'a parlé de ce que ressentait Ben. D'après ces informations il est devenu clair pour nous qu'il souffre d'une épilepsie du lobe temporal et d'un genre rare et particulier, qu'on appelle l'épilepsie extatique. Elle est caractérisée par une aura, ressentie par le patient juste avant la crise. Les auras d'une personne qui souffre d'épilepsie extatique tendent à être extrêmes, souvent accompagnées d'hallucinations sensorielles, parfois de sensations érotiques et plus rarement d'expériences religieuses ou spirituelles. L'épilepsie extatique peut être, et a été pour nous, difficile à diagnostiquer parce que le départ de la crise n'est pas localisé dans un endroit spécifique du cerveau, ce qui la rend difficile à localiser à l'électroencéphalogramme, et parce que les sensations du patient sont si profondes et agréables qu'il n'en parle pas aux médecins de crainte d'en être guéri. Cela semble être le cas avec Ben. Je ne sais de quoi il vous a parlé, mais il a dit à Jacob qu'il croyait communiquer avec Dieu.

Comme je l'ai dit à Jacob, c'est normal vu son diagnostic, mais malheureusement, cela est entièrement dû au fonctionnement, ou plutôt au dysfonctionnement, de son cerveau.
Ce n'est pas vrai, même si des gens tels que vous, Jacob ou moi-même aimeraient le croire, et il n'est pas souhaitable que la chose se poursuive. Il faut que nous commencions à soigner Ben en lui prescrivant un traitement.
Je comprends.
Vous a-t-il parlé de ses communications ?
Je ne révèle pas le contenu des conversations entre moi et les membres de ma synagogue.
Même si cela peut affecter leur santé ?
Je comprends votre position et vos inquiétudes, et si Ben en est d'accord, nous en discuterons tous les deux.
Merci.
J'ai quitté son bureau et je suis allé dans la chambre de Ben, où son frère et Jérémie priaient à son chevet. Il dormait sur le dos et semblait en paix. Jacob a levé les yeux sur moi et j'ai compris que je n'étais pas le bienvenu. Voulant éviter une confrontation inutile, j'ai décidé qu'il valait mieux que je m'en aille. Une fois la porte passée, j'ai dit une prière et je suis rentré.

Après le dîner, je suis allé dans mon bureau, j'ai allumé l'ordinateur et j'ai commencé à faire des recherches sur l'épilepsie et plus précisément l'épilepsie extatique sur le Net que je juge être une merveilleuse source d'informations, bien qu'elles soient parfois déroutantes et contradictoires. Même s'il était évident que Ben avait souffert d'un important trauma, et que l'épilepsie avait pu résulter directement dudit trauma, si ce qu'il vivait n'avait pas comporté une composante spirituelle, une véritable composante spirituelle, il était impossible qu'il ait connu les textes religieux qu'il prétendait connaître. Il avait également, dès avant sa naissance, donné des signes de potentiel messianique, qui étaient devenus plus forts et absolus après sa naissance et son enfance. D'un autre côté, je ne savais pas s'il connaissait vraiment ces écrits, et il avait lui-même déclaré que les paroles de Dieu n'avaient pas de sens pour la science, et qu'il pourrait bien être un imbécile qui hallucine. Je me trouvais, jusqu'à ce que j'en sache plus sur lui et que je passe plus de temps avec lui, dans la même attitude où j'étais par rapport à Dieu, celle de la foi. Soit j'avais foi en Ben, ou pas. Soit je le croyais, et croyais en lui, ou pas. Mes recherches se sont révélées très instructives et l'épilepsie bien plus fascinante que j'avais imaginé qu'elle pourrait ou puisse être. Certaines des plus importantes figures de l'Histoire étaient, avec plus ou moins de certitude, épileptiques, dont Pythagore, Socrate, Platon, Hannibal, Alexandre le Grand, Jules César, Pétrarque, Dante Alighieri, Léonard de Vinci, Michel-Ange, Isaac Newton, lord Byron, Edgar Allan Poe, Fiodor Dostoïevski, Vincent Van Gogh, Alfred Nobel, Thomas Edison, et Lénine. De nombreux scientifiques et chercheurs croyaient que le génie de ces personnes était soit directement causé par ou très certainement lié à leur épilepsie. Le nombre de personnages religieux dont on pense qu'ils en étaient atteints était renversant, parmi lesquels celui qui est la source du Pentateuque, Ézéchiel, saint Paul, le prophète Mahomet, Jeanne d'Arc, Martin Luther, sainte Brigitte, sainte Catherine de Gênes, sainte Thérèse d'Avila, sainte Catherine de Ricci, sainte Marguerite Marie, Ellen G. White, et sainte Thérèse de Lisieux. Parmi ceux dont on est sûr ou dont on pense qu'ils étaient sujets à l'épilepsie extatique on trouve saint Paul, le prophète Mahomet, Jeanne d'Arc, Beethoven et Dostoïevski. Les effets que ces moments, ces brefs moments avant le début de la crise, eurent sur leurs vies, et sur le monde en général, sont stupéfiants : sur le chemin de Damas, saint Paul a eu sa vision du Christ ressuscité qui a mené à sa conversion ; le prophète Mahomet, pour certains, presque toujours des non-musulmans, a parlé à l'archange Gabriel dont il a reçu le Coran pendant ces moments ; Jeanne aurait entendu les voix de sainte Marguerite, de sainte Catherine et de saint Michel qui lui auraient ordonné de se mettre à la tête de l'armée française avec pour résultat ses victoires sur les Anglais et la fin de la guerre de Cent Ans ; Beethoven y aurait conçu toutes ses symphonies, ce qui explique peut-être pourquoi il a pu composer tout en étant sourd ; et Dostoïevski y aurait conçu tous ses romans. En pensant particulièrement à saint Paul et au prophète Mahomet qui, bien que je n'adore pas Dieu de la même façon qu'eux ni que les adeptes des religions que l'un a prêchée et l'autre a fondée, sont certainement les deux figures religieuses les plus importantes apparues depuis la mort de Jésus-Christ, j'ai été encouragé dans ma croyance que Ben pouvait être divin, que ses visions pouvaient être de Dieu au lieu de fausses apparitions de Dieu, et que son état pouvait être la condition requise pour son potentiel plutôt qu'un obstacle à celui-ci.

Je suis retourné à l'hôpital le lendemain après m'être arrêté à la synagogue pour confier à mon assistant les responsabilités qui sont normalement les miennes. Quand je suis entré dans la chambre de Ben, Jacob et Jérémie étaient assis en face de lui, assis en tailleur sur son lit. Tous deux avaient leurs bibles ouvertes et lui donnaient des titres de livres, avec le numéro des chapitres et des versets et immédiatement, Ben récitait le texte, mot pour mot je présume. Jacob a levé les yeux sur moi et s'est mis à parler, mais Ben lui a dit qu'il voulait que je reste. Comme il n'y avait pas d'autre siège, je suis resté debout à quelques pas de son lit.

Ce que j'ai vu était absolument renversant. Jacob avait un Ancien Testament, dont les cinq premiers livres, la Genèse, L'Exode, le Lévitique, les Nombres et le Deutéronome, également connus sous le nom des Cinq Livres de Moïse, constituent la Torah, et Jérémie avait le Nouveau Testament, qui traite principalement de la vie de Jésus-Christ. Il l'ont testé pendant plus d'une heure. Ils ouvraient une page au hasard et chaque fois Ben récitait le texte sans faute. Vers la fin, alors que Jérémie ressentait visiblement un effroi mêlé d'admiration et une grande animation, et que j'étais silencieux, et, en un certain sens, très fier, Jacob paraissait très inquiet et nerveux. Il a arrêté Jérémie, fermé son Ancien Testament, et a parlé.

Comment je peux être sûr que tu n'as pas
mémorisé tout ça pendant que tu étais parti ?
Parce que je t'ai dit que je ne l'ai pas fait.
Pourquoi est-ce que je devrais te croire ?
Il ne m'importe pas que tu me croies ou non.
Pourquoi tu ne veux pas me dire ce que
tu as fait pendant toutes ces années ?
Parce que ça n'a pas d'importance.
Où étais-tu ?
J'errais.
Où ?
Pas d'importance.
Ça en a pour moi.
Mettons fin à la conversation. Je voudrais
passer un peu de temps avec le rabbin.
Dis-moi ce que tu as fait et je
mettrai fin à la conversation.
J'ai vécu et j'ai senti et j'ai appris et j'ai
souffert et je suis tombé amoureux une
fois et la plupart du temps je n'étais pas
heureux mais de temps à autre je l'étais et
je n'ai jamais mis les pieds dans une église,
une mosquée, un temple ni aucun genre
d'établissement religieux et je n'ai pas ouvert
le moindre livre, et encore moins mémorisé.
Tu n'as pas répondu à ma question.
C'est juste que je ne t'ai pas donné
la réponse que tu attendais.
Jacob s'est levé et a dit qu'il serait
de retour dans une heure, et lui et
Jérémie se sont dirigés vers la porte.
Ben a parlé.
Je t'aime, Jacob. Et j'apprécie
l'intérêt que tu m'as manifesté.
Jacob s'est arrêté et a tourné la tête et il a
presque souri, ce qui aurait été la première
fois que je l'aurais vu sourire depuis qu'il

était venu me voir dans mon bureau, et il
a dit merci, et il est sorti avec Jérémie.
Ben m'a regardé.
Vous avez parlé avec mon médecin.
Oui. C'était très intéressant et très instructif.
Qu'est-ce que vous en pensez ?
Les paroles de la science ne
signifient rien pour Dieu.
Ben a souri.
Ça pourrait être juste un mauvais
fonctionnement de mon cerveau.
Qu'est-ce que tu sais à propos du Messie ?
Le Messie ?
Le Messie. Tout le monde ne pense pas que
ce sera une personne. Beaucoup croient,
comme il est dit dans de nombreuses sections
de la Torah, que l'histoire et la prophétie
du Messie sont symboliques et concernent
non pas un être humain qui peut avoir vécu,
peut être actuellement en vie, ou peut, à
un certain moment, apparaître parmi nous,
mais une époque, une ère messianique où les
Juifs et le reste du monde vivront en paix.
C'est ce que vous croyez ?
Non.
Vous croyez en une personne,
un véritable Messie ?
Messie, ou Moshiach, signifie oint, ou l'oint,
en hébreu. C'est un mot qui a été utilisé pour
désigner beaucoup de choses et beaucoup
de gens dans la Torah, y compris des rois,
des prophètes, des prêtres et des guerriers.
Certains croient qu'il est possible que nous
ayons déjà vu des Messies, les plus importants
étant David, Salomon, Aaron et Saül. À au
moins trois moments de notre histoire, un
grand nombre de Juifs ont cru que le Messie

était parmi nous. En 132 de notre ère, un soldat de la lignée de David du nom de Simon Bar Kokhba a uni les armées des tribus d'Israël et a pris la tête d'une révolte contre la domination romaine, qui a libéré Israël. Il a établi un nouveau gouvernement à Jérusalem et il a recommencé à reconstruire le temple de Salomon. Les rabbins l'ont proclamé Messie et ont déclaré le début de l'ère messianique, qui a duré deux ans, après quoi les Romains sont revenus, ont écrasé les armées juives et tué une grande partie de notre population, y compris Bar Kokhba. Quinze cents ans plus tard, en 1648, un rabbin turc du nom de Sabbataï Tsevi s'est proclamé Messie, sur la base d'une prophétie du Zohar, qui donnait cette date pour l'arrivé du Messie. Bien qu'il n'ait pas appartenu à la maison de David et n'ait possédé aucun des attributs du Messie, en 1665, quand il s'est de nouveau proclamé Messie, il a été capable de convaincre quatre-vingt pour cent de la population juive du monde entier qu'il était effectivement le Messie. Il a fini par se convertir à l'islam devant le sultan de Constantinople Mehmed IV, humiliant ses adeptes et mettant dans l'embarras les Juifs du monde entier. Contre toute raison, il y a des gens qui aujourd'hui encore se disent sabbatéens et croient qu'il était le Messie, et afin d'annoncer la venue de l'ère messianique, prient pour son retour. Celui qui a été dernier à avoir été considéré comme Messie est Menachem Mendel Schneerson, le septième Rebbe de Loubavitch à Brooklyn, qui a vécu de 1902 à 1944. C'était indubitablement un grand homme, et il a passé sa vie à répandre le judaïsme orthodoxe et à travailler à l'union des Juifs, mais son appel à la prière afin de hâter la venue du Moshiach n'était pas une proclamation de sa propre messianité, en dépit de la croyance de ses adeptes, qu'il n'a jamais encouragée ni découragée. Tu me demandes ce que je crois, et comme tu sais, en tant que Juif orthodoxe, et rabbin, il m'est demandé de souscrire aux douze articles de foi de Maïmonide. L'article douze proclame : Je crois en toute foi à la venue du Messie. Quelque longue qu'elle soit à venir, j'attendrai son retour chaque jour. Je récite aussi les Semoneh Esrei, les dix-huit prières, trois fois par jour, le matin, l'après-midi aux services du soir et dans cette prière, je prie pour que les conditions du retour du Messie soient réunies : le retour des Juifs en Israël, un retour des tribunaux religieux et au système judiciaire de Dieu, la fin du mal et l'abaissement des pécheurs et des hérétiques, la récompense des hommes de bien, la réédification de Jérusalem, la restauration d'un roi descendant de David et l'édification du troisième temple de Salomon. Et une fois que cela s'est produit, le Messie arrive ? Ou il arrive et ensuite cela se produit, ou une partie se produit avant et l'autre après, personne ne sait, et les prophéties ne sont pas claires à ce sujet. Nous savons seulement, ou nous croyons, que le Messie arrivera, et que son arrivée peut se produire n'importe quand, ou qu'elle a eu lieu et que nous l'avons manquée, ou qu'elle pourrait advenir maintenant, ou qu'elle est encore à venir, et cela fait partie de la beauté du Messie, le fait que personne ne sait. On croit cependant que des événements particuliers annonceront l'arrivée du Messie :

si tous les Juifs sur terre observent un shabbat, ou si pas un Juif sur terre n'observe un shabbat, si le monde est assez bon pour mériter le Messie, si toute une génération de Juifs naît innocente, ou si toute une génération de Juifs perd espoir. Comme aucun de ceux-là n'a de chance de se produire, plutôt que de les attendre, ou d'essayer de les faire advenir, les rabbins, ou du moins un certain nombre, y compris moi-même, ont cherché des signes particuliers, connus depuis des siècles, que le Messie, ou le Messie potentiel, manifestera.
Tels que ?
Le Messie, ou Messie potentiel, sera né à Tisha Beav, le jour de la destruction du premier et du deuxième temples de Jérusalem. Le Messie, ou Messie potentiel, sera né circoncis, comme Adam, Noé, Joseph, Moïse et David, et certains pensent Jésus, bien que les Juifs ne croient pas à ce mythe. Le Messie, ou Messie potentiel, sera capable de juger les gens, qu'ils soient bons ou mauvais, qu'ils soient sincères ou menteurs, qu'ils méritent ou non le Ciel, à l'odorat. Le Messie, ou Messie potentiel, fera aussi des miracles dont la nature exacte n'est pas révélée. Les miracles les plus répandus sont liés à la guérison des maladies et des problèmes de santé, le siens propres ou ceux des autres.
J'ai regardé Ben pour voir s'il réagissait à mes paroles, du fait qu'il savait qu'il était né pendant Tisha Beav. Je savais, sans savoir s'il le savait lui-même, qu'il était né circoncis, ce qui était une des raisons pour lesquelles j'avais essayé, tout au long de sa vie, d'être proche de lui et de sa famille pour le surveiller, le guider et le conseiller autant que

possible, et je croyais d'après ce que j'avais vu, qu'il avait acquis la capacité de juger autrui à l'odorat. Le fait qu'il fût en vie, malgré ses traumas, était un miracle évident, bien que je ne sache pas, à l'époque, s'il était capable de guérir les autres, ou de faire d'autres sortes de miracles. Je doutais, parce que je ne croyais pas, et ne crois toujours pas à l'histoire du Christ telle qu'elle est écrite, qu'il puisse jamais marcher sur l'eau ou changer l'eau en vin. Il n'a pas réagi, ce qui m'a surpris, parce qu'il était sûr qu'il savait qu'il possédait trois de ces traits, et devait avoir soupçonné, vu sa situation difficile au sein de sa famille qui dépendait des circonstances de sa naissance et de toute sa vie, qu'il possédait le quatrième et qu'il était né tel qu'il était.
Il s'est levé, m'a regardé et a parlé.
J'ai quelque chose à faire.
Est-ce que je t'attends ?
Il vaudrait mieux que vous retourniez chez vous.
Tout va bien ?
Il a souri et hoché la tête.
Oui.
Il a tourné les talons et a quitté la pièce. Il portait sa chemise et des pantoufles d'hôpital et j'ai aperçu une partie des cicatrices sur son dos et les grandes cicatrices qu'il avait derrière la tête. Je pense souvent à ce moment, où j'ai peut-être dit quelque chose qu'il ne fallait pas, où j'aurais dû peut-être taire certaines des informations que je lui ai données, où j'ai peut-être été trop direct, où peut-être j'aurais dû sentir quelque chose quand il a dit à Jacob qu'il l'aimait. Je pense souvent à cet instant, et je

me demande si j'aurais dû savoir quand il s'est levé et m'a souri, qu'il allait sortir de la chambre, et sortir de l'hôpital, et disparaître de nouveau, et si j'avais su, si j'aurais fait quelque chose pour l'en empêcher.

MATTHIEU

Il y a des gens qui sont pas faits pour le monde. Sont pas assez forts. Pas foutus de se débrouiller avec maman et papa et l'école qui t'apprend rien et un foutu boulot avec un enculé de patron avec son blabla et les factures et les voisins et une église à la con et les crédits et les hypothèques et le mariage et les gosses et une mystérieuse caisse de retraite de merde qui te permet de rien faire sinon d'y engloutir de plus en plus sans rien en retirer. Plein de gens sont pas faits pour. C'est les gens crades que tu vois dans la rue, qui parlent tout seuls et hurlent comme des possédés, qui marmonnent et pleurent, c'est ceux de ta famille et de ta ville qui te foutent la trouille et la honte et que tu dis que tu peux rien y faire, ceux que tu penses qu'ils sont même pas humains. Ils sont juste pas faits comme le reste et ils sont pas à la hauteur alors ils boivent et se défoncent et deviennent délinquants et se font mettre en taule et ils disent juste rien à foutre de tout ça. Les gens pensent qu'ils sont dingues et qu'ils ont besoin d'aide, mais l'aide mon cul parce qu'une foutue soupe populaire ou un abri où il y a pas assez de places ou un cabanon où on se fait tabasser ou les bonnes œuvres qui sont bonnes pour la conscience de ceux qui les font sont rien que des blagues. Et qu'on me parle pas de cet enculé que les gens appellent Dieu, parce que cet enculé existe même pas, et qu'on me parle pas de ces soi-disant maisons de Dieu parce qu'on y parle plus de tuer et de haïr que d'aider et d'aimer. Désolé de t'apprendre la putain de nouvelle si tu la sais pas, mais la voilà, enculé, la putain de nouvelle.

J'habite sous terre depuis un foutu bout de temps. Sous New York où il y a des tunnels, et il y a des tunnels sous les tunnels, et il y a encore des putains de tunnels sous ces tunnels. Il y en a qui sont vides, d'autres où les trains passent, d'autres où il y a le métro et d'autres où y a des gens. Et il y en a des sombres, si foutrement sombres, plus sombres que la nuit la plus sombre, que la plupart des gens, même ceux qui vivent sous terre, veulent pas y aller. Et c'est les tunnels où les miracles arrivent, où les gens comme Yahya et Ben s'en vont et reviennent différents. Où les enculés qui ont le don entrent dans le noir et voient. Je sais que ça semble dingue, mais ceux qui ont des dons entrent dans ce noir, parce que c'est là qu'ils apprennent à voir.

Je suis né à New Haven, Connecticut. Mon papa était un enculé respectable qui avait été à l'université et a passé sa vie le cul derrière un guichet de banque. Ma maman a fini le lycée et a passé sa vie à faire sa pute. Il était jamais là quand j'étais petit, soi-disant qu'il arrêtait pas de travailler pour avoir de la promotion et sortait avec ses clients et son patron. Quand il était là il buvait et gueulait en m'ignorant moi et mes deux sœurs et en disant à maman qu'elle était pas assez belle ou assez mince ou s'habillait pas assez bien ou les faisait pas inviter où il fallait avec les gens qu'il fallait et de temps à autre si elle lui répondait il lui tapait sur la gueule. Tout ce qu'il pensait de moi c'est que j'étais une merde ce qui me dérangeait pas parce que tout ce que je pensais de lui c'est que c'était une merde lui aussi. Ils m'ont envoyé dans un tas d'écoles, pensant que le nom ou le nombre y changerait quelque chose, mais ça n'a rien changé parce qu'elles étaient toutes nulles à chier. Quand j'ai eu dix-sept ans, je les ai lâchés pour de bon. Je pensais que je me débrouillerais bien tout seul, et même sinon, je préférais me débrouiller mal à ma façon plutôt que d'être un trou du cul qui fait ce que les autres pensaient que je devais faire. Je me suis convaincu que je me tirais au nom d'une sorte de putain de liberté. Je n'avais pas encore appris que tout le monde est enfermé d'une manière ou d'une autre. C'est comme ça qu'est la vie ; on est tous emprisonnés par quelque chose.

J'ai vécu dans un jardin pendant un temps. J'ai vécu dans une caisse en carton. Vécu sous une autoroute. Me suis fait tabasser et voler et me suis accroché et fait enfermer quelques fois et fait violer plus d'une ou deux fois. Appris ce que je savais déjà, que le monde est un sale endroit où les gens vous crachent dessus et vous baisent au lieu d'être bons avec vous. Je me suis installé dans les tunnels parce que je voulais me tirer, j'ai vécu comme un putain de rat, en tapant de la bouffe, en mangeant des putains d'ordures, en prenant ce que les autres ne voulaient pas et m'en servant pour survivre. La première fois j'ai passé trois ans sous terre. Tout seul. Je vivais à côté des trains qui allaient à Long Island. J'avais un sac de couchage, une torche électrique et une batte de baseball. Puis je me suis fait arrêter pour m'être battu au couteau pour des bouts de pizza dans une poubelle et j'avais du crack dans ma poche et j'ai fait trois ans. Je suis sorti et suis retourné à mon tunnel et j'ai trouvé un autre enculé dans mon sac et j'avais pas envie de me battre après m'être battu tout le temps en prison et je suis descendu encore plus bas et je me suis trouvé une armoire électrique sur une ligne de métro abandonnée et j'y suis resté trois ans. Je me suis raccroché au crack et à l'alcool et je passais mes journées à mendier et à faire les poubelles pour essayer de trouver des trucs à vendre. Un jour je redescends avec deux cailloux et une bouteille de vin et je vois deux enculés assis par terre devant mon armoire. Ils n'étaient pas en uniforme et ce n'étaient clairement pas des employés du métro ou des chemins de fer alors j'ai pensé que c'étaient des enculés de flics en civil qui étaient venus me refoutre en tôle parce que j'étais jamais allé voir mon contrôleur judiciaire, et je me dis que je vais filer mais me dis qu'ils pourraient me tirer dessus ou me faire un genre de truc qu'ils font toujours aux pauvres enculés de SDF soi-disant timbrés. Alors je suis juste allé leur demander ce qui se passait et une fois que j'étais près j'ai été sûr que c'étaient pas des putains de flics parce qu'ils avaient des cicatrices qui étaient identiques et qu'on aurait dit que quelqu'un leur avait fait de longues entailles sur chaque bras et ils ont dit qu'un enculé qui s'appelait Yahya voulait me voir. Je leur ai demandé ce que voulait Yahya et ils ont dit me voir. Je leur ai demandé qui était Yahya et où il était et ils ont dit qu'ils allaient me montrer. Et c'est ce qu'ils ont fait. M'ont emmené dans le noir pour me montrer.

J'étais là le jour où on a vu Ben pour la première fois. On était en train de dîner et la plupart de nous étions assis aux tables en train de bouffer des putains de macaronis au fromage. Ça faisait dix ans presque que j'étais avec Yahya, et ç'avait pris un putain de long temps, plein de boulot et de patience mais on avait tout au poil : l'électricité branchée aux lignes de la ville, l'eau branchée aux canalisations de la ville, un tunnel qui n'avait pas été utilisé depuis le putain de dix-neuvième siècle qui était fermé aux deux bouts, des conduits qu'on fermait qui allaient à d'autres tunnels dans quatre endroits différents, et un passage qui débouchait direct sur une ruelle du Lower East Side qu'on pouvait fermer pour empêcher les dingos de venir. On avait construit des petits abris pour tout le monde avec des bouts de bois et de revêtement extérieur que les gens d'en haut balancent. On avait des poêles et des casseroles et des draps et des serviettes et des lits et des vieux lecteurs de cassette pour la musique et des radios pour quand les mauvaises nouvelles vont commencer à arriver et on avait des milliers et des milliers de piles. On avait assez de bouffe en boîte et en paquet pour nous durer un an, et c'était si on se mettait pas à bouffer les rats ou les autres putains de bêtes qui vivaient dans les tunnels, qui pourraient nous durer à peu près pour toujours. Et on avait un stock d'armes. Tout depuis les trucs genre Moyen Âge, des putains d'épées de lances et de boucliers qu'on avait faits avec de la ferraille, jusqu'à de la camelote dernier cri genre neuf millimètres et fusils d'assaut, Taser et bombes lacrymo. Il y avait d'autres tunnels où des gens vivaient et il y avait d'autres groupes qui s'étaient organisés dans un genre de communauté ; mais aucun comme nous. On était un mouvement, une putain d'armée, avec une philosophie et un putain de plan. On était prêts pour ce qui allait arriver. Pour ce qui va arriver à l'humanité. On était préparés à survive quand tous les autres vont clamser.

Ça faisait quelques semaines que Yahya nous disait qu'il rêvait de quelqu'un qui allait venir nous voir. Yahya était un prophète, un saint de la vieille école, comme Moïse ou Mahomet ou un autre enculé des vieux livres, donc quand il nous disait qu'il avait des rêves ou des visions on prenait ces trucs au sérieux. Ça faisait trente-cinq ans que Yahya était dans les tunnels. Descendu quand il avait quatorze ans, qu'il vivait dans un putain de cauchemar adoptif, battu par les autres gosses et violé par le type qui était censé s'occuper de lui. Un jour il en a eu ras le bol et il a foutu le feu à la maison. Les autres gosses s'en sont sortis mais le mec a cramé, ce qui était bien fait pour sa gueule, et dès qu'il a lâché l'allumette, Yahya est descendu dans la première station de métro et a sauté le putain de portillon et est descendu du quai et a pénétré dans les tunnels.

Il s'est débrouillé pour vivre sans remonter en mangeant ce qu'il trouvait dans les poubelles des stations, en ramassant les fringues que les gens oublient et utilisant la flotte des toilettes des stations principales. Il est descendu de plus en plus bas en se faisant son chemin tout seul, comme tous les prophètes et les grands hommes du monde font leur chemin tout seuls, et il a fini par trouver notre tunnel où on vit aujourd'hui, intact et pas ouvert depuis presque une putain de centaine d'années, et il y a vécu seul pendant dix ans, avant de commencer à construire notre société. Tout ce temps il est sorti juste une fois par an le jour de l'anniversaire de l'incendie. Il sortait pour lire un journal et faire un tour dans la ville et regarder la merde qui arrivait, qui s'arrange jamais, et qui est de plus en plus pire chaque putain d'année.

Donc il nous racontait son rêve, qu'un enculé allait nous découvrir, un homme qui avait parcouru le monde, souffert des trucs qu'aucun de nous pourrait imaginer, savait des trucs qu'aucun de nous pourrait imaginer, que son arrivée était le signe que la fin était proche, le dernier putain de signe. Et on était là à bouffer nos macaronis et à écouter le prêche de Yahya et cet enculé sort de l'obscurité, maigre comme tout, blanc comme un linge, des cicatrices partout, des cicatrices que à côté nos cicatrices, les cicatrices que Yahya nous avait faites aux bras comme signe que notre vie là-haut était morte et qu'on était dans les tunnels pour la vie, cet enculé avait des cicatrices que à côté nos cicatrices avaient l'air des petits bobos que je me faisais quand j'avais quatre ans. Yahya, qui prêchait tous les jours au dîner, s'est arrêté et l'a regardé. S'il n'avait pas fait ses rêves il aurait probablement tué l'enculé. Mais il savait, il savait qu'il arrivait, et il savait qui c'était, savait pourquoi il était sur cette putain de terre, et Ben s'est amené tranquillement, sans moufter, avec son air inhumain, mais pas effrayant comme un monstre ou quoi, mais inhumain parce qu'on aurait dit qu'il rayonnait, comme s'il y avait une sorte de lumière qui sortait de lui ou un truc comme ça. Il est venu à la table, a demandé s'il pouvait s'asseoir, et Yahya a hoché la tête. On était tous sous le choc et moi personnellement j'avais la trouille, trouille de l'enculé qui était capable de faire fermer sa gueule à Yahya. Donc il s'est assis au bout de la table, a regardé Yahya et lui a demandé bien poliment et tout, s'il voulait continuer à prêcher. Yahya a souri, et c'est pas le genre d'enculé qui souriait souvent et a dit oui. Et il a continué à prêcher. Et je me rappelle ce sermon à cause que Ben était arrivé. C'était à propos du gouvernement du monde qui nous conduisait tous à la mort, au désastre, à la ruine et à l'apocalypse. Et comment Dieu et Jésus et le reste des enculés et les prophéties à la con de la Bible avaient rien à voir avec tout ça. C'était l'avidité et la folie des hommes qui dirigent le monde. Leur croyance dans les religions stupides qui prêchent le meurtre, la haine et la division. Leur besoin de contrôler les autres qui sont différents d'eux et les tuer s'ils se plient pas à la volonté d'un putain d'enculé. C'est ça qui va mettre fin à tout ça, une guerre à la con pour la religion et l'argent, et c'est eux qui vont mettre fin à tout ça, les enculés qui croient et tiennent les cordons de la bourse.

Ben s'est installé direct. Il a pris un job comme tout le monde. La plupart montaient pour mendier le blé qu'on avait besoin pour acheter des armes et des provisions ou chercher dans les poubelles de la bouffe et du matériel de construction et les autres trucs qu'on avait besoin en bas. D'autres s'occupaient de nos affaires dans le tunnel, bossaient sur l'électricité ou l'eau, stockaient les vivres, faisaient la maintenance, nettoyaient. Le pire boulot c'était de nettoyer autour des toilettes, deux trous profonds qui aboutissaient dans le tunnel du dessous. On avait construit des petites cabanes autour des trous, et les gens essayaient d'être hygiéniques et tout, mais c'était quand même dégueulasse, toujours un endroit où les gens pissent et chient et ça chlinguait dur. Ben est devenu l'homme des toilettes, à nettoyer et stocker le papier et jeter des seaux d'eau dans les trous pour faire partir une partie de cette merde dégueu. Quand il travaillait pas là, il aidait ceux qui avaient besoin d'aide, faisait ce qu'ils avaient besoin. Quand il mangeait, il était toujours assis au bout de la table, et il mangeait presque rien. Peut-être deux trois bouchées de riz ou de pâtes, peut-être une pomme ou une orange ou une demi-banane, un verre d'eau, et c'était tout pour toute la putain de journée. Et quand on dormait, on allait tous dans nos abris, certains foutrement chouettes, avec matelas et télé et plus d'une pièce, et d'autres plus simples, avec peut-être un sac de couchage ou des couvertures. Ben dormait par terre à un des bouts sombres du tunnel, tout seul, rien que ses fringues, sauf quand il faisait foutrement froid, alors il mettait cette couverture super mince qui aurait pas tenu chaud à un cafard. Et il causait pratiquement jamais. Quand on lui posait une question il hochait la tête ou la secouait ou souriait. S'il fallait plus de mots ou que c'était un truc plus compliqué, il disait juste ce qu'il avait besoin aussi vite que possible et la fermait. Et avec sa dégaine, il nous donnait à tous l'impression de pas être une personne, pas une vraie personne du moins, il était quelque chose du putain d'au-delà, quelque chose qui était pas comme nous, pas même comme Yahya.

Environ une semaine qu'il était avec nous, ses crises ont commencé d'arriver. Un déjeuner il est tombé à la renverse et son corps s'est mis à déconner. Il tremblait et se roulait et il avait des merdes qui lui sortaient de la bouche et il grognait comme un putain de clebs. Des gens se sont levés pour l'aider mais Yahya a dit laissez-le, il fait ce qu'il a à faire. Donc on l'a laissé tranquille. Et la première fois ça a duré genre deux minutes. Quand ça a été fini on l'a laissé tranquille et à un moment il s'est réveillé et s'est assis à table comme si rien s'était passé. Vingt minutes plus tard ça a recommencé. Il est tombé à la renverse et s'est remis à déconner. L'un de nous était docteur avant de péter les boulons et de finir dans les tunnels, où Yahya l'avait trouvé et sauvé, et il disait qu'on devait faire quelque chose pour Ben, mais Yahya continuait de dire c'est ça qu'il a besoin de faire. Et c'était ce que croyait Yahya, un des principes de notre putain de société : un homme fait ce qu'il a besoin de faire, il vit sa vie comme il veut la vivre, les autres ont pas le droit de s'imposer. Donc même si on avait tous les jetons et qu'on voyait que ses crises le bousillaient, on l'a laissé tranquille. Il faisait ce qu'il avait besoin de faire.

Dans notre monde, notre société, notre civilisation, notre culture, et je ne parle pas du tien, celui à la surface, je parle de notre nation, celle dans le putain de tunnel, l'empire du sous-sol, dans ce royaume souterrain, il y avait des règles. Si tu étais amené, si Yahya te trouvait et te choisissait, tu apprenais les putains de règles, et tu les respectais, et si tu devenais un des nôtres, tu étais sauvé. Yahya croyait que la fin du putain de monde arrivait, et il avait raison, parce que c'est sûr de chez sûr, et c'est pour bientôt. S'il te trouvait, tu étais un de ceux qui pouvaient pas vivre au-dessus, tu étais pas fait pour, et il croyait que tu étais capable de vivre en dessous, et il croyait que tu étais capable de te battre. On t'amenait, avec un bandeau sur les yeux et tout, pour pas voir où tu étais, la plupart de nous était accro à une merde ou à une autre et donc on était décrochés et on était endoctrinés. Il fallait travailler, contribuer. Tu devais soumettre ta volonté au bien de la communauté. Tu pouvais boire, te défoncer, baiser, jouer aux cartes, lire, jouer aux échecs, cuisiner, écrire, peindre, construire, faire tout ce que tu veux, mais pas question de s'accrocher, ce que tu faisais devait être sous contrôle. Tu devais vivre et laisser vivre, mais pas comme les enculés d'en haut le disent, tu devais le faire pour de vrai. Pas question de voler, de se battre, de juger, de haïr. Il n'y avait pas de Dieu, pas de culte, pas de temps perdu en conneries. Tu devais renoncer au putain de monde, te libérer de ses arnaques, accepter qu'à un moment il n'y aurait rien d'autre que ce qui existait dans le tunnel. Et tu devais être prêt à mourir pour ça. Et une fois que tu étais cool avec tout ça, et que tu étais prêt à t'engager, tu étais sauvé. Et quand tu étais sauvé tu étais marqué. Yahya te faisait deux longues entailles aux deux bras, qui symbolisaient ta mort au-dessus et ta naissance en dessous. Et quand le sang coulait, quand tu levais les bras et qu'il commençait à couler sur tes joues, ton cou, quand tu le goûtais, quand tu le sentais dans tes putains de godasses, tu étais libre. Pas question de remonter sauf pour aller chercher des trucs pour vivre en bas. Pas question d'accepter leurs règles et leurs attentes ou soi-disant morale et leur soi-disant critères plus jamais. Quand le sang coulait tu étais libre.

Quand Ben est arrivé, on était trente-deux. C'était comme ça depuis deux ans. Même si Yahya avait prophétisé son arrivée, il fallait qu'il suive les mêmes règles que nous, qu'il devienne l'un des nôtres s'il voulait rester. Ses crises compliquaient un peu le truc, parce qu'il pouvait pas faire la plupart des trucs normaux qu'on faisait. Et qui il était, pourquoi il était sur cette putain de terre, les dons qu'on lui avait donnés ou qu'il avait acquis ou tout ce que tu veux croire, même si je sais à quoi je crois, compliquait aussi le truc. C'est pas tous les jours qu'un enculé comme lui vient se mettre dans la queue pour la bouffe. Mais il avait l'air de s'en foutre. Après Yahya lui a fait faire le balayage et les poubelles, c'est-à-dire qu'il devait balayer par terre et emporter les ordures dans un autre tunnel qui était vide aussi, sauf que ça faisait des années qu'on y balançait les ordures. Quand Ben avait une crise, il s'asseyait juste et attendait que ça passe. Si Yahya l'avait remarqué la première fois nous autres on a commencé à voir comment Ben s'en allait juste avant que ces trucs l'explosent. Ses yeux étaient super fixes, comme s'il regardait un truc que personne d'autre voyait ou avait jamais vu ou verrait jamais. C'était rien qu'une seconde, peut-être, ou deux ou trois, mais ces secondes avaient l'air de durer des plombes. Quand quelqu'un avait demandé à Yahya ce qui se passait, il avait dit que l'homme était en train de parler à Dieu, de regarder au fond de l'éternité. Quelqu'un d'autre a demandé comment il parlait à Dieu, si Dieu existait pas ? Yahya a dit que Dieu existe pas comme les gens sur cette planète croyaient qu'il existe, un enculé superpuissant qui sait tout assis sur un fauteuil à s'occuper de ce qui arrive ici sur terre et de nos destinées individuelles, c'est juste des conneries, mais qu'il y avait des réponses qu'on avait pas, des trucs qu'on savait pas, des trucs au-delà des petits esprits de petits hommes qui étaient assez cons pour penser que dans tout l'univers, infini au-delà de la compréhension humaine en taille et en énergie et en dimension, on était les seuls enculés qui existent et que toutes les petites conneries qu'on faisait et qu'on s'inquiétait avaient la moindre importance. Ben allait dans ces endroits, ces endroits infinis, et les comprenait, même s'il pouvait ou ne voulait pas parler de ce qu'il voyait, sentait et vivait.

Les crises sont devenues pires et encore plus pires et plus longues et encore plus longues. Elles duraient dix, quinze, vingt minutes. Ont commencé à durer trente minutes, durer une heure, durer trois ou quatre heures, à trembler et avoir des convulsions et cracher et grogner, tu voyais que ça lui faisait mal quand ça arrivait et tu le voyais avoir tellement mal quand elles finissaient qu'il pouvait à peine bouger. Le docteur cinglé a dit que Ben avait un truc qui s'appelait état de mal épileptique, un état de crise permanente, et qu'il pourrait en mourir, qu'il en mourrait si on l'emmenait pas dans un vrai hôpital. Mais Yahya a dit laisse-le, cet homme ne mourra pas, du moins pas ici. Puis il a eu une crise qui a duré un jour, vingt-quatre putains d'heures d'affilée. Ça nous a foutu la trouille à tous et nous a fait penser que Yahya avait tort, que Ben allait clamser. Ça durait durait et durait. Pire que ce qu'on avait jamais vu. Sais pas comment quelqu'un pouvait supporter ça ou survivre à un truc pareil. Et même si tu pouvais le supporter, comment tu deviendrais pas marteau à cause de la douleur, juste pas péter les boulons à cause de la putain de douleur physique. Quand ça a fini, il est juste resté étendu sur sa couverture, par terre dans le tunnel. A dormi deux jours. On allait tout le temps voir comment il allait, nous assurer qu'il respirait toujours, et il respirait toujours, mais c'était vraiment faible, et il fallait vraiment regarder de près pour le voir. Quand il s'est réveillé, on était tous assis en cercle après le dîner. Yahya nous avait fait un sermon d'enfer, dans le genre habituel mais vraiment inspiré, disant que le monde au-dessus était en train de crever, que l'avidité la corruption la haine et l'intolérance allaient mener à une guerre qui détruirait tout, que la guerre allait bientôt arriver, qu'on devait renoncer au monde et nous préparer à survivre, qu'on devait nous aimer les uns les autres et nous laisser vivre les uns les autres, et nous aider les uns les autres, et nous respecter les uns les autres. Ça n'importait pas d'où on venait ou ce qu'on avait eu avant, ou notre couleur ou notre religion, que rien n'importait que vivre, et laisser vivre, et aimer. Après on a écouté du vieux jazz sur le magnéto en buvant des cocktails, ou en fumant de l'herbe de première, ou en dansant, les hommes ensemble, hommes et dames ensemble, dames ensemble, tous super cool, à partager leur amour et répandre leur amour comme on voulait, sans personne pour les juger. Personne l'a vu arriver, une seconde il était pas là, la seconde d'après il était là. Et il bougeait super lentement, lentement et parfaitement en rythme, comme s'il faisait partie de la musique, un autre instrument ou quoi, lié directement à elle. Ses yeux étaient fermés et ça faisait si foutrement longtemps qu'il avait pas mangé que sa peau était encore plus blanche que d'hab', presque translucide. Ses yeux étaient fermés et il s'est mis à s'approcher de chaque personne ou couple, et il les a touchés, les a serrés, a bougé avec eux, les a ralentis pour qu'ils sentent la musique comme lui, il leur prenait la main, tenait leurs figures dans ses mains, les attirait pour que leurs corps soient super collés, et il les embrassait, hommes et femmes, les embrassait lentement et profondément, et tu voyais sur leurs figures, sur leurs corps, qu'aucun avait jamais senti un truc pareil, rien de si pur, aussi sexuel, aussi extatique, aussi foutrement doux et beau, et c'était comme s'il les baisait, les baisait comme ils avaient jamais été baisés, même s'il les touchait juste, les embrassait, bougeait, bougeait super lentement, il les baisait tous. Et ceux qui ne dansaient pas, on regardait, et on était aussi excités que les gens qu'il touchait, qu'il baisait. Quand j'étais petit et que je vivais dans un monde dans ma tête pour échapper au monde où je vivais en vrai, je rêvais que je pouvais faire tout ce que je voulais aux gens et qu'ils m'aimaient quand même, m'aimaient juste et me libéraient de toute la merde du monde que je haïssais et qui me haïssait. Plus grand, j'ai arrêté de faire ce genre de rêves parce que j'ai réalisé que ce genre de truc était juste pas vrai ni possible et n'allait jamais arriver. Mais alors j'ai vu Ben et j'ai cru que c'était possible, que tout était possible, parce que je l'ai vu et l'ai senti et su et cru et même si ça semblait pas réel c'était le truc le plus réel que j'ai jamais su, que j'ai jamais vu sur cet enfer de terre. Cet amour était le truc le plus putain de réel qu'aucun de nous avait jamais vu. Quand il a eu fait le tour de tous les danseurs, Ben est allé voir Yahya qui avait regardé et senti et cru lui aussi, assis au bout de la table où il était toujours assis et il s'est mis à genoux devant lui et a tendu les bras. Yahya avait toujours un couteau sur lui ou près de lui et il l'a pris et a pris les bras de Ben et a fait les coupures. Normalement il faut plus longtemps, un an environ avant de les recevoir, et seulement quand Yahya le décide, mais pas avec Ben. Son sang a coulé sur lui. Quand il en a été couvert et que ses vêtements étaient trempés, et le sol sous lui, il s'est avancé et il a embrassé Yahya. Je n'avais jamais vu personne embrasser Yahya ni le toucher même, pas en dehors de sa chambre, qui était le seul endroit où il faisait des trucs avec les autres, et seulement des femmes. Et Ben l'a embrassé longtemps, et quand il s'est reculé, les yeux de Yahya étaient fermés et il respirait super lentement et profondément, et on aurait dit qu'il était incapable de bouger, comme s'il était putain de paralysé. Et Ben s'est juste reculé et s'est retourné et a disparu dans l'obscurité. Ça a été long avant que personne bouge. Et quand on a bougé, on était juste silencieux, pas un mot, on est retournés à nos abris où la plupart sont restés étendus à penser à Ben. Le lendemain matin on s'attendait à le voir, à la table du petit déj' ou dans son coin, mais il était nulle part. Les gens ont commencé à se demander où il pouvait être, quand Yahya nous a dit qu'il était parti, qu'il avait eu une autre vision dans la nuit, que Ben était parti dans les tunnels où il avait à faire des trucs tout seul, des combats qu'il devait faire tout seul. Yahya a dit laissez-le partir, laissez-le faire ce qu'il doit faire, quand il aura fini, il reviendra.

Une semaine a passé et il n'est pas revenu. Une autre semaine et toujours rien. Les gens ont commencé à se faire un peu de mouron. J'ai commencé à me balader dans les tunnels pour chercher des endroits où j'avais jamais été, des endroits plus bas, des endroits vraiment noirs, le noir qui voit jamais la lumière. Je me disais que même si Yahya a eu sa vision, et même si c'est clair que Ben a quelque chose de spécial, c'était quand même un homme, quand même de la chair et du putain de sang, quand même un cœur qui bat. Et comme c'est un homme, il est vulnérable, et il est quelque part avec des entailles maousses dans les bras et une maladie qui le déglingue pire que j'ai jamais vu. Donc je suis parti à sa recherche, et à la recherche des endroits qui sont cachés, qu'on est pas supposés trouver, les endroits que j'ai déjà dit qu'il y a des trucs magiques qui arrivent, où dans l'obscurité tu apprends à voir.

Après quatre où cinq jours passés à chercher, à marcher dans les tunnels du métro avec les rames qui passent à quelques centimètres, à marcher dans les tunnels de l'Amtrak et de la ligne de Long Island, les tunnels de la ligne du New Jersey, les tunnels du vieux métro, des tunnels qu'on avait commencés et jamais terminés, je tombe sur une porte dans les tunnels les plus profonds sous la mairie. Généralement je m'occupe pas des putains de portes, parce qu'elles sont toutes fermées et que forcer une serrure attire une attention qu'est pas utile, mais quelque chose dans cette porte m'a attiré. J'ai vérifié et elle était ouverte, alors j'ai regardé à l'intérieur et il y a un trou avec une échelle qui descend même si je peux voir que dalle où elle va ni où elle s'arrête. Y a pas de mal dans la vie à chercher, chercher des nouveaux trucs et des nouveaux endroits et des sentiments et des croyances, pas de mal du tout, donc je commence à descendre, pour chercher à voir ce que je vais trouver. Je descends et c'est noir et foutrement silencieux et même si à ce moment ça fait longtemps que je vis là, j'avais une trouille d'enfer, avec le cœur qui battait super vite et fort et du mal à respirer, à me demander si quelque chose allait pas me sauter dessus, un putain de monstre ou quoi, ou si je vais me casser la gueule et me casser le putain de cou. J'avais une putain de trouille d'enfer.

Mon pied a touché le sol et j'ai senti qu'il était mouillé et glissant, ce qui me disait qu'on était quelque part dans les putains d'égouts, que on évitait tous parce qu'ils étaient pleins de rats et de maladies et d'un tas d'autres merdes que personne veut avoir affaire avec. J'ai voulu remonter mais quand j'ai levé le pied j'ai entendu quelque chose comme un cri. Je me suis arrêté et j'ai attendu d'entendre d'autres cris et j'en ai entendu un autre presque tout de suite. Je me suis mis à marcher dans sa direction, en faisant bien gaffe où je mettais les pieds et en avançant super lentement parce que j'y voyais que dalle. Même si mes yeux étaient super bien ajustés j'y voyais foutrement que dalle.

M'a pris longtemps pour faire deux cents mètres dans ce tunnel, sacré bout de temps. Tout ce temps j'entendais ces cris, et plus j'avançais plus je savais que c'était Ben, parce que ça ressemblait à ces bruits que je l'entendais faire pendant ses crises. Quand j'ai été tout près j'ai commencé à entendre de l'eau qui coulait et j'ai commencé à savoir que les cris viennent d'en bas, et que l'eau coulait quelque part en bas. Mes yeux s'étaient ajustés et j'ai vu que quelques pas devant il y avait un grand trou, comme un genre de trou d'évier ou un nid-de-poule géant qui arrive à New York qu'une ou deux fois par an, et Ben devait être dans ce trou, peut-être blessé, et il pouvait pas sortir. J'allais l'appeler, lui dire que j'étais là et que j'allais l'aider, quand je l'ai entendu qui se mettait à parler, parler super lentement et posément, comme s'il causait avec quelqu'un. Donc je me glisse au bord du trou et je regarde et il était là, peut-être à quatre ou six mètres dans un autre putain d'égout, et il était assis par terre comme si c'était Bouddha, et je jure sur ma putain de vie que sa peau était lumineuse, et ses bras étaient déjà guéris, avec les cicatrices qui s'étaient mêlées avec les autres, et il parlait dans le vide juste devant lui, et si je l'avais pas connu, et su ce que Yahya pensait de lui, j'aurais cru qu'il était complètement maboul.

Je me suis allongé là pour le regarder. J'avais la trouille qu'il me voie alors je passais juste la tête au bord du trou. Je l'entendais qui disait des trucs du genre oui ou non, oui ou non, encore et encore, disait pourquoi, disait comment, disait non, je ne veux pas, je ne veux pas. Il a parlé genre une heure et alors je le vois qui devient super immobile et je sais ce que ça veut dire et il commence à criser, pire que j'avais jamais vu, avec son corps qui se soulève littéralement de terre tellement il se convulse. Et les bruits qu'il faisait me foutaient la trouille, comme des trucs que j'imagine qu'on entend qu'en Enfer, si y en a un. Et quelque chose clochait, comme si y avait quelque chose avec lui. Quelque chose de sombre et de mauvais et vieux comme le putain de Ciel, quelque chose avec une puissance qui était au-delà de la puissance, qui était si foutrement profond et noir qu'il était au-delà de la puissance, et ça m'a fait trembler et dresser tous les poils du corps et m'a fait pisser dessus, juste là je me suis pissé dessus. Quoi que ça ait été, si c'était quelque chose, ça m'a foutu une telle trouille que je me suis tiré de là aussi foutrement vite que j'ai pu.

J'ai commencé à retourner voir Ben chaque fois que je pouvais. Dit à personne que je l'avais trouvé ni que je savais où il était. La plupart du temps il avait ses crises et toujours fortes. Sinon il parlait ou parfois criait, criait dans le noir, criait dans le putain d'abysse. Parfois quand je descendais je sentais cette chose, cette présence super mauvaise, et je me tirais tout de suite. D'autres fois elle était pas là. Juste une ou deux fois elle est pas venue du tout, et c'était les fois où Ben criait, comme s'il la tenait à distance ou quoi, comme si ses cris avaient un putain de pouvoir bénéfique.

Il a été là deux semaines, trois semaines, quatre semaines, six semaines. Pour autant que je voyais, il mangeait jamais, buvait jamais, dormait jamais, a jamais bougé. Et même qu'il aurait dû tomber malade ou mourir, ça s'est pas passé. C'était plutôt le contraire. Il avait l'air plus fort, toujours maigre comme tout, mais plus fort. Et c'était comme s'il contrôlait ses crises. Comme s'il pouvait y entrer et en sortir quand il voulait. Je l'entendais poser une question ou dire quelque chose, du genre super costaud genre qu'est-ce qui s'est passé avant le Big Bang, ou où étaient-elles, pourquoi étaient-elles, dis-moi comment résoudre le problème de la gravité quantique, est-ce qu'on peut unifier les quatre forces fondamentales. Après qu'il posait la question, il fermait les yeux et respirait et ouvrait les yeux et il était dans cet endroit, cet endroit comme l'éternité et après il faisait sa crise. Et pendant toute la dernière semaine que je suis allé le voir, la septième semaine qu'il était dans ce putain de trou de merde, il a été en crise. Et tout ce temps, cette présence était avec lui, plus forte, et apparemment active, comme si elle fluait et refluait, attaquait et battait en retraite, et me faisait pisser dans mon froc à chaque fois, me foutait une trouille de tous les diables. À la fin de la semaine, je suis descendu et il avait disparu. M'a fait faire un sacré mouron, foutu la trouille que quelque chose soit arrivé, que le foutu mal l'avait eu. Je suis parti direct pour notre tunnel pour aller voir Yahya pour le ramener et lui dire ce que j'avais fait et lui parler de Ben et lui dire qu'il fallait qu'on le retrouve pour l'aider. Je suis retourné aussi vite que j'ai pu, couru dans l'obscurité, fui l'obscurité. Et quand je suis arrivé, Ben était là, avec Yahya, l'air en pleine forme, comme s'il était jamais parti, maigre et tout, mais brillant comme une putain d'ampoule électrique fluorescente, même si je savais qu'il avait rien bouffé ni bu pendant sept putains de semaines. Il était de retour. Et juste comme Yahya avait vu dans ses visions, la fin était proche. La fin était foutrement proche.

JOHN

J'avais entendu dire qu'il y avait des gens qui vivaient sous terre. On les appelait les taupes. Il y avait eu un livre, quelques documentaires. C'était un de ces sujets qu'on aborde dans les soirées. Franchement ça ne m'intéressait absolument pas. Cela ne signifiait rien pour moi. Si les gens voulaient vivre sous terre, qu'ils le fassent. Cela soulageait d'autant le contribuable, et c'était ça de moins pour les établissements médico-sociaux. Tant qu'ils ne croisaient pas ma route, je m'en tapais.

Mon job consistait principalement à remonter à la source des armes qui entraient dans la ville de New York et à appréhender et incarcérer les individus qui les possédaient de manière illégale. Il est interdit par la loi de posséder ou détenir une arme dans les limites de la ville à moins d'avoir un permis, et les permis sont très difficiles à obtenir. Chaque fois que nous trouvions une arme, notre premier objectif consistait à découvrir comment elle était entrée en ville. C'est un marchand d'armes du nord de l'État de New York qui nous a mis sur la piste des individus dans le tunnel. Nous avions découvert ce marchand à la suite de l'arrestation pour meurtre du membre d'un gang du sud-est du Queens qui était en possession illégale d'une arme de poing. Le suspect, contrairement à l'habitude des membres des gangs et des meurtriers, n'avait pas effacé le numéro de série de l'arme, ce qui nous avait permis de remonter à sa source. Quand nous avions arrêté le marchand d'armes pour avoir vendu des armes à des individus qui ne possédaient pas le permis requis, il avait passé un marché avec nous pour ne pas aller en prison et avait commencé à nous fournir l'identité d'autres individus à qui il avait vendu des armes. C'est alors qu'il nous avait parlé des individus dans le tunnel qui lui avaient acheté une soixantaine d'armes et des milliers de cartouches.

Il n'a pas été facile de les trouver. Il y a un grand nombre de tunnels abandonnés sous la ville, dont certains dans lesquels personne n'était entré depuis des décennies. Nous avons procédé à une première recherche qui n'a rien donné. Le marchand d'armes nous avait dit que les membres du groupe, qu'il avait décrit comme des cinglés qui croyaient à l'apocalypse, se procuraient leur argent en mendiant dans les rues et qu'ils avaient tous de longues cicatrices sur les bras. Nous nous sommes mis à la recherche d'individus correspondant à cette description, et après huit mois nous en avons trouvé deux, un homme et une femme. Nous les avons mis sous surveillance et nous avons trouvé le tunnel où ils habitaient en compagnie d'une trentaine d'autres individus.

Nous savions très peu de choses sur eux quand nous avions exécuté les mandats de recherche. Nous craignions de nous retrouver face à une situation similaire à celle de Waco, au Texas, où un groupe de fanatiques religieux, les « Davidiens », lourdement armés, conduits par un chef messianique du nom de David Koresh, avait résisté aux forces fédérales au cours d'un siège de cinquante et un jours qui s'était terminé par un incendie où quatre-vingts personnes, dont dix-sept enfants, avaient trouvé la mort. Heureusement, tel ne fut pas le cas. Une cinquantaine d'agents de la force publique s'étaient introduits dans le tunnel par quatre accès différents. Presque tous les individus résidant dans le tunnel étaient endormis, et les trois qui ne l'étaient pas avaient été appréhendés sans incident.

J'ai fait la connaissance de Ben alors que nous interrogions les suspects, qui étaient retenus au MCC, le centre de détention fédéral de Manhattan. Nous avions trouvé plus de trois cents armes à feu et dix mille cartouches sur les lieux, avec de petites quantités de cocaïne et de marijuana. Ils étaient également en possession d'un grand nombre de couteaux, d'épées et de lances. Leurs empreintes nous avaient permis de nous assurer de l'identité de tous, du fait qu'ils avaient un casier, la plupart pour possession de drogue ou vol, avec quelques agressions, excepté deux. L'un des deux que nous n'avions pu identifier se faisait appeler Yahya et était reconnu par tous comme leur chef. L'autre avait dit s'appeler Ben Jones.

Yahya refusait de parler. Il n'avait répondu à aucune des questions et n'avait pas demandé d'avocat. Il nous fixait dans les yeux, moi-même et l'autre agent qui l'interrogeait, sans dire un mot. Nous pensions qu'il cherchait par là à nous intimider, mais ayant eu affaire à des seigneurs de la drogue, des tueurs en série et des terroristes, je ne le trouvai pas particulièrement effrayant ni déstabilisant. J'ai interrogé Ben tout seul. Tout comme pour Yahya, ses empreintes et son ADN n'avaient rien donné et il n'y avait aucune trace de lui dans aucun fichier de police. Et bien que le raid eût été largement couvert par les médias, nous n'avions encore divulgué les photographies d'aucun des détenus et n'avions pas encore reçu l'aide du public pour obtenir une identification certaine.

Avant d'entrer dans la pièce où se trouvait Ben, enchaîné au sol par les chevilles et à la table par les poignets, je l'ai regardé à travers le miroir sans tain. Un de mes collègues l'observait aussi. Il était absolument immobile, les yeux fermés. Comme il était vêtu d'une combinaison, je ne voyais ni ses bras ni son corps, mais son crâne et son visage étaient couverts de vilaines cicatrices. Ses cheveux étaient plutôt courts, noirs, sales et en désordre. Il était incroyablement maigre, avec les veines du cou, du front et des joues très apparentes. Généralement les gens qui sont interrogés pour la première fois sont incroyablement nerveux et inquiets. Les seuls qui soient calmes, aussi calmes qu'il était, sont généralement des criminels extrêmement endurcis. J'ai demandé à mon collègue s'il avait vu quelque chose d'inhabituel. Il a répondu ce type a l'air d'un sacré phénomène, et ça fait une heure qu'il n'a pas bougé, et si je ne savais pas que c'est impossible, je dirais qu'il n'a pas respiré. J'ai ri et je suis entré.

Ben n'a pas bougé et n'a donné aucun signe qu'il avait conscience de ma présence. J'ai attendu quelques secondes qu'il le fasse, mais il ne s'est rien passé. Il était absolument immobile, d'une immobilité effrayante, immobile comme peuvent l'être de grandes étendues d'eau qui donnent l'impression de ne pas bouger, de ne pas être animées alors qu'on sait qu'elles le sont. J'ai parlé.
Je suis l'agent John Guilfroy. J'aimerais vous poser quelques questions.
Il a ouvert lentement les yeux. Je n'avais eu aucun contact avec lui au cours de l'arrestation et je n'avais pas vu ses yeux pendant que je l'avais observé, et je n'avais jamais rien vu de pareil. Du moins au naturel. Ils étaient noirs, d'un noir d'obsidienne, le noir du silence, le noir de la mort, le noir de ce que j'imagine que ça doit être avant la naissance. Ils m'ont surpris, m'ont fait peur. J'ai attendu qu'il dise quelque chose, et j'ai attendu de m'être remis du choc provoqué par la vue de ses yeux, et j'ai parlé de nouveau.
Vous comprenez pourquoi vous êtes ici ?
Oui.
Avez-vous été bien traité ?
Pas d'importance.
Je vais vous dire franchement que plus vous serez coopératif, plus les choses seront faciles pour vous.
Il a souri, a ri.

Il y a quelque chose de drôle
dans ce que j'ai dit ?
Poursuivez avec vos questions.
Nous avons essayé de vous identifier, et vous n'êtes apparu sur aucune base de données de nos ordinateurs. Je me demande si vous pouvez nous aider.
Je vous ai donné mon nom.
Est-ce votre vrai nom ?
Pour moi oui.
Y en a-t-il un autre que nous
devrions chercher ?
Il y en a eu quelques-uns.
Tels que ?
Aucun ne vous sera d'aucune utilité.
Essayez quand même.
Il a souri de nouveau, n'a rien dit, a attendu que je parle. Je l'ai fixé, essayant de l'intimider. J'aurais pu tout aussi bien fixer une pierre. Il était silencieux, calme et immobile. J'ai de nouveau parlé.
Est-ce que vous comprenez les charges
qui sont retenues contre vous ?
Oui.
Vous comprenez qu'elles sont
extrêmement graves ?
Si vous le dites.
Vous risquez de faire des années, peut-être des décennies de prison.
Oui.
Cela ne vous dérange pas ?
Non.
Pourquoi ?
Je peux être libre partout, tout comme
quelqu'un peut être emprisonné n'importe où.
Est-ce une chose que votre
chef vous a apprise ?

Je n'ai pas de chef.
Non ?
Non.
Yahya n'était pas votre chef ?
Mon ami.
Un ami dangereux.
Si vous le dites.
Lui et ses adeptes, dont vous faites partie, étaient en possession de centaines d'armes et de milliers de cartouches.
Je ne possède rien.
Aviez-vous connaissance de l'existence de ces armes ?
Oui.
Donc d'après la loi du gouvernement des États-Unis, vous étiez en possession de ces armes.
Il a souri de nouveau.
Si vous le dites.
Vous trouvez cela amusant ?
Oui.
Pourquoi ?
Je pense que vos lois sont stupides.
Pourquoi cela ?
Les gens devraient avoir le droit de vivre et d'agir comme ils le désirent.
Pas s'ils mettent en danger ou s'imposent à d'autres.
Personne dans ce tunnel ne mettait en danger ni ne s'imposait à quiconque.
Je ne suis pas d'accord.
C'est votre droit.
Vous viviez de manière illégale sur le domaine public et vous accumuliez des armes destinés à tuer les gens.
Si le domaine est public, pourquoi nous ne pouvons pas l'utiliser ?

Parce qu'il a été destiné à d'autres usages.
Et comment le gouvernement le plus lourdement armé, le plus militarisé de toute l'histoire de la civilisation peut-il dire à ses citoyens qu'ils ne peuvent pas s'armer en préparation à l'annihilation prochaine ?
L'annihilation prochaine ?
Oui.
L'apocalypse ?
Vous pouvez l'appeler comme ça.
Vous pensez qu'elle arrive ?
Oui.
Les sept sceaux ont été ouverts
et les signes apparaissent ?
Non.
La Bible le dit ?
Oui, mais ces mots ne
signifient rien pour moi.
Le Christ revient combattre le Diable ?
C'est cela que vous croyez ?
Ce que je crois n'a pas d'importance. Je veux que vous me disiez ce que vous vous croyez.
Je vous l'ai dit.
Est-ce que ça a quelque chose
à voir avec Allah ?
Cela n'a rien à voir avec la religion.
Alors comment le savez-vous ?
Regardez autour de vous.
Et qu'est-ce que je verrai ?
Que cela arrive à sa fin.
Et vous le voyez ?
D'une certaine manière.
Et elle vient bientôt ?
Oui.
J'ai pris une grande inspiration. Je ne savais pas trop si c'était un fanatique ou un malade mental. Dans ces cas, l'interrogatoire est

quasiment inutile. Les fanatiques ne craquent pas à moins d'utiliser des techniques extrêmes et ces sortes de techniques étaient interdites dans mon service, et tout ce que dit le malade mental est considéré comme non fiable et ne peut habituellement pas être utilisé dans un procès. Il a fermé les yeux s'est mis à respirer fort par le nez. Je lui ai demandé s'il allait bien et il a lentement hoché la tête. Je lui ai demandé s'il voulait quelque chose à manger ou à boire, et il a lentement secoué la tête. Il s'est contenté de respirer, et j'ai attendu. Après environ une minute, je me suis dit que j'allais le laisser tranquille, et que je reviendrais après avoir bu un café. Quand je me suis levé, il a ouvert les yeux, et il a parlé.
Je peux vous en délivrer.
Pardon ?
Je peux vous en délivrer.
De quoi est-ce que vous parlez ?
Je suis désolé. Terriblement désolé.
De quoi êtes-vous désolé ?
De votre perte.
Qu'est-ce que vous racontez là ?
Vous avez perdu un enfant.
J'étais stupéfait. Ma première année en service j'avais reçu une balle de calibre .38 dans l'épaule qui était entrée par-devant et sortie par-derrière. La phrase de Ben m'avait choqué, blessé, déconcerté et effrayé plus que cette balle, plus que quoi que ce soit dans ma vie, excepté l'événement auquel elle faisait allusion. Il était impossible qu'il le sache. Il ne m'avait jamais vu ni entendu avant que je n'entre dans la pièce. J'avais demandé à mes collègues de ne jamais m'en parler. Nous n'avions pas fait paraître d'annonce de décès, de sorte

qu'aucun média n'en avait fait mention. Alors, je croyais qu'il était impossible qu'il l'ait su, même si cette croyance a certainement changé.

Je me suis carré dans mon fauteuil. Je l'ai regardé. Il n'avait pas bougé. Il se contentait de me fixer en attendant que je parle. J'étais incapable de parler, et si j'avais essayé, j'aurais craqué. J'ai fixé la table et j'ai serré les mâchoires et j'ai pensé à mon petit garçon, à la première fois que je l'avais vu, juste après sa naissance, à la première fois que je l'avais tenu dans mes bras, dix minutes plus tard, à une photo, que je n'avais pas pu regarder jusqu'à ce que je fasse la connaissance de Ben, de moi et lui et sa mère, avec qui je ne suis plus, prise juste après que nous l'avions ramené à la maison. Je pense à sa chambre, à son premier pas, à son premier mot, qui était Papa. Je repasse sa vie dans ma tête, et je pense à comme nous avons été heureux les deux années que nous avons été ensemble. Puis il s'est mis à être pris de tressaillements, et avoir du mal à marcher, et il est entré à l'hôpital et il n'en est jamais sorti et ma vie est tombée en morceaux, sauf ma vie au travail, qui était la chose à laquelle je pouvais m'accrocher pour ne pas devenir fou. J'ai perdu tout le reste en perdant mon petit garçon. J'ai perdu tout ce qui importait pour moi.

Ben a attendu que je lève les yeux. J'imagine à quoi ma tête pouvait ressembler, certainement pas à celle de l'agent fédéral calme et froid qui essaie de mener un interrogatoire de manière intelligente, convaincante et intimidante. Il a parlé.

Détachez-moi une main.
Je ne peux pas faire ça.
Bien sûr que si.
Je ne veux pas.
Vous pourrez ouvrir la porte de chez vous sans pleurer. Vous pourrez dormir la nuit. Vous pourrez l'appeler, et lui dire qu'elle vous manque, et vous pourrez aimer de nouveau, et vivre de nouveau.
Allez vous faire foutre.
Je sais à quel point c'est douloureux.
Vous savez que dalle.
Détachez-moi une main.
Vous ne savez pas ce que vous dites, espèce de dingue.
J'aimerais bien.
Espèce d'enculé.
Je peux vous en délivrer.
Vous êtes cinglé.
Qualifiez-moi de ce que vous voudrez.
Je veux savoir comment vous avez su.
En vous regardant.
Dites-moi comment vous avez su, bordel.
Je l'ai su.
On n'est pas en train de plaisanter ici.
J'essaie juste de vous aider.
Vous allez m'aider ? Enchaîné, en combinaison de prisonnier avec vingt ans au-dessus de la tête ?
Si vous me laissez faire.
Je l'ai regardé. Je ne savais pas quoi dire. J'étais désorienté, en colère, je souffrais. Il me faisait peur. Il me faisait peur plus que quiconque avec qui je m'étais trouvé dans une pièce, plus que quiconque j'avais jamais vu. La plupart des gens, quelque dangereux et violents qu'ils puissent être, sont faciles à

comprendre. Ils viennent de quelque part, et ils ont vécu des choses qui les ont formés, et ils ont des points faibles par lesquels on peut les prendre. Ben n'était comme personne que j'avais connu, observé, ou interrogé, il n'était comme personne dont j'avais entendu parler. Il n'était absolument pas pénétrable. En même temps, il ne se défendait pas, et il ne semblait pas avoir de défenses. Il m'a fait penser à quelque chose que j'avais lu à l'université à propos de Bouddha, quelque chose qui décrivait sa présence physique et sa manière d'être. Il était écrit qu'il était mou comme du fer, dur comme la pluie, silencieux comme le tonnerre, et immobile comme l'ouragan. Notre professeur nous avait expliqué le paradoxe de cette description, que le fer est l'une des substances les plus dures qui soient mais aussi suffisamment malléable pour qu'on puisse lui faire prendre toutes les formes, que l'eau est fluide et sans résistance, mais suffisamment puissante pour creuser des canyons. Qu'alors que le tonnerre fait trembler le sol sur lequel nous marchons, un orage est aussi un événement paisible et serein, et qu'alors que l'ouragan est parmi les forces les plus destructrices que nous connaissions, l'œil du cyclone est un endroit incroyablement calme, un endroit d'un calme effrayant et presque irréel. Ben m'a rendu mon regard. Il ne bougeait pas et s'il cillait je ne l'ai pas vu. Il m'a juste aspiré dans ses yeux, ces yeux noirs sans fond. Et l'interrogatoire d'un suspect par un agent a pris fin, et notre conversation en tant qu'hommes, deux hommes qui essaient de vivre et d'être

vivants et de trouver leur chemin, ce qui est tout ce que tout être humain est capable de faire dans la vie, a commencé. Il a parlé.
En dépit de ce que vous avez dit, vous croyez en Dieu ?
Oui.
Et vous avez cherché Dieu pour apaiser votre souffrance ?
Oui.
Est-ce que vous vous êtes agenouillé et est-ce que vous avez pleuré et supplié pour obtenir le soulagement et des réponses ?
Oui.
Est-ce que Dieu vous a répondu ?
Non.
En quelle version de Dieu croyez-vous ?
Je suis chrétien. Anglican.
Votre prêtre vous a conseillé ?
Oui.
Et il est bien intentionné, mais il vous a laissé vide ?
Oui.
Est-ce qu'il a parlé de vous à votre Dieu ?
Qu'est-ce que vous voulez dire ?
Est-ce qu'il lui a parlé comme je vous parle, comme vous parlez à d'autres gens ?
Personne ne parle ainsi à Dieu.
Et pourtant vous continuez à essayer, parce que vous pensez qu'à un moment donné votre Dieu va exaucer vos prières ?
Je l'espère.
L'espoir est une illusion. Une carotte qui se balance au bout d'un bâton.
L'espoir me permet de continuer.
Continuer vers quoi ?
Je ne sais pas.

Votre Dieu vous offre l'espoir. L'espoir ne vous offre rien. Vous devriez chercher un autre chemin.
Lequel ?
Je vous l'ai dit.
Vous libérer.
Je me moque que vous me libériez. Je me moque de passer le reste de ma vie dans une cellule. Je vous le dis, si vous me détachez un bras, et croyez en ce que je vous dis, et me faites confiance rien qu'un court moment, je peux faire ce que votre Dieu imaginaire, votre Dieu de conte de fées, votre Dieu que personne n'a jamais vu et à qui personne n'a jamais parlé et qui n'a pas apaisé votre douleur ni ne vous a donné les réponses que vous cherchez, ne peut faire.
Je pourrais perdre mon job.
Si c'est plus important pour vous.
Il a attendu. J'ai détourné le regard en direction du miroir et je me suis demandé si mon collègue nous regardait ou nous écoutait. Nous filmons tous les interrogatoires, donc la vidéo était un problème. Les agents ont une certaine marge de manœuvre avec les suspects. Si nous pensons que le fait de laisser un suspect libre de ses mouvements peut aider à le mettre en confiance, nous avons le droit de le faire. Mais tel n'était pas le cas. C'était une affaire personnelle. Et qui impliquait un contact physique, ce qui était expressément interdit. C'était contre le règlement. Mais je souffrais depuis si longtemps. J'étais hanté et terrorisé et détruit par les images de mon enfant mourant, par ses souffrances, par la peur qu'il avait dû éprouver quand son corps le lâchait, par l'horreur de l'instant où il a

cessé de respirer, avec ma femme et moi qui lui tenions la main. Je savais que je ne me remettrais jamais de la mort de mon petit garçon, et je doutais que la douleur puisse jamais disparaître, mais j'avais décidé que si Ben pouvait m'en soulager pendant une minute ou une heure ou un jour, cela vaudrait quoi qu'il puisse m'en coûter.

J'ai pris la clé dans ma poche. Je me suis penché sur la table et j'ai ouvert l'entrave qui retenait son bras droit à la table. Il n'a pas bougé pendant l'opération, mais une fois qu'il a été libre, et tandis que j'étais toujours penché sur la table, son bras s'est brusquement détendu et il m'a saisi et m'a attiré à lui avec une force que personne de semblable à lui n'aurait dû posséder. J'ai senti que mes pieds quittaient le sol. Il m'a tenu avec ma tête sur son épaule et a commencé à murmurer à mon oreille. Je ne sais pas de quelle langue il s'agissait, bien que je pense que c'était du vieil hébreu ou de l'araméen. J'étais terrifié et je ne savais pas s'il m'avait roulé et s'il allait me faire du mal, ou s'il faisait ce qu'il avait dit qu'il était capable de faire. Et d'une certaine manière cela n'avait pas d'importance, parce qu'il était si fort que je n'aurais pas pu me libérer même si j'avais voulu.

Il a continué à murmurer et mon corps est devenu tout mou. J'avais l'impression que quelqu'un venait de le vider complètement, à mon avis la sensation que les gens revenus de la mort décrivent quand ils disent qu'ils se sont sentis attirés par une lumière. Mes émotions, mon âme et ma force physique, ma douleur et ma peine et mes efforts, tout cela avait disparu. Je me sentais complètement vide. Je me sentais comme j'avais toujours voulu me sentir : paisible, et simple, et pas compliqué. J'aurais voulu rester ainsi éternellement, rester avec lui éternellement, ma tête sur son épaule, sa voix dans mon oreille. J'ai entendu la porte qui s'ouvrait derrière moi et j'ai entendu des gens qui se précipitaient dans la pièce. Quelqu'un nous surveillait et avait cru qu'il me faisait du mal et je savais que cela allait finir. Ben a arrêté de parler la langue qu'il utilisait et juste avant qu'on me tire il a dit je t'aime.

On m'a emmené. La dernière image que j'ai de lui avant que la porte ne se referme est d'un collègue qui lui aspergeait le visage de gaz lacrymogène. On m'a dit plus tard qu'on lui avait tiré dessus au Taser et qu'on l'avait matraqué après quoi il avait été emmené inconscient avec du sang qui coulait de ses plaies. On m'a transporté à l'hôpital et comme on n'a rien trouvé je suis rentré chez moi quelques heures plus tard et j'ai dormi sans difficulté pour la première fois depuis le jour où mon fils est entré à l'hôpital. On m'a dessaisi du dossier et Ben a été libéré sous caution deux jours plus tard. Je ne l'ai jamais revu, bien que j'aie essayé de le retrouver. Je voulais le remercier de ce qu'il avait fait, et de m'avoir donné une nouvelle chance de vivre, de m'avoir appris à aimer comme il m'avait aimé. Nous vivons dans un monde cruel et malheureux. L'espoir est une illusion, une carotte qui se balance au bout d'un bâton, quelque chose qui nous permet d'avancer, mais avancer vers quoi ? Tout cela est en train de finir. Cette fin, cruelle, inutile, et masquée sous un voile de religion et de vertu, comme tant de choses que nous avons bâties, ne sera que le commencement.

LUC

Je suis un homme blanc, mes frères et sœurs. Originaire du grand État du Mississippi. Né chrétien et Blanc et élevé dans la fierté de mon héritage sudiste et dans la croyance que je faisais partie des quelques élus de Dieu : ceux qui avaient fondé ce pays, qui avaient bâti ce pays, et qui dirigent ce pays, même quand il semble que c'est quelqu'un d'autre qui le fait. J'ai grandi à Jackson, Mississippi. Une belle ville, mes frères et sœurs, une belle ville. Ma famille était là depuis deux cents ans, et la plupart de nous n'ont jamais vu de raison d'aller autre part. Nous avons été colons, soldats, planteurs, marchands d'esclaves, propriétaires d'esclaves. Nous nous sommes battus pour le Sud pendant la guerre de Sécession, et un grand nombre d'entre nous sont morts pour lui. Nous avons été joueurs, fermiers, chasseurs d'Indiens, shérifs, voleurs, avocats, bootleggers, députés et sénateurs. Mon père était dans le pétrole. A passé sa vie à chercher l'or noir, ce jus épais, sombre et insaisissable qui charrie de l'argent. Il a acheté un terrain qu'il a foré à Laurel, Mississippi, et il en a trouvé, mes frères et sœurs, il en a trouvé pas qu'un peu et s'est fait un paquet. Quand j'étais gamin, il vivait à Laurel pendant la semaine, où il travaillait et passait ses nuits avec sa maîtresse noire. Ma mère et moi vivions à Jackson, et ma mère passait ses nuits avec le prof de golf, le prof de tennis, le flic, et à peu près avec qui voulait. Le week-end mon père et ma mère se soûlaient et faisant semblant de s'aimer. Ils allaient à des cocktails et des courses de chevaux. Ils jouaient au golf et allaient à des réceptions au club. De temps à autre ils se jetaient des objets à la tête, et de temps à autre mon père la frappait. Je n'y voyais rien que de normal. Même après que ma mère s'est tuée, mes frères et sœurs, je n'y voyais rien que de normal. J'ai juste pensé que ma mère avait été prise par le Diable, ou qu'elle avait eu une crise d'une sorte de folie féminine. Dieu sait combien pensent que ce genre de choses arrivent. Dieu sait.

Revenons à moi. Je dois dire que j'ai grandi comme un petit prince. J'avais de beaux vêtements, je mangeais ce qu'il y avait de mieux, et je suis allé dans les meilleures écoles de Jackson. Je faisais ce que je voulais, j'agissais comme je voulais et j'obtenais tout ce que je voulais. J'avais des Noires qui me faisaient la cuisine, le ménage et s'occupaient de moi, et même si ma mère prétendait qu'elle m'élevait, en fait c'étaient elles. Et c'était comme ça que c'était pour tous les gosses blancs que je connaissais, et nous pensions juste que c'était comme ça que le monde était. Après le lycée je suis entré à l'université du Mississippi à Oxford, où j'ai vécu comme un prince. Je n'allais presque jamais en cours, parce que je savais que j'avais un job qui m'attendait. J'étais le président de ma fraternité, où nous buvions de la bière et jouions aux cartes tous les soirs et faisions flotter le drapeau confédéré devant notre porte. Et quand je ne buvais et ne jouais pas, moi et tous mes amis faisions tout ce que nous pouvions pour coucher avec les étudiantes, y compris les forcer. Ce furent quatre années de ce que je considérais comme le bonheur suprême avant de savoir ce qu'est le bonheur suprême. Je n'avais aucune responsabilité envers moi-même, ma famille ou aucune autorité supérieure. Ma loyauté et ma foi résidaient dans mon ego et dans les liens établis à l'intérieur de la maison de la fraternité, où, d'ailleurs, nous avions des Noires qui lavaient nos vêtements et nous faisaient la cuisine. Et oui, mes frères et sœurs, de temps à autre nous essayions de coucher avec elles, et si par Dieu elles disaient non, nous les forcions à le faire.

Au sortir de l'université je suis allé surveiller les puits de mon père. Je me suis marié à une charmante fille blonde, dont le père était dans le pétrole en Louisiane et connaissait mon père depuis vingt ans. On a eu un grand mariage sur l'ancienne plantation de ses parents, où tout le monde s'est soûlé et s'est bâfré et s'est conduit comme si nous étions des Sudistes avant d'avoir perdu la guerre. Nous nous sommes installés à Gulfport, parce que c'était près de sa famille, et au bout de six mois elle était enceinte. On a eu une petite fille, puis une deuxième. C'étaient d'adorables petites choses, mes frères et sœurs, croyez-moi, elles étaient toutes deux jolies comme des cœurs. J'ai vécu comme mon père. Je travaillais à Laurel et je rentrais pour le week-end. Même si j'avais dit que je n'allais pas faire certaines des choses que faisait mon père, je les ai quand même faites. Je me suis trouvé une petite amie noire et j'ai passé mes nuits dans les bars avec elle et au lit avec elle. J'ai joué aux cartes et j'ai perdu de l'argent. Je conduisais des grosses voitures rapides et j'engueulais les gens qui travaillaient pour moi, même s'ils ne le méritaient pas, et je les virais quand j'en avais envie, même s'il n'y avait aucune raison. Je vivais une mauvaise, une mauvaise vie, mais je ne savais pas faire autrement. Certains diraient, et je l'ai dit parfois moi-même, que je dansais avec Satan, que je courais avec le Diable, suivant les sombres et immondes voies de Belzébuth. Mais je pensais que c'était le genre de vie que doit mener un homme de mon genre, mes frères et sœurs, un homme du Sud, blanc et riche.

Dans la vie, ce qui s'élève doit tomber. Le puissant devient le faible. Les géants sont frappés et les empires rasés. Et même si personne ne pense que ça doit jamais lui arriver, ça arrive bel et bien, mes frères et sœurs, en quoi je peux l'attester. Ma chute a été rapide et implacable, comme une caisse de pierres qui tombe d'un chariot. J'ai commencé à fumer du crack, qui était le dernier truc à la mode, avec une de mes petites amies. J'étais incapable de m'arrêter. Simultanément à cette peccadille, les puits de mon père se sont asséchés et il s'est disputé avec mon beau-père. Simultanément à ça, l'agent de change de mon père a disparu au Brésil avec une maîtresse et tout notre argent. Je suis resté dans le Mississippi sous couvert d'aider ma famille à naviguer dans les eaux turbulentes et troublées de la catastrophe financière, alors que je passais tout mon temps dans un motel bon marché avec une pipe et un briquet et tout un tas de putes. Quand je suis retourné chez moi, j'ai été accueilli par mon beau-père qui avait engagé un détective privé, avec un fusil et des papiers de divorce. Il a dit que ma femme et mes ravissantes filles étaient en Louisiane, et que si j'essayais de les voir ou de les contacter il me ferait castrer et pendre. Mes frères et sœurs si vous aviez vu son regard vous auriez compris qu'il ne plaisantait pas.

Donc je suis retourné à Laurel et j'ai fumé tout ce qui me restait. Et ensuite j'ai fumé tout un tas de trucs que je n'avais pas. Et ensuite je me suis mis à voler des choses qui n'étaient pas à moi et à les fumer. Mes frères et sœurs, je suis descendu dans les profondeurs de l'Enfer, où j'ai ri avec Lucifer et fait l'amour avec ses ignobles suppôts. J'y suis resté trois ans, à fumer et me défoncer, à m'accrocher et courir les filles, magouiller et voler. Quand j'en suis arrivé au point où je croyais que j'allais mettre la clé sous la porte et abandonner mon corps terrestre, j'ai eu une révélation, mes frères et sœurs, une révélation foudroyante, et je suis né de nouveau, né dans le cœur, l'âme et l'esprit d'un homme qui est devenu mon meilleur ami et mon mentor, l'homme que je croyais être le pouvoir et la gloire, le puissant Tout-Puissant lui-même, le Prophète et le Fils, notre Juge et Rédempteur, le Seigneur et Sauveur Jésus-Christ.

Ça s'est passé dans le sous-sol pourri d'une cabane pourrie et abandonnée qu'une bande de fumeurs de crack utilisait comme planque pour se défoncer. Nous étions pareils à une bande de rats. Gris, puants et sales, avides et affamés, prêts à ramper dans un monde de merde rien que pour nous nourrir. J'avais une douleur à la poitrine due à une mauvaise alimentation et à l'excès de drogue et je m'étais disputé avec un homme à propos de cailloux de crack qu'il prétendait être à lui. Il est arrivé, furieux et prêt à se battre. Je ne voulais pas me battre, donc j'ai essayé de l'ignorer, ce qui l'a mis encore plus en colère. Il a ramassé une brique et m'en a donné un coup sur la tête qui m'a envoyé littéralement et figurativement dans l'autre monde. Quand je me suis réveillé, mes frères et sœurs, j'avais un rayon de lumière qui passait par une vitre brisée qui me tombait droit sur le visage. J'ai entendu les mots, prononcés d'une voix profonde, puissante et pure : tu dois naître à nouveau. Je ne savais pas qui c'était et j'ai dit qui est-ce, et la voix a dit Jésus-Christ et j'ai dit comment est-ce que je peux savoir que c'est toi et il a dit regarde dans ton cœur, mon fils, et j'ai dit qu'est-ce que tu veux que je fasse, Seigneur, qu'est-ce que tu veux que je fasse et il a dit tu dois naître à nouveau. J'ai dit, je le suis, Jésus, je le suis, qu'est-ce que tu veux que je fasse maintenant et il a dit répands la parole de Dieu le Père, prêche la vérité des Évangiles du Fils, et emplis les cœurs des pécheurs de l'Esprit Saint. J'ai dit je le ferai, Jésus, je te promets que je le ferai.

La lumière a disparu et je me suis relevé et j'ai épousseté mes vêtements et je suis sorti du bouge et entré dans la première église pour m'agenouiller et prier. J'ai passé deux jours à prier. Sans manger, boire ni dormir. Quand les prêtres m'approchaient je leur faisais signe de s'éloigner et leur disais je m'entretiens avec le Seigneur, mon frère, je te parlerai quand j'aurai terminé. Parfois j'avais l'impression que le Seigneur était juste à côté de moi et me parlait à l'oreille. D'autres fois je me demandais pourquoi les silences étaient si longs. Vers la fin, j'ai cru que le Père lui-même, l'Omnipotent, le Créateur de tout ce que nous connaissons, me disait que je devais aller dans la ville du monde qui contenait le plus grand nombre de pécheurs, et la plus grande quantité de péchés, et fonder une église et commencer à sauver les âmes. Et donc je suis allé, mes frères et sœurs, à New York, New York.

J'ai fait tout le chemin à pied. Marché avec les chaussures que j'avais aux pieds et les vêtements que j'avais sur le dos et une bible à la main. Je dépendais de la bonté d'inconnus pour ma subsistance et, mes frères et sœurs, quelque cruel et laid que soit le monde, on y trouve encore beaucoup de charité. Le premier jour j'avais le ventre plein. Le second j'avais des chaussures et des vêtements neufs. Le troisième j'avais quelques dollars en poche. Le quatrième j'avais les cheveux coupés et le visage rasé. Tout cela m'a été donné par des inconnus bénis que j'ai tous considérés comme des anges sous forme humaine, des anges du Ciel envoyés pour m'aider et me guider, envoyés, mes frères et sœurs, pour s'assurer du succès de ma mission. Toutes les nuits je priais pendant plusieurs heures, dormais trois ou quatre, et passais le reste du temps à marcher. Et en marchant, toutes les quelques minutes, je disais à voix haute et sonore : Seigneur, je t'aime, je suis un homme humble et un humble serviteur et je t'aime de tout mon cœur. Après vingt-deux jours de marche, j'ai traversé le pont George Washington.

C'était pire que ce que je croyais. J'ai trouvé un paradis de pécheurs, frères et sœurs, un bordel géant tenu par le Diable. Je me suis trouvé une place dans un foyer d'accueil pour sans-abri. J'ai prêché l'évangile du Seigneur au coin des rues. Je suis allé à Central Park, qui à l'époque était un repaire de pécheurs, où on buvait et se droguait, où on volait et chapardait, où on pratiquait la sodomie et la perversion sexuelle sous toutes leurs formes en toute impunité, pour essayer de convertir les gens aux voies du Seigneur. J'ai prêché dans Union Square. Dans Wall Street. Dans Greenwich Village. Je me suis tenu au centre de Times Square, mes frères et sœurs, pour crier les paroles du Seigneur à pleins poumons. J'avais l'impression qu'il y avait tant d'âmes à sauver, tant de pécheurs, de pervers, d'homosexuels et de suppôts du Diable qui avaient besoin d'être détournés du mal ou qui avaient besoin de rejoindre le troupeau de Jésus. Je prêchais toute la journée, tous les jours, et je dois dire, mes frères et sœurs, parce que je croyais ce que je disais de tout mon cœur, que je faisais merveille.

Je me suis mis à parcourir les autres boroughs de New York, à la recherche de personnes prêtes à naître de nouveau. À Staten Island j'ai été tabassé par des hommes en Cadillac qui m'ont menacé de me tuer si je revenais. Dans le Bronx personne ne parlait anglais, ou sinon, on me regardait comme si on voulait me tuer. À Brooklyn, avec tous les juifs qu'il y avait, je n'ai pas vraiment senti qu'il y avait de la place pour moi. Donc je suis resté dans le Queens, et j'ai sauvé un homme, puis deux, puis trois. Mes frères et sœurs, en quelques mois j'ai eu mon troupeau à moi. Un beau troupeau. Des gens qui croyaient en la vertu de mes paroles, et croyaient que je prêchais la seule vraie parole. Nous avons commencé à nous réunir dans l'arrière-salle d'un pressing dont le propriétaire était un homme que j'avais attiré dans les bras de Jésus. J'ai commencé à faire une collecte après chaque sermon pour fonder une véritable église. Les gens ont commencé à parler aux autres de ma relation à Dieu et à son Fils, le Seigneur et Sauveur Jésus-Christ, disant que je savais ses paroles et ses Évangiles, que je communiquais personnellement avec le Ciel, et mon troupeau a grandi au point que le pressing n'a plus pu nous contenir. Et ce n'était pas seulement le nombre, mes frères et sœurs ; il ne pouvait plus contenir la puissance de notre adoration et de notre dévotion pour le Saint-Esprit, et il ne pouvait plus contenir notre amour pour Dieu et son Fils, et il ne pouvait plus contenir les prières que nous adressions au Ciel. Seigneur, prends pitié de nous, c'étaient des jours de justice.

Donc j'ai déplacé l'église. Nous avons eu notre bâtiment à nous, un ancien magasin de pièces détachées. Il n'était pas joli, mais dans l'adoration du Seigneur la beauté n'entre pas en compte, ce qui compte c'est l'esprit et la dévotion, et nous avions adoration et dévotion en abondance. C'est à ce moment que j'ai rencontré Jacob et sa famille. Jacob était un chercheur, un homme qui essayait de trouver son chemin dans le cœur du Sauveur. Il ne savait pas comment ni où aller ni trouver quelqu'un pour le lui montrer. Il avait été élevé dans la religion juive qui avait laissé son cœur vide et son âme troublée. Nous nous sommes rencontrés pendant que je prêchais au coin d'une rue. Il m'a demandé une brochure et je lui en ai donné une sur la seconde venue du Christ dont je lui ai dit que je croyais qu'elle était pour bientôt. Il m'a demandé comment je le savais, et j'ai dit que personne sauf le Père ne connaissait le jour ni l'heure, pas même les âmes du Ciel ni le Fils lui-même, mais que c'était mon devoir de chrétien de veiller, et que mon cœur me disait que je verrais bientôt quelque chose. Jacob m'a demandé si je voulais rencontrer le Messie, parce qu'il le connaissait. C'était comme si j'étais frappé par la foudre, mes frères et sœurs, comme si la main de Dieu pénétrait dans mon cœur et disait oui, oui, oui, comme si la mission de ma vie et de mon église m'était soudain révélée, de la façon dont la mission de leurs vies avait été révélée à tant de saints hommes de la Bible. Je lui ai demandé qui était le Messie, et il m'a dit son frère. Je lui ai demandé comment il le savait, et il m'a dit que depuis sa naissance son frère avait été authentifié par des rabbins orthodoxes comme étant le Messie, et qu'il remplissait tous les critères et correspondait à tous les signes. Je lui ai dit que le Messie des Juifs et le Christ revenu étaient deux choses différentes, et sa réponse a été que le Christ était le roi des Juifs et qu'il était logique qu'il revienne comme le roi des Juifs. Le raisonnement était simple et solide, et je savais qu'il avait raison, dans mon cœur, parce que Dieu me le disait. Le Christ reviendrait comme il avait vécu et était mort, comme roi des Juifs. Je lui ai demandé où était son frère, et il m'a dit qu'il ne savait pas, qu'il avait disparu, mais qu'il reviendrait, un jour. La plupart des gens dans ma position auraient pensé que ce gosse était fou. Mais je croyais en le Père, et ses messages, et à la manière dont il avait choisi ses prophètes au cours de l'histoire, et je croyais qu'il agissait par des voies mystérieuses et insondables. Donc j'ai cru, mes frères et sœurs, et j'ai ouvert mon cœur à Jacob, et je les ai pris lui et sa famille dans mon église, où je leur ai appris les valeurs chrétiennes traditionnelles, et les ai aidés à se débarrasser de leur foi et de leurs traditions juives. Il est devenu comme un fils pour moi, mon conseiller le plus proche, et mon partenaire dans l'église, qui continuait à prospérer et continuait à sauver des âmes de l'Enfer de la damnation éternelle. Et pendant des années, nous avons cherché Ben Zion Avrohom. Nous avons cherché dans tout New York, dans toute l'Amérique, et quelques fois nous avons cru avoir trouvé sa trace en Inde, une fois en Afrique, et une fois en Chine. Nous n'avons jamais perdu espoir, et je n'ai jamais cru que le Père et son Fils, Jésus-Christ, me faisaient faire un voyage qui n'avait pas de fin. Je savais que nous trouverions Ben Zion, ou qu'il reviendrait dans sa famille. Et j'ai cru qu'il nous mènerait vers la sainte gloire.

Et il est revenu. Il est revenu, et Esther l'a trouvé. Et ce fut un jour de gloire, un jour de gloire. Seuls les membres du conseil de l'église connaissaient notre croyance et notre quête de Ben Zion. Nous avons prié quotidiennement pendant presque seize ans, et oui, mes frères et sœurs, nous croyions que nos prières avaient été exaucées par le Père Tout-Puissant lui-même. Le Messie était arrivé. Jésus-Christ, notre Seigneur et Sauveur, était revenu. La première fois que j'ai vu Ben, j'ai su qu'il était qui il était. Oh mon Dieu, c'était une chose formidable à voir. Et il n'importait pas qu'il soit sous assistance respiratoire et qu'il ait des fils et des tubes qui lui sortaient de partout. Il rayonnait, mes frères et sœurs, il avait la splendeur de Dieu sur lui, la splendeur des anges, la splendeur du Ciel, la splendeur du Saint-Esprit, la splendeur de l'éternité. Je suis tombé à genoux et j'ai prié et j'ai remercié Dieu de m'avoir compris dans ses desseins et je lui ai demandé la force de réaliser ses désirs. Et quand il a survécu à l'accident comme il l'a fait, ce dont seul un être divin aurait été capable, et quand il a commencé à avoir ses crises et à parler à qui il croyait être le Père lui-même, et quand il s'est mis à réciter les versets de la Bible et à savoir les plus anciennes des saintes langues, et non pas à parler comme un fou, ce que le Saint-Esprit fait faire à certains, mais à parler les saintes langues elles-mêmes, mes frères et sœurs, comment y aurait-il pu avoir de doute ? Quand quelque chose vous regarde en face dans votre vie, et que vous la voyez de vos yeux et la sentez dans les battements de votre cœur, seul un imbécile ne pense pas que c'est la vérité. Et ma mère a pu faire beaucoup de choses, mais elle n'a pas fait un imbécile.

Nous avons prié pour la guérison de Ben, bien que nous n'en ayons jamais douté. Nous avons laissé le rabbin juif le voir, parce que Ben l'avait exigé. Nous croyions que Ben reviendrait chez lui après être sorti de l'hôpital et qu'il entrerait dans l'église, comme nous pensions que le Père l'avait destiné à le faire. Jacob et moi avions eu des conversations avec Dieu à ce propos, et pensions que la parole de Dieu était vraie. Quand Ben a disparu pendant son entretien avec le rabbin juif, nous avons cru que le rabbin l'avait emmené. Il n'y avait pas de raison pour que le Messie, le Christ revenu, le Seigneur et Sauveur lui-même, fuie les bras d'une famille et d'une église aimantes, à moins qu'il n'y ait été forcé. Depuis deux mille ans les Juifs avaient essayé, et souvent réussi, à contrôler le monde. Ils avaient tué notre premier Messie, l'avaient fait clouer à la Croix et l'avaient tué, bien qu'heureusement il les ait laissés faire pour racheter nos péchés. Je pensais que dans leurs mains le pouvoir du Christ serait très probablement utilisé à des fins diaboliques. En même temps, tout bon chrétien digne de ce nom sait que les chrétiens dépendent des Juifs pour faire advenir la Fin des Temps. Il faut qu'ils vivent en Israël et il faut qu'Israël existe, pour qu'advienne la Fin des Temps. Le temple de Salomon doit être rebâti. La guerre d'Armageddon doit avoir lieu sur leurs terres. Les trompettes sonneront, et les quatre cavaliers parcourront la plaine déserte, et l'Enlèvement aura lieu. Les Juifs sont nécessaires pour tout cela. Mauvais, je crois, mais nécessaires. Donc nous avons surveillé le rabbin juif. Nous l'avons fait suivre. Nous avons essayé d'écouter son téléphone, mais nous n'y sommes pas arrivés. Il ne se passait rien d'extraordinaire. Il agissait d'une manière apparemment normale. Nous avons prié encore plus longtemps et encore plus fort, et nous avons demandé au Père qu'il nous envoie un signe pour nous aider à trouver son Fils, et nous avons promis que si nous le trouvions, nous ne le laisserions plus repartir. Nous avons lu les journaux et regardé les nouvelles à la télévision, même si nous savions que ces médias étaient pleins de mensonges et de propagande, même si nous savions qu'ils étaient contrôlés par les Juifs et les homosexuels, dans l'espoir d'un indice.

J'ai vu l'article sur la secte millénariste dirigée par un Noir qui vivait dans un tunnel. Cette seule idée m'a fait mal au ventre. Je croyais que les êtres humains étaient produits par la gloire de Dieu et créés à son image, et je peux vous dire, mes frères et sœurs, Dieu n'approuverait pas que des hommes et des femmes vivent comme des vers dans la terre, même s'ils sont pécheurs. Mais après que la nouvelle a paru, le rabbin juif a commencé à agir différemment. Il est allé dans une banque, a eu un long entretien avec un avocat et est allé au centre de détention fédéral. Le détective privé qui le suivait a fait des recherches et a trouvé qu'il y avait un homme qui était détenu avec le Noir fou qui correspondait à la description de Ben. Nous pensions que ce devait être l'œuvre du Diable, qui ne dort jamais, ne se repose jamais, et travaille constamment à fomenter le péché et le mal dans le monde. Le Noir était sûrement un agent de Lucifer, destiné à capturer le Fils et le retenir dans l'intention de le pervertir, et quand cela aurait échoué, parce que personne ni rien ne peut pervertir le Messie, le Fils de Dieu, le Seigneur et Sauveur, de le tuer.

Nous sommes immédiatement allés chez un garant de caution. Nous avions collecté de l'argent pour une nouvelle église, en partie pour célébrer la venue du Seigneur, et savions que cela ne signifierait rien si le Seigneur était en prison. Nous savions également que quand les actions que Jacob intentait au nom de Ben seraient réglées à l'amiable ou iraient en jugement, nos coffres déborderaient. Donc nous avons placé notre argent, et le bâtiment que nous possédions où se trouvait alors l'église, en garantie pour la caution. Il y avait quelques membres du conseil que cela inquiétait, mais je leur ai dit, si l'argent ne peut pas servir à la gloire de Dieu et de son Fils, à quoi sert-il ? Et nous voulions et avions besoin de prendre de vitesse le rabbin juif, dont nous pensions qu'il était en train de faire de même, même si ses sources avaient identifié le problème avant nous. C'est ainsi que je pensais qu'il en était avec les Juifs. Qu'ils étaient les premiers à savoir tout. Et que c'était un des moyens qu'ils avaient de contrôler la planète.

Nous sommes donc allés au centre de détention fédéral, qui est un cloaque de péché et de dégradation. Nous y sommes allés en compagnie d'un avocat et nous sommes enquis du détenu qu'ils appelaient X n° 4. Pouvez-vous imaginer, mes frères et sœurs, appeler le Fils de Dieu, le Christ revenu, X n° 4 ? C'était une honte. C'était une abomination. Et bien que nous ne puissions dire aux autorités dont nous pensions qu'elles étaient mauvaises et en légion avec les Juifs et le Diable, qui était Ben, je leur ai certainement donné un échantillon de ma vertueuse fureur. Nous avons vu Ben au parloir. Jacob et moi et notre avocat, Caleb, un bon chrétien qui avait foi dans les paroles du Père et les Évangiles du Fils. Il est arrivé avec les jambes et les bras entravés, comme un esclave. Son visage était tuméfié, il avait un œil au beurre noir et des coupures à la lèvre. On aurait dit que cela faisait un mois qu'il n'avait pas mangé.

Nous avons essayé de lui parler. Il était très poli, mais très distant. J'ai pensé qu'on lui avait administré une drogue, ce qu'on sait que le gouvernement fait habituellement avec les gens dont il pense qu'ils sont une menace pour lui. Et le Messie était certainement une menace. Le Messie va mettre fin à tout ça, ou du moins annoncer la fin. Jacob l'a serré dans ses bras et lui a dit que nous allions nous occuper de lui. Ben a dit qu'il était tout à fait capable de s'occuper de lui-même. Jacob a dit que nous allions le sortir de là aussi vite que possible, et Ben a dit qu'il était parfaitement heureux là où il était. Jacob lui a dit combien nous avions été inquiets et comme nous l'avions cherché, et Ben s'est contenté de fermer les yeux et de sourire. Quand je lui ai demandé s'il voulait prier avec nous, il m'a dit que j'étais libre de prier, mais que ce n'était pas une chose qu'il faisait. Je lui ai demandé si je l'avais bien entendu, qu'il ne priait pas, et il a dit oui, tu m'as bien entendu. C'était déconcertant. Nous nous attendions à une réception formidable de la part d'un saint impatient de sortir répandre la parole de Dieu. Un saint dans la tradition des saints de la Bible. Un saint comme Moïse, ou Isaïe ou Jean-Baptiste. Je m'attendais à voir Jésus. Ce n'est pas ce que j'ai eu. Nous avons tout de même payé sa caution. Je suis passé devant le juge et nous avons mis en garantie tous les fonds de l'église, de même que l'acte de propriété de l'immeuble. Certains membres du conseil pensaient que nous risquions trop, mais je pensais que si vous ne pouvez pas risquer tout pour le Seigneur, et je veux dire tout, mes frères et sœurs, votre vie, votre argent et votre famille, alors c'est que vous ne devez pas croire véritablement en le Seigneur. Car si vous croyez vraiment à quelque chose en cette vie, que ce soit Dieu, l'amour, l'argent ou la cupidité, quoi que ce soit, vous risquez tout pour cela. Et je l'ai fait, alléluia je l'ai fait, j'ai cru et j'ai tout donné. Je n'ai pas hésité, pas un instant, et en le faisant, j'ai remercié le Seigneur Tout-Puissant de m'avoir donné la possibilité de le servir. Le juge a confié Ben à ma garde et à celle de sa famille à la condition qu'il porte un bracelet électronique à la cheville. Je m'y suis opposé, parce que je pensais que ce bracelet serait utilisé par le Juif et ses alliés pour le localiser et le capturer, que cela faisait sûrement partie du plan du Juif, et par association, de celui de Lucifer. Caleb m'a dit de me taire, que le juge était aussi un Juif. J'ai compris alors qu'il faudrait que nous nous battions pour la sécurité de Ben. Les Juifs, les Noirs, les pécheurs et les pervers, nous devrions nous battre contre tous ceux-là.

Quand nous avons pris possession de Ben, dans une petite pièce du centre de détention, j'étais avec Caleb. Caleb était également un bon évangéliste, un membre de notre église, un homme du Christ qui croyait dans les valeurs traditionnelles de la famille américaine. Il avait été anglican, mais il avait abandonné ce qu'il jugeait être une foi pervertie, une foi qui donnait aux femmes et aux homosexuels un droit de parole qu'ils ne méritaient pas, une foi qui n'était pas en accord avec les vraies valeurs du Seigneur et de son Fils, et avait trouvé le vrai Christ. Il était devenu alcoolique bien qu'il ait assisté toutes les semaines au service de son église pervertie, qui était pour nous la preuve de la nature faible et blasphématrice de la foi de son église, et s'était mis à battre sa femme et ses enfants sans raison. Il était né de nouveau après avoir eu un accident de voiture. Il était au volant et s'était tourné pour châtier un de ses enfants. Il avait perdu le contrôle de la voiture et était entré dans un arbre. Il s'était réveillé à l'hôpital et heureusement, mes frères et sœurs, sa femme et ses enfants étaient indemnes. Lui était plus qu'indemne. Il a dit que le Seigneur lui avait parlé l'instant avant que la voiture ne percute l'arbre. Et le Seigneur Tout-Puissant, dans sa grâce, sa sagesse et sa miséricorde, lui avait dit qu'il l'épargnerait s'il vouait sa vie à son seul et unique Fils, le Seigneur et Sauveur Jésus-Christ. C'est ce qu'il a fait, mes frères et sœurs. Il a quitté le cabinet pour lequel il travaillait à Manhattan, que nous appelions l'île du Diable, et a ouvert un cabinet voué aux causes chrétiennes. Il s'est battu pour les enfants assassinés dans les centres d'avortement, il s'est battu contre les lois qui donnent aux pédés et aux tantes les droits que seules les personnes normales et saines méritent, il s'est battu pour la prière à l'école et pour que le créationnisme soit enseigné en cours de sciences, il s'est battu pour le droit des chrétiens à détenir toutes les armes de leur choix pour protéger leurs familles. Il a été la bête noire de l'Union américaine pour les libertés civiles, dont nous pensions qu'elle ne faisait que promouvoir le péché et la perversité et cherchait à contrôler et subvertir les chrétiens au profit des Juifs.

Ben est arrivé, enchaîné. Caleb et moi-même sommes tombés à genoux et avons courbé la tête. Nous avons courbé la tête devant le Messie, comme il faudrait toujours faire, mes frères et sœurs. Nous avions déjà vu Ben et n'avions pas courbé la tête devant lui. Nous ne savions pas, avant notre première entrevue, à quoi il ressemblait. Personne, pas même le plus saint des saints, pas même la plus vertueuse et la plus pure des brebis du Seigneur, n'avait encore rencontré le Fils de Dieu. Il n'était pas tel que nous nous y attendions, et quand nous en avons parlé plus tard, nous avons réalisé que nous n'aurions pas dû nous faire des idées préconçues. Dieu est Dieu. Omnipotent et tout-puissant. Le Créateur du Ciel et de la Terre. Le Juge et le Rédempteur. Nous ignorions les voies et les intentions de Dieu. Nous ignorions le dessein de Dieu. Et il a révélé ce qu'il a voulu révéler. Et nous avons cru, et je crois toujours, que Ben était son Fils bien-aimé. Et nous nous sommes également souvenus, mes frères et sœurs. Nous nous sommes souvenus de Jésus-Christ, le Seigneur et Sauveur, l'homme qui s'est sacrifié sur la Croix pour les péchés de l'humanité. Nous nous sommes souvenus de l'homme dont nous croyions qu'il était revenu dans la sainte enveloppe charnelle de Ben Zion Avrohom. Le Christ a été aimé par douze hommes, douze croyants, douze disciples, douze apôtres. Il a parcouru la Terre sainte, prêchant la parole de Dieu. Son message était différent de tout ce que le monde avait entendu avant. Son message était pur, beau et vrai, et provenait directement du Père lui-même. Son message était l'avenir, et le monde n'est pas toujours prêt pour l'avenir. Le monde n'est pas toujours prêt pour la vérité. C'était un extrémiste, mes frères et sœurs. Un extrémiste différent de tous ceux que le monde a connus, un extrémiste conçu pour l'homme par l'autorité ultime sur l'homme. Nombreux sont ceux qui ont pris le Christ pour un fou. Il a été moqué et méprisé. Les rabbins d'Israël se sont ri de lui et l'ont rejeté. Son message a été incompris et mal interprété. Il n'y a eu que douze hommes pour le connaître dans leurs cœurs tandis qu'il sanctifiait la Terre de sa présence. Il a fallu des milliers d'années pour que de vrais adeptes le trouvent, mes frères et sœurs, des milliers d'années. Pour que des gens comme moi et mon troupeau renaissent au sein de son amour. Des milliers d'années et un nombre incalculable de fausses églises aux messages déviants. Des milliers d'années de papes et de prêcheurs et de prêtres et de révérends et de pasteurs vomissant des sermons aberrants et hérétiques et promulguant des édits insensés. Il est possible qu'ils aient été de bonne foi, et que leur intentions aient été pures, mais cela ne les absout pas de leur rôle d'apostats. Nous avons décidé, après bien des délibérations et de nombreux jours de prière, et après un nombre incalculable de conversations avec Dieu et le Christ, et après un grand nombre d'expériences intimes avec le Saint-Esprit, que Ben était bien le Messie. Il nous fallait l'accepter comme tel, et le traiter comme tel, et le protéger comme tel, et le convoiter comme tel, et l'adorer comme tel.

Donc il est entré et nous nous sommes agenouillés et avons incliné la tête. Je n'ai jamais ressenti une telle humilité, mes frères

et sœurs, pas même à l'instant où j'ai donné mon cœur et mon âme au Seigneur et suis né de nouveau. Pendant que les gardes lui enlevaient ses chaînes, nous avons prié tous deux, et rendu grâces au Père pour son Fils, et l'occasion qu'il nous donnait de le servir. Les gardes sont partis mais ont dit à Ben d'attendre qu'on lui mette son bracelet. Il s'est tenu au-dessus de nous, qui étions toujours silencieux et à genoux, tête baissée. Il a parlé.
Vous avez payé ma caution ?
J'ai parlé.
Oui, Seigneur.
Merci.
Nous sommes honorés dans
notre humilité, Seigneur.
Pourquoi êtes-vous à genoux ?
Nous sommes à genoux devant toi, le
Prophète, le Fils, le Messie, notre Seigneur
et Sauveur. Nous sommes à genoux
devant toi, Christ revenu sur terre.
Levez-vous s'il vous plaît.
Nous avons tous deux levé la tête et nous sommes levés. Et il était là, mes frères et sœurs, le Prophète, le Messie, notre Seigneur et Sauveur. Il était là, le Christ revenu. Je pourrais utiliser des mots pour le décrire, mais aucun n'aurait le moindre sens. Pour les expériences les plus profondes dans notre vie et dans le monde les mots n'ont aucune valeur. Pouvez-vous décrire l'amour ? Ou la mort ? Pouvez-vous décrire ce que vous ressentez vraiment la première fois que vous voyez votre enfant ? Ou la première fois que vous avez le cœur brisé ? Vous pouvez essayer, mes frères et sœurs, mais cela ne décrira en rien ce que ce fut vraiment, ou

ce que vous avons éprouvé. Et il en était de même avec Ben. Il se tenait devant nous, couvert de cicatrices et de coups, malade et affamé, l'Agneau de Dieu, la Lumière du Monde, Médiateur de la Nouvelle Alliance, Roi des Rois, et nous étions frappés d'une crainte révérencielle. J'ai parlé.
Nous sommes ici pour te
servir, Puissant Dieu.
Je suis un homme.
Comme l'était le Christ.
Oui.
Es-tu né de Dieu ?
Nous sommes tous nés de la même façon.
N'es-tu pas le Prophète, le Fils, le Messie ?
N'es-tu pas notre Seigneur et Sauveur ?
Tu le crois ?
Oui, Seigneur. Je le crois.
Il m'a fixé, un léger sourire sur son beau visage, les yeux noirs et immobiles. C'était un sourire paisible, tranquille et calme, comme le sourire que j'ai vu sur tant d'images du Christ. Avant que je puisse reprendre la parole, deux hommes sont entrés avec un bracelet de cheville et ont demandé à Ben de s'asseoir. Ils ont mis le bracelet et expliqué comment il fonctionnait, lui ont dit que certains lieux lui seraient assignés et que le bracelet surveillerait ses déplacements. S'il s'éloignait des lieux autorisés il serait arrêté et sa liberté sous caution serait révoquée. J'avais mal au cœur. J'étais outragé et offensé. L'idée que le gouvernement et les Juifs puissent restreindre les mouvements du Messie, l'homme que le monde avait attendu pendant deux mille ans, puissent suivre ses mouvements comme si c'était un

chien ? Cela me donnait envie de tuer, mes frères et sœurs, et cela me rendait encore plus impatient de voir arriver l'heure de l'Enlèvement. Ils brûleraient tous. Brûleraient en Enfer, qui était leur place. Brûleraient tandis que je serais assis à la droite du Seigneur Tout-Puissant. Brûleraient pendant que je jouirais des récompenses du Ciel, moi le pasteur qui avait sauvé le Messie de la mort et de la prison aux mains des ennemis de Dieu. Je croyais qu'ils brûleraient tous.

Les hommes sont partis et nous sommes restés seuls avec Ben. Il était en haillons. Un pantalon noir flottant et un tee-shirt noir et des sandales en plastique noires. Des haillons que je n'aurais pas voulu voir sur le pire des pécheurs, qu'il les ait mérités ou non. Nous lui avions apporté un beau costume blanc. Acheté avec les fonds de l'église chez l'un des meilleurs tailleurs du Queens. Il a refusé de le porter, a dit qu'il porterait les vêtements qu'il avait. Je lui ai dit que sa famille l'attendait. Il a souri sans rien dire. Je lui ai dit que nous étions à sa disposition, et que nous voulions l'aider à répandre la parole de Dieu sur terre. Il s'est levé et a demandé si nous étions prêts à partir. Nous avons ouvert la porte et lui avons fait signe de nous précéder. Il s'est avancé et nous avons pris un couloir et l'ascenseur pour le rez-de-chaussée. Ben n'a rien dit. À la porte du centre de détention se tenaient trois hommes ; l'un était en costume-cravate. Il avait un revolver donc ce devait être une sorte d'agent fédéral. Les deux autres portaient l'uniforme des gardiens du centre de détention. Il était clair qu'ils attendaient

Ben. J'ai immédiatement pensé que c'étaient des assassins. J'étais prêt à défendre le Messie et à mourir pour lui. Prêt à faire preuve de mon amour pour lui et pour son Père. Ben leur a souri, et s'est avancé vers eux. Il les a serrés dans ses bras l'un après l'autre. Ils l'ont étreint avec force. Comme on étreint quelqu'un qui va à la guerre, ou va en prison pour ne pas ressortir. Comme on étreint quelqu'un qu'on aime et dont on sait qu'on ne va pas le revoir. Il a parlé tout bas à chacun d'eux. Tout bas, de sorte qu'ils étaient seuls à l'entendre. Et je jure, mes frères et sœurs, je jure sur ma vie que je les ai vus changer. Ils ont changé physiquement. Comme s'ils avaient été déchargés d'un grand poids et qu'ils se mettaient à flotter dans l'air. Comme s'ils avaient été malades et qu'ils étaient soudain guéris. Et quand Ben s'est détaché du dernier, il s'est éloigné sans regarder derrière lui.

Une voiture nous attendait. On n'avait pas fait les choses à moitié. Une longue limousine noire, avec un chauffeur en uniforme avec une casquette. Exactement comme mon père en prenait parfois. Nous avions trois bibles à l'intérieur que nous espérions lire avec Ben en chemin. Nous avions de l'eau glacée et des jus de fruits. On n'avait pas mégoté, mais Ben n'a pas voulu monter dans la voiture. Il voulait rentrer dans le Queens à pied. Il voulait traverser à pied l'île du Diable et respirer son air pollué et se mêler à ses citoyens déviants. C'était une grande chose, mes frères et sœurs. Marcher dans les rues du terrain de jeux du Diable avec l'un des deux hommes qui avaient jamais été dotés de la force et de la pureté nécessaires à le combattre. Il marchait lentement. Il n'a pas dit un mot. Nous l'encadrions. Il bougeait lentement les yeux en regardant devant et derrière lui. Il était clair qu'il voyait tout, entendait tout, savait tout. De temps à autre il fermait les yeux et prenait une grande inspiration par le nez. De temps à autre il faisait un pas en direction de quelqu'un, généralement quelqu'un qui était pauvre et sale, dont plus d'un était un SDF alcoolique ou un drogué. Il levait lentement la main dans leur direction. Je l'ai vu le faire en direction d'une femme qui pleurait. D'un homme en costume qui parlait à son portable. D'un flic au milieu de la rue. D'une femme en tenue d'infirmière qui courait sur le trottoir. D'un Arabe qui vendait des hot dogs et d'Africains qui vendaient des faux sacs à main. Il le faisait pour les enfants. Il l'a fait pour tous les enfants que nous avons vus.

On aurait dit qu'on marchait depuis des heures et des heures. Mes frères et sœurs, j'avais mal aux pieds et aux jambes. Nous avons remonté le côté est de l'île. Nous avons traversé Chinatown, le Lower East Side, l'East Village. Il y avait des cinglés et des pécheurs partout. Des drogués et des pervers homosexuels. Caleb et moi tenions notre bible dans la main droite. Nous portions une croix autour du cou. Nous restions près de Ben. Comme il ne parlait pas, nous ne lui parlions pas. Nous avons traversé Union Square, pris Park Avenue, traversé la gare de Grand Central, où des hordes de pécheurs descendaient du train pour satisfaire leurs pires fantasmes. Il n'arrêtait pas de lever la main, juste un tout petit peu. Toujours en direction de gens qui me rendaient malade, qui étaient clairement en légion avec Lucifer. Des gens que j'aurais évités, des gens dont je pensais que le Seigneur les aurait condamnés. J'ai été content que nous sortions de la gare où on se serait cru dans les entrailles de l'Enfer. J'ai été transporté de joie quand j'ai de nouveau senti la lumière de Dieu sur mon visage et que j'ai pu respirer l'air de Dieu.

Nous avons pris à l'est et nous sommes dirigés vers le pont de Queensborough. Un vent puissant soufflait de l'East River, comme s'il emportait les exhalaisons du mal loin du Queens et de Brooklyn. Nous avons pris le passage piétonnier sur la Deuxième Avenue et nous sommes mis à traverser le pont. Le passage se trouve du côté sud, face au bas de Manhattan avec ses tours qui se dressent avec toute la menace de Satan. C'est un simple trottoir. Il y a un muret d'environ un mètre de haut, surmonté d'un grillage d'environ trois mètres. Le vent soufflait fort, mes frères et sœurs, en sifflant. Caleb a dit que c'était l'écho des trompettes du Seigneur qui annonçaient le retour de son Fils dans la seule église véritable, notre église. Et c'était l'impression que ça donnait. Nous traversions le fleuve. Le Messie, le Fils de Dieu, que nous venions d'arracher aux griffes du gouvernement et des Juifs, et qui avait marché dans la ville, nouvelle version de la vallée de l'ombre de la mort, répandant les bénédictions et la grâce, nous conduisait. Bien sûr le Père Céleste, le Seigneur Tout Puissant, le Souverain de tout ce qui fut et sera jamais, annonçait notre retour. C'était un moment de justice, un moment de justice en vérité. L'un des plus puissants qu'un homme, ou une femme, ou un enfant sur terre a jamais vécu. Je ne peux pas imaginer quelque chose de plus grand. La gloire soit louée, mes frères et sœurs. La gloire soit louée.

Comme nous approchions du milieu du pont, et que la puanteur de Manhattan se dissipait, et que les trompettes du Seigneur sonnaient, Ben s'est dirigé vers le muret. Avant que nous ayons pu dire un mot, il avait escaladé le grillage. Je jure que je l'ai vu sauter sur le muret et escalader le grillage, mais plus tard, après tout le reste, Caleb m'a dit qu'il avait flotté, comme si une bourrasque venue du Ciel l'avait soulevé. Et il s'est tenu là. Sur le filin large d'un demi-centimètre qui courait tout du long du sommet du grillage. Il était à soixante mètres au-dessus du fleuve. Ses mains étaient à ses côtés. Il a fermé les yeux et il est juste resté là.

Nous ne savions que faire. J'avais terriblement peur qu'il ne tombe, bien que je croyais aussi qu'il ne mourrait pas si c'était le cas. Caleb s'est mis à genoux et a commencé à prier, disant Père Tout-Puissant, je m'agenouille humblement devant toi au nom de Jésus, merci de me permettre de te servir, Père Tout-Puissant, et s'il te plaît montre-moi un signe pour que je puisse te servir comme tu le désires. Il répétait sans cesse sa prière, les yeux fixés sur Ben. Le vent a commencé à souffler en rafales, et je me suis mis à genoux moi aussi, et Ben restait simplement là. Il n'aurait pas dû pouvoir rester sur ce grillage. Il n'aurait pas dû pouvoir conserver son équilibre. Le vent aurait dû l'emporter. Le ciel était bleu au-dessus de lui, avec les nuages qui passaient lentement. Les voitures filaient derrière nous sur le pont et nous les entendions qui klaxonnaient et les gens qui criaient. Le courant paisible murmurait à nos pieds. Et le vent, toujours là, annonçait sa présence. Ça a été le plus beau moment de ma vie.

Je ne sais pas combien de temps il est resté là. Ça pouvait être deux minutes ou deux heures. Je me suis associé à la prière de Caleb et me suis perdu dans la puissance du Saint-Esprit, que je sentais autour de nous comme on sent la joie à un mariage ou la tristesse à un enterrement. Quand il est descendu, il n'a rien dit ; il s'est juste mis à marcher. Nous nous sommes levés et l'avons suivi, et ni lui ni moi n'avons parlé. Comme j'ai dit, mes frères et sœurs, parfois les mots ne fonctionnent pas.

Ses parents l'attendaient dans leur appartement. Notre frère en Christ Jérémie était avec eux. Les femmes, comme c'est leur devoir, avaient préparé un repas. Un repas simple. Un repas exactement comme nous pensions que le Patron, JC lui-même, aurait mangé : du riz, du poisson, du pain, de l'eau et du vin. Caleb et moi étions morts de fatigue. Ben n'avait pas l'air différent ; il était frais comme la rose. J'aurais voulu qu'il ait de meilleurs vêtements, ou plus propres, mais c'est le Sauveur qui fait ses choix. Je ne croyais pas que c'était à moi de les remettre en question.

Il a poussé la porte, qui est toujours fermée à trois verrous, et elle s'est ouverte. Il est entré. C'était la première fois qu'il était dans son foyer depuis seize ans. Sa mère s'est tout de suite mise à pleurer. Il s'est avancé et l'a prise dans ses bras et a dit je t'aime, Mère, et je suis heureux d'être à la maison. Elle s'est mise à sangloter. Elle a posé la tête sur sa poitrine. Il a pris son visage dans ses mains et l'a levé pour la regarder dans les yeux. Il l'a dit de nouveau : je t'aime, Mère. Il est allé vers sa sœur. Elle semblait très, très nerveuse. Ses mains et ses lèvres tremblaient. Il a souri et a dit bonjour, Esther, je t'aime. Il l'a embrassée sur le front et l'a longtemps serrée dans ses bras. Il s'est reculé et a regardé Jacob. Jacob avait tout à fait l'air, mes frères et sœurs, du jeune homme de Dieu qu'il était. Il portait un costume et une cravate. Il savait qu'il accueillait son frère, sa chair et son sang, mais il savait aussi qu'il accueillait la personne la plus importante qui foulait la terre depuis deux mille ans. Il accueillait le Fils de Dieu. Ben s'est avancé et l'a étreint et a dit bonjour, Jacob, je t'aime. Jacob a mis les bras autour de lui et l'a étreint à son tour. L'a serré très fort, comme un homme doit serrer le Seigneur. C'était la première fois, depuis toutes ces années où nous avions prié et vénéré et étudié la Bible ensemble, toutes les années, mes frères et sœurs, que Jacob et moi avions prêché la bonne parole ensemble, que je l'ai vu témoigner de l'affection à quiconque à part Jésus-Christ. Ben s'est reculé et a demandé s'il pouvait prendre un bain. Sa mère a dit bien sûr et elle lui a montré la salle de bains. Jacob nous a menés au salon, où lui et moi, Caleb et Jérémie nous sommes assis. Nous avons relaté à Jacob les événements de la journée puis nous nous sommes mis à genoux en cercle et avons prié.

Ben est descendu peu après. Il portait les mêmes vêtements. Je savais que Jacob avait demandé à sa mère et à sa sœur de lui en acheter des neufs. Nous nous sommes levés à son entrée. Jacob lui a demandé si tout allait bien. Il a souri et dit, oui, tout va bien, merci. Il est allé s'asseoir à la table.

Tout le monde l'a suivi. Mrs. Avrohom et Esther ont commencé à apporter les plats. Jacob a insisté pour que Ben s'asseye au bout de la table. Il a dit que ce n'était pas nécessaire, qu'il était très bien là où il était, au bout d'un côté. Quand tout le monde a été assis, je me suis levé et j'ai parlé.
Il y a sept mille ans, le Dieu Tout-Puissant a créé le Ciel et la Terre. Il a fait l'homme à son image et placé Adam dans le jardin d'Éden. Il a fait Ève avec la côte d'Adam, et la première femme est arrivée au Paradis. Satan les a tentés, et l'homme est tombé. Pendant cinq mille ans, le monde a été empli de malheur et de péché. Il y a deux mille ans, le Père Tout-Puissant a envoyé son Premier-né, le Seigneur et Sauveur Jésus-Christ, sur terre, où il est mort sur la Croix pour racheter nos péchés. Il a été ressuscité, et a pris sa place à la droite de son Père. Pendant deux mille ans, nous avons attendu

que le Christ nous revienne, et combatte l'Antéchrist pour le salut de l'humanité et fasse advenir l'Enlèvement où 144 000 des vrais adeptes de Dieu seront transportés au Ciel. Ça a été une longue attente. Et il y en a eu beaucoup, les Juifs, les catholiques corrompus et menteurs et leur pape, les luthériens, les presbytériens, et les baptistes, il y en a eu tant qui ont cru et croient toujours faire partie de la Sainte Famille. Ils n'en font pas partie, n'en ont jamais fait partie, et n'en feront jamais partie, et pour leurs blasphèmes ils iront tous en Enfer, qui est leur place, pour l'éternité. Pour les vrais chrétiens, pour ceux de nous qui vivent vraiment selon la parole de Dieu dans la Sainte Bible, pour ceux de nous qui vivent selon l'exemple de la vie du Seigneur et Sauveur Jésus-Christ, pour ceux de nous qui ont en eux le Saint-Esprit, l'attente est terminée. Le Christ est revenu, et le Messie est arrivé. Et dans sa générosité le Père Céleste a accordé à cette femme, fière membre de notre église, le privilège de porter son Fils, et à ce jeune homme, pasteur de notre église, et à cette jeune femme, autre membre de notre église, le don glorieux de passer leur enfance avec lui. Et à tous, mes frères, il a donné la responsabilité de protéger et de guider son Fils tandis qu'il répandra le message des Évangiles et la vraie parole de Dieu, ainsi qu'on la trouve dans les livres de la Bible. Réjouissons-nous. Louons le Seigneur. Prions. Tout le monde a baissé la tête et a prié. Pas Ben. J'ai été surpris, mais ensuite j'ai pensé qu'il était logique que le Fils de Dieu n'adresse pas ses prières à lui-

même. Après quelques minutes de prière silencieuse, j'ai levé la tête et j'ai parlé.
Ben, voudrais-tu dire une prière avant que nous mangions ?
Il a parlé.
Vous voudriez que je dise une prière ?
Oui, nous en serions tous honorés.
Tout le monde le regardait. Il a pris la main de sa sœur et de sa mère qui étaient assises de part et d'autre de lui. Nous avons suivi son exemple et nous sommes donné la main, et nous avons formé une chaîne ininterrompue de foi, d'amour et de croyance dans le Père Éternel. Ben a souri, et il a parlé.
Merci d'être tous ici pour partager ce repas avec moi. Merci, Mère, et merci, Esther, de l'avoir préparé pour nous. Je vous aime, je vous ai toujours aimées, et je vous aimerai toujours. Bon appétit.
Il y a eu un long silence tandis que nous attendions. Moi-même, et nous tous, attendions quelque chose de plus. Il n'avait pas remercié le Seigneur, n'avait pas remercié le Saint-Esprit, n'avait remercié personne sinon sa mère et sa sœur. C'était choquant, mes frères et sœurs. Nous étions tous choqués. Il a souri et a retiré ses mains. J'ai ouvert les yeux. J'ai regardé Jacob, Caleb, et Jérémie. Nous semblions tous attendre quelque chose. Ben s'est levé, a pris le plat de poisson et a demandé s'il pouvait nous servir. J'ai ri et j'ai dit que les voies du Seigneur étaient certainement impénétrables. C'était tout ce que j'ai été capable de dire, mes frères et sœurs. Aujourd'hui je sais que c'est seulement la vie. Ce sont les voies de la vie qui sont impénétrables. Ben nous a tous

servis. Il a fait comme s'il était serveur dans un restaurant. Il nous a demandé combien nous en voulions avant de le mettre dans notre assiette. Il a fait de même pour le riz et le pain. Il n'a quasiment rien mis dans son assiette. Pas suffisamment pour un petit enfant. Deux bouchées de poisson, une ou deux de riz, pas de pain. C'était comme s'il n'avait pas besoin de nourriture. Il était au-delà de la nourriture. Il mangeait par politesse. Pour que sa mère et sa sœur ne soient pas vexées. Tout le monde le regardait. Il n'a pas semblé s'en apercevoir. Quand il levait les yeux de son assiette, il mâchait lentement en souriant. Personne ne parlait. Je sais que j'avais un million de questions à lui poser. C'était l'homme qui parlait à Dieu, qui était de Dieu, savait des choses que personne sur terre n'avait connues depuis deux mille ans. Je me suis dit que je commencerais en douceur. Toujours bien de commencer les choses importantes sans forcer, mes frères et sœurs. Commencer par le plus petit pour aller au plus gros. J'ai parlé.
Comment te sens-tu, Ben ?
En vie.
C'est bien. C'est mieux que d'être
mort, c'est sûr. Béni soit le Seigneur
de nous avoir donné cette vie.
Il a souri.
Est-ce qu'il y a quelque chose que tu
veuilles ou dont tu as besoin ?
Non.
Nous sommes impatients que tu
voies notre église demain.
Il a souri de nouveau. Rien de plus.

Ça te dérange que je te pose
quelques questions ?
Pose les questions que tu veux.
Qu'est-ce que ça fait ?
Quoi ?
D'être le Fils de Dieu.
Je suis un homme, comme toi.
Mais divin.
Si tu le dis.
Tu peux lui parler ?
Lui ?
Dieu.
D'une certaine façon, oui, je parle à Dieu.
À quoi ça ressemble ? Comment est sa voix ?
Il a souri.
Ce n'est pas ce à quoi tu t'attendrais.
Ce n'est pas ce qui est écrit dans
les livres dépassés que tu lis.
Dépassés ?
Oui.
La Bible est éternelle, mon frère.
Aussi actuelle aujourd'hui que le
jour où elle a été écrite.
La Bible a été écrite il y a deux mille ans. Le
monde est différent aujourd'hui. Les histoires
qui avaient du sens alors n'ont plus de sens
aujourd'hui. Les croyances qui pouvaient
être fondées alors ne sont plus fondées
aujourd'hui. Il faudrait considérer ces livres
de la même manière que nous considérons
tout ce qui est de la même époque, en
reconnaissant leur importance historique,
mais sans leur accorder la moindre valeur.
Mon frère, tu entends ce que tu dis ?
Oui.
C'est fou.

Ce qui est fou c'est de vivre ta vie selon un livre qui a été écrit par quelqu'un qui ne pouvait pas imaginer à quoi ressemblerait ta vie.
Sauf ton respect, je ne suis pas de cet avis. Est-ce que tu habites dans une hutte en terre sans électricité, sans chauffage, sans eau courante, en pissant et chiant dans un trou dans le sol ? Est-ce que tu vas au marché dans une charrette en bois avec des roues en pierre tirée par un bœuf ? Est-ce que tu troques ta nourriture contre ce que tu cultives dans ton jardin ? Est-ce que tu cuis tes aliments sur un feu que tu as fait avec le bois que tu as été chercher et que tu as allumé à l'aide d'un silex ? Regarde autour de toi. Ce monde-là n'est pas ce monde-ci. Ce monde-là est mort. Ces livres sont morts. On devrait en débarrasser toutes les églises sur terre et les recycler pour qu'au moins ils servent à quelque chose dans ce monde. Pour les exemplaires les plus anciens et les plus beaux, ce sont des curiosités historiques qu'il faudrait mettre dans les musées.
Le silence régnait dans la pièce. Nous étions tous choqués. Mes frères et sœurs, c'était au-delà du choquant. C'était un blasphème. De la bouche même du Seigneur et Sauveur lui-même. Ben était assis calmement, attendant que quelqu'un parle. Personne n'a dit mot. C'était comme l'instant après la mort de quelqu'un, juste avant que ceux qui l'entourent se mettent à se lamenter. Lourd, mes frères et sœurs, extrêmement lourd. Enfin, Jacob a parlé.
Et c'est ça que Dieu te dit ?

Dieu me dit autre chose. Ça c'est
ce que me dit le bon sens.
Le bon sens n'est rien devant
la parole de Dieu.
Et tu crois que la parole de Dieu se
trouve dans les livres de la Bible ?
Je le sais.
Est-ce que c'est Dieu qui a écrit ces livres ?
Ils sont sa parole.
Ils sont la parole des auteurs. Des hommes qui racontent des histoires. Pas autrement que les écrivains d'aujourd'hui qui fabriquent des romans policiers, ou des romans d'aventures, ou des romans de guerre ou des romans d'apocalypse. Les histoires de la Bible ont été écrites des décennies et parfois des siècles après les événements qu'elles sont censées décrire, des événements pour lesquels il n'y a aucune preuve historique.
Il n'y a pas de parole de Dieu sur terre. Ou sinon, on ne la trouve pas dans les livres.
Alors où la trouve-t-on ?
Dans l'amour. Dans le rire des enfants. Dans un cadeau. Dans une vie sauvée. Dans le silence du matin. Au cœur de la nuit. Dans le bruit de la mer, le bruit d'une voiture. On la trouve dans n'importe quoi, n'importe où. C'est le tissu de nos vies, de nos sentiments, des gens avec qui nous vivons, des choses que nous savons être réelles.
J'ai foi en la vérité des livres, et je crois que je serai récompensé de cette foi.
C'est ton choix.
J'ai foi en la vérité des histoires de ces livres.
Et c'est aussi ton choix, mais
c'est le choix des imbéciles.
La foi est pour les imbéciles ?

La foi est l'excuse des imbéciles.
La foi est un don de Dieu.
La foi est ce que tu utilises pour opprimer, pour nier, pour justifier, pour juger au nom de Dieu. La foi est ce qui a été utilisé comme moyen de rationaliser le mal plus que toute chose au cours de l'Histoire. S'il y avait un Diable, la foi serait sa plus belle invention. Faire croire aux gens ce qui n'existe pas, et leur faire utiliser cette croyance pour détruire tout ce qui a de la valeur dans le monde. Leur faire gober l'idée d'une chose fausse, et utiliser cette idée pour créer le conflit, la violence et la mort. Si tu ouvrais les yeux, tu verrais que la fin approche, que notre monde va à sa fin. Et elle approche, et il va à sa fin, à cause de la foi.
Elle approche parce que Dieu l'a écrit.
Parce que l'homme la causera.
Parce que tu as été envoyé pour la hâter.
Je l'annoncerai, mais pas comme la conséquence d'une fausse prophétie, ou le produit de la folle imagination de l'homme, ou des nombreux hommes qui ont écrit un livre dans une société de l'âge de pierre. Je l'annoncerai parce que je la vois devant moi. Parce que toutes les conditions sont réunies. Il y a la haine, l'agression, l'orgueil, le manque d'amour et de patience, le manque de compréhension, et il y a des armes, des armes qui sont capables de mettre fin à tout, des armes qui sont capables de tuer des millions de gens en une seconde, et il y a les hommes, les dirigeants des nations, qui sont prêts à les utiliser. L'apocalypse arrivera à cause de l'homme, pas à cause d'un Dieu qui n'existe pas.

Alors tu n'es pas le Messie de la Bible ?
Tu n'es pas le Christ revenu sur terre ?
Est-ce que tu crois que je le suis ?
Je ne veux pas croire que tu l'es, mais tu as reçu des dons. Tu prétends parler à Dieu. Tu es de la lignée de David. Né dans des circonstances qui indiquent la divinité. Né circoncis. Tu as survécu à ce à quoi on ne peut pas survivre. Tu parles les anciennes langues. Tu connais tous les mots des saints livres sans les avoir lus. Et j'ai entendu dire que tu fais des miracles.
Ben l'a regardé, comme toujours, simple et direct, calme. Jacob a attendu sa réponse et n'en a pas obtenu. Il a parlé.
C'est vrai ?
Oui.
Alors montre-moi.
Je ne crois pas que tu aimerais le miracle que je ferais ici.
Laisse-moi te dire un que j'aimerais voir.
Si cela te fait plaisir.
Il a levé son verre.
Change cette eau en vin.
Et après je marcherai sur l'eau, je ferai rayonner mon visage, ou je ferai ma chair et mon sang de la nourriture et de la boisson qui sont sur cette table.
Si tu le peux.
Ce sont des trucs de passe-passe, pas des miracles.
Le Christ les a faits.
Il les a faits, du moins c'est ce que disent tes livres saints. Et n'importe quel magicien d'un casino de Las Vegas peut aussi les faire. Un miracle c'est ce qui consiste à changer la vie d'un homme. Le libérer de

ses liens. Lui faire le don d'être capable de vivre comme il rêve de vivre.
Alors montre-moi.
Ben a souri. Il a regardé autour de lui. Il s'est arrêté sur chacun de nous, comme s'il essayait de décider ce qu'il allait faire, et à qui il allait le faire. Nous étions tous nerveux. L'un de nous allait être changé pour toujours. Je croyais que l'un de nous allait recevoir du Seigneur un miracle du Ciel. Être favorisé de la puissance de Dieu par l'entremise de son seul et unique Fils. Je voulais que ce soit moi. Je voulais sentir en moi la beauté du Père Céleste. Je voulais être changé en ce que Dieu, et Ben, voulaient que je sois changé. J'ai prié silencieusement pour obtenir la délivrance des mains de Dieu. Je n'avais jamais rien voulu autant de toute ma vie.

Il s'est levé, a repoussé sa chaise et a fait le tour de la table. Nous le regardions tous. Nous attendions tous. Et tous, mes frères et sœurs, nous espérions. Il s'est arrêté devant notre jeune frère Jérémie, qui est la dernière personne que j'aurais cru qu'il choisirait. Jérémie avait les yeux levés sur lui. Je voyais ses lèvres et ses mains qui tremblaient. Il avait l'air terrifié. Il était sur le point de recevoir le plus beau cadeau qu'on puisse demander dans cette vie. Il était sur le point de se voir offrir un miracle. Ben a posé les mains sur les joues de Jérémie. Jérémie a souri. Ben avait les mains sur ses joues et le regardait dans les yeux. Il ne bougeait pas. Il se contentait de le regarder. Droit dans les yeux. Il a fait ça pendant ce qui doit avoir été dix minutes. Sans bouger du tout. Juste à le regarder. Et nous attendions. Et ç'aurait dû être ennuyeux mais c'était magnifique, et fascinant, et je jure sur ma vie, mes frères et sœurs, que pendant que Ben le regardait Jérémie s'est mis à changer. Il s'est mis à rougir. Il s'est tenu plus droit. C'était comme s'il était passé de l'état de gosse à celui d'adulte, de celui de petit garçon à celui d'homme. Mais nous savions tous que quelque chose allait se passer. Nous ne savions juste pas quoi. Franchement, je n'aurais pas été surpris si Ben et Jérémie s'étaient élevés dans les airs et mis à voler. Ce n'est pas ce qui s'est passé, mes frères et sœurs. Pas du tout. Ben était toujours debout à le regarder et alors il a commencé à se pencher. Il s'est penché très lentement, tout en continuant à regarder Jérémie dans les yeux. Il n'y a eu ni hésitation ni incertitude. Il a carrément embrassé Jérémie. L'a embrassé sur les lèvres. Et ce n'était pas le genre de baiser que vous donnez à votre grand-mère. C'était un vrai baiser. Ça a commencé doucement mais ça a très vite chauffé. En quelques secondes ils flirtaient comme des adolescents ivres. Ben a mis les mains sur les épaules de Jérémie, a repoussé sa chaise et s'est assis sur ses genoux. Et ça continuait. Nous étions tous trop choqués pour faire quoi que ce soit. À l'époque, je n'ai pas compris ce qui se passait ni pourquoi. Pour moi c'était juste une exhibition choquante et dégoûtante de perversité et de déviance homosexuelle. Un homme sur les genoux d'un autre, s'embrassant comme s'ils étaient amoureux. Comme si la sainte Bible, la parole de Dieu, la plus vraie des vraies, la plus divine des divines, s'était trompée.

J'ai entendu un poing s'abattre sur la table. Fort, mes frères et sœurs, comme un coup de fusil. Tout le monde s'est tourné, sauf Ben et Jérémie, qui n'ont pas eu l'air de s'en apercevoir et ne se sont pas arrêtés. Jacob était debout. Il a hurlé arrêtez à pleins poumons mais ils ne se sont pas arrêtés. En fait les mains de Ben se promenaient sur la poitrine de Jérémie et descendaient vers des parties inappropriées dans une salle à manger. Jacob a hurlé arrêtez de nouveau, et Ben s'est redressé. Il s'est tourné vers Jacob et il a parlé.
Ton miracle, mon frère.
Tu es un pervers.
Si tu le dis.
Jacob a commencé à faire le tour de la table.
Tu n'es pas divin. Tu n'es pas un homme de Dieu. Tu es un ignoble pervers qui brûlera en Enfer.
Ben s'est levé et s'est tourné vers lui.
Si tu le dis.
Jacob s'est dirigé vers Jérémie qui était toujours assis.
Et toi. Je t'ai tiré de l'antre du péché, du fond de l'Enfer, des griffes des pédés et des pécheurs. Je t'ai sauvé. Je t'ai amené dans les bras d'amour du Seigneur et Sauveur Jésus-Christ.
Plus il s'avançait plus il semblait en colère. Sa mâchoire était serrée et les veines de son cou saillaient.
Comment osez-vous espèces de tantes ?
Cinglés pervers dégoûtants.

Il s'est précipité sur Jérémie et l'a percuté comme un joueur de football. Il l'a renversé de sa chaise et a commencé à l'étrangler et à lui cogner la tête par terre. Esther et Mrs. Avrohom ont commencé à crier. Caleb et moi n'avons pas bougé. Nous savions qu'il était impossible d'arrêter Jacob quand il avait quelque chose dans la tête. Et pendant un instant j'ai pensé que Jérémie était un homme mort. Que Jacob allait le tuer. Alors Ben a attrapé le dos de la chemise de Jacob et l'a tiré en arrière. Il l'a traîné sur quelques pas et l'a repoussé. Jérémie saignait et avait des marques sur le cou et il est resté par terre. Jacob s'est relevé et s'est jeté sur lui. Ben l'a repoussé. Jacob lui a hurlé.
Ne me touche pas.
Ben l'a regardé, très calme.
Ne le touche pas.
Je ferai ce que je voudrai avec lui.
Non.
Jacob s'est précipité sur lui de nouveau et Ben l'a repoussé.
Si tu veux faire du mal à quelqu'un, fais-moi mal. Lui, il quitte cette maison pour aller vivre la vie qu'il est né pour vivre.
Jacob a poussé Ben. Jacob haletait, furieux. Il va mourir du sida et brûler en Enfer. Comme toi.
L'amour va nous tuer ?
Jérémie était assis, pleurant, saignant, haletant. Esther et Mrs. Avrohom s'occupaient de lui. J'ai regardé Caleb puis de nouveau Ben et Jacob, comme pour lui dire que nous devrions faire quelque chose. Caleb a secoué la tête. Jacob a

fait un pas vers Ben. Le don que Dieu t'a fait à toi et tes semblables vous tuera.
Il l'a poussé. Ben a juste souri.
Tu ne peux pas me faire de mal, Jacob. Quoi que tu fasses.
Jacob l'a poussé plus fort. Jérémie était debout, toujours pleurant. Esther et Mrs. Avrohom étaient en train de l'emmener. Ben a parlé de nouveau.
Tu m'as toujours détesté. Voilà ta chance. Laisse partir Jérémie et je ne résisterai pas. Reporte sur moi ce que tu ressens à son égard. Déchaîne ta puissante colère divine.
Jacob l'a poussé plus fort. Ben a jeté un coup d'œil derrière lui, a vu que Jérémie quittait la pièce. Jacob l'a poussé de nouveau.
C'est tout ?
Il l'a fait encore, et plus fort.
Ce n'est pas beaucoup pour un puissant homme de Dieu.
Et de nouveau, plus fort.
On dirait une poussée de tante. Tu es sûr que…
Et Jacob a attaqué de nouveau. Il a jeté Ben par terre et s'est précipité sur lui et a commencé à le frapper au visage et sur la tête et sur le corps. Ben n'a pas résisté du tout. D'après ce que je pouvais voir, on aurait presque dit qu'il souriait. Jacob hurlait pédé à pleins poumons et continuait juste à le frapper. Caleb et moi nous sommes levés, sachant que Ben mourrait si nous n'arrêtions pas Jacob. Nous avons fait le tour de la table et Ben était évanoui. Son corps était tout mou et son visage couvert de sang. Et Jacob continuait à le frapper. Mes frères et sœurs, il y a des limites à ce qu'un homme peut laisser

faire. Et à ce qu'un homme peut regarder. Et ce que Jacob faisait ne concernait plus Dieu. Je ne comprenais ni n'approuvais la façon d'être des homosexuels. Franchement je la trouvais écœurante et pernicieuse. Mais Jacob était en train de tuer son frère pour un baiser. Et le fait de s'embrasser, et de s'aimer, de quelque façon que ce soit, n'est pas une chose pour laquelle notre Père condamnerait à mort qui que ce soit. À ce point de ma vie, je crois – en fait, mes frères et sœurs, je sais – que Dieu pense que l'amour, même entre hommes, et entre femmes, est encore de l'amour. Et c'est une chose magnifique, la chose la plus magnifique qu'il y ait au monde. Qu'il y en ait plus. Sous toutes ses formes. Je dis alléluia. Donc nous les avons séparés. Les mains, le visage et la chemise de Jacob étaient trempés. Il continuait à hurler, et nous nous battions avec lui. Il criait il mérite la mort. Nous l'avons emmené dans sa chambre et l'avons convaincu que la meilleure chose à faire était de prier le Seigneur de nous conseiller et de nous donner de la force. Je savais que Ben allait avoir besoin d'un docteur. Donc j'ai quitté la chambre pour aller téléphoner. Caleb et Jacob étaient à genoux et priaient en se tenant la main. Le téléphone était dans la cuisine et il fallait que je passe par la salle à manger pour y arriver. J'avais l'intention de voir comment Ben allait, m'assurer qu'il respirait toujours. Quand je suis entré dans la salle à manger, elle était vide. Il y avait une silhouette par terre. Et là où auraient dû se trouver les pieds, se trouvait le bracelet. Je l'ai ramassé et il fonctionnait encore. Il n'était pas cassé et n'avait pas été coupé.

Théoriquement il était impossible de l'enlever. Mais il avait été enlevé, mes frères et sœurs, il était là par terre. Je me suis mis en route vers les autres pièces pour voir si Ben était dans l'une d'elles. Ce faisant, j'ai jeté un coup d'œil à la table. Et mes frères et sœurs, je vous le dis, mes frères et sœurs, je vous le dis parce que je l'ai vu de mes propres yeux, tous les verres sur la table, des verres qui étaient pleins d'eau une minute auparavant, étaient pleins de vin. Ils étaient pleins à ras bord, et ils étaient pleins d'un vin d'un rouge profond.

II MARIAANGELES

J'étais chez moi. Mercedes regardait la télé. Je revenais de l'hôpital où ma mère était en train de mourir. Alberto était à Rikers pour avoir buté un enculé. J'ai entendu frapper à la porte. Ai pensé que c'étaient les flics ou une pétasse de l'aide sociale à l'enfance. Dans tous les cas c'était la même chose, un Blanc qui allait nous menacer moi et mon bébé, un Blanc qui me raconterait qu'il avait l'autorité de me dire comment vivre ma vie et élever ma petite fille. Comme s'ils pouvaient faire mieux. Avec tout leur pouvoir et leur argent du gouvernement. Regardez ce qu'ils ont fait au monde. Ils ont pas été foutus de faire mieux.

J'ai ouvert la porte. Ben était là. Ou une version déglinguée de Ben. Ça faisait plus d'un an que je l'avais pas vu. Quand il est parti je me suis demandé ce qui s'était passé. Un jour il était là bourré à jouer à ses jeux vidéo, et à venir au club complètement déglingué, le lendemain il avait disparu. On savait pas où il était allé. Pensé qu'il en avait eu marre de vivre avec des Noirs et qu'il s'était tiré. Ça arrive. Les gens en ont marre de vivre avec des gens qui sont pas comme eux et ils retournent avec les leurs. Et parfois c'est mieux. Parfois je pense que les Noirs et les Blancs sont pas faits pour être ensemble. Et vous pouvez leur faire tous les discours que vous voulez, ça changera pas.

Il m'a souri. A dit salut. Il avait des dents cassées et du sang partout. Il avait des coupures sur sa figure qui était toute gonflée et il avait le blanc des yeux tout rouge. Et sous le sang et les bosses, je voyais qu'il avait des cicatrices partout, comme s'il s'était battu au couteau avec vingt types. Et ses vêtements étaient horribles, un truc que je voyais même pas par ici avec tous ces gens qui peuvent pas se payer de quoi s'habiller. Il a posé la main sur ma joue et il a dit ça fait plaisir de te voir, Mariaangeles. J'avais les mains des hommes partout sur moi tout le temps. Des hommes qui me pelotaient le cul, les nichons. Des hommes qui essayaient de mettre les doigts partout dans moi. Jamais eu un homme qui posait sa main sur moi comme ça. Juste avec douceur. Juste avec gentillesse. La plupart des hommes veulent du cul et quelqu'un pour s'occuper d'eux, leur faire à bouffer et laver leurs frusques. Pour eux c'est ça l'amour. Ben m'a juste touché la joue et a dit ça fait plaisir de te voir, Mariaangeles. La chose la plus gentille qu'un homme a jamais fait pour moi.

Je me demandais ce qu'il foutait. Son appartement était plus son appartement. Après son départ il est resté vide pendant un mois. Mon frère avait pété la serrure et avait piqué la télé, les jeux vidéo et toutes les

bières qu'il y avait dans le frigo. Il a dit qu'il les rendrait si Ben revenait et il a fini par tout vendre pour acheter un flingue. Après un moment des Blancs avec des clipboards et des téléphones à la ceinture sont venus l'ouvrir. Un vieux s'est installé et est mort genre deux mois plus tard. S'est endormi et jamais réveillé. Puis une famille a emménagé. Femme avec six gosses et son mari, qui faisait rien que gueuler et les tabasser tous, en accusant les Juifs de ses malheurs. Il s'est fait arrêter pour quelque chose, on se fout pour quoi vu que c'est juste un frère de plus au bloc, et la femme et les gosses sont repartis à Porto Rico, d'où ils venaient. Maintenant il y avait une fille comme moi. Dix-huit ans et trois gosses de trois papas différents qu'en avaient rien à cirer. Pensais pas qu'elle aimerait qu'il s'amène, et elle lui aurait probablement botté le cul, surtout vu la tronche qu'il avait. J'étais en train de me demander quoi faire quand il a souri et a parlé.
J'ai besoin d'un endroit où habiter.
Et tu veux habiter ici ?
Oui.
Et pourquoi tu crois que je vais te laisser habiter ici ?
Parce que je t'aime, et que je peux t'aider.
Qu'est-ce que tu racontes Ben ?
Fais-moi confiance.
Je l'ai regardé. Plus que tout j'avais de la peine pour lui. Il était clairement dans la merde. Il était plus dans la merde que moi, il avait l'air plus dans la merde que personne que j'ai jamais vu. Il était couvert de gnons et tout maigre. J'avais pas peur qu'il me fasse du mal. Et je me sentais un peu

coupable de lui avoir pris tout son blé cette fois-là au club. Donc j'ai ouvert la porte. Il a souri et a dit merci et il est entré.

Chez moi c'était le bordel. Quand je travaillais pas je me défonçais. Quand je travaillais ou me défonçais pas, j'essayais de m'occuper de Mercedes. J'avais pas le temps de faire la cuisine ni le ménage. J'ai essayé plusieurs fois de me reprendre mais ça a pas marché. Il y avait des assiettes dans l'évier, des poubelles pleines dans la cuisine. Il y avait rien que du lait, de l'eau et un vieux reste de macaronis au fromage de l'épicerie dans le frigo. J'avais mes drogues et ma pipe dans l'ancienne chambre de maman et je la gardais fermée à clé pour que Mercedes y touche pas. Moi et elle on dormait dans la chambre que j'avais partagée toute ma vie avec Alberto. Ça faisait longtemps que j'avais pas été à la laverie donc il y avait des vêtements partout. Mercedes était sur notre canapé, en train de regarder une série policière, ce qu'elle faisait tout le temps. Ben est entré et est allé l'embrasser sur le front. Elle a pas fait attention à lui. Il s'est tourné vers moi et m'a demandé s'il y avait un endroit où il pourrait dormir. Je lui ai dit qu'il pouvait dormir où il voulait.

Il s'est dirigé vers la chambre de maman. Je lui ai dit qu'il pouvait pas entrer. Il a demandé où était ma maman et je lui ai dit qu'elle était à l'hôpital. Il m'a demandé pourquoi et je lui ai dit qu'elle avait un cancer qui était en train de la tuer. Il a dit je suis désolé et il a posé la main sur la poignée et je lui ai dit que c'était un endroit privé et qu'il ne devait pas entrer. Il a ouvert la porte et il est entré dans la chambre.

Je ne savais pas quoi faire. Si je devais l'arrêter ou s'il allait prendre ma drogue ou s'il était juste dingue. Je suis allée à la porte. Ma drogue était dans la commode de maman où je la mettais toujours. Ben était dans la salle de bains, il se lavait la figure au lavabo. Je le voyais qui le faisait super doucement parce qu'il était amoché grave. Quand il a mis de l'eau dans sa bouche et l'a recrachée, tout était rouge. Quand il a enlevé sa chemise, il était si maigre que je voyais toutes ses côtes et ses veines et tout son corps était couvert de bleus, tout violet et noir, comme s'il s'était fait tabasser avec une batte de baseball. Il m'a regardée, j'étais près de la commode où j'avais un flacon avec un caillou et une pipe et un briquet. Il a souri et a dit tout va bien Mariaangeles, je ne te juge pas. Une fois qu'il a fini de se laver, il est revenu dans la chambre et a enlevé son pantalon s'est allongé sur le lit et a fermé les yeux. Il a pas bougé du tout.

Il a dormi pendant deux ou trois jours. J'arrêtais pas d'aller le voir parce qu'on aurait dit qu'il était mort. Seules fois que je l'ai vu bouger c'était les quelques fois où je suis entrée et ses yeux étaient ouverts et il était sur le dos en train de s'agiter et de trembler et de faire des sortes de grognements, mais tout bas comme un bébé. Je sais qu'à un moment ou à un autre il se réveillerait ou mourrait, et j'ai pensé que dans les deux cas il vaudrait mieux qu'il ne soit pas chez moi. Certains jeudis je travaillais double. Tous les Blancs de Manhattan venaient parce que c'était juste avant le week-end et qu'ils pouvaient se bourrer la gueule et qu'ils pouvaient dire à leurs femmes et leurs petites amies qu'ils avaient un dîner d'affaires. Ils commençaient à se pointer après le déjeuner avec l'idée qu'ils allaient se baiser des Blacks. Après le boulot je restais et je me défonçais à mort en fumant juste pour oublier la journée et après je rentrais. Je demandais à ma voisine de surveiller Mercedes et je la payais et après elle la mettait au lit et fermait la porte à clé. Je lui ai dit que Ben couchait dans la chambre de maman et de pas faire attention à lui.

Ce roulement était pire que la plupart, et ils étaient tous durs. J'avais un homme qui connaissait le gérant et était un vieil ami, un riche Blanc qui portait un costume et avait une grande maison dans le Connecticut ou ailleurs. Le manager lui a donné un salon privé pour rien sans pourboire pour moi, et j'ai dû y aller, j'avais pas le choix. Le type était un vrai salaud et j'ai dû faire tout ce qu'il voulait. Sucer sa queue, le laisser me baiser, en mettant ses doigts là où c'était pas leur place. Me suis mise à quatre pattes, et quand enfin il est parti j'avais rien d'autre à faire que d'aller boulonner pour rattraper l'argent que j'avais pas fait avec lui. Je suis allée dans la pièce de derrière trois autres fois. Laissé les types faire tout ce qu'ils voulaient et me suis fait payer pour le faire. Quand j'ai eu fini, je suis sortie et j'ai trouvé un endroit tranquille derrière une benne à ordures et j'ai passé les six heures suivantes à me défoncer.

Je suis entrée en sachant que Mercedes serait en train de pleurer, comme toujours quand elle avait faim et était restée seule trop longtemps. J'étais pas non plus d'humeur à ça. Voulais juste boire de l'eau et aller dormir. Quand j'ai mis la clé dans la serrure, j'ai entendu des rires. Je savais pas ce qui se passait. J'ai ouvert la porte et je suis entrée et ça ressemblait même pas à mon appartement. Tout avait été nettoyé. Comme si ça brillait. Il y avait des spaghettis sur le feu dans la cuisine. Et Ben et Mercedes en train de danser en riant au milieu du living. Ben m'a regardée et a souri.
Bienvenue à la maison, Mariaangeles.
Qu'est-ce qui se passe ici ?
J'apprends à danser à Mercedes.
Elle savait déjà. Je lui ai appris.
Alors je lui apprends à rire.
Elle sait faire ça aussi.
Non, elle ne sait pas.
Et qu'est-ce qui est arrivé à mon appartement ?
Ta vie va changer, Mariaangeles.
Je veux pas qu'elle change.
Mais si.
Mais non.
Mais si.
Il s'est approché en tenant Mercedes par la main. Je savais pas quoi faire. Il me souriait juste. Et ma petite fille me souriait, un vraiment grand sourire. L'avais pas vue sourire comme ça depuis très longtemps. Très longtemps. M'a brisé le cœur. Et rien

au monde est plus beau que le sourire d'un enfant. Et ma petite fille était là, qui faisait un grand sourire à une mère qui ne méritait pas ça. Une mère qui avait l'impression qu'elle méritait même pas de vivre cette vie qu'elle avait reçue. Une vie que elle sait maintenant que ça peut être quelque chose qu'elle veut, plein de moments comme le sourire d'une magnifique petite fille. Ben avait raison, même si j'avais pas envie qu'il ait raison. La vie allait changer.

Pendant qu'ils approchaient, Ben s'est penché pour murmurer quelque chose à l'oreille de Mercedes. Elle a souri et a couru vers moi, et je me suis penchée pour la prendre dans mes bras et je l'ai serrée, plus fort que j'ai jamais serré personne, pas même elle. Et pendant que je la tenais elle a dit je t'aime, maman. Et j'ai dit je t'aime mon bébé, et même si je voulais pas le faire, je me suis mise à pleurer. Et alors Ben est venu et a mis ses bras maigres comme des clous autour de nous. Et il a dit je t'aime Mariaangeles. Et pour la première fois de ma vie, j'ai cru un homme qui me disait je t'aime. Je l'ai cru de tout mon cœur. Et il est juste resté là à me tenir dans ses bras pendant que je pleurais en tenant ma fille.

Après il m'a emmenée à ma chambre et m'a dit de faire ma toilette et de me préparer pour le déjeuner. J'ai pris une douche et je suis restée là un bon moment à penser à la nuit, à penser à ce que je ressentais pour Mercedes. Quand je sors je porte mon plus beau survêt' et la table est super

bien mise et il y a des spaghettis dans les assiettes et ma pipe et trois flacons de caillou que j'avais à côté de mon assiette. Ben et Mercedes sont assis et m'attendent. Je regarde la pipe et les flacons et je regarde Ben.
Pourquoi tu montres ça comme ça ?
Est-ce qu'il y a une raison pour que tu
ne veuilles pas qu'on le montre ?
Je me suis assise et j'ai tout
mis dans ma poche.
Ma fille a pas besoin de voir ça.
Pourquoi ?
T'es un vrai débile, mon pote.
Qu'est-ce que tu crois ?
Tu crois qu'elle ne sait pas.
Elle est pas assez grande pour
rien savoir du tout.
Si tu le dis.
Je le dis.
Tu as honte ?
Qu'est-ce que tu crois ?
Que tu devrais arrêter.
Tu sais que dalle, petit Blanc.
Il a souri et a rien dit. On s'est mis à manger. Il aidait Mercedes à se servir de sa fourchette. Je l'ai juste regardée, et le voir avec elle m'a fait me détester encore plus, sachant ce que j'avais dans la poche. Je le sens là. Lourd et qui faisait une bosse. Je faisais toujours semblant de croire que Mercedes pensait que j'étais juste une maman normale. Que notre vie était normale. Ou du moins normale pour là où j'habitais, pour là d'où je venais. J'étais juste une fille comme tout le monde avec une gosse, qui essayait de faire de mon mieux et de me débrouiller. Et d'une certaine façon c'était comme ça. Mais

je savais aussi que c'était mal. Savais que je pouvais faire mieux. Même vu ce qu'on était.

On a fini le déjeuner et Ben a dit à Mercedes que c'était l'heure de la sieste et il l'a emmenée dans la chambre de maman. Je suis restée à table et j'ai pensé à ce que j'avais dans la poche parce que c'était tout ce que je voulais même si ça faisait mal d'y penser et j'ai entendu Ben chanter un genre de berceuse à Mercedes. Ça m'a fait me rappeler quand je chantais pour elle, avant de travailler au club, avant qu'Alberto a été arrêté, avant que maman a été malade. Après, il a fermé la porte et il est venu. J'étais toujours assise et il s'est assis en face de moi et m'a juste regardée. Ses yeux étaient différents d'avant. Plus noirs. Les trucs les plus noirs que j'ai jamais vus. Et il avait guéri pendant qu'il dormait. Les bleus sur sa figure avaient presque disparu et ses coupures guérissaient bien. Ça faisait ressortir encore plus les cicatrices. M'en faisait voir plus. Me faisait vraiment comprendre comme il avait changé. Il devait avoir perdu quinze ou vingt kilos. Et il était plus blanc. La plupart des Blancs je remarque pas. Ils ont tous l'air d'avoir la même peau. Juste blanche. Ben était blanc blanc. Blanc comme du papier. Et les cicatrices étaient encore plus blanches. Comme de la laque sur de la peinture normale. Et il me regardait juste. Ses yeux noirs me calmaient tellement que je sentais mon cœur ralentir. Et une fois que j'ai été vraiment calme et que je n'avais même pas envie de fumer, j'ai parlé.
Qu'est-ce qui t'est arrivé, Ben ?

J'ai changé.
Je plaisante pas. Qu'est-ce qui s'est passé ?
Ça n'a pas d'importance.
Ça en a pour moi.
Ce qui est important c'est ce
que je suis devenu.
Et c'est quoi ?
Quelqu'un qui t'aime.
Tu me connais pas assez pour m'aimer.
C'est soi-même qu'il faut connaître
pour aimer, pas les autres.
On dirait un prêcheur.
Je ne suis pas un prêcheur.
Tu vas essayer de me sauver ?
C'est toi qui vas te sauver.
Comment je vais faire ça ?
Donne-moi ta pipe, tes drogues.
Qu'est-ce que tu vas faire avec ?
Mets-les sur la table.
Elles sont à moi.
Oui.
J'en ai besoin.
Non.
Si.
Pourquoi ?
Parce que j'en ai besoin.
Pose-les sur la table. Je vais te
montrer quelque chose.
Si tu en prends elles vont te foutre en l'air.
Il a souri, m'a regardée, a attendu. Si je l'avais vu dans la rue, je l'aurais pris pour un cinglé pour de vrai. Mais assise avec lui et en parlant avec lui, je ne le pensais pas. J'avais pas de raison de lui faire confiance, sauf vu la façon qu'il me regardait, mais j'avais confiance. Je lui faisais confiance plus que j'ai jamais fait confiance à aucun homme

et aucun Blanc. Donc j'ai sorti ma came de ma poche et je l'ai posée sur la table. Ben l'a même pas regardée. A juste continué à me regarder. Et alors il s'est levé et a fait le tour de la table et s'est penché et a commencé à m'embrasser. Super lent au début, super léger, juste en frôlant mes lèvres avec les siennes. Et c'était bon, c'était bien. Donc on a commencé à s'embrasser plus, en utilisant nos lèvres pour de vrai, en utilisant nos langues. S'embrasser comme si c'était pour de vrai, comme si on était amoureux. Et il m'a soulevée de ma chaise comme si je pesais rien. Et il a enlevé mes vêtements. Et il m'a mise sur la table. Et il m'a léchée, et sucée, et baisée jusqu'à ce que la tête me tourne. Allongée là à côté de mes drogues. Il m'a montré comment me défoncer. Il m'a montré ce que c'était de se sentir bien. Il m'a baisée, et il m'a aimée, et quand il a joui en moi, ça m'a satisfaite plus qu'aucune personne, école, église, livre ou Dieu l'avait fait dans ma vie. Il a murmuré je t'aime dans mon oreille et il a joui en moi et j'ai eu l'impression que j'étais à l'intérieur. J'ai ressenti ce qu'on est censé ressentir quand on croit à toutes ces autres choses.

Après, cette première fois, il est resté en moi pendant un long moment. Juste resté en moi et m'a embrassée et m'a tenue. Et après il m'a soulevée, toujours en moi, et m'a emmenée au lit. Et il m'a posée sur ce lit avec ses bras autour de moi et on s'est endormis. Je pensais plus que j'étais pauvre. Je pensais plus à ce que je faisais pour gagner du blé. Je pensais plus à mon frère qui pourrissait dans une putain de cellule.

À ma mère qui était en train de mourir dans un putain d'hôpital où tout le monde s'en foutait. Au fait d'être noire dans un pays où ça veut dire que t'as pas une chance. À ma fille qui aurait pas de chance elle non plus. À une vie qui s'étendait devant moi où rien ne va jamais mieux. Sentir des bras autour de moi, de l'amour dans mon cœur, c'était plus fort que toute la négativité que je savais qui existait dans le monde pour moi. Cette sensation d'amour avait tué tout ça.

Quand je me suis réveillée il était parti. Je suis allée voir Mercedes et elle dormait toujours. J'étais censée travailler et donc j'ai commencé à me préparer. J'ai pris une douche et me suis maquillée dans la salle de bains. Quand je suis allée dans la cuisine, ma came était toujours sur la table. M'a rendue foutrement malade de la voir là, m'a rendue malade de penser que je faisais ça depuis un an. M'a rendue malade de penser pour quoi je le faisais et pour quoi je me préparais. Pour l'argent. Pour l'argent qui changeait rien. Qui me sortait pas moi ni ma fille de nulle part ni de rien. Changeait pas ce que je sentais dans mon cœur quand je me regardais dans la glace. C'était juste un truc que je pouvais tenir dans ma main. L'argent veut rien dire quand ton cœur est vide.

Donc j'ai pris cette merde et je l'ai balancée par la fenêtre. Pensé que ça ferait une surprise à un fumeur, c'est pas ça qui manquait dans le coin. Et je suis pas allée au boulot. Pas pris la peine d'appeler. J'allais pas leur manquer. Peut-être même qu'ils allaient pas remarquer que j'étais partie. Ça serait facile de trouver une autre fille, parce qu'il y en a toujours trop qui sont prêtes à se foutre en l'air pour du blé. Je juge pas parce que c'est ce que j'ai fait. C'est comme ça que va le monde. Tu te sers de ce que tu as, et trop de femmes ont que ça.

J'ai attendu Ben. Mercedes s'est réveillée et je lui ai fait un long gros câlin. On s'est mises à jouer au salon, en chantant et en se faisant des chatouilles. J'ai commencé à aller pas bien, je commençais à réaliser que j'aurais peut-être besoin du crack que j'avais balancé. Je suis allée à la fenêtre et il était toujours là. C'était un genre de miracle qu'il avait pas été ramassé. Je sais que dans la Bible ils disent que les miracles c'est faire flétrir un figuier ou je sais pas quoi, mais dans le monde où je vis, le vrai putain de monde, un miracle c'est un flacon de crack qui reste par terre dans une cité plus de trois putains de minutes. Mais il était là. Me tentait. M'appelait. M'appelait pas même, il me criait. J'entendais Mercedes derrière moi. J'ai commencé à me dire que l'amour est plus fort que la drogue, plus fort que tout, l'amour est plus fort, mais dire n'est pas toujours croire. On peut se dire tout ce qu'on veut, mais si on ne croit pas à ce qu'on dit, on parle en l'air. J'étais prête à descendre. Prête. Donc je me suis retournée et je suis allée à la porte. Quand je l'ai ouverte, Ben était assis par terre. Il a souri. Je me suis mise à parler.
Qu'est-ce que tu fais ?
Je suis assis.
Ça fait combien de temps que tu es assis là ?

Un moment.
À faire quoi ?
Juste à être assis.
Je l'ai regardé. Juste assis là par terre. Il m'a souri, a parlé.
Il faut que tu rentres.
J'ai souri.
Ouais.
Je peux entrer ?
Ouais.
Il s'est levé et m'a suivie à l'intérieur. On a joué un long moment avec Mercedes, on chantait et on s'amusait avec ses jouets, et tout le temps j'avais envie de fumer. L'heure du dîner est arrivée et Ben nous a encore fait des spaghettis. On a mangé à table. Quand on a fini je me sens vraiment mal, je tremble, j'ai envie de me foutre par la fenêtre. Ben me fait mettre Mercedes au lit et après je sors de la chambre et il m'attend. Il m'emmène dans ma chambre et m'allonge et passe le reste de la nuit à lécher et sucer et baiser. Et chaque fois que je me sens mal il le refait, jusqu'à ce que je finisse par m'endormir.

Et c'est comme ça que ça a été pendant quelques jours, peut-être une semaine. Ben sort chercher à bouffer le matin pendant que je dors. Quand je me réveille il est avec Mercedes, et chaque fois qu'elle fait une sieste ou qu'elle dort ou chaque fois que je me sens mal il m'emmène dans la chambre ou par terre ou sur la table. Et il me dit toujours qu'il m'aime. Que je suis belle. Que je peux vivre comme je veux. Que la vie peut être belle. Que Mercedes m'aime et que je peux être une bonne maman. Et j'arrête de l'entendre. Je commence à le croire.

Et puis un jour je me réveille et je sais. Sais que je suis okay et que je vais aller bien, ou aussi bien que possible là où je suis. Et je le dis à Ben et il sourit. Et j'arrête de penser juste à moi et je lui demande pourquoi il est avec moi. Il me raconte sa vie dans les tunnels et son arrestation et comment il a quitté sa famille. Et comment il a échappé à la justice. Il me dit qu'il peut parler à Dieu. Il me dit qu'il sait des choses à propos du monde, et qu'il sait que le monde va finir si on le change pas. Que l'homme est malade. Que les dirigeants du monde sont en train de tous nous tuer. Nous font croire qu'on progresse alors qu'ils sont en train de nous tuer. Et c'est pas comme si y avait un grand plan, c'est juste qu'ils sont ignorants. Et avides. Et qu'ils pensent qu'à eux. Et pensent à leurs dieux. Les chrétiens qui pensent qu'ils ont Dieu. Les musulmans qui pensent qu'ils ont Dieu. Les juifs qui pensent qu'ils ont Dieu. Tout le monde qui pense que Dieu est de leur côté. Que Dieu veut qu'ils tuent et jugent et dominent. Et que tous ont tort. Tous font ce qu'ils font au nom de quelque chose qui existe pas comme ça. Que c'est des contes de fées qui dirigent le monde. Que Dieu fait pas partie du monde comme ça. Que Dieu juge pas. Dieu donne pas le pouvoir. Que Dieu est quelque chose au-delà de la compréhension des hommes et des femmes sur terre. Que Dieu fait pas cadeau de la vie éternelle. Le don c'est la vie qu'on a, et quand elle est finie, elle est finie de chez fini. Pas de Ciel. Pas de fêtes avec les parents et les gens qu'on aime pendant que les anges chantent en jouant de la harpe. Pas de soixante-douze vierges qui nous attendent pour nous apprendre à baiser. Rien de rien. Pas de Dieu comme on le croit. Juste la fin. Et tout ce qu'on a dans le monde c'est les autres. Et tout ce qu'on a avec eux c'est l'amour. Et pas l'amour comme une chanson à la con. L'amour c'est juste prendre soin les uns des autres, et se baiser les uns les autres, et se laisser vivre comme on veut les uns les autres. Et se protéger les uns les autres de toute la merde que la vie nous balance. Qui nous arrive parce que c'est la putain de vie, pas parce qu'un faux Dieu imbécile essaie de nous éprouver, ou nous préparer à l'au-delà, ou parce qu'il pense qu'on est assez forts pour le supporter. La merde arrive juste. Y a pas de raison sauf que c'est la vie. C'est pas un putain de Dieu. Et tout ce qu'il dit a du sens. Plus de sens que tout ce que j'entends. Plus de sens que toutes les conneries que les politiciens et les prêcheurs et les papes déblatèrent tous les jours. Plus de sens que les conneries dans les livres de classe et les journaux et les infos à la télé. Plus de sens que les lois à la con que notre gouvernement essaie de nous faire respecter. Le gouvernement qui dit Une Nation Sous Le Pouvoir De Dieu, mais quel Dieu ? Le vieux Dieu de l'homme blanc avec une barbe qui dit que les Noirs ont pas de droits, les Hispaniques ont pas de droits, les femmes, les gays ont pas de droits, et que tous ceux qui sont pas comme lui et pensent pas comme lui ont pas de droits. Merde à ça. Et merde à Dieu. Et merde à tous les idiots qui croient à ce Dieu. Ils peuvent venir me lécher mon cul noir, parce que c'est pas Une Nation Sous Le Pouvoir De Dieu, c'est juste des putains de conneries.

On s'est installés dans la vie tous les trois. J'ai commencé à prendre des cours d'éducation générale et Ben a mis Mercedes dans une garderie dans la cité. C'était pas tout rose mais c'était mieux que de rester à regarder la télé. Ben partait toute la journée. Disait qu'il se baladait dans New York. Marchait ou prenait le métro et descendait où il le sentait. Disait qu'il voyait juste les gens et leur parlait et les aidait et les aimait. Je sais qu'il en baisait parce que je le sentais sur lui quand il revenait. Parfois je lui demandais qui et parfois c'était une femme, parfois un homme. Je lui demandais comment il aidait les gens et il disait comme ils avaient besoin. Je lui demandais comment il les aimait et il disait comme ils avaient besoin. Je sais qu'il racontait à certains qu'il pouvait parler à Dieu, et comment Dieu était vraiment, et comme il voyait le monde. Comment il allait finir. Et les gens le croyaient. Ils ont commencé à venir chez moi. Des fois ils apportaient des cadeaux, apportaient de la nourriture et des vêtements, parfois ils apportaient de l'argent. Parfois ils étaient défoncés ou bourrés. S'il était là il les faisait entrer. Certains il les prenait dans ses bras et leur murmurait à l'oreille. Certains il les faisait asseoir à côté de lui sur le canapé pour leur prendre les mains et les regarder dans les yeux. Parfois il allait à la fenêtre pour leur parler tout bas. Certains il les emmenait dans la chambre, hommes et femmes, et il fermait la porte, et je savais qu'il les baisait, et les aimait, et les rendait meilleurs, comme il avait fait pour moi. Certains il prenait leur figure dans ses mains et les embrassait super léger. Je sais pas ce qu'il disait ou faisait à ces gens, mais ils partaient en se sentant mieux. Ils partaient différents. Ils partaient avec cette vraie foi dans leur cœur. Et ils en parlaient aux autres. Donc Ben a commencé à avoir des gens qui disaient des trucs sur lui. Qu'il avait des pouvoirs. Qu'il faisait des miracles. Qu'il pouvait vous sauver ou vous changer ou améliorer votre vie. Que c'était un prophète. Que c'était un saint homme. Que le Christ était revenu. Qu'il était le Messie. Le Messie que le monde attendait, pour lequel il priait et qu'il adorait, que c'était l'homme venu nous sauver ou nous faire tous mourir. Il ne disait jamais rien là-dessus. Les gens lui en parlaient et il souriait sans rien dire ou disait si tu le dis. Ce qu'il me disait qui était important c'est qu'il aimait tous ces gens et qu'il faisait en sorte qu'ils partent meilleurs qu'ils étaient venus. C'est ça qu'était Dieu. Faire que les gens qui continuaient à vivre leur vie dans ce monde se sentent mieux. Tout le reste c'était que des inventions.

Quand on était rien que nous, c'était comme si on était mariés, mais pas en se détestant comme la plupart des gens mariés. On était comme si on était un couple. Il avait pas l'air de m'aimer plus ou autrement que n'importe qui, mais on était ensemble, et il revenait toujours, même quand il était parti une nuit ou deux, et je savais toujours qu'il reviendrait, j'avais jamais de doute. Ça faisait rien que j'aie juste dix-neuf ans et lui trente et un, et ça faisait rien qu'on était pas de la même couleur et qu'on avait été élevés différemment ou que nos parents étaient de pays différents, et parlaient des langues différentes et croyaient en des dieux différents. On s'aimait juste. On voulait pas que l'autre soit différent. S'en foutait de ce qu'on aimait chez l'autre. On s'acceptait comme des putains d'êtres humains. Qui sentaient pareil. Souffraient pareil. Et savaient que l'amour est la seule arme contre cette douleur. Rien d'autre peut arrêter ou empêcher ça. C'est ça que Ben m'a appris plus que tout. Qu'on reçoit ce don de la vie et qu'on le reçoit une seule fois et que ça va faire mal de la vivre et que la seule chose qui va faire que ça va faire mieux ou moins mal c'est l'amour. Baiser faisait partie de l'amour. Ben adorait baiser. Il adorait m'embrasser et lécher mon corps et sucer tout ce que j'avais. Quand Mercedes dormait et que personne frappait à la porte, on passait tout le temps à baiser. On baisait des heures et des heures. Il en avait jamais assez de baiser. Disait que jouir était le truc le plus proche du Paradis qu'aucun humain sur terre connaîtrait. Qu'il y avait pas de portes, pas de type qui attendait avec un livre avec tout ce qu'on avait fait de bien et de mal, surtout que la plupart des choses qu'on fait sont ni bien ni mal, juste chiantes. Qu'il y a personne qui va nous juger pour décider si on va faire partie de la fête qui s'arrête jamais ou être envoyé rôtir en bas. Qu'il y a pas de fête comme ça, comme y a pas de bal pour Cendrillon et ses sœurs, ni de fête de fin d'études pour Barbie, ni de labyrinthe avec un taureau qui va nous buter. Mais il y a la sensation que vous éprouvez quand vous jouissez. Quand tout disparaît. Quand votre corps vous dit qu'il vous aime et que tout est parfait sûr et sans danger. Quand vous vous sentez mieux que vous vous êtes jamais senti mieux de toute votre vie. Cette sensation que vous voudriez qui s'arrête jamais. Il disait que les gens qui disaient qu'elle est mauvaise sont juste idiots. Que les gens qui disaient que c'est mal de baiser sont juste idiots. Qui disent qu'il faut baiser dans certaines conditions décidées par Dieu sont idiots. Personne devrait dire à personne comment baiser. Disait que les gens qui font vœu de pas le faire se privent d'un des plus beaux dons qu'on reçoit de la vie. Que les hommes dans leurs robes ridicules qui chantaient des chansons en langues mortes qui n'ont jamais baisé ont certainement pas le droit de dire. Que peut-être s'ils baisaient, ils comprendraient Dieu d'une manière que pas un livre pas un cardinal pas un pape pourrait jamais leur apprendre. Il disait que si tous ceux qui allaient à l'église ou au temple ou à la mosquée passaient tout ce temps perdu à baiser au lieu de prier pour des conneries, le monde serait pas près de finir. Et il avait raison. Et vous savez qu'il a raison. Si vous regardez dans votre cœur, et si vous avez jamais joui dans votre vie, vous savez qu'il a absolument raison.

Après mes cours et quand j'avais ramené Mercedes à la maison, j'allais voir maman.

Ils l'avaient mise dans un endroit où des gens la surveillaient et essayaient qu'elle soit confortable et elle était allongée dans un lit et son corps dépérissait. Elle avait vraiment mal. Son corps se rongeait lui-même. Rongeait tous ses organes et tous ses os. Cancer partout et rien à faire. Il y avait pas la moindre chose à faire. La plupart du temps j'étais forte et je lui tenais la main. Certains jours je m'asseyais près du lit et je pleurais. Ils lui donnaient de plus en plus de médicaments. Des médicaments qui en faisaient quelqu'un qu'elle était pas qui était même pas une personne. Juste de la chair qui respirait. Si vous avez jamais été au chevet d'un mourant vous savez comment c'est. Il y a rien que vous pouvez faire. Vous restez là à souffrir comme si y avait que ça au monde. Vous restez là à vous sentir impuissant et vide. Quand ils sont réveillés, à chaque seconde vous savez qu'ils vont bientôt mourir. Chaque mot que vous dites a ce poids sur lui parce que vous savez qu'il va pas y avoir beaucoup d'autres mots. Tout le monde qui entre dans la chambre fait de son mieux pour être heureux et avoir l'air gai. Pour parler de trucs qui ont rien à voir avec la mort. Mais elle est toujours là. La maladie. La mort. Le fait qu'il y a rien à faire. Le fait qu'ils seront plus. Qu'ils vont aller pourrir dans la terre. Et que vous allez continuer à vivre. Et vous pouvez dire ce que vous voulez et que vous les aimez et faire tout ce que vous pouvez pour faciliter leur décès, mais ça change rien. Ils ressentent la douleur. Et la seule façon de faire cesser la douleur c'est de les bourrer de médocs qui font de vous un légume ou mourir. Et en attendant tous ceux qui vous aiment ressentent la douleur. La pire douleur que vous pouvez connaître.

Maman allait de plus en plus mal, mais elle mourait pas. Elle souffrait juste. Les docteurs venaient même plus la voir. Juste les infirmières et les gens qui faisaient leur possible pour qu'elle soit confortable. Elle a commencé à me dire qu'elle voulait mourir. Tous les jours elle me dit qu'elle veut plus continuer, que ça fait trop mal, qu'elle est prête. Je lui dis que tout va aller bien, qu'elle doit continuer à se battre, mais elle me dit qu'elle veut plus se battre. Que toute sa vie a été un combat. Que grandir dans une cabane dans un pays pourri a été un combat, de venir en Amérique en pensant que sa vie serait meilleure a été un combat, que d'être à New York et de réaliser que rien s'arrangera, que le rêve américain est juste pour les gens qui ont la bonne couleur de peau et le bon accent a été un combat. Qu'élever deux gosses sans mari ni homme et sans argent ni famille ni aide pendant qu'elle faisait le ménage chez des gens qui semblaient avoir tout sans se donner du mal a été un combat, que de voir ses gosses mal tourner et voir mourir ses rêves pour eux a été un combat. Qu'avoir le cancer et pas les moyens de rien faire contre a été un combat. Tout a été un combat, de l'instant qu'elle est sortie en hurlant de sa maman jusqu'à ce qu'elle se retrouve là où elle s'était retrouvée, dans un endroit délabré avec des cafards et des rats et des drogués dehors et des coups de feu toutes les nuits, ce qu'ils appellent un endroit paisible où on envoie les pauvres mourir. Elle en avait assez. Elle en voulait plus. J'ai pleuré, j'ai gémi, j'ai sangloté, je l'ai suppliée, lui ai dit que je voulais pas qu'elle parte. Elle a souri et a dit qu'elle m'aimait. Et après ils lui ont donné plus de médicaments et elle s'est endormie.

Quand je suis revenue j'étais super mal. Je pouvais pas m'arrêter de pleurer. Mercedes vient me voir, dit c'est okay, maman, c'est okay. Et ça me fait encore plus mal parce que je voudrais pouvoir dire à ma magnifique petite fille de trois ans que je l'aime tant et que je veux avoir tout ce qu'elle veut et que je pourrais mourir pour ça et que c'est pas okay, que le monde est pourri, que la douleur et la souffrance est partout, que les gens se font du mal et se haïssent et se tuent sans raison, qu'on vit et qu'après on meurt et que quand on est mort c'est fini, on disparaît, c'est juste fini. Je voudrais bien lui dire qu'elle sera okay. Qu'elle va avoir une vie formidable, mais je sais que je mentirais. Elle va grandir, elle va souffrir, et quelqu'un va lui briser le cœur et elle va probablement pas avoir ce qu'elle veut dans la vie et elle va être traitée comme de la merde et elle va se casser le cul toute seule et après elle va mourir. Y a pas de beauté dans ça, y a rien que de la douleur. Donc j'ai pleuré plus fort. Pour maman et moi et elle et tous les autres dans le monde qui ont rien et auront jamais rien. J'ai pleuré et je pouvais pas m'arrêter. Ça allait pas être okay.

Ben est arrivé et m'a demandé ce qui allait pas. Pendant longtemps j'ai même pas pu parler. Juste pleuré. Et il me prend dans ses bras. J'avais besoin de ce qu'il faisait aux autres pour faire passer leur douleur. J'ai attendu qu'il me libère. Il m'a rien murmuré à l'oreille. M'a pas pris la figure dans ses mains pour me regarder. Pas parlé. Il m'a juste tenue et a appelé Mercedes et nous a tenues dans ses bras. Et il nous a juste tenues. Et pendant longtemps j'ai pas arrêté de pleurer. Puis je me suis arrêtée. Et Ben me demande qu'est-ce qu'il y a et je lui dis et je me remets à pleurer. Maman a mal et elle va mourir et il y a rien que je peux faire. Elle veut plus vivre, dit qu'elle est prête à partir, qu'elle aime la vie mais qu'elle a trop mal. Et que je suis obligée de rester là avec elle en le sachant, et le sentant, et ayant si mal que j'ai envie de mourir, et qu'il y a rien de rien à faire.

Ben a attendu que j'arrête de pleurer.
Il m'a regardée dans les yeux pendant un long moment, puis il a parlé.
Tu mourrais pour elle ?
Maman ?
Oui.
Ouais.
Tu l'aimes tant que ça ?
Ouais, pour elle ou pour Mercedes. Je mourrais pour elles.
Et tu sais ça sans doute ni hésitation.
Oui.
Il a souri. Il a pris ma main et il s'est levé et il a emmené Mercedes dans sa chambre et lui a mis sa plus belle robe et ses plus belles chaussures et des rubans et des barrettes dans les cheveux. Il me dit de me faire belle et je vais dans notre chambre et je mets ce que j'ai de mieux, une robe

que j'ai achetée quand je commençais à travailler au club et que je pensais que peut-être aller à l'église le dimanche me ferait du bien. C'était avant que j'apprenne que le crack était plus fort que Dieu. Du moins ce Dieu qu'ils prient sur la croix.

On a quitté la cité et on est allés là où ils gardaient maman. Elle était réveillée quand on est entrés, et on l'entendait gémir depuis le couloir. Ben m'a laissée entrer la première. La couverture était repoussée et on voyait comme elle était maigre, comme y avait plus rien qui restait d'elle, que la peau sur les os. Mercedes a couru jusqu'au lit en disant Abuela, Abuela. Maman a levé la main juste un petit peu, l'a posée sur sa tête a dit bonjour. Je suis allée embrasser maman et elle essaie de me toucher la tête mais elle pouvait pas lever la main assez haut. Je lui demande comment elle va et elle secoue la tête. Mercedes lui donne un baiser et elle essaie de sourire mais elle y arrive pas vraiment, si malade qu'elle pouvait même pas sourire à sa petite-fille. Je lui ai dit que Ben était là, le Blanc qui était notre voisin avant. Ben s'est avancé pour qu'elle puisse le voir. Elle l'a regardé un long moment, comme si elle essayait de le reconnaître, et je pense que c'est probablement difficile pour elle parce qu'il est tellement différent. Je la vois qui regarde de tout près et lui qui la regarde juste, droit dans les yeux, la regarde juste. Elle a souri et a dit tout bas je sais qui c'est, merci de l'avoir amené, Mariaangeles. Je lui demande de quoi elle parle et elle essaie de sourire encore, et le fait un peu mieux. Ben met la main sur mon épaule et me demande tout bas si je suis prête et je le regarde et lui demande à quoi et il dit à lui dire adieu. Je regarde maman et elle essaie toujours de me sourire rien que la peau et les os en train de souffrir et de mourir. Mourir trop lentement. Mourir sans dignité ni paix. Mourir dans la douleur et tout dans un lit où il y a eu trop de gens qui sont morts. Chaque fois que je voyais ce lit je pensais au nombre de personnes qui y sont mortes, et que maman était juste une de plus.

Ben m'a dit de passer de l'autre côté et de tenir la main de maman et je l'ai fait. Il a fait tenir l'autre main à Mercedes. Il a murmuré à l'oreille de Mercedes, et Mercedes embrasse maman et lui dit je t'aime. Il me regarde et sourit et je sais ce qu'il veut que je fasse et je me penche pour l'embrasser et lui dire que je l'aime et que je la remercie pour avoir fait du mieux qu'elle a pu. Je tiens sa main super fort et je lui dis combien elle va me manquer et que je vais faire de mon mieux pour être une bonne maman pour Mercedes. Je me remets à pleurer. Je sais ce qui va arriver. Et même si c'est ce que maman veut et que c'est ce qu'il faut, je me mets à pleurer.

Ben a contourné Mercedes et s'est assis au bord du lit. Maman lui a souri, le premier sourire de la journée. Il s'est penché et l'a embrassée sur les joues et le front. Il a pris sa figure dans ses mains et s'est mis à lui murmurer, tout bas, et je n'arrivais pas à entendre ce qu'il disait. De temps en temps elle répondait oui et après qu'il a fini il s'est redressé et l'a regardée dans les

yeux. Il l'embrasse encore une fois et lui dit qu'il l'aime et elle dit moi aussi je t'aime. Il continue à la regarder, droit dans les yeux, et je vois ses yeux qui commencent à se fermer lentement. Je pleure plus fort. Je sais que quand ces yeux se fermeront ils s'ouvriront plus. Mercedes arrête pas de dire Abuela Abuela, comme si elle croit que maman va pouvoir lui répondre. Et Ben l'a juste regardée, et elle l'a regardé, et juste avant de partir, avant que ses yeux se ferment pour de bon et qu'elle entre dans l'obscurité j'ai vu la paix dedans. J'ai vu le calme. J'ai vu le bonheur. J'ai vu ce petit truc qu'on voit dans les yeux de quelqu'un qui a l'amour dans son cœur. Plus que tout.
J'ai vu l'amour.

MARC

Un de mes paroissiens est venu dans mon bureau me dire que quelqu'un avait une attaque dans les toilettes. C'était la troisième ou quatrième fois que cette situation se reproduisait : quelqu'un venait me dire qu'un homme avait une attaque dans les toilettes, sauf que quand j'entrais, les toilettes étaient vides. Malgré tout, je suis allé immédiatement vérifier de nouveau, inquiet pour la santé de la personne, s'il y avait bien une personne. Nous avions eu un paroissien âgé qui était mort d'une crise cardiaque dans notre entrée une année auparavant, il était resté là, allongé par terre pendant au moins deux heures avant qu'on s'en aperçoive. Même si je pensais qu'une église était d'une certaine manière un endroit idéal pour trépasser, je ne voulais pas d'une nouvelle mort. La première avait valu au diocèse une publicité regrettable et avait généré une avalanche de paperasses. Vu toutes les controverses des années passées, mon amour pour l'église et mon désir de la protéger, je me suis dépêché d'aller voir si le malheur pouvait être de nouveau évité, ou si je pourrais être de quelque aide à l'homme qui se trouvait mal.

Je suis entré dans les toilettes, les toilettes des hommes, et j'ai vu un homme en train de se laver les mains au lavabo. J'ai immédiatement pensé que c'était Jésus-Christ. J'étais suffoqué, tétanisé, incapable de parler. Il avait des cheveux noirs mi-longs, une petite barbe noire, et une peau couleur d'albâtre. Il était extrêmement maigre, portait des vêtements en loques qui flottaient sur lui, et il était couvert de cicatrices. Et il rayonnait. Rayonnait littéralement. Il n'y avait pas de fenêtre aux toilettes, ainsi qu'il se doit, et rien qu'un plafonnier, et je jurerais sur la Bible, ou tout ce que j'ai ou avais de plus cher, que les murs étaient illuminés, et qu'il rayonnait.

Il m'a regardé dans le miroir et a souri. Il a continué à se laver les mains, très lentement et très soigneusement, très paisiblement, s'il est possible de se laver les mains de façon paisible. Je ne peux qu'imaginer l'air que j'avais tandis que je me tenais devant le Fils de Dieu, un homme que j'avais vénéré tous les jours de ma vie, un homme que j'avais passé des heures innombrables à prier pour le rencontrer. J'étais incapable de bouger, et il se contentait de me regarder dans le miroir. Une fois qu'il se fut lavé les mains, il s'est retourné et s'est avancé vers moi. Il m'a pris dans ses bras et j'ai murmuré Seigneur à son oreille. Il m'a tenu un moment et m'a donné un baiser sur la joue avant de tourner les talons et de quitter les toilettes.

Je suis resté aux toilettes pendant plusieurs minutes, sans bouger de là où je me trouvais quand il était parti. J'essayais de prendre conscience de ce que je venais juste de vivre, qui était, je le croyais alors de même qu'aujourd'hui, que j'avais été en présence de Jésus-Christ, le Fils de Dieu, le Messie, le Sauveur, l'incarnation terrestre du Seigneur. Il m'avait souri, et tenu dans ses bras, et embrassé. Il s'était placé à portée de mon existence, et de mon église, et de mon adoration. J'ai pensé au nombre de gens sur terre qui pouvaient dire qu'ils avaient vécu cette expérience profonde, ou pouvaient dire qu'ils avaient été littéralement touchés par le Seigneur. Malgré les prières de milliards d'êtres humains, cela faisait plus de deux mille ans que le Christ n'était pas apparu, ou n'avait pas révélé sa présence. C'était un miracle. Le plus grand des miracles. Il était revenu nous sauver et nous racheter. Il était venu apporter la gloire de la Fin des Temps. Il n'y a pas de mots pour ce que j'ai ressenti à cet instant, sachant ce que je sais. Les mots que nous avons sont inadéquats. Si je devais le décrire, je dirais que c'était une sensation de paix, d'humilité et de sérénité immense, un profond sentiment d'espoir pour moi-même et l'humanité. Une sensation de satisfaction énorme du fait que tout ce en quoi je croyais avait été validé. Et pour être tout à fait franc, il y avait là quelque chose d'électrique, quelque chose d'extatique, quelque chose que j'avais éprouvé une ou deux fois dans ma vie, mais jamais aussi puissamment. C'était une chose qui m'effrayait parce qu'il était possible que j'en perde le contrôle. Et la perte de contrôle est toujours source de peur. Mais c'est aussi toujours la source du changement.

Une fois sorti des toilettes, j'ai poursuivi normalement ma journée. Pendant mes heures de permanence j'ai reçu une ou deux vieilles paroissiennes qui assistaient tous les jours à la messe du matin et qui avaient perdu leurs maris. Je suis allé à l'hôpital où je prie deux fois par semaine pour les patients. J'ai dîné simplement dans mon presbytère qui se trouve derrière l'église. J'ai prié et remercié Dieu de m'avoir fait la grâce de la présence de son Fils. J'ai lu l'Évangile de Matthieu où il est question en détail de la venue du Christ. J'ai prié de nouveau avant d'essayer vainement de dormir. Je suis donc resté éveillé, à penser à ma vie et à comment j'en étais arrivé à ce moment, à prier un Dieu que j'avais rencontré le jour même.

J'ai eu enfance troublée et difficile, c'est le moins qu'on puisse dire. Mes parents étaient des immigrés russes qui s'étaient échappés de l'Union soviétique dans les années cinquante. Ni l'un ni l'autre n'avaient cru dans le système communiste et ils avaient tous deux rêvé d'une vie libre en Amérique. De bien des manières, c'est la raison pour laquelle ils étaient tombés amoureux, ou c'était, d'une certaine manière, l'une des raisons fondamentales qui les avaient unis, car jamais dans ma vie je ne les ai vus se manifester de véritable amour. Leurs pères avaient tous deux combattu et étaient morts durant la Seconde Guerre mondiale. Le père de ma mère avait été fait prisonnier près de Rasseïniaï et était mort en captivité, et le père de mon père était mort de froid devant Leningrad. Leurs mères travaillaient toutes deux dans des usines près de Daugavpils, et toutes deux avaient été brutalisées par l'occupant allemand au début de la guerre. La mère de ma mère avait eu un enfant après avoir été violée et celle de mon père avait été accusée de collaboration pour avoir été forcée de travailler comme prostituée pour les soldats allemands. Après la guerre elles avaient été ostracisées par leurs voisins et constamment harcelées par le KGB. Elles avaient fait de fréquents séjours en prison et avaient été privées des mêmes droits que ceux qui avaient souffert pendant la guerre. C'est aussi à cause de cela que mes parents n'avaient pas été autorisés à entrer dans une bonne école et n'avaient pu accéder qu'à des emplois non qualifiés. Ils s'étaient rencontrés alors qu'ils travaillaient au service de nettoyage d'une usine de tanks et avaient fui en Finlande en compagnie de quatre autres ouvriers. Bien que ni l'un ni l'autre n'ait jamais parlé de ce qui s'était passé, je sais que leurs quatre compagnons étaient morts au cours de leur fuite. Un jour j'ai entendu dire que mon père était responsable de leur mort. Je sais aussi qu'ils avaient appris qu'en conséquence de leur défection, le restant de leurs familles avait été envoyé dans un goulag en Sibérie.

Une fois en Finlande ils étaient allés demander l'asile politique à l'ambassade des États-Unis. Du fait qu'ils travaillaient dans une usine de tanks, le gouvernement américain avait pensé qu'ils pourraient fournir des renseignements précieux et les avait envoyés dans une base en Allemagne où ils avaient été débriefés. À part balayer et laver par terre ni l'un ni l'autre ne savait rien. On leur avait cependant accordé un permis de séjour et envoyés à Detroit où on leur avait confié le même travail qu'en Russie, bien que cette fois-ci dans une usine de pièces détachées. Ils s'étaient mariés, surtout parce qu'ils ne connaissaient personne et qu'ils étaient devenus dépendants l'un de l'autre, et je suis né, bien qu'à ma naissance il y ait eu des complications qui avaient empêché ma mère d'avoir d'autres enfants, ce qu'elle m'avait rappelé presque quotidiennement durant toute sa vie. Ils m'avaient ramené à la maison et avaient poursuivi leur triste existence. Ils travaillaient à l'usine, et à la maison ils buvaient et se disputaient. Mon père frappait ma mère, et alors que j'étais relativement jeune, à deux ou trois ans, il s'est mis à me battre. Nous avons tous deux appris à le laisser tranquille et à ne pas parler en sa présence, bien que cela ne fît pas grande différence. En grandissant, les corrections se firent plus sévères. Ma mère et moi eûmes le nez, les bras, les côtes et des dents cassés. Les voisins savaient ce qui se passait mais aucun n'appela les autorités. C'était une autre époque, et on pensait que c'était ainsi qu'il fallait se conduire en pareilles situations. À l'école, sachant ce qui se passait à la maison, on me repoussait. Je n'avais pas d'amis et les professeurs m'ignoraient et pensaient que je ne ferais jamais rien de ma vie. J'avais seize ans quand mon père a perdu la tête. Il a vu ma mère parler avec un voisin et a cru qu'elle avait une liaison avec lui. À son retour, il l'a frappée avec une clé à molette et m'a frappé quand j'ai essayé de l'en empêcher. Quand je me suis réveillé à l'hôpital six jours plus tard, j'ai appris qu'il avait battu ma mère à mort et s'était pendu dans sa cellule après avoir été arrêté pour meurtre. Pour être tout à fait franc, je n'ai éprouvé aucun chagrin. J'étais triste qu'ils aient eu des vies si malheureuses mais soulagé qu'elles aient pris fin. Mon unique souci concernait ce que je devais faire ou comment survivre. Je n'avais pas d'autre famille, et j'étais complètement seul. Mais bientôt j'ai appris que je ne l'étais pas. Un prêtre catholique est venu me voir et m'a dit qu'il avait passé plusieurs heures par jour à prier à mon chevet. Mes parents étaient tous deux athées, et ignoraient tout de Dieu. Cependant je sentais que cet homme était bon et pur et désireux de m'aider. Il m'a donné une bible et a commencé à me parler de Dieu et de Jésus-Christ et de la façon dont il avait donné sa vie pour les péchés des hommes, et de l'efficacité de la prière. J'ai passé plusieurs semaines à l'hôpital et pendant cette période il m'a endoctriné et je suis devenu chrétien. C'était la première personne à faire attention à moi et à me témoigner de l'amour et j'en suis venu à l'aimer à la manière dont je pense que les fils aiment leurs pères. À la sortie du lycée, je suis entré au séminaire et j'ai commencé à étudier pour devenir prêtre. Après le séminaire, j'ai prononcé mes vœux et j'ai embrassé la prêtrise, pensant vouer ma vie au Père, au Fils et au Saint-Esprit, et à ce que je pensais être l'unique et vraie Église. Je pensais que j'avais trouvé mon vrai foyer, ma vraie famille, et que ce que je faisais était l'œuvre de Dieu, fondée sur sa parole.

Tandis que je réfléchissais à ma vie et que je priais dans mon lit, j'ai fini par m'endormir, bien que pour peu de temps. Je me suis réveillé à cinq heures et j'ai lu la liturgie des heures dans mon bréviaire comme presque tous les matins. Après avoir prié, je rédige généralement l'homélie de la messe du matin, mais je ressentais Dieu avec une telle puissance, et me sentais si fort dans ma foi, que j'ai décidé de ne rien écrire et d'improviser. J'avais hâte de célébrer la messe, ce que je fais presque tous les jours, et qui peut être une corvée, surtout les jours où l'église est vide. En ce jour particulier, je savais qu'il me serait égal qu'il y eût ou non des fidèles. Je pensais que je ne célébrerais la messe qu'avec Dieu lui-même, qui m'avait si profondément béni le jour précédent, et je pensais qu'aucun des problèmes de l'Église n'importaient plus, et que nous étions sur le point d'entrer dans la période la plus importante de notre longue et remarquable histoire, une période où la preuve serait faite que nous étions sur le bon chemin et où notre Église serait confirmée par le second avènement de Jésus-Christ. Le nombre décroissant des fidèles, qui allaient vieillissant, n'aurait plus d'importance. Les controverses touchant notre politique envers les femmes et les homosexuels prendraient fin. Les gens cesseraient de nous accuser de contribuer à la propagation du sida dans les pays en voie de développement par notre position sur l'usage des préservatifs. Et les scandales continuels causés par la pédophilie cesseraient.

Je me suis habillé et me suis rendu à l'église. J'ai préparé le service avec le diacre et les deux enfants de chœur et me suis dirigé vers l'autel pour pratiquer les rites préliminaires.

J'ai regardé l'assemblée qui se composait de quatre personnes âgées, trois femmes et un homme qui semblait à la fois sans abri et endormi. Bien que ce fût typique d'une messe matinale, normalement j'aurais été déçu. Mais aujourd'hui ce n'était absolument pas le cas, car je savais que trois de ces personnes au moins étaient ici pour prier, et que bientôt, avec le reste des vrais fidèles, nous serions tous ensemble au Paradis. J'ai commencé le service en les accueillant par ces mots, au nom du Père, et du Fils, et du Saint-Esprit, et ma voix était pure et forte et vraie. Quand ils ont répondu amen j'ai senti des frissons qui parcouraient ma colonne vertébrale et j'ai pensé oui, Seigneur, amen, oui, Seigneur Tout-Puissant, amen.

Normalement, et selon la tradition, pendant la liturgie de la Parole, je lisais un passage de l'Ancien et du Nouveau Testament, mais ce jour-là, j'ai lu deux passages du même livre du Nouveau Testament, Matthieu 24, 42-44, 42 : Veillez donc parce que vous ne savez pas quel jour va venir votre maître. 43 : Mais comprenez ceci : si le maître de maison avait su à quelle heure de la nuit le voleur devait venir, il aurait veillé et n'aurait pas permis qu'on perçât le mur de sa demeure. 44 : Ainsi donc, vous aussi tenez-vous prêts car c'est à l'heure que vous ne pensez pas que le Fils de l'homme va venir, et Matthieu 25, 31-34, 31 : Quand le Fils de l'homme viendra dans sa gloire, escorté de tous les anges, alors il prendra place sur son trône de gloire. 32 : Devant lui seront assemblées toutes les nations, et il séparera les gens les uns des autres, tout comme le berger sépare les brebis des boucs. 33 : Il placera les brebis à sa droite et les boucs à sa gauche. 34 : Alors le Roi dira à ceux de droite : « Venez, les bénis de mon Père, recevez en héritage le royaume qui vous a été préparé depuis la fondation du monde. » Personne n'a remarqué mon écart, pas même le diacre, donc j'ai continué, pensant que Dieu avait approuvé mon choix, et qu'il comprenait que j'essayais d'avertir les gens de la venue de son Fils. La suite du service a été simple et belle, comme c'est parfois le cas pour les choses que nous faisons dans la vie, qu'elles fassent partie de notre travail ou soient de simples tâches, ou des divertissements, tout semblait à sa place, et était facile, et le temps, qui pouvait parfois passer lentement, semblait s'accélérer et se mouvoir plus rapidement. Après la messe, alors que normalement je retourne à mon bureau pour répondre au courrier et m'acquitter des tâches administratives, j'ai décidé d'aller faire un tour dans le quartier.

L'église se trouvait à Manhattan, au milieu de la ville, du côté ouest de l'île, dans un quartier appelé Hell's Kitchen. Juste à l'est se trouvait Times Square qui, quand je commençai à m'occuper de cette église, après avoir travaillé dans une église de Newark, dans le New Jersey, était un cloaque de péché, plein de sex-shops, aux trottoirs fourmillant de prostituées, la drogue en vente à chaque coin de rue. Dans les années quatre-vingt-dix, il avait été nettoyé par le maire, un homme que je jugeai être excellent catholique, moral et vertueux, un homme qui était juste sans faire partie du clergé, un homme qui menait une guerre au nom de Dieu et de ses valeurs. Hell's Kitchen, qui avait été une extension de Times Square et un réceptacle pour le trop-plein de péché qui en émanait, a grandement bénéficié des changements imposés au Square par le maire. Alors qu'il avait bien mérité son surnom de Cuisine de l'Enfer, le quartier se peupla d'acteurs, de musiciens et de jeunes gens exerçant des professions libérales qui appréciaient d'habiter près de leurs bureaux au centre-ville, ainsi que des restaurants, cafés et salles de spectacle qui s'y étaient installés à leur suite. Quand j'ai commencé à travailler ici, j'adorais me promener. Bien que nombre des résidents ne fussent pas chrétiens, ou fussent non-pratiquants, mon col et la position de l'Église suscitaient un certain respect. Les commerçants étaient aimables avec moi et me rendaient souvent service. Les policiers me saluaient, et je m'arrêtais souvent pour bavarder avec eux. Les mères et leurs enfants me souriaient et me faisaient des signes de la main. Même les prostituées et les dealers me saluaient, disant des choses telles que, bonjour, mon père, comment va le Grand Patron aujourd'hui ? Mes promenades me réconfortaient et me confortaient dans le choix que j'avais fait de vouer ma vie à Dieu et à son service. J'étais fier d'être un prêtre catholique, et fier de mon Église.

Mais, les années passant, tout cela avait changé. Mon col, pour beaucoup, était devenu un symbole de honte et de scandale. La couverture médiatique suscitée par les affaires de pédophilie avait altéré de manière permanente l'image de l'Église, et quoi qu'ils en aient pensé, et quoi qu'ils aient fait, elles avaient altéré de manière permanente la manière dont étaient considérés les hommes qui la servaient. À l'intérieur de l'église, l'effet le plus évident était le nombre de paroissiens qui avaient cessé d'assister à la messe. À l'extérieur de l'église, je devins quelque chose comme un paria. Les commerçants m'étaient ouvertement hostiles et allaient même parfois jusqu'à me demander de ne pas faire mes courses chez eux. Les policiers me lançaient des regards soupçonneux. Les mères et leurs enfants m'évitaient. J'entendais souvent les gens crier dans mon dos pervers ou pédophile. Une fois j'ai été agressé et jeté par terre par des hommes qui m'ont insulté ainsi que l'Église tout en me bourrant de coups de pied et de poing. J'ai décidé de ne pas porter plainte. Et en plus d'une occasion, les portes de l'église ont été bombées d'épithètes que j'ai effacées moi-même.

Tout cela me brisait le cœur. J'avais embrassé la prêtrise afin de servir Dieu, servir la société et jouer un rôle dans l'amélioration du monde. J'avais fait tout ce qui était en mon pouvoir pour mener une vie sans péché, et quand j'avais péché, je m'étais confessé et avais expié. Savoir qu'à cause d'actions déplorables et impardonnables perpétrées par d'autres, ma vie et mon travail avaient été dégradés et ternis était très difficile. J'en suis venu à quitter rarement l'église, et sinon, souvent en civil afin de ne pas être identifié comme prêtre catholique. C'était un cauchemar. Et pas seulement pour moi, mais pour un grand nombre d'hommes d'Église, ou du moins ceux qui pensaient qu'une partie de ces agissements avait effectivement eu lieu. Pour ceux qui n'étaient pas dans ce cas, et qui étaient nombreux, y compris le pape Jean-Paul II et le pape Benoît XVI, il n'était pas question de honte, rien que de dénégation, de confusion, de défi et de colère.

Mais il n'y avait pas de cauchemar, pas ce jour-là, le jour suivant celui où j'avais rencontré le Messie, le Fils de Dieu, Jésus-Christ en personne. Il n'y avait qu'exaltation, fierté et un formidable optimisme. Je suis sorti sans but, dans mon plus beau costume, avec mon col. Je n'ai pas été gêné par les regards en coin dont j'étais l'objet. Les remarques que j'ai entendues ne signifiaient rien. La manière dont les parents serraient plus fort la main de leurs enfants à mon passage était sans effet sur moi. J'ai marché pendant trois heures, et j'ai vu la gloire de Dieu partout, en tout. La ville n'avait jamais été aussi belle, en dépit de la saleté, de la misère et du désespoir que je voyais, en dépit du fait que la plupart de ce qui se faisait dans cette ville l'était pour la gloire de l'argent. Je savais que bientôt tout changerait. Que bientôt, tout serait fait pour la gloire du Fils, et de son Père, le Dieu Tout-Puissant.

Les jours suivants, j'ai suivi le même emploi du temps. Je m'acquittais de mes devoirs à l'église, je célébrais la messe et je passais mon temps libre à me promener. Pendant chaque service, quel que soit le nombre de fidèles, je le cherchais des yeux, espérant le voir de nouveau. À chacun de mes pas au cours de mes promenades j'étais plein d'attente, et à chaque coin de rue je m'attendais à le voir apparaître. Je regardais la porte des toilettes, et y entrais de temps à autre dans l'espoir de l'y trouver. Je savais que c'était une question de temps. Jésus-Christ ne serait pas apparu dans ma vie pour disparaître à jamais. Je savais dans mon cœur qu'il reviendrait.

Je l'ai vu la semaine suivante pendant la messe du dimanche matin. L'église était à peu près à moitié pleine. Je donnais la communion, et les paroissiens des bancs du milieu se tenaient à la balustrade. J'ai levé les yeux et il était là, assis seul, en haillons. C'était un jour lugubre comme il y en a à New York, froid et humide, il n'y avait pas de soleil qui entrait par les fenêtres de l'église. Mais il y avait de la lumière qui sortait de lui, et de la lumière autour de lui, de la même manière qu'on voit la lumière qui entoure le Christ dans ses représentations habituelles. Je me suis figé un instant, et j'ai souri, et j'ai été immédiatement envahi par une profonde sensation d'amour, et j'ai oublié que j'étais au milieu d'une messe, jusqu'à ce que le paroissien me demande si j'allais bien. Je l'ai regardé et j'ai dit oui et j'ai poursuivi la communion, bien que j'aie eu envie de m'arrêter, d'arrêter tout pour dire à l'assistance que Dieu était littéralement parmi nous, que le Messie était arrivé, que toutes nos prières avaient été exaucées. Comme le service touchait à sa fin, je l'ai vu se lever et s'en aller. Une partie de moi a été atterrée, mais une partie plus importante m'a dit d'avoir confiance dans les desseins de Dieu, parce que je croyais que Dieu prendrait soin de moi, prendrait soin de tous ses enfants, et que tout ce qui arrivait arrivait pour une raison.

Il est revenu le lendemain matin. Et deux matins plus tard. Puis il a été absent pendant une semaine, puis a réapparu un matin où il n'y avait personne. Chaque fois que je le voyais, j'éprouvais la même sensation d'amour. Je ressentais la même extase et la même électricité. La même paix. Et chaque fois que je le voyais, il partait juste avant la fin du service. Et chaque fois je croyais qu'il reviendrait, que c'était le dessein de Dieu, et qu'il me serait révélé ainsi qu'il devait l'être. Il est revenu pendant une messe du dimanche. Et cette fois il n'est pas parti. Tandis que l'assistance quittait l'église et que je me tenais à la porte pour saluer chacun, il est resté sur le banc, sans bouger, en regardant droit devant lui, la lumière émanant toujours de lui. Je n'étais pas la seule personne à le remarquer. Des gens l'approchaient, tous sentant clairement quelque chose de similaire à ce que je ressentais, et je les voyais s'agenouiller devant lui avant qu'il ne leur fasse signe de se lever ou de s'asseoir à côté de lui. Quand ils s'en allaient il les serrait dans ses bras comme il avait fait avec moi la première fois que nous nous étions rencontrés, et je les voyais changer, changer physiquement, comme s'ils avaient été allégés de quelque chose, quelque chose de triste ou de désagréable, quelque chose qui les tourmentait, quelque chose qui les avait empêchés de vivre ou sentir ou croire de la manière qu'ils voulaient. C'était frappant et magnifique, de voir le contact d'un homme en changer immédiatement un autre, de le voir soulagé de son fardeau. C'était une chose que Dieu seul, ou le Fils de Dieu, avait le pouvoir de faire.

Une fois tout le monde parti et qu'il n'y eut plus que nous deux dans l'église, je me suis dirigé vers lui. Il était toujours assis, en silence et immobile, et à chaque pas je sentais mon cœur battre plus vite et plus fort, et mes mains se sont mises à trembler. Je me suis arrêté devant son banc, et il s'est tourné et a regardé vers moi. J'ai parlé.
Seigneur.
Il a souri.
Je m'appelle Ben.
Je me suis agenouillé devant lui.
Relève-toi je t'en prie.
La Bible dit agenouillons-nous devant notre Seigneur, notre créateur.
Et je dis qu'aucun homme ne doit s'agenouiller devant un autre.
Je n'ai pas bougé, j'étais incapable de bouger. J'ai fermé les yeux et j'ai joint les mains devant ma poitrine. Je l'ai entendu bouger et j'ai senti sa présence qui venait vers moi. Quand j'ai ouvert les yeux, il était agenouillé devant moi, son visage à quelques centimètres du mien. Il a parlé.
Tu préfères comme ça ?
Il m'a souri.
Tu penses que c'est obligatoire ?
J'ai parlé.
Je ne suis pas Dieu.
Il a parlé.
Aucun homme n'est Dieu.
N'es-tu pas le Fils ?
Tu le crois ?

Oui.
Il a souri de nouveau.
Viens t'asseoir à côté de moi.
Il s'est levé. J'étais incapable de bouger.
Il est retourné s'asseoir là où il était.
Je l'ai regardé, mais je ne pouvais toujours pas bouger. Il a souri.
Viens, mon père. Assieds-toi à côté de moi.
Je me suis levé lentement. Mes jambes tremblaient et mes mains tremblaient et j'étais à la fois exalté au-delà de toute description et absolument terrifié. J'ai fait trois pas et je me suis assis. Il a souri de nouveau et s'est détourné pour regarder en direction de l'autel, au-dessus duquel se trouvait un crucifix. J'avais des millions de questions à lui poser, un million de choses que je désirais savoir, mais j'étais incapable de parler. Je me suis contenté de le regarder, et il était magnifique, et il était Dieu. J'ai pensé au Psaume 34,5 : Qui regarde vers lui resplendira et sur son visage point de honte. Je ne sais pas combien de temps nous sommes demeurés ainsi, ce pouvait être cinq minutes, et ce pouvait être trente, mais de nouveau, le voir m'a fait croire que le travail de ma vie valait la peine, que mon engagement envers Dieu et l'Église avait été utile, et juste, et bon, et que la lumière et la gloire de Dieu envahiraient bientôt le monde. Il s'est tourné vers moi et a parlé.
Tu as quelque chose à dire ?
Je ne sais pas par où commencer, Seigneur.
Il a ri.
Regarde là-haut.
Il a désigné l'autel, le crucifix qui était au-dessus.

Et tu vois ce bout de bois, magnifiquement sculpté, et magnifiquement peint,
mais qui reste un bout de bois, et tu penses qu'il représente quelqu'un, et tu penses que ce quelqu'un est moi.
Oui.
Je ne suis pas lui.
Si.
Non.
Est-ce que tu me mets à l'épreuve ?
Non.
Je sais que Dieu éprouve notre foi chaque jour, que l'épreuve fait partie de la foi.
Dieu ne fait pas une chose pareille.
Et je pense que c'est exactement le genre d'épreuve que j'attendrais de lui.
Ça l'a fait rire.
Et je veux passer l'épreuve. Je veux me montrer digne de ce que Dieu me prépare.
Dieu ne sait pas que tu existes,
et n'a rien à faire de toi.
Je ne te crois pas.
Qu'il en soit ainsi, mais c'est la vérité.
Comment sais-tu ?
Parce que Dieu me parle.
Il te parle littéralement ?
Pas avec une voix à la con,
comme dans la Bible.
Alors comment ?
Ça n'a pas d'importance. Ce qui en a…
Qu'est-ce que c'est ?
C'est que tout ça est une supercherie. Cette église, toutes les églises. Que les religions sont en faillite, et dénuées de sens. Que le monde lui-même est en faillite. Que tout ça va finir.
Comme il a été prédit.

Je connais chaque mot de tous les livres
saints qui ont été écrits. Aucun d'eux ne
prédit ce qui est en train d'arriver.
L'Apocalypse le prédit.
L'Apocalypse est un récit de science-
fiction de l'âge de pierre.
S'il en est ainsi, qui es-tu ?
Qui crois-tu que je suis ?
En dépit de ce que tu dis, je crois
que tu es le Christ réincarné.
Je suis une dernière chance.
Tu es ici pour nous racheter
et nous pardonner.
Il n'y aura ni rédemption ni pardon.
Tu es ici pour ressusciter les morts.
Je suis ici pour révéler à l'humanité qu'elle
va se détruire au nom de la cupidité et
de la religion. Qu'il n'y a pas de Dieu
pour sauver aucun de nous. Il n'y a pas
de Diable pour nous entraîner en Enfer.
Que le seul ennemi de l'homme est lui-
même, et sa seule chance c'est lui-même.
Tu es ici pour faire advenir le royaume de
Dieu sur terre, et pour montrer que l'Église
catholique représente la seule vraie foi.
Ton Église pervertie n'a rien fait de plus
qu'une autre pour faire advenir cela.
Si tu le penses, pourquoi es-tu ici ?
Je suis allé dans les églises, les synagogues
et les mosquées pour essayer de comprendre
pourquoi les gens continuent à croire, en
dépit du fait que ce qu'on y dit est ridicule.
C'est parce que Dieu est réel,
et que les gens le savent.
C'est parce qu'ils ont peur de la
mort, et veulent ne pas y croire.

La promesse de la vie éternelle est
le plus grand don de Dieu.
C'est à cause de la promesse de la
vie éternelle que les gens rejettent
la vie qui leur a été donnée.
La piété rend la vie meilleure.
C'est l'amour et le rire et la baise
qui rendent la vie meilleure. La piété
fait passer le temps c'est tout.
Je l'ai regardé, et il m'a souri. Et même si j'étais en désaccord avec tout ce qu'il disait, ou voulais l'être, sa présence physique écrasante et le sentiment indéniable et irréfutable qu'il était divin et que, en dépit de ses dénégations, il était le Fils de Dieu faisaient que ses paroles pénétraient au cœur de mon être, et au cœur de ma foi. Il a de nouveau parlé.
Regarde ta croix.
J'ai dirigé mon regard vers le crucifix suspendu au-dessus de l'autel. C'était une représentation réaliste du Christ. La croix et le Christ qui était dessus étaient en bois d'olivier. On voyait les clous à ses mains et ses chevilles, et son visage était paisible, calme et serein. On voyait une couronne d'épines sur sa tête et ses yeux étaient ouverts. Le Christ lui-même était peint d'une manière que je qualifierais de réaliste, donnant la sensation que c'était une représentation proche de ce qu'était le Christ pendant la crucifixion. Je l'avais vu un nombre incalculable de fois, et m'étais tenu dessous pour célébrer la messe pendant de nombreuses années. J'avais prié devant lui, lui avais demandé conseil, l'avais supplié de m'aider, et l'avais invoqué dans les épreuves et dans la peine. Et bien qu'il fût pour moi la représentation de la Sainte Trinité

et de l'Église catholique, ce serait mentir que de dire qu'il retenait mon attention autant que l'homme qui était à mes côtés, ou que sa présence avait le même pouvoir que la sienne. Après deux ou trois minutes, pendant lesquelles je n'ai entendu que notre souffle à tous deux, il a posé la main sur ma cuisse. J'ai ressenti immédiatement un jaillissement extrêmement puissant, qui ne pouvait être comparé à rien de ce que j'avais jamais ressenti, quelque chose qui était dans mon sang, mes os, mon cœur, et mon âme, quelque chose qui m'a littéralement coupé le souffle. Et quand je me suis tourné vers lui il s'est levé et s'est penché vers moi et a posé sur ma joue un baiser léger, gardant les lèvres contre ma joue. J'ai fermé les yeux, et je me suis senti durcir, une sensation qui me mettait plutôt mal à l'aise et à laquelle j'avais toujours résisté dans la crainte qu'elle ne m'entraîne au péché, mais qui était merveilleuse, absolument et étonnamment merveilleuse. Il a gardé un moment ses lèvres contre ma joue avant de les glisser vers mon oreille, où il a murmuré.
C'est la vie, pas la mort, qui est le
grand mystère que tu dois affronter.
Et il s'est en allé.

Inutile de dire que j'étais stupéfié, et incapable de bouger ni de réfléchir, et je suis resté sur le banc, dans un état de grande exaltation, le cœur battant, le visage brûlant, avec des picotements sur toute la peau et le sexe érigé, pendant un long moment. Une fois la sensation physique disparue, je me suis mis à réfléchir sur ce qui venait de se passer, et j'ai été saisi d'un profond sentiment de conflit et de confusion. Alors que je ne m'étais jamais senti mieux dans ma vie, ni n'avais ressenti si puissamment l'amour, à la fois physiquement et émotionnellement, tout ce que je savais, et qu'on m'avait appris, et que je pensais croire, me disait que ce qui venait d'arriver était mal, terriblement mal, au mieux un péché et une transgression de mes devoirs et de mes responsabilités de prêtre, et au pire un blasphème, une hérésie, et quelque chose qui pourrait me faire brûler éternellement dans les flammes de l'Enfer. Durant mes prières, je n'avais jamais réellement imaginé, de façon réaliste, ce que ce pourrait être que de se trouver en présence du Christ, d'entendre sa voix, de lui parler, et d'être touché par lui, de sentir son amour traverser et imprégner chaque cellule de mon corps et chaque aspect de mon âme. Ma pensée avait toujours été abstraite, j'avais cherché à savoir quelle pouvait être la signification de ma rencontre avec le Christ, mais pas la sensation. Et même si je ne pouvais pas accorder toutes ses paroles et tous ses actes avec ceux du Sauveur, ou à ce qu'à cette époque j'imaginais que pourraient être les actes et les paroles du Sauveur, les sentiments que j'ai éprouvés quand il a parlé et est demeuré à mes côtés, et m'a touché, et m'a embrassé, et après son départ, m'ont semblé très purs, et très conformes à ce que je crois aujourd'hui que le Christ a fait éprouver à ses disciples. C'était, plus que tout, un sentiment irrésistible et très profond d'amour, innocent, inconditionnel, profond et vrai. Et c'est après l'avoir éprouvé que, pour la première fois de ma vie, j'ai véritablement su ce que c'était que d'être proche de Dieu. Pas du Dieu catholique, ou du Dieu juif, ou du Dieu musulman, ou de tout autre Dieu, mais du vrai Dieu. Le Dieu qui est vie, et le Dieu qui est amour.

Quand j'en ai été capable, c'est-à-dire au moins une heure plus tard, ou probablement plus, je me suis levé et j'ai quitté l'église. J'ai demandé au diacre de se charger de mes responsabilités et je suis allé au presbytère où je me suis agenouillé devant un petit crucifix accroché au mur et j'ai essayé de prier. Je voulais dire une prière d'examen de conscience et de contrition, qui est une chose que je faisais presque tous les soirs avant de m'endormir, au cours de laquelle j'examinais mes pensées et mes actions et demandais au Seigneur de faire de moi une personne et un prêtre meilleurs. Tout en regardant le crucifix, je continuais à penser à ce que Ben avait dit, à propos de la croix qui n'était qu'un bout de bois inerte, et je continuais à penser à la sensation de sa main, et de ses lèvres, et à la différence entre ce que Ben m'avait fait éprouver et ce que me faisait éprouver le crucifix. J'ai récité la traditionnelle prière de contrition : Mon Dieu, j'ai un très grand regret de vous avoir offensé parce que vous êtes infiniment bon, infiniment aimable et que le péché vous déplaît. Je prends la ferme résolution, avec le secours de votre sainte grâce, de ne plus vous offenser et de faire pénitence, amen, mais je ne me suis pas senti mieux ni différent. J'ai persévéré et j'ai essayé de mettre plus d'âme dans ma prière, mais rien n'a changé, donc je me suis mis à prier en m'adressant directement au Père Tout-Puissant, en lui révélant les conflits qui m'habitaient, en lui révélant les péchés potentiels que j'avais commis, et en lui demandant son pardon. Rien n'a changé, au contraire, le fait que la prière était inefficace m'a fait encore plus penser à Ben et à ce qu'il m'avait fait éprouver.

Chaque fois que je traversais une crise ou me sentais perdu ou désorienté, ou que j'avais besoin de conseils, je m'en remettais à l'homme qui m'avait amené au Christ, et à l'Église, un homme que je considérais comme mon père sur terre, qui m'avait aimé plus que mon père biologique, et qui m'avait amené au Père Céleste. Il avait excellé dans la prêtrise grâce à sa dévotion et sa piété, et était devenu archevêque du diocèse où il avait grandi dans le Michigan. J'avais l'impression d'avoir besoin de lui en ce jour, et bien que le dimanche soit évidemment un jour chargé pour un évêque catholique, et que normalement je ne me serais jamais attendu à ce qu'il prenne du temps sur ce jour, celui du Seigneur, un jour où son diocèse avait besoin de lui, je pensais que ses conseils m'étaient vraiment nécessaires. Il m'a fallu deux heures pour le joindre au téléphone, durant lesquelles ma confusion et ma peine ne firent que grandir. Quand j'ai entendu sa voix, et que je l'ai entendu me dire qu'il serait toujours là pour moi en cas de besoin, je me suis senti mieux. Je lui ai raconté toute l'histoire, depuis le moment où j'avais vu Ben dans les toilettes pour la première fois jusqu'à celui où il m'avait laissé seul sur le banc, en incluant toutes mes pensées et émotions. Quand j'ai eu terminé il m'a dit qu'il était content que je l'aie contacté et que mon âme mortelle était en grand danger. Le premier sujet qu'il a abordé a été celui de l'Église, et de mes sentiments concernant certains de ses récents scandales. Il a dit que, bien que les prêtres fussent des êtres humains, et par là vulnérables aux mêmes tentations que tous les humains, les scandales de pédophilie étaient, pour la plus grande part, une création des médias, qui étaient contrôlés par le Diable. Il a dit que de nombreuses allégations faisaient partie d'une campagne de diffamation, et que l'Église protégeait les prêtres parce qu'ils n'avaient rien fait que servir Dieu, l'Église et leurs paroisses. Il a dit que la campagne contre l'Église était destinée à la détruire, et était similaire dans sa conception à l'Holocauste. Et bien que l'Église soit au fait de certaines transgressions, elle avait pris les mesures nécessaires, et avait fait tout ce qui était en son pouvoir pour protéger ses prêtres d'accusations infondées. Il a dit qu'il pensait aussi qu'une grande partie de la campagne visait à priver l'Église de ses richesses à l'aide de procès sans fondement, et qu'il pensait que s'il s'était passé quelque chose de vraiment mal, Dieu y aurait mis fin. Dieu, a-t-il dit, s'occupait toujours des intérêts de la seule Église universelle. Dieu, a-t-il dit, n'aurait pas permis qu'une chose aussi perverse existe en son sein. Il m'a rappelé qu'il croyait que Dieu choisissait chacun des prêtres qui étaient ordonné par l'Église catholique romaine, et que Dieu ne commettait pas d'erreurs.

Puis nous avons abordé mes expériences avec Ben. Il a dit qu'il croyait de tout son cœur que Ben était un suppôt de Satan, très probablement un démon à forme humaine, envoyé spécialement pour me tenter et me détruire. Il m'a dit qu'il était clair que Dieu avait pour moi d'importants desseins, pour que Satan m'envoie quelqu'un d'aussi puissant, et que je devais continuer à suivre un régime strict de prières, qui me donnerait la force dont j'avais besoin pour mon combat. Il m'a aussi dit que si la situation s'aggravait, le Vatican avait une équipe d'environ dix exorcistes qui travaillait exclusivement pour les États-Unis. On pouvait les appeler pour affronter le Démon et ils avaient le pouvoir de le renvoyer droit en Enfer. Il m'a ordonné d'avertir les autres prêtres de ma paroisse de la présence du Démon, et dit que nous devions avoir toujours sur nous de l'eau bénite, pour en asperger le Démon quand il reviendrait. Je l'ai remercié pour ses conseils et il m'a dit qu'il était fier de moi et qu'il était impatient de connaître les desseins du Seigneur à mon endroit. Je l'ai remercié et lui ai dit au revoir.

J'ai passé le reste de la soirée en prière. J'ai dormi quelques heures et me suis réveillé le lendemain matin et j'ai repris mes occupations et travaillé comme d'habitude, célébrant la messe, prodiguant conseils et réconfort à mes paroissiens, et m'acquittant de la paperasserie. J'ai occupé tous mes moments libres à lire la Bible ou à prier, en espérant que Dieu me répondrait d'une manière ou d'une autre. Je désirais, plus que je n'avais jamais rien désiré de toute ma vie, recevoir un signe du Père, une sorte d'indication que tout le temps que j'avais passé à genoux et devant la croix n'avait pas été vain. Vu la gravité de la situation, j'espérais recevoir quelque chose rapidement, et bien qu'on m'ait appris que Dieu agit selon ses voies, des voies que l'homme ne peut ni ne doit comprendre, j'ai été attristé de ne pas recevoir de réponse. Un sentiment de solitude qui m'avait toujours accompagné d'une certaine manière, mais que grâce à l'étude, la prière et l'activité j'avais toujours réussi à ignorer, nier ou contrôler, a commencé à me submerger. J'avais toujours senti que quelque chose me manquait, ou que j'avais perdu quelque chose, ou égaré quelque chose, et je pensais que c'était un état normal, que cela faisait partie de la condition humaine. Mais les jours suivants, ce sentiment s'est mué en une sensation de vide, de désespoir et d'horreur. Je me suis mis à pleurer quand je priais, et avant de m'endormir. Je pleurais en me réveillant, et je pleurais chaque fois que j'étais seul, et je devais me forcer à ne pas pleurer quand j'étais en présence d'autres personnes. Je n'avais pas envie de me lever et je n'avais envie de voir personne. Le travail qui avait tant signifié pour moi durant la plus grande partie de mon existence avait perdu tout sens. J'en suis venu à penser à me tuer. Je savais que c'était un péché mortel aux yeux de l'Église, que je risquais d'être damné pour l'éternité en le commettant. Mais je ne voyais pas quoi faire d'autre. Je n'avais personne à qui parler. Je savais que mes confrères me diraient de continuer à prier et que je trouverais ma voie grâce à la prière. Je n'avais pas d'autres amis, ni de famille. Je ne me sentais plus proche du Père ni de Jésus-Christ. J'étais absolument seul, je faisais une chose qui n'avait plus de sens pour moi, et j'avais envie de mourir.

J'ai essayé de comprendre la raison de cela, et il était évident qu'elle était liée à ma rencontre avec Ben. Cela me mena à une conclusion d'une simplicité surprenante, qui était que de toute ma vie, lorsque j'étais enfant, séminariste ou prêtre, je n'avais jamais ressenti véritablement l'amour. Je n'en avais pas reçu de mes parents, de mes professeurs, ni de mes confrères et, en dépit de ce que je voulais croire, je ne l'avais pas reçu de la prière, de l'Église, de Jésus-Christ, ni de ma supposée relation au Père. J'ai réalisé que l'amour le plus fort ne pouvait venir que d'un autre être humain. Que l'amour dont il était question dans la Bible ne pouvait exister que dans une créature terrestre, et ne pouvait pas venir d'une représentation de cette personne, quelque belle qu'elle puisse être. Que l'amour était une chose réelle si elle venait d'une personne réelle. J'ai réalisé que j'aimais Ben, que malgré la brève relation que j'avais eue avec lui, je l'aimais comme je n'avais jamais aimé aucune personne ni aucune chose. J'ai aussi réalisé que, d'une certaine manière, il m'aimait, que dans sa divinité, il exprimait de l'amour pour tout et tous ceux avec qui il entrait en contact, et tout et tous ceux qu'il touchait. Et pour la première fois de ma vie j'ai compris le Christ, et son importance, et j'ai compris pourquoi je croyais que Ben était le Christ ressuscité, et était le Messie, ainsi que je le crois encore. Comme le Christ, Ben aimait de manière inconditionnelle et sans jugement ; il aimait les hommes et les femmes également, et ne faisait pas distinction entre l'amour pour les femmes et l'amour pour les hommes ; il faisait sentir son amour à tous ceux qu'il rencontrait, et d'une manière qui n'avait rien à voir avec ce qu'ils avaient jamais ressenti ; et il comprenait que la religion ainsi qu'elle était pratiquée avait peu de rapport avec l'amour. L'amour est quelque chose que nous devons ressentir dans nos cœurs, et dans nos corps, et quelque chose que nous devons exprimer sans crainte d'être jugés ou damnés. L'amour est quelque chose qui est au-delà des règles et des dogmes. L'amour est au-delà du bien et du mal, de ce qui est permis et de ce qui est interdit. Et l'amour est au-delà de ceux qui n'en ont qu'une connaissance infime et n'en ont aucune expérience et qui décident de la manière dont il doit être éprouvé ou exprimé ou de qui a le droit de l'éprouver ou de l'exprimer. Je croyais que Ben reviendrait, et j'ai décidé d'attendre de le revoir avant de prendre une décision, bien que j'aie déjà su ce que j'allais faire.

Une semaine a passé, et j'ai continué à jouer mon rôle de prêtre, bien qu'il ne soit plus pour moi que de pure convention. Les paroles que je prononçais étaient vides, et je ne considérais plus le sang et la chair du Christ dans l'Eucharistie qu'autrement que ce qu'ils étaient, et ce qu'ils sont, savoir de la bibine et de mauvaises hosties. Je passais la plupart de mon temps libre assis dans l'église, qui était presque toujours vide, à regarder la porte, à attendre que Ben entre et vienne s'asseoir, mais en vain, et je pensais sans cesse à ce qu'il m'avait dit la dernière fois que je l'avais vu, à la façon dont il avait murmuré c'est la vie, pas la mort, qui est le plus grand mystère que tu dois affronter à mon oreille. Et il avait raison. J'avais passé ma vie à vénérer la mort, à la craindre, à en être obsédé, et à vivre ma vie d'après ce que dit un livre sur ce qui doit se passer une fois notre heure venue. J'avais fonctionné comme un missionnaire de la mort pour une Église morte, en adressant mes prières à un mort, et j'en suis venu à comprendre que ce n'est pas une façon de vivre, et que la vie est tout ce que nous avons, et que nous aurons jamais, et qu'il ne faut pas la gâcher. Que l'amour est la vie. Que la vie ne vaut pas la peine d'être vécue sans amour. Et que l'Église catholique, pleine de célibataires qui n'en ont aucune expérience, n'a pas le droit de dire aux autres comment aimer ou qui aimer ou quel amour est bon ou mauvais.

J'étais confronté à un choix, un choix très simple : je pouvais continuer à adorer un Dieu qui me promettait une sorte de vie après ma mort, ou je pouvais vivre la vie qui m'avait été donnée. Je pouvais m'agenouiller devant une statue, ou je pouvais trouver des gens réels qui pourraient réellement m'entendre. Je pouvais prêcher le jugement et la haine ou vivre l'amour. C'était une décision facile, et un matin, trois semaines après avoir rencontré Ben, j'ai enlevé mon col, écrit une brève lettre de démission, remercié les hommes avec qui j'avais travaillé pour leurs services, et j'ai quitté l'église. Je suis sorti dans la rue, une rue où je savais qu'il avait marché, dans une ville où je savais qu'il vivait, et je me suis mis à sa recherche.

JUDITH

J'ai le sommeil léger. Très léger. Ça a toujours été comme ça. Quand j'étais petite, mes parents étaient obligés d'éteindre la télévision et de débrancher les téléphones après que je m'étais endormie parce que ça me réveillait. Et si je me réveillais, je croyais toujours que c'était parce que quelque chose de mauvais était arrivé, ou allait arriver. J'étais très craintive. Tout me faisait peur. À l'école et plus tard quand je me suis mise à travailler, même en voiture, j'avais toujours peur. Je n'aimais pas être ainsi, mais je ne pouvais faire autrement. C'est comme ça que je suis, je suppose. C'est comme ça que j'étais. Avant Ben. Après Ben, tout a changé pour moi.

Je menais une vie paisible. Beaucoup de gens diraient qu'elle était ennuyeuse, et ils ont probablement raison. Je suis née dans une petite ville du nord de l'État de New York. Mon père était un agriculteur qui cultivait la pomme de terre et élevait des chèvres. Ma mère l'aidait et s'occupait de moi. J'étais enfant unique. Mes parents voulaient une grande famille, mais il y a eu des complications à ma naissance et après ma mère ne pouvait plus avoir d'enfants. Ma mère pensait que c'était la faute de mon père qui ne l'avait pas emmenée à temps à l'hôpital et mon père pensait que c'était la faute du corps de ma mère. Je sais que ni l'un ni l'autre n'ont jamais pu s'en remettre parce qu'ils m'en parlaient. Le fait que je les aie tant déçus n'a pas aidé.

J'ai rencontré Ben à New York. J'adore les comédies musicales et une fois par an j'allais en voir une. J'économisais toute l'année pour me payer une belle tenue et une chambre d'hôtel sur Times Square, un bon dîner et un spectacle. Le lendemain je me promenais sur la Cinquième Avenue pour regarder les vitrines des belles boutiques de vêtements. Je savais que je ne pourrais jamais m'offrir aucun de ces vêtements, et je savais qu'il n'y en avait pas à ma taille, mais j'adorais le faire de toute façon. J'ai toujours rêvé d'entrer dans un de ces magasins pour acheter quelque chose, un sac ou une robe ou des chaussures, mais je savais que je ne le ferais jamais. Les rêves sont pour ceux qui ont les moyens de les réaliser. Pour quelqu'un comme moi, et pour la plupart des gens normaux, les rêves ne sont que des choses qui nous permettent de tenir le coup.

Je dormais quand je l'ai entendu. Je prends généralement une chambre au rez-de-chaussée parce qu'elles sont moins chères. Et parce que j'ai peur des ascenseurs, et que je n'aime pas monter les escaliers. J'avais dîné d'un sandwich. Il était au rosbif et au cheddar, que j'adore. Je l'avais apporté de chez moi, avec un paquet de chips et un soda light et j'avais des donuts pour le dessert, qui sont ce que je préfère. J'avais regardé quelques émissions à la télé. L'une de mes préférées est un concours de danse. Les hommes sont vraiment beaux et toujours souriants, et les femmes sont gracieuses et portent des robes magnifiques. C'est vraiment comme un conte de fées. Et même si j'adorais cette émission, et n'en ratais pas une, elle me faisait mal chaque fois que je la voyais. D'une certaine manière, je sais que mes parents m'aimaient, bien qu'ils aient eu du mal à me le dire, mais personne d'autre ne m'avait jamais aimée. Je n'étais jamais sortie avec un garçon. Je n'avais jamais dansé avec un homme. Il n'y avait même jamais eu un homme qui m'avait parlé, du moins d'amour. Et c'était ce que je voulais plus que tout. Vraiment plus que tout. Danser comme une des ces filles de l'émission. Après l'émission, je m'étais couchée. J'avais même mis des boules Quiès parce que New York est toujours très bruyant. Mais je me suis réveillée immédiatement. D'abord j'ai entendu un bruissement. Comme un animal. C'était un bruit que je connaissais pour avoir grandi à la ferme. Mon papa avait toutes ses chèvres, et nous avions quelques cochons, et il y avait des tas d'animaux qui vivaient dans les bois pas loin. Les animaux ne me font pas vraiment peur, surtout s'ils ne sont pas dans la maison. J'ai pensé qu'il s'arrêterait, mais il est devenu plus fort. J'ai pensé que c'était un animal très bruyant. Donc je me suis levée et j'ai été à la fenêtre regarder derrière le rideau.

Au début je n'arrivais pas à voir ce que c'était. Il y avait un conteneur à ordures juste devant. Le couvercle était ouvert et il y avait des tonnes d'ordures dedans. Quelque chose bougeait à l'intérieur. Bougeait vraiment beaucoup. Je ne voulais pas ouvrir la fenêtre parce que j'avais peur que ce qu'il y avait dedans m'attaque. Et je ne voulais pas appeler la réception parce que j'avais bien vu en arrivant qu'ils ne m'aimaient pas. Je suis juste restée à regarder en espérant que ça s'arrêterait. J'ai pensé que ça finirait peut-être par mourir. Ça cognait contre la paroi du conteneur, en faisant vraiment beaucoup de bruit. Je savais qu'il devait avoir vraiment mal. Et même si les gens essaient de prétendre que la douleur ne leur fait rien, aucun de nous n'est vraiment capable de s'en accommoder. Tout ce que nous faisons de mal dans notre vie est causé par une douleur ou une autre. Je n'arrivais pas à imaginer ce qu'il ressentait. Deux fois je me suis éloignée de la fenêtre. Je me suis couchée, j'ai mis mes boules Quiès et mon oreiller sur ma tête. J'ai fermé les yeux très fort. J'ai même serré les poings. Mais je continuais à entendre les coups contre la paroi du conteneur.

Ça a fini par cesser. Il avait fallu beaucoup de temps. Je suis retournée à la fenêtre et j'ai regardé de nouveau au-dehors. J'ai vu un homme étendu dans le conteneur. Il était pâle et ses vêtements étaient vraiment sales et dégoûtants. Il ne bougeait absolument pas. Il avait vraiment l'air mort. Mais pas mort à faire peur ou mort méchant ou

en colère. Il avait l'air très paisible. Et normalement j'aurais eu très peur. J'aurais crié ou hurlé. Je me serais cachée quelque part. Mais je n'avais pas peur du tout. En fait je me sentais merveilleusement bien. Je me suis contentée de regarder l'homme étendu dans le conteneur. J'ai tout oublié. J'ai même oublié que j'étais moi, ce qui ne m'était jamais arrivé. Après quelques minutes l'homme a commencé à bouger un peu les mains et les jambes. J'ai ouvert la fenêtre et je lui ai parlé.
Bonjour ?
Il m'a regardée.
Bonjour.
Ça va ?
Oui, merci.
Vous avez fait beaucoup de bruit.
Il s'est assis et s'est tourné vers moi.
Oui.
Qu'est-ce que vous faisiez ?
Je cherchais à manger.
Dans une poubelle ?
Oui.
C'est dégoûtant.
Il a ri.
Il y a beaucoup de bonnes choses à manger dans une poubelle.
Vraiment ?
Il a ri de nouveau.
Qu'est-ce que vous trouvez ?
Ce que les gens ne veulent pas.
Et vous les mangez ?
Bien sûr.
C'est bon ?
Les gens jettent des choses merveilleuses.

Vous avez trouvé quelque chose
de merveilleux ce soir ?
Il a souri.
Peut-être.
J'ai souri.
Là-dedans ?
Non, j'ai été interrompu.
Par moi ?
Par Dieu.
Pardon ?
Je parlais à Dieu.
Comme Dieu, Dieu ?
Oui.
Le Dieu du Ciel ?
Non, le vrai Dieu.
Qui est le vrai Dieu ?
Si un oiseau laissait tomber un caillou
au même endroit une fois tous les
mille ans, le temps qu'il faudrait pour
que ce tas de cailloux ait la taille de la
plus grande montagne au monde serait
égal à une seconde de l'infinité.
Vraiment ?
Il a ri de nouveau.
Dieu est infini. Et comme l'infinité,
trop vaste et trop compliqué pour
que nous le comprenions.
Alors pourquoi est-ce que les gens l'adorent ?
On leur a fait croire quelque chose de faux
mais qu'ils sont capables de comprendre.
Les hommes s'accrochent à ce qu'ils
comprennent, même si c'est faux.
Si c'est vrai, alors comment Dieu vous parle ?
Le bruit que vous avez entendu c'était
moi qui avais une crise d'épilepsie, et
mes bras et mes jambes et ma tête qui
cognaient contre les parois de la poubelle.

La seconde avant ces crises, je vois des choses, et j'entends des choses, je sais des choses, et on me dit des choses.
Comment savez-vous que c'est Dieu ?
À cause de ce qu'on me dit, de ce qu'on me donne.
C'est-à-dire quoi ?
Je parle des langues que je n'ai jamais apprises, dont certaines ne sont plus parlées. Je connais le contenu des livres saints, mot pour mot, bien que je ne les aie jamais lus. Je comprends la relativité générale, la mécanique quantique, la théorie des cordes, l'astrophysique, la gravité quantique, la cosmologie physique, et la thermodynamique des trous noirs, alors que j'ai quitté l'école à quatorze ans.
Qu'est-ce que tout ça a à voir avec Dieu ?
Les premières choses me permettent de comprendre Dieu ainsi qu'il a été écrit, et portraituré, et adoré. La manière dont les gens croyaient en Dieu. Les autres me permettent de comprendre combien nous sommes proches de comprendre le vrai Dieu, le Dieu qui n'a pas besoin d'être adoré, qui n'existe pas comme nous, qui ne nous juge pas, qui ne donne rien de plus que nous n'avons déjà.
Vous parlez comme un fou.
Il a souri.
Je ne vous ai pas parlé des trucs fous.
Des trucs plus fous que d'aller chercher à manger dans les poubelles et de finir par avoir une conversation à propos de Dieu ?
Oui.
Je ne suis pas sûre d'avoir envie de les entendre.

Il s'est levé, et dans la poubelle il était presque au niveau de ma fenêtre.
Donnez-moi votre main.
Pourquoi ?
Je vais vous montrer.
Me montrer quoi ?
Il a tendu la main. Je l'ai regardé. Il était très mince, maigre comme s'il mourait de faim. Et pour la première fois j'ai vu ses yeux. Ils étaient d'un noir de jais, et ils auraient dû faire peur, mais ils ne faisaient pas peur. Ils étaient magnifiques. Et quand je les ai vus, je ne sais pas pourquoi mais aucune des choses folles qu'ils disaient ne me semblait folle. Elles semblaient vraies, et j'ai vu en eux tout ce dont il parlait.
Donnez-moi votre main.
Pourquoi ?
Pour vous faire sentir des
choses que Dieu me dit.
J'ai passé le bras à travers les barreaux de la fenêtre. Tout en me regardant faire je n'en croyais pas mes yeux. Je n'aimais pas toucher les gens. Je savais qu'ils n'aimaient pas me toucher. Pas seulement ça, je savais que les gens n'aimaient même pas l'idée d'avoir à me toucher. J'ai toujours cru que j'étais une bonne personne, et j'ai toujours pensé que j'étais gentille et honnête, mais je savais à quoi je ressemblais. J'étais obligée de me regarder dans la glace tous les jours. J'étais, et suis, grosse et laide. Ça fait mal à dire, mais je sais que c'est vrai. Toute ma vie les gens m'ont dit ce que j'étais. Ils le faisaient quand j'étais petite, et tout le temps que j'ai été à l'école. Ils le font au travail, même si je souris toujours en leur disant bonjour. Ils le

font dans la rue, comme s'ils pensaient que je ne les entendais pas. Et ça fait toujours mal. Donc je n'arrivais pas à croire que cet homme voulait me prendre la main. Aucun homme ne l'avait jamais fait. J'aurais dû avoir peur. Une fois qu'il tenait la main, il aurait pu me faire n'importe quoi. Mais je suppose que ça m'était égal. Ses yeux me disaient qu'il était quelque chose de magnifique et d'éternel. Et même s'il m'avait fait du mal, je ne l'aurais pas regretté. Rien que pour que ça arrive une fois. Qu'un homme me demande ma main, et qu'un homme veuille ma main.

Il faisait un peu froid. Une légère brise entrait dans la ruelle. Les poubelles sentaient la viande pourrie. J'entendais la circulation dans les rues de New York. J'entendais quelqu'un qui n'arrêtait pas de crier le mot tickets.
La ruelle était éclairée par deux réverbères. Ils étaient jaunes et il y en avait un qui clignotait. Les ombres bougeaient avec les clignotements. Les passants bougeaient dans l'ombre. Je me rappelle très clairement ce moment. Plus clairement que n'importe quoi, jamais, parce que c'est le moment où ma vie a changé. Ma main est passée entre les barreaux de la fenêtre. Ils étaient ronds et peints en noir et une partie de la peinture était écaillée et ma peau est devenue froide, même si je portais une chemise de nuit à manches longues. Il a pris ma main et l'a pressée entre les siennes, et il a souri, et il a parlé.
Je m'appelle Ben.
J'avais espéré ressentir une sorte de décharge électrique romantique, comme dans une série télé ou un roman d'amour ou même un film

hollywoodien. Ce que j'ai ressenti était encore mieux. C'était la meilleure sensation de toute ma vie. Mon insécurité a disparu. Mes doutes sur moi ont disparu. Ma haine de moi-même a disparu. La déception que je ressentais à mon égard a disparu. Le sentiment que j'étais mauvaise et laide et rien, que j'étais une ratée grosse et laide, avait disparu. Ce sentiment d'être seule, toujours seule, véritablement et profondément et horriblement seule, a disparu. Il a tenu ma main et a souri et m'a regardée. Je lui ai souri et j'ai parlé.
Dieu.
Oui.
J'ai retiré ma main et j'ai souri.
Merci.
Il a souri et s'est reculé.
Je ne veux pas que tu partes.
Il faut que je trouve de la nourriture.
J'ai de la nourriture.
Ce n'est pas pour moi.
Qui d'autre ?
Mes amis.
Qui sont-ils ?
Les gens qui veulent être aimés.
Qu'est-ce que ça veut dire ?
Tu sais ce que ça veut dire. Tu sens ce que ça veut dire.
Je peux t'en acheter ?
Non.
J'ai un peu d'argent.
Non, merci.
Je voudrais te le donner.
Je n'ai pas besoin d'argent.
Pourquoi ?
Parce que je trouve ce que les gens jettent.
Et c'est suffisant ?

Plus.
Il a commencé à sortir de la poubelle.
Je ne voulais pas qu'il s'en aille. Jamais.
Je savais que s'il partait, je me sentirais comme je m'étais toujours sentie.
Comme je me sentais avant lui.
Ne pars pas.
Il s'est arrêté.
Je ne veux pas que tu partes.
Il s'est retourné.
Tu veux venir dans ma chambre ?
Oui.
Je te retrouve dans l'entrée ?
Oui.
Il s'est retourné et est sorti de la poubelle.
J'ai refermé ma fenêtre. Je l'ai retrouvé dans l'entrée quelques minutes plus tard. J'étais vraiment nerveuse avant son arrivée. Les gens me regardaient et riaient. Je ne peux pas vraiment leur en vouloir. Si je n'avais pas été moi, j'aurais ri moi aussi. Quand Ben est entré, tout le monde s'est arrêté. J'avais peur qu'ils l'arrêtent, ou appellent la police, mais tout le monde s'est juste arrêté de parler et de rire et tout. Ils le regardaient juste.

Il m'a souri et m'a prise par la main et nous sommes allés à ma chambre. J'ai ouvert la porte et nous sommes entrés. Il a fermé la porte et m'a dit de m'allonger sur le lit. J'étais vraiment excitée. Vraiment, vraiment excitée. Super excitée. Je n'avais aucune idée de ce qui allait se passer. Quoi que ce soit ce serait formidable. Et aussi excitée que j'étais, j'étais aussi calme d'une manière bizarre. Bien plus calme que j'aurais cru.

Je ne tremblais pas et je n'avais pas l'impression que j'allais pleurer ou crier du tout.

Il a éteint la télé et s'est allongé à côté de moi. Je n'arrivais pas à croire ce qui était en train de se passer. Il a commencé à me poser des questions. Mon nom, d'où je venais, à quoi ressemblaient mes parents, et ce qu'ils faisaient. Pendant qu'on parlait et que je répondais à ses questions, il s'est approché, et a mis un bras autour de moi, et m'a pris une main. Il était si près qu'il a commencé à murmurer. Il m'a posé des questions à propos de mon enfance. Je lui ai dit qu'elle avait été malheureuse. Il m'a posé des questions à propos de l'école, et je lui ai dit que je n'avais jamais eu de difficultés, mais que je faisais exprès d'avoir de mauvaises notes, parce que je ne voulais pas donner aux autres gosses une raison de plus de me détester. Il s'est encore approché, et ses mains ont commencé à se promener sur mon corps. C'était magnifique. Absolument le plus beau moment de ma vie. Et ce n'était pas sale ni pervers. On aurait dit que ses mains faisaient partie de mon corps. Partout où il me touchait j'avais l'impression que c'était exactement l'endroit qu'il fallait, et l'endroit où j'aurais voulu qu'il me touche si j'avais pu le lui demander. Nous avons continué à parler et je me suis mise à lui poser des questions. Le même genre de questions qu'il m'avait posées. Et il m'a parlé de son enfance et de son adolescence à Brooklyn. Il m'a dit que son père le détestait et le battait, et que son frère le détestait et le battait. Il m'a dit que sa mère le choyait et que sa sœur le vénérait. Il m'a dit qu'il était juif. Je n'avais jamais rencontré de juif. Du moins pas que je sache. Il m'a dit que les rabbins juifs de sa synagogue avaient de grands espoirs pour lui, et pensaient qu'il ferait de grandes choses et qu'il changerait peut-être le monde. Je lui ai dit que ç'avait dû être difficile, que c'était le contraire de moi, dont personne n'attendait rien. Il m'a dit que ce n'avait pas été difficile, parce qu'ils avaient eu raison de croire ce qu'ils avaient cru mais qu'ils s'étaient trompés sur ce qu'il ferait et la manière dont il le ferait. Le difficile ç'avait été d'attendre que ça arrive. De passer toute sa vie tout seul en sachant que ça allait arriver en ne faisant rien que d'attendre.

Nous nous sommes mis à parler comme des fous. Il n'arrêtait pas de me toucher et de me caresser. Il m'a enlevé ma chemise de nuit. Et il a enlevé ma culotte. Et il a murmuré dans mon oreille et je l'ai senti bouger en moi. Et ce n'était pas comme si j'avais été frappée par la foudre, ou un genre de baiser passionné sous l'orage. Je me sentais juste pleine, et complète et calme. J'avais l'impression que j'aurais pu mourir et que c'était bien. Je savais que même si j'avais raté ma vie, et que j'avais vu et entendu des choses terribles, ça n'avait plus d'importance. Cet homme était en moi et il me tenait dans ses bras et je ressentais l'amour. L'amour vrai. Le genre d'amour qui pouvait vraiment changer le monde.

Nous sommes restés comme ça pendant des heures. En fait pendant toute la nuit. Tout ce temps il bougeait. Très lentement et très doucement. Parfois si lentement que je le sentais à peine. Parfois un peu plus vite. Nous avons parlé pendant tout le temps. Je lui ai tout raconté sur moi et ma vie. Je lui ai raconté comment j'avais vécu seule dans la ferme de mes parents qui était à l'abandon. Comment j'avais travaillé comme caissière dans un supermarché et que j'avais essayé d'être gentille mais que les gens étaient tout le temps méchants avec moi. Comment j'avais vécu dans une ville morte pleine d'églises et de bars et de maris qui battaient leurs femmes. Comment je passais toutes mes soirées seule devant la télé à manger des conserves, des chips et de la glace. Comment je pleurais toutes les nuits parce que je pensais que jamais personne ne m'aimerait. Je lui ai parlé de tous mes beaux espoirs et de mes plus grands rêves et de mes pires peurs. Je lui ai dit que tout ce que je voulais c'était une amie que je puisse appeler de temps en temps. Comment j'avais toujours rêvé d'avoir quelqu'un qui me dise que j'étais belle ou même jolie. Comment j'avais peur de mourir toute seule sans que personne me trouve avant longtemps. Je lui ai dit qu'il n'y avait pas eu de moment dans ma vie où je n'avais pas été seule et que je ne voulais plus ressentir la solitude.

Il a dit qu'il vivait dans un petit appartement avec une femme et sa fille. Qu'il avait été en prison et qu'il savait qu'on le recherchait parce qu'il s'était soustrait à la justice. Comment il passait ses journées à toucher les gens et les aider et leur apprendre comment vivre dans un monde qui s'écroule et qui meurt. Il m'a parlé de l'amour. M'a dit que l'amour est la seule chose au monde qui vaille la peine d'être vécue, la seule bonne chose qui nous reste, et la seule chose que nous n'avons pas détruite. Que l'amour, l'amour de Dieu, n'a rien à voir avec la beauté ni la perfection ni l'homme ou la femme. Que l'amour n'a rien à voir avec des proclamations devant de fausses idoles. Que l'amour n'est pas ce qu'une bande de vieux Blancs pleins de haine décident qu'il est. Que l'amour n'est pas une chose qui peut faire l'objet de lois édictées par des gouvernements corrompus. Il a dit que l'amour est une chose partagée par deux personnes, n'importe lesquelles, homme et femme, ou homme et homme, ou femme et femme, de sorte qu'ils ressentent la perfection, la beauté et la paix dans leurs cœurs. Il a dit que l'amour était ce que je ressentais quand il me tenait dans ses bras et me touchait et bougeait en moi. Il a dit que si je voulais voir Dieu, voir Dieu tel qu'il est, et dans sa forme véritable, il pouvait me le montrer. Il m'a dit de fermer les yeux, et je l'ai fait. Il a promené sa main sur moi et a bougé encore un peu le corps et il a arrêté de me parler et j'ai senti son souffle sur mon cou et ma joue. Ça a grandi à l'intérieur de moi. Dieu a grandi à l'intérieur de moi. Et plus il bougeait plus il grandissait. Et son souffle était chaud et parfumé. Et il continuait à bouger, très lentement, et à bouger très très profond en moi, et ça a grandi jusqu'à ce que je le voie et le sente. C'était l'amour, et la joie, et le plaisir, et chaque partie de mon corps chantait une chanson que je n'avais jamais entendue mais qui était la plus jolie, la plus belle chanson qui ait jamais été, et elle était aveuglante et pure et mon cerveau est devenu du blanc le plus blanc qui soit, et j'ai vu l'infini, pour toujours et à jamais, j'ai vu l'infinité et je l'ai même comprise, et j'ai compris que tout le reste, toute la haine et la rage et la mort et la passion et la jalousie et le meurtre, rien de tout cela n'avait d'importance. Je me sentais en sécurité à cent pour cent. Je ne ressentais rien de mauvais. J'ai vu le passé et le futur. C'était la plus belle seconde de ma vie. Vraiment la plus belle, et j'ai su que pendant cette seconde je sentais Dieu. Le vrai Dieu. Le Dieu éternel. Le Dieu qui ne peut pas être dans un livre ni dans une église ni dans une émission du dimanche à la télé ni sur une croix ou une étoile. Le Dieu qui ne peut pas être expliqué ni décrit ni écrit ni enseigné ni prêché. Le Dieu qui ne peut pas être imposé aux gens ou utilisé pour les damner. Et j'ai aimé ce Dieu, ce Dieu parfait, étonnant et incroyable. Et j'ai su qu'aucun des autres Dieux ne signifiait rien.

Quand ce moment a pris fin, Ben a continué à bouger et à respirer très lentement. Je ne savais pas quoi dire et je suppose que je ne voulais rien dire. Rien de ce que j'aurais pu dire n'aurait rien signifié ou n'aurait eu la moindre importance. Donc j'ai juste gardé les yeux fermés et je l'ai écouté respirer et je l'ai senti. Et ça a continué, toute la nuit, lui en moi. Ses mains bougeant partout sur moi. Nous deux à nous aimer. Il a continué à parler mais je ne sais pas ce qu'il a dit. Tout ce que je sais c'est ce que je sentais. Dieu, Dieu, et encore Dieu. Dieu toute la nuit. Quand le soleil s'est levé, il s'est arrêté de bouger mais

il est resté en moi et m'a juste tenue dans ses bras. Finalement je lui ai dit quelque chose.
Ben.
Oui.
Je ne veux pas que tu t'en ailles.
Je vais bientôt partir.
Je t'en prie.
Viens avec moi si tu veux.
Où ?
Il faut que je trouve à manger et
que je retourne dans le Bronx.
Qu'est-ce que je ferai ?
Ce que tu veux.
Que dira ta femme ?
Ce n'est pas ma femme.
Qu'est-ce qu'elle va dire ?
Elle dira bonjour, et t'accueillera.
Il m'a donné un petit baiser sur la joue et s'est retiré. Je l'ai senti sortir de moi. Et pas juste physiquement. Je l'ai aussi senti dans mon cœur. Et j'ai eu l'impression de perdre quelque chose. Mais pas quelque chose d'idiot, comme mes clés ou mes chewing-gums. Plus comme mon bras ou mon pied ou quelque chose, quelque chose de vraiment important. Comme quelque chose sans quoi je pouvais vivre, mais qui rendrait ma vie beaucoup plus difficile si elle n'était pas là. Et la vie est suffisamment difficile comme ça. La vie est suffisamment difficile avec ce qui nous a été donné. Avec ce que je pensais que Dieu nous avait donné avant de connaître la vérité. Avant que je réalise toutes ces bêtises que nous raconte la Bible. Que les bibles ne sont que des livres, comme n'importe quel livre n'est qu'un livre. Sauf que peut-être les bibles sont plus ennuyeuses et plus ridicules et plus

difficiles à lire. Et même si elles racontent tout un tas de choses et font toutes sortes de promesses, elles sont pleines de mensonges, ou des mensonges que nous sommes assez bêtes pour croire qu'ils contiennent quelque chose de vrai. Je sais que Dieu ne nous donne rien dans la vie. Et que donc Dieu ne peut rien nous reprendre. Mais une personne réelle peut donner, et peut reprendre. Et quand Ben n'a plus été en moi, j'ai senti que quelque chose avait disparu. Quelque chose qui était plus que tout ce que j'avais connu. Quelque chose de plus grand qu'un Dieu inventé dans un vieux livre poussiéreux.

Il s'est levé et je l'ai regardé s'habiller. Cela me faisait de la peine de le voir en haillons. J'avais envie de lui acheter des vêtements. Rien de luxueux mais je pouvais avoir des prix dans le magasin où je travaillais. Des vêtements simples pour une personne normale. Et j'ai remarqué ses cicatrices pour la première fois. De longues cicatrices épaisses sur tout le corps. Elles faisaient vraiment peur. Comme si on avait dessiné partout des lignes au marqueur blanc. Sauf que je savais que c'était pas un marqueur. Il avait été vraiment blessé. Et j'ai essayé d'imaginer ce qu'on pouvait ressentir en étant blessé comme ça. Et j'ai été capable de l'imaginer. Cette douleur vraiment horrible. Du genre qu'on est seul à ressentir, contre laquelle personne ne peut nous aider. J'ai vraiment été capable de l'imaginer.

En mettant sa chemise, il m'a souri. J'ai su qu'il pensait que je ne le reverrais plus

jamais. Je ne voulais pas ça. Je n'arrivais pas même à y penser. Ni de ne plus me sentir avec lui, ou même proche de lui. Donc j'ai parlé franchement. Pour la première fois de ma vie. Une vie passée à ne pas parler et à me cacher et avoir peur et à être seule. Il m'avait changée par rapport à tout ça, et j'ai parlé franchement.
Je veux venir avec toi.
Il a souri.
Okay.
Vraiment ?
Oui.
Sans blague ?
Il a souri à nouveau.
Sans blague.
Je me suis levée, et même comme je suis, je ne me suis même pas sentie gênée. J'ai commencé à m'habiller.
Qu'est-ce que je dois emporter ?
Tu n'as besoin de rien.
Des vêtements ?
Ceux que tu portes.
De l'argent ?
Ça n'a pas d'importance.
J'en ai pour quelques minutes à faire ma valise.
Tu n'as pas besoin de tout ça.
Est-ce que je vais revenir ?
Si tu veux.
Tu es sûr que je n'ai besoin de rien ?
Nous n'avons pas besoin de la plupart des choses que nous possédons.
J'ai souri et j'ai mis mon pantalon et ma veste. Il m'a souri pendant que je m'habillais et ses yeux sont restés sur mon corps, et il m'a fait me sentir belle, ce qui est quelque

chose que je n'avais jamais ressenti, pas une fois, de toute ma vie. Quand j'ai été prête, j'ai pris mon portefeuille et nous sommes sortis.

Il faisait un temps de chien. Un jour froid et pluvieux. C'était le genre de pluie qui vous fait mal à la peau. On aurait dit des petites aiguilles. Ben avait une veste légère. C'était une vieille veste marron comme en portent les bibliothécaires. Elle était vraiment bizarre. Et je ne pense pas qu'elle lui tenait chaud ni le gardait au sec. Mais ça n'avait pas l'air de le gêner. La pluie lui tombait dessus et il souriait. Nous marchions dans la rue et il souriait. Partout où nous allions, il souriait juste. Il ne parlait pas du tout. De temps en temps il me prenait la main. Quand il y avait foule ou que les voitures bloquaient le passage piéton. Et parfois je m'essoufflais ou j'étais obligée de ralentir. Ça ne semblait pas le gêner. Il ralentissait et s'assurait que j'allais bien. Il était si doux et bon et gentil. On aurait dit que j'étais la seule chose qui comptait pour lui. Et ça faisait disparaître toutes les choses terribles qui m'avaient torturée toute ma vie. La bonté et l'amour peuvent faire disparaître toutes les douleurs. C'est vrai. Je le sais.

Après avoir longtemps marché, nous sommes entrés dans le métro. C'était la première fois que j'y entrais. J'avais toujours eu peur de descendre sous terre. Je pensais que j'allais être agressée ou mordue par un rat ou tomber sous une rame. Ou peut-être que je me perdrais et que je n'arriverais plus jamais à trouver la sortie. Ou peut-être que les gens me montreraient du doigt et se moqueraient de moi. J'avais juste peur. Vraiment peur. Mais Ben m'a pris la main et nous sommes descendus et nous avons attendu qu'une porte de sortie s'ouvre et nous sommes passés. Et nous sommes descendus sur le quai et nous avons attendu. Je sentais que les gens nous regardaient, mais je savais que ce n'était pas moi qu'ils regardaient. C'est Ben. Personne ne parlait. Et ils ne regardaient ni leurs portables ni leurs petites machines à e-mails ni leurs journaux ni par terre ni même les uns les autres. Ils regardaient Ben. Tous, juste à le regarder en silence.

Le métro est arrivé et on est montés. Il y avait des sièges vides et on s'est assis. Je n'avais aucune idée de là où nous allions, et Ben et moi n'avions pas échangé un mot depuis que nous avions quitté l'hôtel. Il y avait quelques personnes dans le wagon, et quelques autres étaient montées avec nous. Tout le monde était assis. Ben a fermé les yeux et a souri et s'est mis à respirer très profondément et lentement. Ce n'était pas théâtral ou quoi, comme une actrice qui essaie de se calmer après une crise de nerfs. C'était juste simple et pur. Juste un homme en train de respirer. Et de nouveau les gens le regardaient. Comme s'ils n'arrivaient pas à croire ce qu'ils voyaient. Comme s'ils étaient si occupés qu'ils avaient oublié à quoi ressemble un homme silencieux. Et à mesure qu'il respirait ils semblaient tous se calmer. Comme s'il leur donnait ce qu'il avait, ou ce qu'il ressentait. Certains ont fermé les yeux et se sont mis à respirer tout comme lui. Certains ont juste souri en le regardant. D'autres se sont levés et sont venus se mettre plus près de lui. Et à chaque station il y avait plus de gens qui montaient. Et ce qu'il faisait, il le faisait à tous. Et même si la rame filait à toute allure c'était l'endroit le plus calme et simple et beau au monde.

Nous sommes restés dans le wagon pendant trente ou quarante minutes. Personne n'est descendu. Le wagon est devenu vraiment bondé, mais on n'avait pas cette impression. Les gens respiraient juste et souriaient et étaient heureux. Je n'avais jamais vu tant de gens différents, des Noirs, des Blancs et des Bruns et de toutes sortes, pressés les uns contre les autres qui n'avaient pas l'air soupçonneux ni de s'éviter. Sans se détester, ou du moins sans ne pas s'aimer du tout. Et c'était juste à cause de lui, à cause de la façon dont il se tenait et respirait et souriait. Parce qu'il dégageait l'amour, la paix, le contentement même s'il était habillé comme un clochard. Comme le métro ralentissait avant un arrêt, j'ai senti la main de Ben sur ma cuisse. Je l'ai regardé et il a souri et m'a fait un signe en direction de la porte. Quand la rame s'est arrêtée nous nous sommes levés et nous sommes descendus. Tout le monde l'a regardé s'en aller, et personne n'a bougé. Ils le regardaient juste et continuaient à respirer. Et comme nous nous éloignions j'ai regardé le wagon derrière nous. Les gens étaient aux portes et aux fenêtres, à le regarder. À regarder lui et moi nous en aller. Ils souriaient tous.

Nous sommes sortis du métro dans un autre quartier. Il n'était pas très agréable. J'entendais des sirènes et des voitures qui klaxonnaient bruyamment et du rap très fort et des gens qui hurlaient, la plupart en espagnol. Il y avait une odeur de viande grillée. Il y avait des gens partout dans la rue, et aucun n'était blanc. Les immeubles étaient tous grands et délabrés et se ressemblaient tous. Il y avait des ordures dans la rue. Ben était le même que partout. À l'aise et calme. Comme s'il n'avait pas du tout peur. Mais moi j'avais peur. Vraiment peur. Il n'y avait pas de Noirs là où j'habitais. Une ou deux fois par semaine je pouvais voir un Noir dans le magasin où je travaillais. Quand on en parlait, c'était surtout parce qu'ils étaient à la télé ou dans une équipe ou quelque chose, ou parce qu'on les avait vus en ville en train de faire beaucoup de bruit et que nous avions peur d'eux. Sûr que j'avais peur d'eux. Moi et Ben nous étions les seuls Blancs en vue. C'était comme être une d'entre eux là où j'habitais. Ça n'était pas agréable.

Nous nous sommes dirigés vers un groupe de grands immeubles marron. J'ai supposé que c'était une sorte de cité. L'endroit avait l'air dangereux. Personne ne nous regardait ni ne faisait attention à nous. Ben poursuivait sa route. Et il n'avait plus l'air aussi pauvre. Beaucoup de gens que je voyais portaient des vieux vêtements moches. Beaucoup avaient l'air pauvre. Il ressemblait juste à l'un d'eux. Ou à une version blanche de l'un d'eux. Une belle version pleine de cicatrices. Mais il était quand même pauvre. Et les pauvres sont les pauvres, quelle que soit la couleur de leur peau.

Comme nous traversions et montions sur le trottoir devant les immeubles, un gros Noir s'est approché de Ben. J'ai pensé que nous étions morts, bien sûr, et j'aurais aimé avoir un sifflet ou une bombe lacrymogène ou quelque chose. Ben a juste continué à marcher et a dit bonjour à l'homme et l'homme a répondu bonjour. Ils se sont étreints, et l'homme s'est mis à murmurer à l'oreille de Ben. J'étais soulagée bien sûr, mais il semblait que quelque chose n'allait pas. Ben hochait la tête pendant que l'homme parlait. L'homme avait l'air vraiment inquiet et je voyais ses yeux qui regardaient autour de lui pendant qu'il murmurait. Quand il a eu fini, Ben l'a de nouveau serré dans ses bras et s'est tourné vers moi.

Il faut qu'on s'en aille.

Pourquoi ?

On n'est pas en sécurité ici.

Je sais.

Pas pour les raisons que tu crois.

Je voyais bien que c'était un
endroit dangereux.

C'est un endroit pauvre.

Oui.

Les pauvres sont désespérés, pas dangereux.

Partons.

Mon ami va nous emmener
dans un endroit sûr.

Il me fait peur.

Tu as peur de la couleur de
sa peau, pas de lui.

Ce n'est pas vrai.

Si, c'est vrai.

Il a pris ma main et a fait un signe de tête à l'homme et nous avons commencé à nous éloigner des immeubles. Nous suivions l'homme et nous marchions vite et j'avais toujours peur, mais pas autant. Ce que Ben avait dit m'avait blessée, mais surtout parce que c'était vrai. J'avais super peur parce que l'homme était noir, et parce que j'avais peur des Noirs. Je savais que ce n'était pas bien, mais c'était aussi ce que je ressentais. Je suis sûre que s'il se baladait là où je vis, lui aussi pourrait avoir peur.

Nous avons tourné à l'angle et l'homme a ouvert les portes d'un gros 4 × 4. On est montés et on est partis, mais pas trop vite. En tournant à un autre coin de rue, j'ai vu un groupe de policiers devant leurs voitures. Tous leurs gyrophares étaient allumés. Avec eux il y avait un autre groupe d'hommes en bleu et certains avaient des gilets pare-balles. Ils avaient tous l'air très sérieux, et ils avaient vraiment l'air méchant. Ils tenaient une photocopie d'une photo. Je ne l'ai pas bien vue mais je savais qui c'était. Je savais qu'ils recherchaient Ben. Il les a regardés en passant. Il n'avait pas l'air nerveux ou inquiet ou quoi que ce soit. Il les a juste regardés comme il regarde tout le monde, comme si c'étaient ses meilleurs amis. Je ne pouvais pas imaginer regarder comme ça des gens armés qui me poursuivaient. Mais lui si. Il les a regardés comme s'il les aimait de tout son cœur, même s'ils voulaient l'attraper.

On a passé quelques rues avant d'arriver à un autre ensemble de grands immeubles. Ils ressemblaient exactement aux autres. Si on m'avait montré des photos, j'aurais pensé qu'ils étaient identiques. L'homme a garé la voiture et on est descendus et on a marché. On est entrés dans un immeuble. Il était sale. Il y avait des ordures dans l'entrée. Un homme dormait par terre juste devant la porte. Il ronflait et son pantalon était sale. On a attendu l'ascenseur. Je l'entendais qui grinçait sur ses câbles. L'homme qui nous avait conduits était toujours avec nous. Lui et Ben ne parlaient même pas. On est entrés et il est monté. Il s'est arrêté au sixième étage. L'homme est sorti le premier et Ben m'a souri et m'a fait signe de le suivre et je l'ai fait. Je suis sortie et je l'ai suivi. Et j'aurais dû avoir peur mais je n'avais pas peur. J'étais avec un Noir qui ressemblait à un tueur et un SDF qui mangeait des ordures. Et je n'avais pas peur. Je marchais juste avec eux comme si on allait au centre commercial acheter un pantalon ou un jeu vidéo ou quelque chose. Ce que Ben avait dit était vrai. J'avais peur de la couleur de l'homme. Ce qui compte c'est ce qui est dans le cœur d'un homme.

On a été jusqu'au bout du couloir et l'homme a sorti des clés et a ouvert une porte. Il a tenu la porte pour moi et on est entrés. C'était un petit appartement. Il n'avait rien de luxueux mais il n'était pas mal. Il y avait cinq ou six personnes assises à une table, en train d'écouter un scanner radio. Ils étaient tous noirs. Ils buvaient de l'eau et mangeaient des fruits. Ils nous ont regardés.

Je ne savais pas quoi dire. Une jeune fille, une fille vraiment jolie, avec de longs cheveux bouclés et une magnifique peau couleur caramel, s'est levée et a ri et s'est approchée de Ben. Elle a commencé à parler.
Tu vois les problèmes que tu causes ?
Il a souri et l'a embrassée.
Je suis heureux de te voir.
Ils ont continué à s'embrasser et à parler.
Il y a toute une armée qui
essaie de te trouver.
Michael nous a trouvés avant eux.
Tu as de la chance.
Je sais.
S'ils t'attrapent ils vont t'emmener.
Je sais.
Je ne veux pas.
Moi non plus.
On ne peut pas rentrer.
On trouvera un autre endroit.
Il faut qu'on laisse tout.
Ça n'a pas d'importance pour moi.

Il l'a prise dans ses bras et l'a serrée et a embrassé son cou et sa joue et de nouveau ses lèvres. Et même s'il paraissait aimer tout le monde, et faire que tout le monde se sente aimé, je voyais qu'il l'aimait différemment. Comme s'il savait que quoi qu'il fasse ou que où qu'il aille il lui reviendrait toujours, et qu'elle le savait aussi. C'était vraiment mignon comme ils se serraient et s'embrassaient, vraiment la chose la plus mignonne que j'avais jamais vue, y compris tous les trucs nunuches qu'on voit à la télé et au cinéma. Il n'y avait pas de barrières entre eux. Comme s'ils s'acceptaient complètement, et s'aimaient vraiment. Je suppose que c'est comme ça que c'est censé être entre tout le monde. L'amour sans conditions, l'amour pour l'amour, l'amour même si nous sommes différents. Mais en fait ce n'est jamais comme ça. La plupart du temps l'amour est plus proche de quelque chose comme de la haine. Mais avec eux il était merveilleux.

Ils se sont séparés et la fille m'a regardée. Ben nous a présentées et la fille, Mariaangeles, a souri et m'a dit bonjour. Les gens à la table, une femme d'un certain âge et grosse comme moi, et trois hommes, y compris celui qui nous avait amenés, étaient toujours en train d'écouter le scanner. L'un d'eux a regardé dans notre direction et a souri et a dit on s'en va, les enculés s'en vont, et tout le monde a commencé à rire. Ben a souri et est allé embrasser la femme sur la joue et a dit merci. J'ai demandé à Mariaangeles ce qui s'était passé, et elle a dit que la femme écoutait le scanner pour des gens dans les cités pour les avertir de l'arrivée de la police. Elle avait entendu qu'ils cherchaient un Blanc dans la trentaine, avec des cheveux noirs, plein de cicatrices. Ben était la seule personne qui correspondait à cette description. Elle a dit que Ben était connu dans le coin parce que c'était le seul Blanc qui habitait ici, et parce qu'il aidait les gens, et leur donnait de la nourriture et de l'argent. Elle a dit que certaines personnes pensaient qu'il pouvait guérir les enfants et empêcher les drogués et les alcooliques de boire et de se droguer. Que les gens l'appelaient le Prophète, et pensaient que c'était un saint, et qu'ils l'aimaient et le protégeaient. Donc les guetteurs, qui étaient normalement là pour d'autres raisons, que je n'ai pas demandées, étaient venus chez elle et l'avaient emmenée, et avaient attendu l'arrivée de Ben pour s'assurer qu'il ne se ferait pas prendre. J'ai demandé pourquoi la police et le FBI recherchaient Ben, et elle a dit parce qu'il avait échappé à la justice après avoir été arrêté pour avoir habité dans les tunnels du métro. J'ai demandé si c'était vraiment une chose pour laquelle ils avaient besoin de tant d'armes, et elle a dit que c'était parce que Ben habitait là-bas avec un Noir qui avait tout un tas d'armes. Je lui ai demandé où ils allaient aller maintenant, et elle a dit qu'ils trouveraient, qu'il y avait des gens qui s'occuperaient d'eux, des gens qui aimaient Ben, et qu'ils leur donneraient un endroit où habiter.

J'ai regardé Ben, qui était assis avec les gens à table. Ils parlaient tous espagnol, qu'il semblait parler exactement comme eux. Le mot policia revenait tout le temps et ils riaient beaucoup. À les voir, on aurait dit une famille, une famille vraiment heureuse. J'étais un peu jalouse, parce qu'ils ressemblaient à la famille telle que j'avais toujours voulu que soit ma famille, à sourire et plaisanter et à être gentils les uns avec les autres. Ça n'avait même pas d'importance qu'ils soient si différents de moi. J'avais envie d'être l'une d'eux. J'avais vécu longtemps seule, et j'avais eu toute la maison et toute la ferme de mes parents à moi toute seule. Ce n'était pas un endroit heureux et ne l'avait jamais été. Il n'avait pas été horrible ni violent ni effrayant, il était juste vide. Une maison vide et des champs vides. Et j'étais vide. Et j'en avais assez. Assez d'être triste et seule. Je voulais savoir à quoi ça ressemblait de sourire là-bas et d'être heureuse là-bas et de connaître l'amour là-bas. Je voulais entendre quelqu'un rire dans ma maison. Je ne me rappelais même pas avoir entendu un rire, sinon le mien quand ce que je voyais à la télé me faisait rire pendant que je dînais toute seule ou n'importe quand. Je voulais rentrer après mon travail, qui craignait vraiment, à rester debout toute la journée derrière ma caisse au supermarché, en sachant que quelque chose ou quelqu'un m'attendait. Qui pourrait même être content ou excité de me voir.

Mariaangeles est sortie d'une chambre avec une petite fille. Une ravissante petite fille qui lui ressemblait tout à fait, bien qu'elle ait eu l'air bien jeune pour avoir un enfant. La petite fille a couru vers Ben et l'a serré contre elle avant de s'asseoir sur ses genoux. Tout le monde continuait à parler en espagnol. Je ne savais pas du tout ce qu'ils disaient, mais j'imaginais qu'ils parlaient de là où aller et de ce qu'ils allaient faire. Je me suis assise au bout de la table sur la seule chaise libre. J'étais heureuse de m'asseoir et de faire partie de la table. Et j'ai eu une idée. C'était une idée formidable, j'ai pensé. Une idée merveilleuse et vraiment amusante. J'ai levé la main, mais personne ne m'a remarquée, alors je l'ai levée un peu plus haut et je l'ai un peu agitée. Ben m'a regardée. Tu n'as pas besoin de lever la main.

Je ne parle pas espagnol, donc je
n'étais pas sûre des règles.
Il n'y a pas de règles.
Je ne voulais pas être mal élevée.
Tu ne l'es pas.
J'ai une idée.
À propos de quoi ?
À propos d'où aller.
On est bien ici.
Mais ces hommes, ils vont revenir.
Oui.
Et ils reviendront jusqu'à ce qu'ils te trouvent.
Probablement.
J'ai une ferme. Dans le nord de l'État. Il
y a une grande maison et de la terre, et
il n'y a que moi. J'y vis toute seule.
Il n'y a pas que moi.
Tu peux venir avec qui tu veux.
J'aimerais beaucoup.
Ils pourraient tout aussi bien
venir me chercher là-bas.
Oh, mon gars, si tu crois que tu as un
bon système ici, on peut vraiment en
avoir un là-bas. Notre voisin le plus
proche est à plus d'un kilomètre. On
saura forcément si quelqu'un arrive.
Il a souri.
Tu es sûre que tu veux qu'on vienne ?
J'ai souri.
Oui. J'adorerais. Ça serait tellement amusant.
Et le jardin serait formidable pour la petite
fille. On pourrait lui trouver un chariot
ou une bicyclette ou quelque chose.
Elle s'appelle Mercedes.
Je lui ai souri.
Salut, Mercedes.
Elle m'a souri. Je l'ai chatouillée.

Tu veux aller dans un endroit
où il y a un jardin ?
Elle a ri.
Oui.
Il a regardé Mariaangeles, a souri.
Elle lui a souri.
Elle me semble okay.
Il a respiré par le nez et a hoché la tête.
Elle l'est.
J'ai jamais habité autre part qu'ici.
Ça serait pas mal de se tirer.
Oui.
Elle m'a regardée.
Tu es sûre ?
J'ai hoché la tête.
Oui.
Elle a souri.
Allons-y.
J'ai souri.
Pas question.
C'est toi qui l'as voulu, petite Blanche.
J'espère que tu sais ce qui t'attend.
J'ai ri et elle a ri et je me suis levée et je l'ai serrée dans mes bras elle m'a serrée dans ses bras. L'homme qui nous avait conduits a demandé quand nous voulions partir et Ben a souri et a dit allons-y maintenant. L'homme s'est levé et a dit c'est cool pour moi et la vieille femme nous a tous serrés dans ses bras. Une autre des femmes a demandé à Mariaangeles quand elle serait de retour et Mariaangeles a dit si elle avait de la chance, jamais. On a repris l'ascenseur et on est sortis.

Je ne suis même pas retournée à l'hôtel prendre mes affaires. L'homme a entré l'adresse dans l'ordinateur de sa voiture et nous voilà partis. Le voyage a été très facile. Et amusant aussi. On a écouté la radio et on a chanté certaines des chansons quand on savait les paroles. Ben chantait merveilleusement quand il voulait, comme un chanteur d'opéra ou je ne sais quoi, mais la plupart du temps il chantait juste pour rire. Il faisait des grimaces et des petites danses disco et faisait semblant de pleurer pendant les chansons d'amour. Il prenait les mains de Mercedes et la faisait rire et rire encore et encore. Pendant un duo, lui et Mariaangeles ont chanté ensemble. On s'est arrêtés plusieurs fois pour manger et aller aux toilettes et tout mais Ben ne mangeait pas vraiment. Il buvait de l'eau et restait dehors à regarder le ciel. Je lui ai demandé s'il regardait Dieu ou lui parlait, et il a juste ri et a dit non, il aimait juste regarder les étoiles et qu'il ne pouvait pas les voir en ville. J'ai levé les yeux, et les étoiles étaient juste en train de sortir, et je dois dire qu'elles étaient plutôt cool.

Le voyage a duré cinq heures. Quand nous sommes arrivés, la maison était sombre et il n'y avait pas de lumières. Mariaangeles a dit qu'elle n'avait jamais quitté la ville et Mercedes s'est mise à pleurer. Ben l'a prise dans ses bras et lui a murmuré quelque chose à l'oreille et elle s'est immédiatement arrêtée. La maison était grande et blanche et vieille. Elle avait six chambres et quatre salles de bains et elle était un peu délabrée. Il y avait une grange et les champs étaient envahis par les mauvaises herbes et les arbrisseaux. Quand nous nous sommes arrêtés devant la maison, Ben est sorti et a souri et a de nouveau regardé le ciel. Je suis entrée et j'ai allumé la lumière. Mariaangeles a porté Mercedes à l'intérieur et je leur ai dit de choisir leurs chambres, et l'homme qui conduisait est entré et je lui ai fait à manger avec ce que j'avais dans le frigo. Ben est resté dehors. Je me suis un peu inquiétée et j'ai regardé par la fenêtre et je l'ai vu qui allait dans les champs. La lune était à peine sortie, et avant que je puisse aller le retrouver il avait disparu.

Je l'ai attendu en regardant la télé. Il y a tellement de bonnes émissions tard dans la soirée. Mais il n'est pas revenu et je me suis endormie sur le canapé. Quand je me suis réveillée le lendemain matin, j'ai entendu Ben qui parlait avec l'homme près de la porte d'entrée :
Elle pourrait arriver demain, ou elle pourrait arriver dans cinq ans, mais il n'est pas possible de l'empêcher. Protège les bons qui sont autour de toi. Aime les bons que tu connais. Assure-toi qu'ils sont en sûreté.
Comment je peux savoir qui est bon ?
Tu sais.
Je ne peux pas le savoir comme toi.
Nous savons le bon et le mauvais dans nos cœurs. On le voit et on le sent. Fais-toi confiance.
Tu es sûr que ça va aller pour toi ici ?
Oui.
Et s'ils viennent ?
Alors ils viennent.
Ils vont te coffrer s'ils t'attrapent.
Seulement si je les laisse faire.
Et tu les laisseras ?

Vis ta vie. Aime tes enfants. Ne crois pas ce qu'on te raconte. Oublie les mensonges de la religion et du gouvernement.
Et ne t'inquiète pas pour moi.
Tu as besoin de blé ?
Non.
D'autre chose ?
Non, merci.
Fais-moi signe sinon.
Va, mon ami.
Ben a serré l'homme dans ses bras, et l'homme a tourné les talons et est entré dans sa voiture et a démarré. Ben est rentré et m'a souri et m'a embrassée. Il m'a demandé comment j'allais et j'ai dit très bien et il a dit encore merci de nous héberger, c'est un merveilleux endroit, un endroit parfait. J'ai dit pas de quoi et il m'a serrée dans ses bras et je me suis sentie formidablement bien. Quand il m'a lâchée, il m'a tout de suite manqué, même s'il était juste là. Il a demandé ce que j'allais faire et j'ai répondu que je devais aller travailler. Il m'a demandé si ça me gênait s'il s'occupait un peu de la maison et j'ai ri et je lui ai dit de faire ce qu'il voulait. Il a souri et a dit merci, et s'est en allé. Je me suis habillée et je suis allée au travail. Le magasin où je travaillais était le plus grand qui ait jamais été, de la taille de plusieurs terrains de football. Il vendait tout ce qu'on peut imaginer, même si ce qui marchait le mieux étaient les steaks, la bière et les armes. Toute la journée je passais les marchandises au lecteur de code-barres. J'étais assise sur un petit tabouret quand je pouvais, mais la plupart du temps j'étais debout, ce qui n'était pas facile pour quelqu'un comme

moi. Pendant les pauses, j'allais manger dans la salle de repos. Il y avait quelques personnes avec qui je parlais, mais la plupart du temps je ne parlais à personne. Je regardais la télé toute seule. Le premier jour avec Ben et Mariaangeles et Mercedes je n'ai presque pas pu m'asseoir. Et ça ne me gênait pas d'être seule. Je n'arrêtais pas de me demander ce qu'ils faisaient, ou de les imaginer se promenant dans la maison et le jardin. J'essaie toujours d'être souriante avec les clients mais là j'étais extra souriante. Et ça ne me gênait même pas qu'ils m'ignorent.

Quand je suis rentrée, je n'ai pas pu le croire. Toute la maison était propre. Vraiment vraiment propre. Tout avait été nettoyé et les sols étaient tous lessivés. Même la cuisine était propre et le frigo récuré. Le jardin, que je n'avais fait que trois fois dans l'année, était totalement tondu. Nous avions une tondeuse à main, donc je savais que ça avait dû être du boulot. Je me suis mise à leur recherche. J'ai trouvé Mercedes en train de jouer dans sa chambre avec une poupée. Je ne sais pas où ils l'avaient trouvée, mais c'était une des miennes quand j'étais petite. Elle était bon marché mais très mignonne, avec une petite robe rose et des cheveux en plastique, et je ne l'avais pas vue depuis des années et des années. Je me suis mise à jouer avec elle. Et elle voulait jouer avec moi. Et c'était formidable. Juste de jouer avec cette petite fille. Qui ne me regardait pas et ne pensait pas de mal de moi et n'avait pas peur de moi. Elle était juste heureuse. On a joué à la danseuse et à l'infirmière et à la chanteuse. On a joué à la marchande et à la fête de la glace. Et le reste du monde a disparu. Le reste du monde n'avait pas d'importance. Je me suis sentie comme avec Ben. Comme si ce qui était important c'était maintenant, pas quelque chose dans le passé ou l'avenir. Je sentais que la vie était comme elle aurait toujours dû être.

On a joué longtemps et à la fin j'ai entendu du bruit dans le couloir. Je n'avais pas vu ni entendu Ben ni Mariaangeles mais je pensais qu'ils devaient être quelque part dans la maison. Je me suis levée et j'ai dit à Mercedes que je revenais tout de suite et je suis allée dans le couloir. Les bruits étaient plus proches. C'était clairement des bruits coquins. J'étais nerveuse et j'avais peur mais j'étais aussi sacrément excitée. La porte était plus ou moins ouverte et j'ai passé la tête. Mariaangeles était sur lui et elle bougeait vraiment les hanches. On aurait dit qu'elle dansait ou je sais quoi. Ben la regardait et souriait, et ses mains se promenaient sur son corps. J'allais partir mais Ben m'a vue. Son sourire s'est élargi et il m'a fait signe d'entrer, mais j'étais trop gênée et j'ai couru rejoindre Mercedes. Les bruits ont encore duré une bonne demi-heure. Pour moi le sexe avait toujours été sale ou mauvais. Une chose dont on ne parlait pas. Une chose qui était contre les commandements de l'Église et de Dieu et contre quoi il y avait des lois. Mais ils avaient l'air heureux. Et quand Ben était en moi, ç'avait été la meilleure sensation de toute ma vie. J'avais souvent été à l'église avec mes parents et je n'y avais jamais rien ressenti.

C'était juste ennuyeux. Et ça semblait vieux et bête. Mais quand j'ai ressenti cette sensation avec Ben quand j'ai vu la lumière, et que j'ai vu l'éternité, et les ai senties, c'était Dieu.

Quand les bruits ont cessé, Ben et Mariaangeles sont entrés dans la chambre. Mercedes était vraiment heureuse de les voir, et nous sommes tous allés dîner. Je ne savais pas comment me comporter après ce que j'avais vu, mais ils se comportaient de la façon dont ils semblaient se comporter toujours, avec bonheur. Le dîner était formidable, mon plat préféré, macaronis au fromage. Après le dîner, Mariaangeles est montée donner son bain à Mercedes et la coucher. Ben a souri et est venu m'embrasser. C'était un long baiser. Un vrai baiser avec la langue. Je n'étais pas sûre de ce que je devais faire alors je lui ai rendu. Et ça a continué. On a continué. À s'embrasser comme des adolescents ou je ne sais quoi. Et il m'a fait lever et s'est mis à me déshabiller. En y repensant, je n'arrive même pas à le croire, mais sur le moment je n'étais pas capable de réfléchir du tout. C'était tellement fabuleux. Il m'a déshabillée sur place, dans la salle à manger. Et nous nous sommes allongés par terre. Et il a commencé à parcourir tout mon corps. Avec ses mains et sa bouche et sa langue. Partout sur moi et dans moi. Et j'ai juste fermé les yeux et lui ai laissé faire tout ce qu'il voulait. C'était merveilleux. Genre le meilleur truc qui a jamais été. Il murmurait en même temps. Et j'ai essayé d'écouter mais ça m'empêchait de sentir ce qu'il me faisait. Mais ce que j'entendais était à propos de

Dieu. Que c'était ça qui était Dieu. Que ce que je ressentais était Dieu. Que le Dieu des livres ne pourrait jamais me faire ressentir ça. Que je ne sentirais pas ça si ce n'était pas bien, si ce n'était pas naturel, si ça ne faisait pas partie de Dieu, le vrai Dieu.

Pendant qu'il me faisait toutes ces choses j'ai entendu Mariaangeles entrer et rire. J'ai ouvert les yeux et j'étais vraiment gênée. Ben était la seule personne excepté mes parents à m'avoir jamais vue nue. J'ai commencé à me lever mais elle a secoué la tête et a souri et s'est agenouillée près de moi et a posé les mains sur mes épaules et m'a maintenue au sol et s'est mise à m'embrasser. Quelque chose en moi me disait que c'était mal, mais ce ne l'était pas. C'était aussi bon qu'avec Ben. Et je lui ai rendu son baiser. Même si on m'avait toujours appris qu'être gay ou faire des trucs gays allait contre les enseignements de Dieu, je n'avais pas cette impression. Dieu se moque que ce soit un homme qui embrasse un homme, ou une femme qui embrasse une femme, ou un homme et une femme qui s'embrassent. Dieu s'en moque complètement. C'est juste l'amour. Les baisers ou toutes les sortes d'attouchements sont juste une expression de l'amour, et qui le fait n'a pas d'importance. Tous ceux qui disent que Dieu pense autrement ne savent absolument pas de quoi ils parlent.

Nous avons été ensemble toute la soirée. Par terre dans la salle à manger et ensuite au premier dans ma chambre et ensuite dans la baignoire. Quelle soirée c'était. Mes aïeux, j'ai vu Dieu encore et encore, et j'ai vu l'éternité, et j'ai senti une paix et une compréhension parfaites, et je me suis sentie aimée, ah ça, si je me suis sentie aimée, plus aimée que quiconque sur terre ce jour-là, je pense. Après, nous nous sommes endormis tous les trois, dans le même lit. Ben était au milieu avec moi et Mariaangeles de chaque côté. J'ai dormi merveilleusement je n'ai même pas fait de cauchemar. Quand je me suis réveillée le matin, Ben était parti. Mariaangeles dormait encore, mais Ben était parti.

Je me suis levée pour aller au travail, comme tous les jours. Quand je suis revenue il y avait eu encore des améliorations, genre il y avait un tas de bois et la grange était en train d'être débarrassée. Ben et Mariaangeles et moi et Mercedes avons dîné ensemble, et Mariaangeles a couché Mercedes. Après, nous sommes tous allés dans ma chambre et nous avons fait la même chose que le soir précédent. Nous nous sommes touchés et embrassés et léchés. Et nous nous sommes donné des sensations merveilleuses. Et nous nous sommes aimés. Et c'était tout ce qui comptait. Tout ce qui compte dans la vie. S'aimer. Un homme qui était juif et parlait à Dieu et une Dominicaine noire du Bronx et une grosse caissière blanche du milieu de nulle part. Nous nous moquions de la couleur et de la religion ou de l'argent ou des écoles où nous étions allés ou des métiers que nous faisions ou de comment étaient nos familles ou même de comment étaient nos corps. Nous nous moquions de n'être pas mariés. Ou d'être des pécheurs. Ou que des gens diraient même que nous étions damnés. Nous nous aimions juste. Pour ce que nous étions. Ce qui est comme ça devrait être. Le vrai amour n'est pas autre chose que ce qu'il vous fait ressentir. Et s'il vous fait du bien, continuez à le faire, sans vous occuper de ce que les autres peuvent en penser.

Nous avons pris des habitudes. J'allais au travail. Ben et Mariaangeles arrangeaient la ferme. Nous dînions et nous allions au lit. Il n'était jamais là quand je me réveillais. Je lui ai demandé un jour où il allait la nuit tout seul. Il a dit que parfois il allait dans les bois ou la grange avoir ses crises, et que parfois il s'étendait dans l'herbe pour regarder les étoiles, et il a dit que parfois il allait à pied en ville, qui était à quatre kilomètres de là, chercher des choses que les gens jetaient, comme de la nourriture et des vêtements et d'autres trucs. Je lui ai dit que c'était bête et qu'il n'avait plus besoin de faire ça parce que je pouvais acheter tout ce dont nous avions besoin au supermarché au tarif des employés. Il a dit qu'il ne voulait pas des choses qu'on achetait. Qu'acheter des choses alimentait le système qui était en train de détruire le monde. Je lui ai demandé s'il pensait vraiment que le monde était en train d'être détruit et il a souri et a dit oui, et bientôt ce sera la fin. Je lui ai demandé s'il était fâché que je travaille au supermarché et il a ri et a dit bien sûr que non. Il m'a embrassée sur la joue et a dit que ce n'était pas à lui ni à personne de me dire comment vivre. Je lui ai dit que ça ne m'embêterait pas de quitter mon job et il a dit que je devais faire ce que je voulais, que ma vie était à moi, et que quand elle était finie, elle était finie, et que je devais faire et voir et essayer et ressentir et expérimenter tout ce que je pouvais et tout ce que je voulais. Je lui ai dit que je ne savais pas ce que je voulais, et il a encore souri et a dit si, tu sais, nous savons tous, il faut juste que nous soyons sincères avec nous-mêmes, et cessions d'en avoir peur. La peur, il a dit, gouvernait totalement notre vie. La peur, il a dit, après la religion, était la force la plus destructrice au monde.

Des gens ont commencé à venir à la maison. Au début c'était juste une ou deux fois par semaine. Je ne sais pas comment ils avaient connu Ben ni comment ils savaient où il était. Ils étaient là quand j'arrivais ou ils frappaient à la porte. Tous avaient l'air fou ou triste ou malade ou drogué. Ben se promenait avec eux. Il allait dans les champs où mon papa travaillait, avant. Les champs étaient à l'abandon et faisaient peur. Même si je savais que non, et que j'étais adulte, j'étais toujours sûre qu'il y avait quelque chose de mauvais, comme un monstre ou quelque chose. Ben y allait avec les gens, et parfois ils revenaient au bout de cinq minutes et parfois ils revenaient au bout de cinq heures, mais les gens allaient toujours mieux. Je ne savais pas quoi en penser vraiment. Il s'y passait quelque chose mais c'était difficile d'y penser vraiment. On dit que les miracles existent, et je le lisais dans les journaux, et les gens priaient super fort pour qu'ils arrivent, mais ils ne semblaient pas vraiment arriver, ou sinon c'était une fois sur un milliard. Mais les gens continuaient à prier pour qu'ils arrivent, des millions de gens, chaque jour ils priaient. Il y en aurait qui auraient de la chance. Et c'était ça qu'ils étaient pour eux, et pour ça qu'ils priaient, de la pure chance. Quelque chose de bon arrive genre une fois sur un milliard. En fait la plupart des gens qui priaient pour qu'il leur arrive un miracle perdaient juste leur temps. C'était idiot. Ils mendiaient et suppliaient pour recevoir une aide qui n'arrivait jamais. Ils auraient dû passer ce temps à s'amuser ou je ne sais quoi. Particulièrement si c'était pour des raisons de santé. Ils pourraient au moins s'amuser un peu avant de mourir plutôt que de prier. Et quand ces miracles pas vraiment vrais arrivaient, c'était sans vraie raison. Les gens étaient incapables de dire ce qui s'était passé ou pourquoi ça s'était passé. Pas pour de vrai, du moins. Mais avec Ben c'était différent. Les malades partaient avec lui dans les champs et ils revenaient guéris. Les drogués partaient avec lui et revenaient sans avoir plus besoin de drogue. Les gens qui avaient des béquilles revenaient en courant. J'ai vu plusieurs personnes avec des lunettes noires et des cannes blanches qui revenaient en souriant et en clignant des yeux. Un homme en chaise roulante gambadait sur la pelouse. C'était fou. Et magnifique. C'était des miracles pour de vrai. Pas des prières à quelque chose qui n'était même pas là et ne pouvait même pas les entendre. Pas des prières pour une promesse dans un livre qui ne tenait jamais ses promesses. Mais quelqu'un qui faisait vraiment quelque chose qui changeait quelque chose. Savoir que parce que vous rencontriez cette personne, et qu'elle faisait quelque chose, que votre vie était totalement différente et totalement meilleure. Ça c'était un miracle. Et Ben faisait des miracles. Il pouvait faire que les prières, qui en fait sont plutôt inutiles vu leur nombre et leur effet, il pouvait faire que les prières se réalisent. Je ne sais pas comment il le faisait, sauf à dire que c'était le Messie, et qu'il avait les mêmes pouvoirs que ce Jésus-Christ avait, s'il a jamais existé. Il pouvait faire des miracles. Je n'ai jamais entendu parler de quelqu'un d'autre qui était capable d'en faire. Mais il en était capable, pour de vrai. Et c'était pas comme si c'était facile ou juste un petit truc. Après les avoir faits, il revenait toujours bien moins en forme que quand il était parti. Comme s'il donnait quelque chose de lui-même aux autres pour qu'ils aillent mieux. Parfois il ne revenait pas du tout. Les gens disaient qu'il leur avait dit qu'il allait avoir une crise et qu'il fallait qu'ils le laissent. Ou il revenait et il avait sa crise dans le jardin. Il y en avait qui faisaient vraiment peur. Il tremblait et grognait et crachait et il avait des trucs qui lui sortaient de la bouche. J'étais très inquiète et j'avais envie de l'aider mais je savais qu'il n'aurait pas voulu, donc je restais dans la véranda à me ronger les ongles. Un jour je lui ai demandé pourquoi il le faisait, pourquoi il faisait des miracles pour les gens. Il a dit qu'il le faisait parce qu'il les aimait, et que les miracles ne sont pas faits, ils sont donnés. Et que n'importe qui pouvait en faire. Si les gens étaient prêts à aimer suffisamment, et à donner suffisamment, n'importe qui pouvait changer la vie de quelqu'un. Et que c'était la façon la plus simple de décrire Dieu sur terre. Les gens qui changent la vie d'autres gens. Pas un être céleste, ou un super-héros inventé, mais les gens qui changent la vie les uns des autres.

Après avoir été dans les champs avec Ben, la plupart des gens s'en allaient. Mais certains restaient avec nous. C'était plutôt marrant. Ils n'étaient pas comme les gens normaux. Ou du moins c'est ce que j'ai pensé au début. C'étaient des hommes qui s'habillaient en femme, et des femmes qui ressemblaient à des hommes, et il y avait des gens qui étaient gays et des gens qui étaient drogués, et il y avait des Noirs et des Hispaniques et des Asiatiques et des Arabes, et des gens qui étaient si mélangés que je ne savais pas ce qu'ils étaient. Il y avait des femmes qui avaient définitivement fait des trucs pas propres, et même s'étaient vendues pour de l'argent. Il y avait des hommes qui étaient pareils, même. Il y avait des criminels et des dealers et des mendiants et des gens qui n'avaient nulle part où aller. Si j'avais vu ces gens dans la rue, j'aurais clairement eu peur d'eux. Si je les avais vus dans ma ville, j'aurais espéré que la police ne soit pas loin. Tous les croyants et les pratiquants que je connaissais auraient dit qu'ils étaient damnés pour leurs péchés. Ils auraient dit que ces gens iraient certainement en Enfer. Mais quand ils étaient chez moi je les aimais. Et je les aidais parce que je voyais que Ben les aimait. Je l'ai vu les serrer dans ses bras et les embrasser. Je les ai vus pleurer dans ses bras. Je l'ai vu passer des heures à les écouter et leur parler et rire avec eux. Je l'ai vu les guérir et les changer. Je l'ai vu les traiter comme s'ils étaient des personnes normales, ce que presque tous disaient que ça ne leur était pas arrivé depuis très longtemps. J'ai vu Ben faire l'amour avec eux, et tous voulaient faire l'amour avec lui, et lui avec eux, et je l'ai vu les marier. Certains venaient ensemble à la ferme et étaient amoureux ou sont tombés amoureux pendant qu'ils étaient avec nous. Des hommes avec des hommes et des femmes avec des femmes et des hommes avec des femmes, toutes les combinaisons imaginables, gays et normaux. Ben leur disait que le mariage ce n'était pas un homme et une femme qui vivaient ensemble, c'était des gens qui s'aimaient. Et il disait que les lois et les restrictions contre l'amour et le mariage, sans considération des personnes impliquées, n'étaient pas voulues par Dieu. Dieu se moquait de ce genre de choses. Dieu était au-delà de ces choses. Le mariage est quelque chose qui concerne les êtres humains, et tous les êtres humains devraient en profiter, quelle que soit leur manière d'aimer. Et j'ai suivi son exemple. J'ai parlé et écouté et étreint et embrassé et fait l'amour. J'ai assisté aux mariages et j'ai pleuré et applaudi. J'étais si heureuse pour tout le monde, et j'ai dansé ensuite, dansé jusqu'à ce que mes jambes et mes pieds me fassent horriblement mal. Je ne pensais à rien sinon que j'aimais ces gens. C'était ça qui importait. Que nous étions tous des êtres humains et que nous aimions d'autres êtres humains. Et c'est ça qui est Dieu. Pas un stupide barbu en robe assis sur un fauteuil en or dans les nuages. Pas un homme en colère qui sait tout et décide de ce qui est bien et de ce qui est mal. Pas un vieil homme en Italie qui dit des bêtises, ou un fou dans le Sud qui juge tout le monde. Pas un homme au Pakistan qui pense qu'il a le droit de tuer, ou un homme en Israël qui pense qu'il a le droit d'opprimer. Dieu n'est pas une personne ni un homme ni même un être d'aucune sorte. Dieu est aimer d'autres êtres humains. Dieu est traiter tous ceux qu'on rencontre comme si on les aimait. Dieu est oublier que nous sommes tous différents et s'aimer les uns les autres comme si nous étions tous pareils. Dieu est ce que vous ressentez quand il y a de l'amour dans votre cœur. C'est un sentiment formidable. Et c'est le vrai Dieu. Le seul vrai Dieu.

Les gens continuaient d'arriver. Et il y en avait certains qui semblaient connaître Ben d'avant. Une femme médecin qui a dit qu'elle avait soigné Ben à l'hôpital. Un homme qui était son patron quand il travaillait sur un chantier. Un gentil garçon gay qui était joli comme une fille et qui habitait avec le frère de Ben et qui aimait Ben et que Ben aimait, et ils s'embrassaient beaucoup et passaient beaucoup de temps au lit. Un agent du FBI qui a serré Ben dans ses bras et a pleuré et n'arrêtait pas de lui dire merci. Certains restaient un ou deux jours, certains venaient et repartaient, et certains ne sont jamais repartis. Bientôt il y avait des gens plein les chambres, le grenier, le sous-sol et le living, et la pièce télé. Ils étaient partout, en fait. Dans la grange et sous des tentes. En quelques mois nous sommes passés de quatre à trente ou quarante personnes, qui vivaient tous sur ma ferme, et il continuait d'en arriver. Je n'arrivais pas à le croire. C'était génial. La maison n'avait jamais été aussi propre. On a commencé à faire pousser des légumes. Et certains ont apporté de l'argent et j'achetais des choses comme de la nourriture et des couvertures et des fruits au rabais. Toute la journée les gens travaillaient. Certains faisaient le ménage ou la cuisine ou jardinaient. Les gens s'occupaient de Mercedes. Les gens allaient faire les poubelles en ville la nuit. Et tous les soirs nous nous asseyions en cercle dans le jardin et Ben nous parlait. Je ne dirais pas qu'il prêchait. Les prêcheurs essaient toujours de vous convaincre qu'ils ont raison. Les prêcheurs essaient toujours de vous faire croire ce qu'ils croient. Les prêcheurs essaient toujours de vous raconter que si vous ne les écoutez pas vous allez le payer. Ben se moquait que nous croyions ou pas. Il disait que tout le monde devrait avoir le droit de croire ce qu'il veut. Il n'avait pas besoin de convaincre qui que ce soit. Il suffisait de voir Ben pour être convaincu. Quand vous le voyiez, vous saviez qu'il était différent de nous. Vous saviez qu'il était spécial, ou même quelque chose d'au-delà du spécial. Il était divin. Il était ce pour quoi les gens priaient et suppliaient et passaient leur vie à adorer. Il était le vrai Prophète. Il était le vrai Fils de Dieu. Il était le vrai Jésus-Christ revenu sur terre. Il était le vrai Messie. Il était tout ce que les religieux fous du monde entier attendaient depuis tous ces milliers d'années. Il était Dieu. Il était Dieu.

Et même s'il nous disait, à chacun de nous, que nous n'étions pas obligés de croire à ce qu'il disait, nous le croyions, nous croyions tout ce qu'il disait, même quand c'était bizarre. Je me rappelle la première soirée. Le ciel était clair et il n'y avait pas de lune et il faisait chaud. Il y avait des millions et des milliards d'étoiles, tant qu'on ne pouvait même pas commencer à les compter ou essayer de deviner combien il y en avait. Ben avait eu une crise dans la maison. Tout le monde savait qu'il fallait le laisser tranquille quand ça arrivait. Même si ça arrivait dans la cuisine ou à un endroit où on pouvait le voir il nous disait de le laisser. Il avait eu cette crise dans le living ce soir-là, juste sur notre vieux tapis. Il avait parlé dans une langue bizarre qui avait vraiment l'air vieille et impressionnante et sérieuse. Tout le monde était sorti sur la pelouse. Nous étions juste assis dans l'herbe à regarder le ciel sans parler parce que c'était si beau qu'on ne pouvait même pas le croire. C'était quand nous étions seulement huit ou neuf dans la maison. Moi et Mariaangeles et Mercedes qui dormait dans ses bras, et un gay et deux travestis et une femme qui avait fumé du crack avant, et peut-être encore quelqu'un d'autre. Ben est sorti et s'est assis avec nous. Il a pris la main de la fumeuse de crack parce qu'elle avait vraiment du mal à décrocher. Il l'a embrassée sur la tête, et elle a souri. Un des hommes lui a demandé s'il allait bien et il a dit oui. Il lui a demandé s'il savait qu'il avait parlé pendant sa crise et Ben a dit oui. L'homme lui a demandé s'il savait ce qu'il disait et Ben a dit oui, je parlais à Dieu. Tout le monde est resté silencieux pendant quelques secondes. Comme s'ils ne pouvaient pas le croire ou comme s'ils pouvaient le croire et le croyaient mais que c'était si énorme qu'il n'y avait rien à dire. Moi et Mariaangeles savions déjà. Les autres se sont regardés et un des hommes a souri et a dit je vous l'avais dit, c'est ce qu'on nous a raconté, c'est pour ça que nous sommes ici. L'autre homme a demandé à Ben ce que Dieu lui disait, et Ben a souri et a dit Dieu voulait vous dire bonjour, et s'assurer que vous savez que vous êtes les bienvenus aussi longtemps que vous voudrez.

Nous avons tous ri. Ben s'est allongé pour regarder les étoiles et a attiré la femme et l'a tenue dans ses bras. C'était vraiment super mignon. Avant elle tremblait, ses mains et tout son corps et même ses lèvres s'agitaient et tremblaient. Ben l'a juste tenue et n'a pas arrêté de passer la main dans ses cheveux et elle est devenue vraiment calme et paisible. On s'est tous allongés comme lui, comme si on voulait tous voir ce qu'il regardait, et parce qu'il avait vraiment l'air bien installé. Et Ben a juste regardé les étoiles, et tout le monde a fait de même et ça a duré une éternité. Pendant longtemps personne n'a parlé. On regardait juste. Et j'ai vu des étoiles qui scintillaient et des étoiles qui semblaient bouger et des étoiles vraiment brillantes et des étoiles que je n'arrivais presque pas à voir. J'ai essayé de les compter, mais il y en avait trop, donc j'ai essayé de les compter juste dans un petit carré du ciel, mais il y en avait trop pour même faire cela. J'ai fini par me perdre dedans. Je ne pensais même pas à quoi que ce soit. Je regardais juste la merveille du ciel et ce genre de trucs. Et tout le monde était comme moi. On s'est perdus et quand on avait tous oublié qu'il allait le faire, Ben a parlé. Dieu n'est pas ce que vous pensez, ou imaginez, ou qu'on vous a appris à croire. Une grande partie de ce qu'on nous a appris à croire à propos de tout dans ce monde est faux, mais une grande partie est tellement liée à des notions de Dieu qu'il est plus facile de commencer par là. Nous sommes des animaux. Nous n'avons pas été créés à l'image de quiconque ou de quoi que ce soit. Nous sommes un accident biologique, et nous sommes ce que nous sommes à cause d'un long processus de sélection naturelle, et d'anomalies génétiques intermittentes et spontanées qui nous ont faits plus forts, et ont fini par faire partie de nous. Nous avons commencé comme des organismes unicellulaires dans l'eau des marais et de là nous sommes devenus des poissons, des amphibiens, des reptiles, des mammifères, des singes. Ça s'est passé sur des milliards d'années. L'idée que cette planète, ce système solaire, cette galaxie et cet univers ont été créés il y a cinq mille ans est ridicule. Nous en savons plus. Alors ce n'était peut-être pas le cas, mais c'est différent aujourd'hui. Et même alors, quand les histoires ont été créées, de quelque culture qu'elles proviennent, elles n'ont pas été créées parce que les gens qui les créaient y croyaient réellement, elles ont été créées afin de consolider le pouvoir et d'asservir les gens. Elles ont été créées par quelques hommes qui ont compris que s'ils prétendaient avoir une relation directe avec Dieu, une compréhension de Dieu exceptionnelle, et que Dieu était un Dieu qui avait créé toute la vie, et jugeait la vie, et savait ce que tout le monde faisait n'importe quand, et que si ce Dieu était un Dieu qui contrôlait le destin, et décidait qui devait vivre et qui devait mourir, et après la mort accordait la vie éternelle soit au Paradis soit en Enfer, ils pouvaient utiliser ce pouvoir, qui supposait une relation, qui supposait une connaissance, pour faire en sorte que les gens vivent comme eux le voulaient. Ils pouvaient utiliser ce pouvoir pour rendre les gens esclaves. La religion. C'est remarquablement simple. Une magnifique supercherie. La plus vieille imposture de l'histoire de l'humanité. Je connais Dieu. Dieu a tout créé, sait tout, et est tout-puissant. Faites ce que Dieu me dit que vous devez faire, ce qui en l'occurrence vous asservit à moi, sinon vous brûlerez pour l'éternité. Les chrétiens sont les maîtres en la matière. Ils ont bâti des empires sur leur arnaque, assassiné, torturé et terrorisé littéralement des milliards de personnes. Tout cela au nom de leur super-héros barbu, au nom de leur fiction crucifiée. Dans le monde actuel les catholiques romains, les évangélistes américains et les musulmans fondamentalistes sont particulièrement bons, bien qu'ils soient tous coupables : les juifs, les chrétiens, les musulmans, tous les leaders des diverses sectes et confessions, quiconque pense qu'il y a un seul Dieu avec le pouvoir de tout savoir et juger. Ils ont tous tort. Et ils sont soit des maîtres d'esclaves soit des esclaves qui adorent des choses qui n'existent pas. Dieu n'est pas un homme. Dieu n'est pas un reflet de l'homme. Dieu n'est pas un être ni un esprit ni une conscience. Dieu ne vit pas quelque part avec des employés qui font son travail. Dieu n'est ni un il ni une elle. Dieu n'a pas une armée d'anges ou un ennemi mortel qui a été banni de son royaume. En termes qui signifient quelque chose pour nous, Dieu n'est rien. Dieu ne joue aucun rôle dans notre vie. Dieu se moque de la terre et de l'humanité. Dieu se moque des petits drames qui ont tant d'importance pour nous. Dieu se moque de ce que nous disons ou de qui nous baisons ou de ce que nous faisons de notre corps ou de qui nous aimons ou de qui nous épousons. Dieu se moque que nous nous reposions le dimanche ou si nous allons dans un bâtiment chanter des chants et dire des prières et psalmodier et écouter des sermons. Dieu se moque que nous tuions au nom de Dieu. Dieu n'en a rien à foutre. Dieu n'en a rien à foutre. Levez les yeux. Il y a deux mille cinq cents étoiles qui sont visibles dans le ciel la nuit. Deux mille cinq cents. Pas beaucoup. Dans notre galaxie, notre petite galaxie, il y en a trois cent milliards de plus que nous n'en pouvons voir. Trois cent milliards. Nous ne savons pas combien de galaxies il y a parce que nous n'avons pas la technologie pour le savoir, s'il est même possible de le savoir. Il y a des estimations, des suppositions, comme des fléchettes qu'on lance contre une cible. Certains disent cent milliards, d'autres cinq cents milliards, d'autre un billion. Certains disent que l'univers est infini, ce qui est un concept que nous faisons semblant de comprendre, mais qui est au-delà de notre entendement. Les hommes se préoccupent de manger, de trouver un abri, de baiser. Nous nous préoccupons du travail et de l'argent. Nous nous préoccupons des catégories et des statuts sociaux et de ce que les autres pensent de nous. Nous nous préoccupons des règles qui nous sont imposées par des hommes qui ne savent rien. Nous nous préoccupons de la mort et du moment où elle viendra nous prendre. Nous ne sommes pas capables de concevoir l'infinité. Nous ne sommes pas capables de saisir l'idée d'une chose qui n'a pas de limites et pas de fin. Et c'est là qu'est Dieu. C'est cela qu'est Dieu. Au-delà de notre esprit. Au-delà de notre compréhension. Au-delà de tout ce que nous pouvons catégoriser ou commenter ou prêcher ou placer dans l'un de nos systèmes de règles. Dieu est infini. Un nombre infini de galaxies, un nombre infini d'étoiles, un nombre infini de planètes. Levez les yeux. Essayez d'imaginer l'infinité. Notre esprit cale et revient à un nombre compréhensible, une image concevable. Levez les yeux. Au-delà de ce que vous voyez, au-delà de ce qui est au-delà de ce que vous voyez, au-delà de ce qui est au-delà. Ce qui s'étend à l'infini. C'est Dieu. Tout cela est Dieu. Un Dieu infini que nous ne pouvons pas comprendre. Qui ne s'occupe pas de notre petite vie. Qui est au-delà de s'occuper de quoi que ce soit, où que ce soit dans cet univers infini levez les yeux et voyez Dieu. Levez les yeux. Levez les yeux.

Et nous l'avons fait. Nous avons levé les yeux sur toutes ces jolies étoiles, et elles brillaient et clignotaient et peut-être bougeaient un peu, mais c'étaient probablement mes yeux qui me jouaient des tours. J'ai essayé d'imaginer

tous ces nombres de milliards et de billions et de penser à des choses qui duraient toujours et toujours et je n'ai pas été capable de le faire, juste comme il avait dit. Mon cerveau revenait aux étoiles que je voyais et au petit croissant de lune qui brillait et à l'herbe sur laquelle j'étais allongée qui me chatouillait les bras et au chant des grillons et aux bestioles qui passaient à toute vitesse et à une petite brise tiède qui bougeait entre les arbres
et aux gens qui respiraient autour de moi,
qui regardaient juste en l'air en respirant.

Après ça nous avons commencé à le faire toutes les nuits. Ce n'était pas comme si ça avait été obligé ou quoi que ce soit, pas comme l'école ou l'église, personne n'allait avoir d'ennuis, mais presque tout le monde le faisait. Après le dîner nous allions nous allonger sur l'herbe et Ben parlait. Il parlait de la vie, de ce qu'il en pensait, et de comment il la vivait, et du monde, de comment nous l'avions laissé détruire, et de comment il allait bientôt finir. Il disait que la vie était simple, nous étions nés et nous allions mourir. Il n'y avait rien pour nous avant notre naissance et il n'y aurait rien pour nous après notre mort. Pendant que nous étions ici nous avions le choix. Tant que nous étions en vie nous avions le choix. Nous pouvions choisir d'être et de faire ce que nous voulions. Nous pouvions choisir de faire partie de la société, et d'obéir à ses règles, qui étaient surtout conçues pour nous contrôler et nous garder à la place à laquelle nous étions nés, ou nous pouvions faire nos propres règles et vivre notre propre vie. Pour lui, disait-il, la vie c'était l'amour et la baise et aider les autres. La vie c'était ressentir tout ce qu'il pouvait et expérimenter tout ce qu'il pouvait. La vie n'était pas l'accumulation d'argent et de possessions, mais l'accumulation d'amis. Il parlait de vivre simplement. Que plus nos vies étaient compliquées plus nous étions malheureux. Plus nous avions plus nous voulions. Plus nous travaillions dur moins nous vivions. Il parlait de la patience, et disait que l'anxiété ou la nervosité ou l'agressivité n'amélioraient rien. Il parlait de la compassion, que nous devions en avoir pour nous-mêmes et pour les autres et pour la terre, et que s'il pouvait empêcher les gens de faire souffrir tout ce qui les entourait, le monde aurait une chance de survivre, et que nous aurions une chance de survivre. Il a dit qu'il fallait que nous abandonnions l'idée de la mort. Que la mort était la fin, très simplement et rien de plus. Que quand la mort venait c'était l'obscurité et le silence et la paix, mais rien que nous pouvions expérimenter. Que notre obsession de la mort nous tuait. Que notre obsession de la vie après la mort, qui n'existe pas, détruisait ce que nous possédions, qui était la conscience et tous ses dons, dont le plus beau était l'amour. Il a dit que la vie, pas la mort, était le plus grand mystère que nous devions affronter. Il le disait sans cesse. La vie, pas la mort, était le plus grand mystère que nous devions affronter.

Quand il parlait du monde, c'était généralement à propos de la façon dont nous l'avions détruit, ou avions laissé les religions et les gouvernements le détruire, et de sa fin prochaine. Il disait que les religions et les gouvernements ne faisaient jamais ce qu'ils prétendaient, qui était d'aider les gens et de faire que leurs vies vaillent d'être vécues, mais qu'ils étaient simplement des instruments de cupidité et de pouvoir et de mort. Qu'aucun d'eux ne valait rien. Que même les meilleurs étaient mauvais, et existaient uniquement pour contrôler et exploiter l'humanité, et contrôler et exploiter les ressources de la terre. Qu'il ne pouvait pas trouver, dans tout le cours de l'Histoire, un seul exemple d'un gouvernement qui n'existait pas au nom du pouvoir, qui ne tuait pas dans sa propre quête du pouvoir, et qui ne faisait pas de ses citoyens les serviteurs de sa cupidité. Même s'il disait qu'il ne savait pas comment finirait le monde, il était évident qu'il finirait, qu'il existait bien trop de manières et qu'une d'elles arriverait, et qu'elle arriverait bientôt. Il disait qu'il y avait trop de gens qui avaient trop d'armes. Qu'une fois que les armes commenceraient à parler, elles ne s'arrêteraient pas. Qu'une fois qu'un fou aurait appuyé sur le bouton, tous les boutons seraient actionnés. Qu'il y avait trop de gens qui voulaient avoir raison. Qu'il y avait trop de gens qui voulaient avoir le contrôle. Qu'il y avait trop de gens qui voulaient que leur Dieu soit le seul Dieu, leur système soit le seul système. Que les démocrates, et les républicains, et les capitalistes, et les communistes, et les libéraux et les conservateurs, et les fascistes et les anarchistes et les nationalistes et les nationaux-socialistes, quels que soient les noms qu'ils se donnent, étaient tous pareils, et qu'ils n'étaient pas différents des gens qui adoraient Dieu. Mais qu'au lieu de prétendre croire en un Dieu surnaturel, ils prétendaient croire en des Dieux appelés justice sociale, et égalité, et liberté, mais que leurs vrais buts n'étaient pas différents de ceux des religieux, que ce qui les intéressait vraiment c'était l'argent, et le pouvoir, et le contrôle. Qu'entre eux, ils détruiraient le monde. Qu'ils déclencheraient une guerre qu'ils ne seraient pas capables d'arrêter, et qui n'aurait pas de vainqueur. Que la guerre qui mettrait fin à tout allait arriver. Et que si même la guerre n'avait pas lieu, tout finirait de toute façon. Il y avait trop de gens. Il n'y avait plus de ressources. La Terre elle-même ne pouvait plus subvenir aux besoins de tout ce qui se trouve à sa surface. Bientôt toutes ses ressources seraient épuisées. Et alors nous nous entre-déchirerions jusqu'à ce que nous mourions de faim. Et il a dit qu'il était trop tard pour essayer de l'arrêter. Qu'il n'y avait rien que quiconque pouvait y faire. Qu'aucun leader, aucun personnage religieux, aucun homme, aucune femme, aucun rien, ne pouvait rien y faire. Que nous avions sauté dans le vide, et qu'à un moment nous allions nous écraser en bas. Et ce serait la fin de tout. Et ce serait notre mort à tous. Et que c'était mieux ainsi. C'était la meilleure chose qui pouvait arriver. Que tout détruire, tout raser, tout brûler était notre seule chance. Et qu'une fois cela fait, il espérait, bien qu'il en doutait, que ceux qui resteraient seraient assez malins pour recommencer et tout oublier. Et commencer quelque chose qui tournerait autour du culte de l'amour au lieu du culte de Dieu et de l'argent. Dieu et l'argent n'avaient apporté que la mort et la guerre. L'amour pourrait apporter quelque chose pour lequel il vaudrait la peine de vivre.

Et il n'était pas en colère ou méchant quand il parlait. Il ne criait pas ni ne postillonnait pas comme beaucoup de gens quand ils disent des trucs. Il le disait juste comme on dirait qu'on va acheter du lait ou faire le plein. Juste comme si c'était quelque chose qui allait arriver. Il disait que nous pouvions choisir comment vivre avant que ça n'arrive. Nous pouvions l'accepter et vivre aussi merveilleusement que nous pouvions avant que ça n'arrive, ou pouvions ne pas le croire et continuer à gâcher nos vies en faisant des choses et poursuivant des choses qui ne nous rendaient pas heureux et ne nous rendaient pas meilleurs. Il a dit que son choix était d'aimer autant que possible, et donner autant que possible, et ressentir la joie et le bonheur et l'extase et le plaisir autant que possible. La vie était assez difficile comme ça, il a dit, sans nous interdire ces choses qui nous mettaient dans un état de béatitude. Ceux qui pensaient que nous devions nous interdire cela étaient des imbéciles. Nos corps ont été faits pour. Il faut les laisser faire ce pour quoi ils ont été faits. Après qu'il avait fini de parler il embrassait toujours quelqu'un. C'était le plus souvent Mariaangeles, mais parfois c'était quelqu'un d'autre, et parfois un homme et parfois une femme et parfois un homme qui ressemblait à une femme, ou une femme qui ressemblait à un homme. Il les embrassait et les touchait et les aimait. La plupart de nous suivions son exemple et commencions à nous embrasser et à nous toucher et à nous aimer. Certains allaient dans la maison ou dans la grange ou dans les champs, mais la plupart restaient sur la pelouse.

Qui vous étiez ou à quoi vous ressembliez ou quel était votre passé ou quelle était la couleur de votre peau ou si vous aviez un accent ou si vous aviez de l'argent ou pas d'argent ou si vous aviez été à l'école ou pas à l'école ou quoi que ce soit n'avait pas d'importance. Tout le monde aimait tout le monde. Et tout le monde couchait avec tout le monde. Et tout le monde jouissait avec tout le monde. Au début, nous n'étions que quelques-uns, mais vers la fin il y avait beaucoup de gens qui habitaient ici et il en venait encore qui s'installaient ou venaient passer la journée et il y avait des gens partout. Et il y avait tellement d'amour. Et nous étions tous heureux. Et rien d'autre n'avait d'importance. Pas la moindre.

Sept mois après notre arrivée à la ferme, alors que la maison et la grange étaient pleines et que les gens vivaient dans des tentes dans les champs et les bois, et qu'il y avait soixante-sept personnes qui vivaient ici, une fille est venue voir Ben. J'étais assise dans la véranda quand elle est arrivée à pied, et j'ai senti que quelque chose clochait. Elle était jeune et triste et elle avait des ecchymoses sur la figure et ses vêtements étaient en mauvais état. C'était normal que des gens comme elle viennent mais je ne savais pourquoi je voyais qu'elle était différente. Elle a demandé si Ben était là, et j'ai dit il habite ici mais il n'est pas dans le coin pour le moment. Elle a demandé si elle pouvait avoir quelque chose à boire, et j'ai dit oui, bien sûr, eh banane. Elle s'est assise sur les marches de la véranda et je suis allée lui chercher un verre d'eau.

J'ai essayé d'engager la conversation mais je voyais qu'elle n'avait pas envie de parler, et vraiment on aurait dit qu'elle allait pleurer en mal donc je l'ai laissée tranquille. Une heure ou deux plus tard Ben est arrivé des champs avec un jeune couple qui avait essayé sans succès d'avoir un bébé et ils souriaient et je voyais que la femme avait pleuré en bien et Ben a posé la main sur son ventre et a mis la main de son mari sur la sienne et ils avaient l'air tellement heureux, comme s'ils savaient que tout irait bien. Et alors qu'ils se dirigeaient vers leur voiture, Ben s'est tourné vers nous. La fille l'a vu et s'est levée et Ben a souri et elle s'est immédiatement mise à pleurer. Il est venu la prendre dans ses bras, et elle a juste pleuré sur son épaule, vraiment pleuré, genre tout son corps tremblait et sanglotait. Je voyais que c'était quelque chose de très grave, donc je les ai laissés tous les deux là devant la véranda et je suis rentrée lire des livres à Mercedes.

Plus tard tout le monde s'est retrouvé dehors pour le dîner. Ben avait l'air très heureux et très triste à la fois et la fille était toujours là. Elle était assise à côté de Mariaangeles et elles se tenaient par la main. Ce n'était pas inhabituel que les femmes se tiennent par la main, mais elles se serraient vraiment fort. On a fait un dîner géant, et ensuite, au lieu de parler, Ben a embrassé tous les gens de la ferme. Il a embrassé chacun vraiment bien et chacun de façon différente, comme s'il pouvait dire de quel genre de baiser ils avaient besoin. Quand ça a été mon tour, il m'a embrassé super doucement sur les lèvres mais pas vraiment sexe ou quoi. Juste vraiment doux pendant genre dix secondes, et puis il a murmuré je t'aime à mon oreille. Après qu'il a embrassé tout le monde, il a pris Mariaangeles par la main et a pris Mercedes, qui dînait souvent avec nous, par l'autre main, et ils sont entrés à l'intérieur, et la fille les a accompagnés juste à côté d'eux. C'était vraiment mignon. Comme s'il était le papa de Mercedes et le mari de Mariaangeles et que la fille faisait partie de la famille et c'était vraiment super mignon. Pendant une minute personne n'a su que faire, mais ensuite les gens ont commencé à s'embrasser comme on faisait tous les soirs quand Ben était avec nous. Et puis on s'est aimés. Et le ciel était dégagé et il semblait plus dégagé que jamais et les étoiles étaient sorties et elles semblaient plus brillantes que jamais et c'était une nuit merveilleuse, une nuit parfaite, la plus géante que j'ai jamais vue jusqu'à ce jour. Et tout le monde s'aimait. Nous nous sommes aimés d'une façon parfaite encore plus fort qu'avant, comme si la nuit nous rendait meilleurs que jamais et nous donnait plus d'amour. Elle nous donnait tout et c'était magnifique. La chose la plus magnifique du monde. L'amour.

Le lendemain matin, quand je me suis réveillée, Ben était parti. La fille était partie elle aussi, et Mariaangeles n'est pas sortie de sa chambre de toute la journée. Et quand elle est sortie elle n'a pas voulu dire où était allé Ben ni qui était la fille ni ce qui s'était passé. Tout ce que je savais c'est que Ben était parti.

II ESTHER

Je pense à ma souffrance. Ma tristesse, solitude, le fait que ma famille a été détruite, que j'ai été battue et torturée et forcée d'adorer un Dieu qui n'est pas le mien, et vivre une vie qui n'est pas la mienne. Je pense à la souffrance des autres dans ce monde, ce monde si laid. Je pense à toute la violence et à la guerre, à la pauvreté et à la faim. Je pense à l'addiction et aux mauvais traitements et à l'oppression. Je pense à toutes les maladies et à la douleur physique, et je pense à toute la souffrance de l'âme, qui est plus grande et plus profonde qu'aucun des maux dont nous sommes souillés. Je pense à toute l'affliction que tout le monde ressent chaque minute de chaque jour. Il y a si peu de joie. Si peu de liberté. Si peu de sécurité. Si peu qui nous fasse sentir que tout cela en vaut la peine. Et ce qui nous le fait sentir est l'amour. L'amour est le seul moyen de soulager la souffrance. L'amour est le seul moyen de trouver la liberté. L'amour est le seul endroit dans toute l'humanité où il y a de la sécurité. Et même l'amour ne marche pas très longtemps. L'amour disparaît ou s'évanouit toujours. L'amour est tué ou détruit. L'amour se change toujours en quelque chose qui n'est pas vraiment l'amour. Les moments d'amour pur et inconditionnel sont les choses les plus rares et les plus précieuses sur terre. Si nous en avons deux ou trois durant toute notre vie, nous sommes vernis. Mais la plupart d'entre nous n'en ont pas. La plupart d'entre nous vivent avec l'illusion d'avoir l'amour ou de chercher l'amour ou de connaître l'amour, mais ce que nous avons ou cherchons ou connaissons c'est le désir et la possession et le contrôle. Ce que nous connaissons pour être l'amour ne nous rend pas vraiment heureux. En fait, cela nous fait souffrir plus. Cela nous rend plus malheureux et plus violents et plus oppressifs et plus misérables. Cela augmente notre souffrance. Mais si nous pouvions apprendre. Si nous pouvions apprendre ce que Ben Zion a appris. Si nous pouvions vivre comme Ben Zion a vécu. Si nous pouvions sentir comme Ben Zion a senti. Si nous pouvions aimer comme Ben Zion a aimé.

J'avais toujours cru que je le reverrais. J'espérais que cela arriverait avant que notre mère ne meure. Après son dernier départ, après qu'il se fut battu avec Jacob, j'ai prié pour son retour. J'ai prié plusieurs heures par jour. Quand j'étais censée prier pour d'autres choses, quand j'étais censée prier pour des choses pour lesquelles Jacob voulait que je prie, je priais pour Ben Zion. Pendant que je priais, je pensais à ce que ç'avait été de le revoir. Je pensais à ce qu'il était et à ce qu'il était devenu, que mes parents, et tout le monde dans ma famille, et nos rabbins avaient toujours pensé qu'il deviendrait. Je pensais à ce qu'il était capable de faire, qu'il pouvait faire des miracles, aux sentiments qu'il pouvait inspirer aux gens, et à la façon dont il pouvait changer des vies d'un mot ou d'une pression de la main. Je pensais à toutes les langues qu'il parlait sans les avoir apprises et à tous les livres qu'il connaissait sans les avoir lus. Je pensais qu'il pouvait parler avec Dieu. Je pensais à tous les signes de divinité qui avaient été reconnus à sa naissance : son sang davidique, le jour de sa naissance qui était celui de la destruction du temple de Salomon, le fait qu'il soit né circoncis. Je pensais au fardeau qu'il avait porté presque toute sa vie. D'être élevé et éduqué comme quelqu'un qui pourrait être le Messie. Ce que ç'avait dû être pour un petit garçon. Un garçon de trois ans qui aurait dû jouer aux petites voitures. Un garçon de cinq ans qui aurait dû s'amuser sur une aire de jeux. Un garçon de sept ans qui aurait dû aimer l'école comme un enfant normal. Un garçon de neuf ans qui aurait dû pouvoir avoir des amis. Je pensais à ce que ç'avait dû être pour lui de savoir qui il était, ou ce qu'on croyait qu'il était, ce qui faisait que son père et son frère étaient jaloux et avaient peur de lui et le détestaient. J'ai pensé à ce que ç'avait dû être pour lui d'être chassé de la maison. C'était encore un enfant, à peine un adolescent. Je me demandais ce qu'il avait fait pendant toutes ces années où nous l'avions cherché sans succès. Je me demandais où il était, qui il avait rencontré, et ce qu'il ressentait. Je me demandais s'il attendait de devenir ce qu'il est devenu. S'il y croyait. Si c'était un fardeau.

S'il se réveillait tous les jours dans la terreur, se demandant si c'était aujourd'hui qu'il allait devenir Moshiach. S'il en parlait jamais. S'il avait des amis ou quelqu'un qui l'aimait. Si c'était important pour lui. S'il savait comment cela finirait, et je soupçonne qu'il le savait. Je n'ai pas de réponses, mais je pense que ça a dû être une sorte d'Enfer. Savoir que vous étiez Moshiach, le Messie, le Fils de Dieu, le Christ de retour, l'incarnation terrestre de Dieu, même si ce Dieu n'était pas le Dieu pour lequel on faisait la propagande sur terre depuis des milliers d'années. C'est un miracle qu'il ait survécu en le sachant. C'est un miracle qu'il l'ait accepté et l'ait attendu, où qu'il ait été, quoi qu'il ait fait, quoi qu'il ait ressenti, quelque souffrance qu'il ait endurée. C'est un miracle. Mon frère était un miracle.

Et pendant que je pensais à tout cela, je me permettais d'en douter. Toute foi, toute vraie foi, implique le doute. Si vous dites que votre foi est inébranlable, vous n'avez pas la foi. Si vous dites que vous n'avez pas de doutes, alors vous n'avez pas de croyance. La lutte pour la foi, la dignité de la foi, la valeur de la foi, consiste à demeurer fidèle à cette foi face au doute. Si vous devez croire en Dieu, vous devez vous permettre de douter de Dieu. Si vous devez croire à quoi que ce soit, vous êtes obligé d'en douter. Je croyais en mon frère. En son pouvoir et sa divinité. Sa vertu. Dans sa mission. Qui était de nous montrer la folie de nos croyances, de nous montrer le danger de nos religions, de nous montrer la stupidité dont nous faisons preuve en plaçant nos esprits et nos rêves entre les mains des politiciens, et de nous montrer qu'il faut vivre notre vie en croyant à l'amour, et en vivant avec l'amour, pas le faux amour, l'amour qui juge qu'on nous a appris, mais un amour dans lequel tous les êtres humains ont la même valeur, et les mêmes droits, et reçoivent la même attention. Je crois qu'il était ce qu'il était né pour être, et qu'il était l'homme qu'on a prié pendant des milliers d'années. Je pense que par sa mort, par son sacrifice, il nous a donné une chance de nous racheter. Il est mort volontairement afin de nous racheter des péchés de la religion, des péchés de nos Dieux, des péchés qui consistent à avoir placé notre vie entre les mains des politiciens qui nous ont escroqués. Il a racheté notre humanité en nous montrant comment et pourquoi l'humanité qu'on nous a vendue est fausse. Que les Dieux que nous adorons n'existent pas et n'en ont rien à faire. Que les systèmes dans lesquels nous avons été obligés d'exister nous détruisent. De la même façon que le Christ est supposé s'être sacrifié pour nos péchés, des péchés qui sont une partie naturelle de notre humanité, aussi naturels que de respirer et de manger, des péchés tels que l'amour et le sexe et le choix, Ben Zion s'est sacrifié pour notre croyance en l'histoire du Christ, et pour toutes les histoires du même genre, des histoires qui nous asservissent et nous oppriment et nous détruisent. Si nous réalisons que Ben Zion avait raison, et que nous tirons les leçons de son enseignement, nous avons une chance de nous sauver. Mais je ne crois pas que nous la saisirons. Il a été prophète dans la mesure où il savait que la fin approchait. Et il a été

Moshiach dans la mesure où il nous a montré comment l'éviter. Il nous a montré que nous dormions tous. Il a crié et il a continué à crier jusqu'à ce qu'il en meure. Nous avons une chance si nous nous rappelons ce cri, si nous l'écoutons. Mais je ne crois pas que nous saisirons cette chance. Tout finira.

Et cependant que je crois ce que je crois, il y a le doute, il y a toujours le doute, et il doit y avoir le doute. Ben Zion n'était-il qu'un homme ? Était-il un enfant empoisonné par la religion et convaincu de croire en d'anciennes prophéties qui ne se réaliseront jamais ? Est-il devenu ce qu'il est devenu parce qu'on le lui a dit ? Souffrait-il d'une maladie mentale ? Son épilepsie a-t-elle détruit sa raison ? Était-ce un criminel qui a eu ce qu'il méritait ? Était-ce un égomaniaque qui vivait sa folie ? Était-ce un dangereux halluciné ? Je me permets de me poser ces questions, parce que quand je pense à l'homme que je connaissais et à la vie qu'il a vécue, et aux paroles qu'il a prononcées, et à l'exemple qu'il a donné et les miracles qu'il a accomplis, et l'amour qu'il partagé, et les sacrifices qu'il a faits, la réponse à toutes les questions que je me pose est non. Il était dangereux, absolument dangereux. Dangereux parce que si nous l'écoutons, nous nous réveillerons. Si nous l'écoutons nous cesserons d'acheter les mauvais biens qu'on nous vend, et nous cesserons de croire aux escroqueries des prêcheurs, des popes, et des présidents, et la maladie de la religion sera guérie, et les mensonges des politiciens ne passeront plus pour vrais, et tout ce qui a été bâti par les institutions malsaines et malades qui nous dirigent et nous contrôlent, s'écroulera et tombera. Il était absolument dangereux. Et ils l'ont tué.

Après son départ, après le baiser qu'il a échangé avec Jérémie et après que Jacob l'a battu, et après qu'il a changé notre eau en vin, la priorité a été de le retrouver. Quand Jacob a vu le vin, il a immédiatement cru qu'il avait fait une erreur, et une très grande erreur, une erreur irréparable. Il s'est précipité dans la rue, mais n'a rien vu. Il a pris sa voiture et a parcouru les rues adjacentes, mais n'a rien vu. Il est allé dans les églises du voisinage, pensant que c'est là que Ben Zion avait trouvé refuge, mais n'a rien vu. Il a appelé les commissariats et les hôpitaux du quartier, mais personne n'avait rien vu. Il a cherché pendant des jours, et quand il ne cherchait pas, il priait à genoux dans l'église ou parlait avec le pasteur Luc, qui, après avoir rencontré Ben Zion, et l'avoir entendu parler, et avoir été témoin de ses miracles, était convaincu que Ben Zion était le Christ de retour sur terre. Jacob ne l'a pas trouvé, ni aucun signe de lui et Ben Zion n'est pas revenu, et n'a pas donné le moindre indice de l'endroit où il se trouvait ni ne nous a contactés d'aucune manière. Quand Jacob a compris que Ben Zion avait réellement disparu, il a commencé à ne pas croire ce qu'il avait vu et à dire que Ben Zion n'avait embrassé Jérémie que pour nous embêter, et qu'il avait caché une bouteille de vin quelque part, sachant qu'il aurait l'occasion de se trouver seul dans la salle à manger pour le verser dans les verres. Il a aussi commencé à se mettre en colère et à dire que Ben Zion l'avait tourné en ridicule et avait tourné Dieu en ridicule, et que ce que Ben Zion savait, les langues et les livres saints, était une chose que tout le monde pouvait connaître en les étudiant, ce qu'il avait dû faire. À l'approche de la date de comparution de Ben Zion, comme il était toujours absent, mettant ainsi en danger notre maison et l'Église, Jacob est devenu fou de rage. Il a recommencé à chercher Ben Zion, et avec plus de vigueur, et il a aussi commencé à insulter notre mère avant de la maltraiter, pensant qu'elle savait où se trouvait Ben Zion. Notre mère ne savait rien. Comme toujours, elle devint l'objet de la fureur de Jacob. Il lui hurlait dessus. Il lui crachait dessus. Il lui a pris tout son argent et a refusé de lui donner à manger. Il l'enfermait dans le débarras et passait son temps à lui donner des coups de pied dans la porte et lui murmurer au travers qu'elle était la mère du Diable, et à lui dire que notre père ne l'avait jamais aimée et avait regretté de l'avoir épousée. Il a fini par la chasser. Il l'a laissée partir sans rien d'autre que les vêtements qu'elle avait sur le dos. Elle a essayé de chercher de l'aide auprès des autres membres de l'église, parce que c'étaient les seules personnes qu'elle fréquentait depuis des années mais ils ont refusé de l'aider. Elle est retournée à Brooklyn, où nous avions habité quand nous étions juifs, mais les gens que nous avions connus là-bas n'ont pas voulu lui pardonner de les avoir abandonnés. Elle a vécu dans un centre d'accueil puis dans un autre et quand elle a dû partir de celui-là aussi, après quelques mois elle a fini dans la rue à mendier pour se nourrir. J'ai essayé de l'aider. Je lui apportais de petites sommes, des couvertures, des vêtements. Jacob m'a attrapée et m'a battue, me cassant trois côtes et trois doigts et a cité l'Ecclésiastique 26, 25 : Une femme impudique n'est qu'une chienne ; mais la pudique craint le Seigneur, après m'avoir battue. Il m'a dit que si je le refaisais il me battrait plus fort et me chasserait moi aussi.

Avec le temps, alors que Jacob était de plus en plus désespéré, et que notre mère était de plus en plus désespérée, moi aussi je suis devenue désespérée. À l'époque je croyais en l'Église, en Jésus-Christ, et dans le Père tels que décrits dans l'Ancien et le Nouveau Testament de la Bible. Je ne savais rien d'autre. L'occasion ne m'avait jamais été donnée d'apprendre ni de croire autre chose. Je ne voulais pas que l'église de Jacob s'écroule, ou soit prise par le gouvernement. Il était évident que je ne voulais pas perdre notre maison qui était la seule chose de valeur que possédait ma famille. Je me suis mise à chercher Ben Zion. Avant de commencer j'ai demandé la permission à Jacob et au début il a refusé. Après que le pasteur Luc est parti, disant qu'il ne pouvait pas accorder sa foi en Jésus-Christ avec ce qu'il avait vu en Ben Zion, et qu'il ne pouvait plus prêcher un évangile qu'il ne sentait pas dans son cœur, Jacob m'a donné la permission. Non seulement il risquait de perdre le bâtiment qui abritait son église, mais la congrégation perdait des membres, les gens sentant le chaos et l'instabilité des dirigeants et commençant à aller dans d'autres églises.

J'ai commencé par demander à ma mère, mais elle ne savait rien. Je suis allée dans le Bronx, où Ben Zion habitait avant son accident et qu'il ne nous revienne, mais tout le monde refusait de me parler et un grand costaud m'a conseillé de partir en me disant que personne ne me dirait rien et que certains pourraient me faire du mal s'ils pensaient que je voulais faire du mal à Ben Zion, qu'ils ne connaissaient que sous le nom de Ben. Je suis allée sur le chantier où il avait travaillé, mais les ouvriers n'avaient pas vu Ben Zion, et le contremaître a refusé de me voir. Je suis allée à la prison et j'ai essayé de parler aux gens qui avaient été dans les tunnels avec lui. J'ai vu trois hommes et une femme. Quand je leur ai dit qui j'étais ils sont partis sans me dire un mot. J'ai fait ce qu'avait fait Jacob, j'ai téléphoné aux commissariats, aux hôpitaux et aux centres d'accueil. Je suis allée à l'hôpital où j'avais trouvé Ben Zion, mais le médecin n'était pas visible. Je suis retournée voir ma mère dans l'espoir que Ben Zion l'avait contactée, mais je ne l'ai pas trouvée. Je suis allée partout où elle avait été, ou où je savais qu'elle avait été, mais elle était introuvable. Je suis restée à la maison et à l'église pendant deux jours pour prier, et toujours rien. Le troisième jour, j'ai décidé de ne pas aller à l'église et de ne pas prier. J'étais fatiguée, et je ne voulais pas voir Jacob qui était de plus en plus désespéré, irascible et enragé. Je suis restée à la maison. J'ai écouté la radio. J'ai mis une station qui n'était pas chrétienne, ce qui m'aurait très probablement valu d'être battue par Jacob s'il l'avait découvert. J'ai écouté une station pop, comme une fille normale de mon âge aurait fait, comme les filles normales de mon âge faisaient probablement en ce moment précis partout dans New York. J'ai écouté des chansons qui parlaient de tomber amoureux, d'être amoureux, d'aller danser, et de perdre l'amour et de le pleurer. J'ai entendu des chansons qui parlaient de beaux baisers et des chansons sur le sexe. J'ai entendu des chansons qui parlaient de grands rêves et des gens qui partaient à leur recherche et parfois les perdaient et parfois les trouvaient. Je n'avais jamais connu aucune de ces choses. Je n'avais jamais vécu quoi que ce soit de pareil. Ma vie était l'église, la prière, l'école à la maison et les cours d'été d'instruction religieuse. Les garçons que je connaissais étaient inapprochables avant le mariage et nos relations étaient strictement contrôlées et supervisées. Je n'avais jamais franchi la porte de notre maison en sachant que j'allais voir un garçon, un garçon à qui je pourrais plaire, qui pourrait m'embrasser, de qui je pourrais tomber amoureuse, et avec qui je pourrais rire et danser, un garçon qui pourrait me rendre heureuse. J'ai adoré les chansons que j'entendais, et elles m'ont fait sourire. Et elles m'ont fait espérer. Et elles m'ont fait rêver. J'avais des rêves que je n'avais que rêvé d'avoir. Peut-être qu'un jour je connaîtrais quelque chose de réel à leur propos. Peut-être qu'un jour l'un d'eux se réaliserait. Après deux heures de chansons, de rêves, de sourires et de danse maladroite, le téléphone a sonné. C'est Jacob qui répondait quand il était là, et c'était à moi de le faire quand il était absent, bien que personne ne m'appelât jamais. J'ai immédiatement éteint la radio, pensant que c'était quelqu'un pour Jacob, et sachant que s'il entendait la radio, je le paierais plus tard. J'ai décroché et dit allô et un homme m'a demandé si je connaissais Ruth Avrohom. Je lui ai dit que c'était ma mère. Il a dit qu'il était assistant social dans un hôpital de Brooklyn et que ma mère était là-bas, et qu'ils avaient besoin que quelqu'un signe des formulaires la concernant. Je lui ai demandé ce qui s'était passé, et il a dit qu'il ne pouvait pas me donner de détails, mais qu'il en parlerait si je venais à l'hôpital. Je lui ai demandé si elle allait bien, et il a dit qu'elle était dans un état critique. J'ai noté l'adresse et j'ai raccroché.

Sans réfléchir, ou sans réfléchir aux répercussions possibles, je suis partie aussitôt. J'ai pris le métro et j'ai trouvé l'hôpital. Il était dans une partie pauvre de Brooklyn, et j'étais la seule Blanche, du moins parmi les patients et les visiteurs. J'ai demandé à une femme où trouver ma mère. Elle m'a envoyée dans un service de soins intensifs. Une fois là-bas, j'ai dû parler à une autre femme, qui m'a donné le numéro de la chambre de ma mère, mais m'a dit d'attendre de parler à un médecin. Je me suis assise et j'ai attendu.

J'ai attendu longtemps. J'avais très peur. Les gens me regardaient comme si je n'étais pas à ma place, dans cet hôpital, et j'avais la même impression. Personne n'était blanc.

Beaucoup de gens ne parlaient pas anglais. Je connaissais des gens qui étaient blancs ou ne parlaient pas beaucoup d'anglais mais ils étaient tous unis dans notre foi en Dieu. À l'hôpital nous n'étions pas unis par quoi que ce soit. Je n'avais aucune idée de ce à quoi ils croyaient. Je n'avais pas confiance en eux. Je voyais à la manière qu'ils avaient de me regarder qu'ils n'avaient pas confiance en moi. Quelqu'un m'a demandé si j'étais de la police. Un autre m'a demandé si je travaillais pour l'État et si j'étais venue prendre l'enfant de quelqu'un. La plupart se contentaient de me regarder une minute ou s'asseyaient loin de moi. Enfin un médecin est arrivé. Il m'a demandé ma carte d'identité que je lui ai montrée. Il m'a emmenée dans une chambre au bout du couloir où ma mère était au lit. Son visage était hideusement gonflé et couvert de grandes contusions. Il y avait des tubes et des fils qui entraient et sortaient de ses bras et un tube qui entrait dans sa bouche et des pansements partout sur elle. Ses yeux étaient fermés.

Je ne savais que faire, que dire. J'avais peur d'entrer dans la chambre. Le médecin m'a appris qu'elle avait été attaquée devant un centre d'accueil pour sans-abri. Il n'y avait pas de détails quant à ce qui s'était exactement passé, mais il avait entendu dire qu'il y avait eu une dispute à propos de nourriture avec un homme qui était dans le centre d'accueil. Le surveillant l'avait vue partir, et on l'avait trouvée une heure plus tard dans une ruelle à deux rues de là. Elle avait été violée et battue. Elle avait les pommettes et le nez cassés et le crâne fracturé. Son état était stable et elle vivrait très probablement, mais elle était en mauvais état. La police avait fait un rapport, mais il n'y avait pas vraiment de suspects et ils ne s'attendaient pas à arrêter quelqu'un. Il a dit que dans l'avenir immédiat ma mère pouvait rester à l'hôpital mais qu'il faudrait qu'elle s'en aille bientôt. Il m'a demandé si je pouvais la prendre avec moi. Je me suis mise à pleurer.

Je suis restée quelques heures avec elle. Je me suis assise à son chevet et j'ai essayé de lui demander pardon. Je savais qu'elle ne pouvait pas m'entendre mais je l'ai quand même fait. Quand je suis rentrée, Jacob m'attendait. J'ai essayé de lui raconter ce qui s'était passé mais il a dit qu'il s'en fichait. Pour lui notre mère n'était plus notre mère. J'ai essayé de lui parler mais il m'a frappée, et a continué à me frapper. Quand il a arrêté, je suis allée dans ma chambre et j'ai fixé le plafond jusqu'à ce que j'entende Jacob se mettre au lit. J'ai attendu une heure et je me suis levée et habillée et je suis partie.

Je suis allée à Manhattan. Le métro était vide. C'était le milieu de la nuit. Mon plan était d'aller retrouver tous les gens que j'avais vus pour leur demander de nouveau s'ils savaient où je pourrais trouver Ben Zion. Je leur expliquerais les circonstances et la raison pour laquelle j'avais besoin de le voir, pensant que si je pouvais le trouver et le ramener, Jacob permettrait à notre mère de revenir à la maison, où je pourrais m'occuper d'elle. Je suis descendue en ville. Les trottoirs étaient déserts. Les boutiques étaient toutes fermées. Il n'y avait pas de voitures dans les rues. C'était calme, silencieux et magnifique. Les longs blocs droits s'étendaient jusqu'à la ligne d'horizon. Les immeubles en ombres, en noir. Les enseignes jetaient des lumières rouges, jaunes, bleues. Les réverbères clignotaient. La chaussée était déserte. Je me suis mise à marcher en direction de l'hôpital. Pendant quinze minutes je n'ai vu personne, bien que de temps à autre j'aperçoive des ombres qui bougeaient derrière les fenêtres éclairées. En m'approchant de l'hôpital, j'ai commencé à voir des voitures, et quelques personnes. Les hôpitaux sont parmi les rares endroits au monde qui ne dorment jamais, ne s'arrêtent jamais, n'ont jamais l'occasion de respirer, d'être seuls ou tranquilles, d'être déserts. Plus j'approchais, plus je voyais de gens, certains en vert ou en blouse blanche avec des badges sur la poitrine, certains juste tristes ou préoccupés, certains qui avaient l'air malade et perdu. Je suis allée aux urgences, où travaillait le médecin. Il y avait quelques personnes dans la salle d'attente. Toutes avaient l'air effrayé, presque coupable. Une jeune femme et un jeune homme, tous deux habillés comme s'ils avaient été dans un endroit chic, semblaient avoir vu un fantôme. Un petit garçon tenait la main de son père. Une femme toute seule regardait par terre. Un couple était assis côte à côte, la femme sanglotant sur l'épaule de l'homme. Comme je me dirigeais vers la réception, j'ai vu le médecin dans un bureau derrière. Elle était au téléphone. Elle avait l'air très sérieux. La réceptionniste m'a demandé si elle pouvait m'aider et je lui ai dit que j'avais besoin de voir le médecin. Elle m'a demandé pourquoi et je lui ai dit que c'était au sujet de mon frère. Elle m'a demandé si mon frère était hospitalisé et je lui ai dit qu'il l'avait été mais qu'il ne l'était plus. Elle m'a demandé pourquoi j'avais besoin de parler au médecin et je lui ai dit que c'était très important, que c'était à propos de mon frère. Je lui ai demandé de dire mon nom au médecin et de lui dire que j'avais besoin de la voir. Elle m'a dit qu'elle allait le faire et je me suis assise.

J'ai attendu une heure. Chaque fois qu'un médecin ou une infirmière entrait, tout le monde levait les yeux, avec un mélange de grande peur et de grand espoir sur le visage, sachant qu'à tout moment ils allaient être sauvés ou perdus. La quatrième fois, la femme médecin est entrée et m'a regardée et m'a souri et s'est assise à côté de moi. Elle a dit bonjour et m'a demandé ce qui s'était passé. Elle voyait des contusions récentes sur mes bras et mon cou et pensait que j'étais là pour me faire soigner. Je lui ai parlé de ce qui s'était passé avec ma mère et de la situation à la maison, bien que quand elle m'a demandé si Jacob m'avait battue je lui aie répondu non, et je lui ai dit qu'il fallait que je trouve Ben Zion et que cela faisait plusieurs semaines que je le cherchais et que je n'avais trouvé aucune trace de lui, ni personne qui voulait me parler de lui. Elle m'a demandé si je pensais que Ben Zion pouvait être en danger si je le trouvais et j'ai dit non, nous sommes sa famille, nous avons besoin de lui, nous l'aimons et il nous manque et nous avons besoin de lui. Elle a souri et a dit qu'elle allait revenir, et elle m'a serrée dans ses bras et elle est sortie. Elle est revenue un peu plus tard avec un Post-it à la main. Elle m'a dit qu'il habitait dans une ferme dans le nord de l'État et qu'elle avait appelé la ferme et lui avait parlé. Il lui avait dit de me donner l'adresse et qu'il fallait que je vienne le voir, et qu'il m'aimait. J'ai pris le Post-it et elle m'a serrée dans ses bras et je suis partie.

Je suis allée à la gare routière. J'avais assez d'argent pour presque tout le trajet, mais pas pour tout le trajet. La gare routière était dégoûtante. Et effrayante. Elle était sale, et il y avait beaucoup de SDF et des hommes qui attendaient quelque chose ou quelqu'un, et n'avaient jamais l'air de s'en aller. Il semblait qu'il y avait plus de gens qui venaient en ville qu'il n'y en avait qui en partaient.
En les regardant descendre des bus, je me demandais combien, s'il y en avait, finiraient par trouver le bonheur, ou penseraient qu'ils avaient pris la bonne décision. J'ai trouvé mon bus aussi vite que possible et je suis montée et me suis assise juste derrière le chauffeur, pour être près de quelqu'un qui pourrait m'aider s'il arrivait quelque chose.

Le trajet n'était pas très long. Le bus était presque vide. Un vieux couple qui se tenait par la main. Trois filles avec des sacs de boutiques. Une adolescente qui avait l'air fatigué et triste. Un adolescent qui avait l'air sur le point d'exploser. Je regardais la masse confuse de vert et la ligne grise infinie qui s'étendait devant nous. Trois heures plus tard je suis descendue dans une petite ville du nord de l'État de New York. On aurait dit qu'elle avait dû être agréable par le passé. Les maisons étaient en bardeaux de style victorien, et il y en avait beaucoup de grandes bien que la plupart étaient maintenant délabrées. Il y avait une rue principale bordée de boutiques, dont la plupart étaient maintenant fermées et condamnées. Il y avait des commerces d'alcool et des églises. Trois marchands d'armes. Une boutique de vêtements à prix cassés et une d'objets d'occasion. Un parking plein de pick-up d'occasion et des usines en ruines à l'entrée de la ville. La plupart des gens étaient dans leurs vérandas ou sur leurs pelouses. Personne ne semblait travailler. Je me suis arrêtée à une station-service pour demander comment aller là où Ben Zion habitait. L'homme s'est moqué de moi quand il m'a demandé comment je comptais y aller et que j'ai dit à pied, mais il m'a quand même indiqué la direction. Il m'a dit que c'était à environ cent vingt kilomètres. Je me suis mise à marcher sur la route. C'était une route de campagne à deux voies avec des détritus et des mauvaises herbes sur les bas-côtés. Quand je voyais des voitures, j'entrais dans les herbes pour qu'on ne me voie pas, même si je savais qu'on me voyait. J'étais fatiguée et les coups de Jacob me faisaient encore mal, et j'avais honte de marcher sur le bas-côté de la route. Je n'avais pas des chaussures de course ni de marche. Rien que mes chaussures d'église, à talon plat en mauvais cuir noir avec des semelles en plastique. Et je portais ce que je portais toujours, une jupe longue et une blouse à manches longues et des chaussettes hautes. Je me suis mise à transpirer presque immédiatement, et cela faisait longtemps que je n'avais rien mangé ni bu. Je marchais un moment puis je m'asseyais pour me reposer. Je faisais du chemin, mais cent vingt kilomètres me paraissaient mille. Je ne m'imaginais pas faire tout le trajet à pied. Et je savais qu'à un moment il faudrait que je dorme, et que je trouve à manger. Je savais qu'à un moment il faudrait que je trouve une sorte d'abri.

Je me suis mise à prier tout en marchant. Je parlais à Jésus et au Père et je leur demandais leur assistance et leur conseil. Je leur disais que j'avais peur et que j'avais besoin d'aide. Je leur disais que je leur étais dévouée et que je croyais en eux et que je ferais tout ce qu'ils demanderaient s'ils m'aidaient. Je les suppliais de m'envoyer un signe, quelque chose qui me fasse savoir qu'ils entendaient mes prières. Je tenais les mains jointes sur mon cœur et je marchais, et je regardais vers là où je croyais qu'était le Ciel, et je demandais aux anges de descendre vers moi. Je croyais, parce que je croyais à la parole de Dieu et que je vivais selon elle telle qu'exprimée dans la Bible et que j'avais une relation personnelle avec le Christ, que je recevrais de l'aide sous une forme ou une autre. Je priais si fort. Je continuais à marcher, et je priais si fort.

Je ne sais pas combien de chemin j'ai fait le premier jour, peut-être quinze ou vingt kilomètres. J'ai dormi dans un jardin public dans une petite ville qui ressemblait exactement à la première. J'ai été réveillée par la botte d'un policier. Il me poussait avec. Pas de manière violente ou agressive, mais assez pour me réveiller. Il m'a demandé qui j'étais et ce que je faisais. Quand je lui ai dit où j'allais, il s'est moqué de moi et il est parti. Je me suis levée et je suis retournée sur la route.

Ça a été une longue journée. La plus longue de ma vie. J'ai bu de l'eau dans les toilettes des stations-service. J'ai mangé ce que j'ai trouvé dans les poubelles. J'ai marché pendant des heures et des heures. Mes pieds et mon corps me faisaient mal. Je continuais à prier. Je continuais à demander leur aide à Jésus-Christ et au Père. Deux fois des voitures se sont arrêtées et j'ai cru que mes prières avaient été exaucées. Les deux fois les hommes m'ont proposé de m'emmener si je faisais des choses avec eux, si je me souillais pour eux. Les deux fois j'ai couru me cacher dans les bois. Quand ils sont repartis je suis ressortie et j'ai juste continué à marcher.

Trois jours après être descendue du bus, j'ai trouvé l'entrée de la ferme. Mes pieds me brûlaient et ma gorge me brûlait et j'avais l'impression que j'allais vomir. J'ai remercié Dieu de m'avoir donné la force de réussir. Je me suis littéralement mise à genoux et j'ai regardé dans la direction de là où est censé être le Ciel et j'ai remercié Jésus-Christ et Dieu. Je les ai remerciés de m'avoir guidée et de m'avoir protégée et de m'avoir montré où dormir et où trouver de l'eau et où trouver à manger. Je les remerciés de m'avoir permis de reconnaître les prédateurs non chrétiens et de les avoir évités. Je les ai remerciés d'avoir laissé le médecin me dire où trouver

Ben Zion. Je les ai remerciés pour Ben Zion lui-même, et pour le don de l'avoir pour frère. Je suis restée à genoux pendant une heure, à prier et remercier Jésus et le Père. Je suis restée à genoux jusqu'à ce que l'envie de vomir ait disparu et jusqu'à ce que je sente qu'ils m'avaient redonné des forces.

Le chemin était facile. La route était longue et droite et il y avait des bois des deux côtés. Il m'a fallu environ dix minutes. Quand je suis arrivée au bout il y avait une grande ferme et une grange, et d'immenses champs abandonnés derrière. Il y avait des gens. Certains jardinaient, certains étaient juste assis. Ils avaient tous l'air heureux. Une grosse femme m'a demandé si j'avais besoin d'aide. Je lui ai dit que je cherchais Ben. Elle a dit qu'il était parti et qu'elle ne savait pas quand il reviendrait. Je lui ai demandé un verre d'eau et elle m'en a donné un. Elle a essayé de me parler mais je lui ai demandé de me laisser tranquille, et elle l'a fait.

J'ai regardé les gens. Il y avait toutes sortes de gens, de toutes les couleurs, d'âges différents. Certains étaient vraiment étranges, ou ce que Jacob appellerait pervers ou déviants. Des hommes se tenaient par la main. Des femmes se tenaient par la main. Toute ma vie on m'avait appris que les homosexuels étaient mauvais et damnés. Qu'ils répandaient des maladies. Que c'étaient des malades mentaux. J'avais peur d'eux. Je ne voulais pas qu'ils m'approchent, et même si j'avais vu Ben embrasser Jérémie, je pensais que c'était plus pour mettre Jacob en colère que parce qu'il les acceptait ou leur style de vie, et je ne pouvais pas croire qu'il vivait avec eux.

Je suis restée assise dans la véranda une heure et quelques. Une fois que j'ai arrêté de bouger, j'ai été rattrapée par la fatigue. J'avais du mal à garder les yeux ouverts. Il m'a fallu faire un gros effort pour porter le verre à mes lèvres, bien que l'eau ait été merveilleuse une fois que je l'ai fait. J'avais l'impression d'avoir un poids sur la poitrine et chaque respiration me coûtait et chaque fois je sentais mes forces qui se dissipaient. La femme qui m'avait donné de l'eau venait me voir de temps à autre. Les autres gens entraient et sortaient de la maison, arrivaient avec des sacs qui semblaient pleins de nourriture et de vêtements, et sortaient de la grange, ne semblaient pas me remarquer, et sinon ils étaient gentils, et apparemment normaux. Enfin Ben est arrivé des champs. Il était avec un couple, et ils avaient l'air heureux, et il les a serrés dans ses bras. Il s'est tourné vers moi et m'a vue et m'a souri. Il était maigre, et ses cheveux étaient plus longs, et il était toujours pâle, et ses cicatrices paraissaient pires que je me rappelais, ou elles paraissaient ressortir plus. Il est venu vers moi, et j'ai commencé à sourire. Il s'est assis à côté de moi et a pris ma main et mis les bras autour de moi et a dit bonjour. Je me suis immédiatement mise à pleurer, sangloter, contre son épaule. J'étais incapable de parler, je sanglotais juste. Et c'était merveilleux. Je me sentais en sécurité et forte. Je n'avais plus peur. Je me sentais à l'aise et calme. Je sentais ce que je voulais sentir quand je priais Jésus et le Père. Je me sentais aimée.

Il m'a prise par la main et m'a emmenée dans une chambre. Il m'a dit que je devais m'allonger et le lit était grand et les draps étaient propres et j'étais si fatiguée. J'ai essayé de lui dire ce qui s'était passé à New York et pourquoi j'étais ici et que notre mère avait besoin de lui et que Jacob allait perdre l'église et que le pasteur Luc était parti. Il a juste souri et a dit qu'il fallait que je dorme. Je lui ai dit qu'il pouvait juste revenir pour quelques jours et qu'il pourrait repartir pour revenir ici ou aller n'importe où. Il a dit qu'une fois qu'il partirait il ne reviendrait plus, et je lui ai demandé pourquoi et il a dit parce que nous savons tous deux ce qui va se passer quand je reviendrai à New York. Je lui ai dit que nous ramènerions notre mère à la maison et qu'il parlerait à Jacob et que tout irait bien. Il a souri et m'a dit qu'il m'aimait et qu'il reviendrait me chercher plus tard, après que j'aurai dormi, et il a quitté la chambre.

Je me suis endormie presque immédiatement. Quand je me suis réveillée Ben Zion était assis à côté de mon lit, la main sur mon bras. Il faisait sombre et il n'y avait pas de lumière qui entrait par la fenêtre. Il m'a souri et m'a dit qu'il était temps de partir. Je suis sortie du lit. Il avait une paire de chaussures pour moi. Pas neuves neuves, mais en meilleur état que les miennes, et mieux pour marcher. Je lui ai demandé pourquoi nous partions au milieu de la nuit, et il a dit que c'était plus facile pour marcher parce qu'il faisait plus frais, et qu'il y avait plus de camions sur la route, ce qui augmenterait nos chances de nous faire prendre en stop. Il a passé la porte et m'a fait signe de le suivre.

Nous avons traversé la maison. Elle était silencieuse et sombre. Comme nous descendions l'escalier, j'ai vu des gens dans le salon et la salle à manger. Il y en avait cinq ou six par pièce. La plupart étaient nus, et ils étaient enlacés. J'en ai vu deux qui s'embrassaient, et bougeaient, et j'ai immédiatement détourné les yeux. J'ai pensé que quoi qu'ils fassent, c'était mal. Quoi qu'ils fassent, c'était contre les voies du Seigneur. Quoi qu'ils fassent c'était un péché. Ben n'a pas fait attention à eux. Nous avons quitté la maison.

C'était la même chose dans le jardin. Il faisait chaud et les gens dormaient dans l'herbe sur des couvertures et certains étaient encore réveillés. La lune était haute et à moitié pleine de sorte que je les voyais mieux, et ils faisaient le même genre de choses, et certains faisaient des bruits. J'en ai vu deux qui s'embrassaient, dans les bras l'un de l'autre et de nouveau j'ai détourné les yeux. Je devais être tendue, parce que Ben m'a pris la main et a parlé.
Il n'y a pas de mal à regarder.
J'ai parlé.
C'est mal.
Pourquoi ?
C'est un péché.
Pourquoi ?
C'est contre la parole de Dieu telle qu'exprimée dans la Bible.

Deux personnes qui se rendent
heureuses n'est pas mal.
Ce sont deux hommes.
Ce sont deux êtres humains.
Le Lévitique 18, 22 dit : Tu ne coucheras
pas avec un homme comme on couche
avec une femme. C'est une abomination.
Je vois qu'ils sont heureux, et qu'ils
s'aiment, et qu'ils se font plaisir.
Leurs âmes sont damnées.
Tu les détestes pour leur manière de vivre ?
Oui.
Ta Bible dit aussi, dans 1 Jean 4, 20 : Si
quelqu'un dit : J'aime Dieu, et qu'il hait
son frère, c'est un menteur, car celui qui
n'aime pas son frère qu'il voit, comment
peut-il aimer Dieu qu'il ne voit pas ?
Aux yeux de Dieu, comme on m'a
appris, à cause de ce qu'ils sont,
ce ne sont pas mes frères.
On t'a mal appris. Nous sommes tous
pareils, qui que nous aimions et quelle
que soit notre manière d'aimer.
Ce n'est pas ce que dit la Bible.
La Bible est un livre. Les livres sont faits
pour raconter des histoires. Ils ne sont pas
faits pour dénier aux gens le droit de vivre
comme ils l'entendent. Vis selon ce que tu
sens, et ce que tu sens qui est bon, pas selon
les histoires que te racontent les livres.
Je n'arrive pas à les regarder.
Tu n'es pas obligée, mais ce n'est pas différent
d'un homme et une femme amoureux, et
tu ne détournerais pas les yeux de ça.
S'ils péchaient je le ferais.
Il n'y a pas de péché. Rien que
le contrôle et la culpabilité.

Nous avons pris le chemin. Il continuait à me tenir la main. Nous avons quitté le chemin et nous sommes engagés sur la route. Je lui ai demandé où nous allions et il a dit sur la grande route. Nous avons encore marché trente minutes. Nous ne parlions pas, mais ce n'était pas gênant. Ben Zion me rendait calme, me donnait le sentiment d'être en sécurité, faisait disparaître mes inquiétudes et mes anxiétés. Il se contentait de me tenir la main et de marcher à mes côtés. Et aussi ridicule que cela puisse paraître, parfois tout ce dont nous avons tous besoin c'est que quelqu'un nous tienne la main et marche à nos côtés.

Nous avons commencé à marcher au bord de la grande route. Il y avait beaucoup de camions, et très peu de voitures. Le vent qu'ils créaient en passant me faisait un peu bouger, et j'avais peur parce qu'ils étaient tout près. Ben se contentait de marcher sans paraître avoir du tout peur. Il m'a dit qu'il l'avait souvent fait et que généralement quelqu'un s'arrêtait pour lui proposer de l'emmener, bien que ça puisse être plus difficile parce que nous étions deux. Et même si j'avais dormi, j'étais fatiguée et je ne me voyais pas faire le chemin à pied jusqu'à New York.

Après environ une heure un camion s'est arrêté. C'était un dix-huit roues avec le logo d'un supermarché sur le côté. Le chauffeur a baissé sa vitre et a demandé où nous allions et Ben a dit New York. Il a dit qu'il pouvait nous emmener dans le New Jersey, et nous sommes montés. La cabine possédait un petit espace derrière les sièges avec un petit matelas et une couverture. Je me suis allongée. J'ai essayé de rester éveillée pour entendre de quoi ils parleraient, parce que j'étais curieuse de ce que le Messie dirait à quelqu'un qu'il venait de rencontrer, mais presque aussitôt je me suis endormie. Quand je me suis réveillée, nous étions dans le New Jersey. Le camion était coincé dans les embouteillages et nous avancions à peine. Ben et le chauffeur échangeaient des blagues idiotes. Chaque fois ils riaient et riaient et riaient. Je ne les comprenais pas vraiment, et quand Ben m'a entendue il s'est tourné et a dit bonjour et a posé le bras sur ma tête. Bien que j'aie été encore un peu endormie, je me suis immédiatement réveillée, et mon cœur battait vraiment fort, comme si j'avais couru ou je ne sais pas, ou comme j'imaginais ce que ça pouvait être quand on a pris de la drogue. Toutes les inquiétudes et les peurs et les insécurités avaient disparu. Ce poids que j'avais senti toute ma vie, que je pense que tout le monde sent, ce poids qui est notre existence, ou notre âme, ou les mauvaises choses qui pénètrent dans notre âme et nous infectent et nous font faire de mauvaises choses, avait disparu. Je ne savais pas quoi dire, donc j'ai dit salut, et Ben Zion a ri et m'a dit que nous étions presque arrivés. J'ai souri et j'ai dit bien, et le routier s'est retourné et m'a regardée et a dit bonjour, et j'ai souri, mais je ne savais pas quoi dire. Je parlais rarement aux hommes en dehors de l'église. Il m'a dit que mon frère était un marrant, un bon compagnon de route, et j'ai souri et j'ai dit ouais. Il m'a demandé si j'étais timide et Ben Zion a dit oui, elle est timide, c'est une bonne chrétienne, ou elle l'était avant que j'arrive, et ils ont ri et je n'étais pas sûre de ce que Ben Zion avait voulu dire et de ce qui faisait rire le routier. Mais je me sentais différente, mieux et plus légère, comme je me sentais avant quand j'avais été malade et que je me réveillais mieux, comme si ma fièvre avait disparu ou un truc comme ça, comme si je n'étais plus malade. Le routier s'est retourné et Ben Zion a encore fait une blague et ils ont encore ri et nous avons continué d'avancer lentement en direction de la ville. Et ça a été comme ça pendant dix ou quinze minutes. Ils ont raconté des blagues et le routier a appelé un autre routier pour avoir des nouvelles de la circulation et il a appelé sa destination pour leur dire où il était. Il s'est arrêté à une sortie et s'est garé et je voyais au loin la ligne des toits de New York. Le soleil sortait entre les gratte-ciel et des flots de lumière se déversaient dans les espaces entre eux. Et même si j'y avais habité toute ma vie, je détestais New York, et j'en avais peur, et pensais que c'était un cloaque de péché, une Gomorrhe moderne, un endroit où le Diable s'emparait chaque jour d'âmes innocentes. Ce matin elle était merveilleuse. Les immeubles brillaient tous. L'Hudson était calme et des ferries le traversaient lentement, avec de petites vagues dans leur sillage. Je voyais le pont George Washington, et les voitures qui passaient sur les deux niveaux, pleines de gens qui allaient au travail, ou voir des amis, ou faire des courses, ou faire du tourisme, ou faire ce qu'ils allaient faire, et je me sentais heureuse pour eux, comme si le magnifique endroit éclatant de lumière vers lequel ils se dirigeaient allait les aider, ou les rendre meilleurs, ou les rendre heureux. Et je ne les détestais pas. Je présume que le fait d'avoir grandi dans un environnement où on me disait que tout le monde était mauvais et que nous étions bons et que tout le monde irait en Enfer et pas nous m'avait inspiré la peur et la haine, d'une certaine manière, de gens qui ne pensaient pas comme moi ou ne vivaient pas comme moi. Mais sans que je sache pourquoi ce matin-là, tout cela avait disparu, tout cela avait disparu.

Nous sommes descendus et le routier est descendu avec nous et a serré Ben Zion fort dans ses bras et lui a dit merci encore et encore, et Ben Zion a dit non, merci à toi pour nous avoir si gentiment emmenés, et l'homme s'est mis à pleurer. Je ne sais pas pourquoi, mais il a pleuré, et il est resté là à pleurer et Ben Zion l'a tenu contre son épaule et l'a laissé faire. Le soleil continuait à briller derrière eux. Et la lumière continuait à se déverser. Et les ferries et les voitures continuaient à passer. Et tous les gens qui étaient dans la ville et qui s'y rendaient étaient vivants et vivaient leur vie et je les aimais tous. Et je ne sais pas pourquoi, mais je les aimais. Et je sais que Ben Zion les aimait. Et je sais que le routier les aimait. Et je ne sais pas ce que Ben Zion m'avait fait ou à cet homme, ni pourquoi, pendant que je dormais et avant qu'ils ne racontent des blagues idiotes en se marrant, mais cela ne m'a jamais quitté, et si avant cela m'avait surpris, cela ne me surprenait plus. Cela ne me surprenait plus.

Le routier nous a regardés partir. Ben Zion m'a repris la main et il a souri et nous nous sommes dirigés vers le pont. Ça nous a pris environ une heure. À marcher sur des trottoirs vides à côté de routes bourrées de voitures. Nous avons traversé le pont et plus nous nous approchions de la ville, plus elle paraissait belle, plus elle paraissait briller. Nous étions les seuls à marcher sur le pont, tout le monde était dans les voitures ou les camions, et la plupart étaient seuls. Des milliers de gens, qui allaient tous au même endroit, tous seuls. Nous avons quitté le pont et sommes entrés dans la ville. Nous étions dans le haut de Manhattan, où il y a surtout de longues rangées d'immeubles de logements sociaux, et des usines vides, et des entrepôts, et où passent certaines lignes aériennes. J'ai demandé à Ben Zion où nous allions et il m'a dit le métro et je lui ai dit que je n'avais pas d'argent et il m'a dit que nous n'en avions pas besoin. Il m'a conduite dans un tunnel par lequel sortait un métro et il est passé de lumineux et magnifique à tout noir et terrifiant. Je lui ai dit que j'avais peur et il a dit n'aie pas peur, et je lui ai demandé s'il savait où nous allions et il a dit oui, qu'il avait souvent traversé le pont et emprunté ce tunnel.

Nous marchions en plein milieu du tunnel, dans l'espace entre les deux voies. De temps en temps il y avait une lumière au plafond mais la plupart du temps il faisait noir. J'entendais de l'eau couler et des rats et une ou deux fois quelqu'un qui hurlait. Quand les métros passaient je mettais les mains sur mes oreilles, et le vent était vraiment fort et les poutrelles qui soutenaient le tunnel tremblaient un peu. Les rames étaient à quelques dizaines de centimètres et les gens qui étaient dedans étaient brouillés. Même si j'étais avec Ben, j'avais quand même peur. J'avais l'impression d'entrer en Enfer et que les métros étaient pleins des âmes des damnés qui se précipitaient vers le feu et les tourments éternels. Et si avant j'aurais pensé, après avoir vu ce que j'avais vu avec Ben Zion, et avoir désobéi à Jacob et avoir abandonné ma mère, que j'allais les rejoindre, cette fois-ci je ne le pensais pas. Si j'entrais en Enfer, je pensais que j'en ressortirais. Ou si j'avais l'impression d'entrer en Enfer, je pensais qu'il n'existait pas. Il n'y a que la vie. Cette vie que nous vivons. Si c'est l'Enfer, c'est parce ce que nous en faisons un Enfer.

J'ai vu des lumières devant nous, et nous sommes arrivés à un quai et nous sommes montés et nous avons attendu le métro. Il y avait quelques personnes sur le quai, mais elles n'ont pas fait attention à nous et ne semblaient pas dérangées par le fait que nous étions sortis du tunnel. Nous avons pris une rame qui se dirigeait vers le sud et nous avons changé pour Brooklyn. Dans les rames personne ne parlait ni ne se regardait vraiment. Ben me tenait la main et fermait les yeux et posait la tête contre la vitre et respirait par le nez, et même s'il semblait dormir, je ne pense pas qu'il dormait.
À un moment un homme mince avec un beau costume est monté avec une serviette,

et Ben a immédiatement ouvert les yeux. L'homme était assis en face de nous et plus loin, et Ben l'a regardé. Il ne le regardait pas d'un sale œil, il le regardait juste. L'homme est descendu à la station suivante.

Ça nous a pris environ une heure. Nous sommes descendus et nous avons marché vers l'hôpital. À notre arrivée, notre mère dormait. Le médecin a dit qu'elle n'était pas malade mais qu'elle n'était pas bien. Ben Zion m'a emmenée dans la salle d'attente et il est parti. Je lui ai demandé où il allait et il a juste dit me promener. Je lui ai demandé où et il a juste souri et il est parti. Il est revenu trois heures plus tard. J'avais essayé de prier pendant son absence mais j'avais eu du mal. Il semblait étrange de parler à quelqu'un qui n'était pas là, ou dont je ne savais pas s'il était là, ou dont je croyais qu'il était là mais dont je n'avais pas de preuve qu'il était là. Et j'ai vu d'autres personnes qui priaient dans la salle d'attente. Je les ai soigneusement observées. Deux priaient un Dieu chrétien, et je le sais parce que l'un d'eux avait une bible et l'autre a fait le signe de croix avant de prier, et un autre était musulman et avait un coran. Ils priaient très fort et ils étaient très concentrés. J'avais l'habitude de prier avec d'autres personnes, parfois beaucoup d'autres personnes, particulièrement à des rencontres bibliques et à des rassemblements de la jeunesse chrétienne, donc ce n'était pas ça. Je n'étais juste pas capable de le faire sur le moment et je voulais voir les autres le faire, et voulais voir ce qui se passerait, s'il se passait quelque chose. Il y avait des magazines dans la pièce, des magazines avec des stars sur la couverture et des gros titres stupides et des photos de belles personnes bien habillées. J'en ai pris un pour le regarder. Tout en le regardant, j'observais les gens qui priaient. Si l'extérieur des magazines paraissait stupide, l'intérieur était pire. Les articles concernaient des gens qui étaient très soucieux de leur apparence et de leurs vêtements, et de l'argent qu'ils gagnaient, et des maisons qu'ils habitaient. Et même si je pouvais comprendre qu'on puisse se soucier de ces choses à un certain niveau, elles semblaient incroyablement insignifiantes dans un hôpital, un endroit où les gens étaient malades et mourants, et où les gens qui les aimaient venaient les voir souffrir. En même temps, ce que faisaient les gens qui priaient semblait également insignifiant. Ils cherchaient tous de l'aide, une manière de soulager leur douleur, et de soulager la douleur des gens pour qui ils priaient, suppliaient des personnages de livres, des personnages que personne n'avait jamais vus et à qui personne n'avait parlé et dont personne n'était sûr qu'ils avaient même existé. Ils priaient le Dieu ou le Sauveur auquel ils croyaient de les soulager, et de la même manière que certaines personnes adorent les gens stupides dans les magazines, dont nous savons au moins qu'ils sont réels, ils adoraient les gens dans leurs livres, dont nous ne savons rien. J'ai regardé un médecin qui est venu voir un des chrétiens, et il avait de mauvaises nouvelles, parce que la personne s'est immédiatement mise à sangloter. Un parent de l'autre chrétien, du moins c'est ce que je pensais parce qu'ils avaient l'air exactement pareils, est entré pour l'emmener, et le parent avait visiblement pleuré. L'homme au coran avait vu ce que j'avais vu, que la prière n'avait clairement rien fait, mais il continuait à s'accrocher à son livre et à prier malgré tout. Je me suis demandé, et je me demande encore, si j'avais remplacé leurs livres par les magazines idiots que je regardais, et s'ils avaient adoré les personnes stupides dans ces magazines, ils auraient obtenu les mêmes résultats.

Quand Ben Zion est entré, il a souri et m'a dit de venir avec lui. Je me suis levée et j'ai quitté la salle d'attente et me suis dirigée vers la chambre de ma mère. Quand nous sommes entrés, elle était réveillée et elle m'a souri. Elle n'avait plus de tubes dans la bouche, mais elle en avait encore dans les bras et elle était toujours couverte de pansements. Je me suis assise à côté d'elle et je lui ai pris la main et je lui ai dit que j'étais tellement désolée et que je l'aimais et je me suis mise à pleurer. Elle m'a attirée à elle, et bien qu'elle ait été trop faible pour le faire vraiment, j'ai compris ce qu'elle voulait, et je me suis levée et je l'ai prise dans mes bras. Et je n'arrêtais pas de lui dire que j'étais désolée et que je l'aimais, et elle m'a pris la tête et m'a tenue contre sa poitrine. Ben Zion était debout à quelques pas et nous regardait. Après une minute ou deux, notre mère m'a lâchée et je me suis dégagée et me suis rassise, même si je lui tenais encore la main. Ben Zion est venu m'embrasser sur le front et s'est penché sur ma mère et lui a murmuré quelque

chose à l'oreille, que je n'ai pas entendu. Elle a souri et lui a donné un baiser sur la joue, et il s'est reculé et s'est assis à côté de moi. Il est resté jusqu'à ce qu'elle s'endorme, après quoi il s'est levé et l'a embrassée sur le front et s'est dirigé vers la porte. Je lui ai demandé où il allait et il s'est arrêté et s'est retourné et m'a regardée et a parlé.
Je m'en vais.
Où ?
Je vais voir Jacob.
N'y va pas.
Je vais m'assurer que tu ne seras
plus jamais obligée de le voir.
Ne lui fais pas de mal.
Je ne ferai de mal à personne.
Alors pourquoi y aller ?
Je veux que tu sois libre.
Je me débrouillerai.
Se débrouiller n'est pas une manière
de vivre. Prends soin de Mam.
Tu l'appelles Mam ?
Quand j'étais petit je l'appelais Maman, quand j'ai été plus grand ça a été Mam. Seulement quand nous étions seuls. C'était notre petit truc à nous pour échapper aux règles et au formalisme de notre foyer.
Ça va aller pour elle ?
Je ne sais pas si elle veut continuer à vivre. Sa vie a été longue et brutale.
Elle ne le méritait pas.
Aucun de nous ne le mérite.
Il s'est retourné et s'est dirigé vers la porte.
Ne le laisse pas te faire du mal, Ben Zion.
Je t'aime, Esther.

PIERRE

J'ai rencontré Ben quant on lui a notifié son acte d'accusation au tribunal de Queens County. Il avait été arrêté et accusé de tentative d'assassinat et d'incendie volontaire. Je suis avocat et je travaille au service de la défense des prévenus et des accusés de la Société de l'aide juridictionnelle. En termes simples et profanes, je suis ce qu'on appelle un avocat commis d'office. J'ai littéralement tiré son dossier d'un panier. En faisant cela j'ai été changé de manière irrévocable. Presque en tout pour le mieux. Excepté la rage que je ressens quand je pense à ce qu'on lui a fait.

Je suis ce que je suis à cause de mon père. C'était un dealer. Ce n'était pas un seigneur de la drogue ni quelqu'un d'important dans la filière de la drogue. Les rappeurs ne l'ont pas glorifié dans leurs chansons. Les écrivains n'ont pas écrit de livres sur lui. Hollywood n'a pas fait un film oscarisé de sa vie. Il était, comme beaucoup de Noirs aujourd'hui et dans les années soixante-dix, où il était actif, un dealer des rues. Il vendait littéralement de la drogue au coin des rues. Il le faisait parce qu'il pensait qu'il n'avait pas d'autre choix. Il n'avait pas reçu une bonne éducation. Il n'y avait pas de travail pour lui. Il n'avait pas de parents qui étaient capables de l'entretenir ou de l'élever. Nous vivions, et vivons encore aujourd'hui, à Harlem. Lui et ma mère étaient mariés, et le sont toujours, et ils ont eu trois enfants, moi et mes sœurs jumelles, qui ont un an de moins que moi. Nous habitions au cinquième étage d'un immeuble sans ascenseur. Ma mère était caissière dans une épicerie mais gagnait très peu. Mon père a cherché un travail honnête mais n'a rien trouvé. Il a fait ce qu'il a été obligé de faire. Il a pris le seul boulot qui s'est présenté à lui.

Comme j'ai dit, c'était un petit dealer. Il vendait de l'héroïne et de la cocaïne au coin des rues. Ses clients étaient surtout des Blancs des banlieues et des quartiers les plus privilégies de Manhattan, bien qu'il ait eu aussi beaucoup de clients locaux. En 1973, l'État de New York a fait passer une série de lois connues sous le nom de lois antidrogue Rockefeller. Le but de ces lois était d'endiguer l'afflux de drogue dans l'État en instituant des peines sévères pour sa vente et sa distribution. Si un individu était pris avec plus de cinquante grammes de cocaïne ou d'héroïne, et que l'intention de la revendre était prouvée, il risquait une peine minimum d'emprisonnement à perpétuité avec une période de sûreté de quinze ans et une peine maximum d'emprisonnement à perpétuité avec une période de sûreté de vingt-cinq ans. Quand mon père a été arrêté pour avoir vendu de la cocaïne à un agent de la brigade des stupéfiants, il était en possession de cinquante-cinq grammes de cocaïne. La cocaïne avait été transformée en crack. Elle avait été placée dans de petits flacons de doses qu'il vendait dix, vingt, cinquante ou cent dollars. C'était en 1984. J'avais trois ans, et mes sœurs deux. Après un procès de deux jours, mon père a été déclaré coupable et condamné à perpétuité avec une période de sûreté de vingt-cinq ans. Et si je n'excuse pas sa conduite, l'idée qu'il a reçu une condamnation plus sévère que de nombreux meurtriers, que la plupart des violeurs d'enfants, que les criminels en col blanc qui ont saigné à blanc ce pays et ses citoyens, que les politiciens corrompus qui détruisent nos villes, me fait absolument mal au cœur. Mes sœurs et moi-même avons été privés de père. Ma mère privée de mari. Mon père a été envoyé dans une prison de haute sécurité, où il est toujours, et où il pense qu'il mourra. Mes sœurs et moi-même avons passé le reste de notre enfance à lui rendre visite le jour de son anniversaire, à Noël et le 4 Juillet. Ce n'est que lorsque j'ai été plus grand que j'ai compris l'ironie de la visite de juillet. Célébrons la vie dans le Pays des Hommes Libres et la Patrie des Braves.

Après avoir perdu mon père, ma mère était décidée à m'empêcher de suivre ses traces. Elle a pris un deuxième emploi, toujours de caissière, dans une deuxième épicerie. Elle nous a inscrits en maternelle dans notre église. Elle nous habillait de vêtements de seconde main qui avaient l'air de première, et elle nous a mis dans la tête que le système, le système des chances en Amérique, et partout dans le monde, était contre nous. Il nous faudrait travailler deux fois plus pour obtenir deux fois moins. Nous étions pauvres et noirs et nous vivions dans un ghetto. Les écoles que nous étions censés fréquenter n'allaient pas nous éduquer de manière à nous préparer au succès. Aucune porte ne s'ouvrirait pour nous à cause de la couleur de notre peau ou à cause de notre nom. Nous devrions nous comporter deux fois mieux, travailler deux fois mieux, réussir deux fois mieux. Et si nous pouvions faire cela, nous avions une chance. Sinon, nous finirions comme elle, et presque toutes les femmes de notre quartier, à travailler dix-huit heures par jour pour élever notre famille dans un foyer monoparental, ou comme notre père, et un grand nombre des pères des enfants de notre quartier, en prison pour avoir pris le seul emploi qui lui était accessible.

Bien que j'aie des souvenirs heureux, je n'ai pas eu une enfance heureuse. J'étudiais la plupart du temps. J'étais moqué et battu par les garçons de mon quartier, des garçons destinés à suivre la voie de mon père. J'ai commencé à travailler à mi-temps à l'âge de quatorze ans pour préparer mon entrée à l'université. Je travaillais dans l'une des épiceries où était employée ma mère. Le week-end je ramassais les ordures dans Central Park. J'ai terminé mes études secondaires troisième de ma promotion et j'ai obtenu une demi-bourse dans une université publique. J'ai travaillé dans la cafétéria de l'université pour payer les frais qui n'étaient pas couverts par ma bourse. Je suis entré à la faculté de droit, toujours à New York, aussi avec une demi-bourse. Le soir je travaillais à la bibliothèque et le week-end j'ai été de nouveau ramasser les ordures dans Central Park. Dès que j'ai quitté la faculté j'ai travaillé pour l'aide juridictionnelle. Et même si je ne réussis pas toujours à aider les gens tels que mon père, ou des femmes qui auraient pu être ma mère ou mes sœurs, qui sont toutes deux devenues médecins en travaillant comme j'ai travaillé, je me bats comme un beau diable pour faire ce que je peux. Je crie. Je hurle. J'utilise toutes les ficelles, parce que je sais que le gouvernement va utiliser tout ce qu'il a. Je passe la plupart de mon temps libre à étudier tous les aspects de la loi qui peuvent être utiles à mon travail. Je rencontre des experts dans d'autres domaines dont je puisse utiliser les connaissances. Je ne prends pas la peine d'essayer de détourner les jeunes hommes du commerce de la drogue ou du crime. Ils savent ce qu'il en est, et ils en connaissent les conséquences possibles. Ils savent que le système est contre eux depuis leur naissance. Ils savent que le monde est contre eux. Si vous n'êtes pas né avec une cuillère en argent dans la bouche, quelle que soit votre race, votre religion ou votre orientation sexuelle, vous pourriez aussi bien être né avec les menottes au poignet. Cela ne me rend pas amer. J'accepte l'état des choses tel qu'il est. Mais je me bats contre lui comme un beau diable.

Comme j'ai dit, j'ai rencontré Ben au tribunal de Queens County, où je vais travailler tous les jours. Quand un individu a été arrêté, il est mis en cellule dans un commissariat. À partir de là un procureur du bureau du district attorney étudie le cas et rédige l'acte d'accusation. Le délinquant est fiché et envoyé en maison d'arrêt. Un casier judiciaire est constitué, qui est étudié ainsi que l'accusation par l'Agence de justice criminelle qui rend son avis sur la liberté provisoire sous caution. Tous trois sont alors réunis dans un dossier. Les dossiers sont déposés dans un panier quand l'individu est amené au tribunal pour entendre son acte d'accusation. Les avocats commis d'office tirent les dossiers du panier et l'individu dont je tire le dossier devient mon client. Je les rencontre dans une cabine située derrière la salle d'audience. C'est en gros une boîte en Plexiglas dans laquelle je communique avec mon client à travers une cloison. Après avoir étudié le dossier, je leur parle de leurs possibilités de libération sous caution. Dans le meilleur des cas, il y a une chance que je parvienne à les faire sortir. Au pire, je ne peux rien faire.

À voir le dossier de Ben, j'ai compris que les jeux étaient faits. Il avait été accusé de tentative d'assassinat sur son frère. Le procureur prétendait également qu'il avait mis le feu à une église et l'avait accusé d'incendie volontaire. Il ne s'était pas présenté à la justice qui lui reprochait une longue liste d'infractions aux lois fédérales. Je me rappelais avoir lu l'histoire dans les journaux. Une sorte de secte apocalyptique lourdement armée dans les tunnels du métro. De nombreuses arrestations. Le chef de la secte avait été tué en prison avant son procès.

Après avoir censément attaqué un gardien. Il y avait un certain nombre de questions autour de cette mort, notamment concernant le fait qu'il avait effectivement attaqué quelqu'un, et dans ce cas, si la force utilisée pour le maîtriser avait été justifiée. Ben risquait la condamnation à mort dans les deux affaires, au niveau de l'État comme au niveau fédéral. Il était considéré un détenu dangereux. Le dossier mentionnait une instabilité mentale potentielle. Il avait été incarcéré dans le Queens mais transféré pendant trois jours pour être soigné dans un hôpital pourvu d'un service sécurisé. Il avait été mis en garde à vue avec de graves tuméfactions et de multiples lacérations faciales, neuf côtes cassées, un poumon perforé et un bras cassé. Normalement j'aurais pensé que la police l'avait tabassé. Cependant le dossier précisait qu'il était arrivé dans cet état, et qu'il avait été blessé par des témoins qui avaient essayé de le maîtriser après les faits qui lui étaient reprochés. Je l'ai vu quand il est arrivé pour l'entretien. Inutile de dire que son apparence était saisissante. Il était enchaîné à une chaise vêtu d'une chemise d'hôpital. Il était absolument immobile. Et il avait l'air en mauvais état. Des entailles suturées sur une joue. Les yeux au beurre noir. Un nez qui avait de toute évidence été cassé. Un bras dans le plâtre. Et s'il avait pas été récemment tabassé, il aurait quand même été saisissant. Ses cheveux étaient d'un noir de jais et sa peau d'une blancheur de marbre. Il était couvert des cicatrices les plus importantes que j'aie jamais vues, et j'en ai vu beaucoup. Il était extrêmement maigre, bien qu'il n'ait pas l'air maladif. En réalité, en dépit de ses blessures, tout à fait le contraire. On aurait dit qu'il rayonnait de la façon dont on dit parfois des femmes enceintes qu'elles rayonnent. Il regardait droit devant lui. Ne portait aucune attention à ce qui l'entourait. Quand je me suis approché il a commencé à me suivre des yeux, sans du tout bouger. C'était déconcertant. Comme si j'étais toisé par une statue. Je me suis assis en face de lui. J'ai ouvert le dossier sur mes genoux. J'ai parlé.

Bonjour.

Il a souri.

Bonjour.

J'ai été commis d'office pour être votre avocat.

Merci.

Vous êtes accusé de tentative d'assassinat, de coups et blessures, et d'incendie volontaire à cinq reprises. Comprenez-vous ces accusations ?

Oui.

Voulez-vous me dire ce qui s'est passé ?

Ça n'a pas d'importance.

Ça en a si vous ne voulez pas rester en prison.

Ce qui m'arrive à partir de maintenant est au-delà de tout ce que pouvez faire.

Vous risquez la condamnation à mort. J'aimerais vous aider à l'éviter.

Savez-vous pourquoi je suis réellement ici ?

Je ne sais rien d'autre que ce qui est dans le dossier qui fournit des informations élémentaires et formule des accusations très graves.

Ce qui est dans ce dossier n'a pas de sens pour moi. Et n'a en fait rien à voir avec moi.

Ça a absolument tout à voir avec
la raison pour laquelle vous êtes
au tribunal aujourd'hui.
Je ne reconnais aucune autorité
sur moi à ce tribunal.
Malheureusement vous allez y être obligé.
Non.
J'ai besoin de travailler avec vous
là-dessus, Mr. Avrohom.
Il n'a pas répondu. Il s'est contenté de regarder droit devant lui. Il est inhabituel d'avoir un client qui refuse de parler. Ou un client qui n'a aucun respect pour le système judiciaire. Il y a des moments, assez nombreux, où moi non plus je n'ai aucun respect pour le système judiciaire, ce qui est une des raisons pour lesquelles je fais ce métier. Contrairement aux autres prévenus que j'ai rencontrés qui ne parlaient pas, ou semblaient potentiellement agressifs, il n'avait pas le regard buté du délinquant qui essaie de paraître fort, intimidant, et sans peur en face d'un système disposé contre lui, un système qui le détruit souvent. Il y a toujours de la peur dans un regard buté. C'est en fait tout ce qu'il y a. La peur. Une tentative de contrôler la peur. Son regard était tout à fait le contraire. Il était doux. Presque aimable. Si nous avions été autre part, j'aurais pensé qu'il venait d'apprendre une bonne nouvelle. Il semblait heureux. Et calme. Remarquablement tranquille. Lui et son expression étaient absolument dénués de peur. Je pensais alors, et le pense encore, que si j'avais pointé un revolver sur son visage, il n'aurait pas bougé. Si je lui avais appris qu'on était en train de préparer une chaise électrique pour lui dans la

pièce d'à côté il n'aurait pas bougé. Si je lui avais dit qu'il allait être brûlé sur un bûcher ou crucifié, il n'aurait pas bougé. Il était au-delà de cela. Il était la première et seule personne que j'ai jamais vue ou rencontrée qui était véritablement au-delà de la peur. Je ne savais littéralement pas quoi dire.

Nous sommes demeurés ainsi une minute. Peut-être deux. Nous n'avions pas beaucoup de temps. Nous aurions dû parler. Mais je savais que, quoi que je dise, il ne coopérerait pas avec moi. Il m'a souri et levé la main. Il l'a posée sur la cloison en verre. Il m'a regardé. Il m'a fixé droit dans les yeux et a laissé la main sur la cloison. Même si je n'étais pas sûr de ce qu'il voulait faire, j'ai levé la main et l'ai posée face à la sienne. Et je ne sais pas comment c'est arrivé, mais j'ai su de manière absolue et sans équivoque qu'il était innocent. Je l'ai su autant que j'ai jamais rien su dans ma vie.
Vous ne l'avez pas fait.
Est-ce que c'est important ?
Que s'est-il passé ?
On m'a amené ici.
Je ne pense pas que je vais arriver à vous obtenir la libération sous caution.
Je n'en ai pas besoin.
On va probablement vous envoyer à Rikers.
Je serai en sécurité là-bas.
Personne n'est en sécurité là-bas.
Ils ne veulent pas que j'aille en prison.
De quoi est-ce que vous parlez ?
Faites ce que vous pouvez pour les en empêcher.

Il a reposé la main. On l'a appelé et nous sommes passés dans la salle d'audience. Il y avait beaucoup de monde. Beaucoup d'activité. Les gens s'inquiétaient, à raison, pour leur sort. Ils s'occupent rarement, s'ils le font jamais, des autres. Ben a fait le silence dans la salle quand il est entré. Tout le monde l'a regardé. Le rayonnement que j'avais vu semblait plus lumineux, plus réel. Sa peau était plus blanche. Ses cicatrices plus visibles. Et sa présence. La présence au-delà du physique. Ça ne ressemblait à rien de ce que j'ai vu. Avant ou après. Des avocats endurcis, des criminels, des huissiers, des flics endurcis. Tous étaient réduits au silence. Par son calme et sa tranquillité. Par le rayonnement.

Quand la juge est entrée, Ben a refusé de se lever. Il a refusé de reconnaître la cour de quelque manière que ce soit. Il s'est contenté de regarder devant lui en souriant. La juge l'a menacé de l'inculper d'outrage à la cour. Il a juste continué à sourire. Un sourire pur et simple. Lèvres fermés et joues tirées. En la regardant droit dans les yeux. Elle lui a de nouveau demandé de se lever. Il a lentement et calmement secoué la tête. Normalement elle l'aurait immédiatement inculpé d'outrage à la cour, mais elle ne l'a pas fait. Elle s'est tournée vers moi et m'a demandé si je renonçais à la lecture des droits et des accusations et j'ai dit oui. Elle s'est tournée vers le procureur qui a déclaré qu'il portait l'affaire devant le grand jury pour mise en accusation, ainsi que l'exige la loi de l'État de New York. Puis il a demandé que la mise en liberté sous caution soit refusée vu la gravité des crimes et le passé du défendeur. J'ai demandé une caution de dix mille dollars. Elle a de nouveau regardé Ben. Il continuait à la fixer et elle était visiblement déconcertée. La plupart des délinquants sont soit déférents soit agressifs envers le juge. Il se contentait de la regarder et de sourire. Elle lui a demandé une nouvelle fois de se lever. Il n'a pas bougé. Elle a rejeté la demande de caution. Quand l'huissier s'est dirigé vers lui il s'est laissé emmener.

J'ai eu une journée chargée, avec beaucoup d'autres affaires. J'ai emporté le dossier de Ben. J'ai commencé à le lire dans le métro. Il paraissait très simple. Son frère était pasteur dans une église du Queens. Quand Ben avait été incarcéré il avait placé sa maison et son église en garantie pour sa caution. Ben avait disparu peu après avoir été libéré, bien qu'on ne sache pas comment il avait neutralisé son bracelet de cheville. Pendant sept mois personne n'avait eu de ses nouvelles. Quatre nuits plus tôt il était réapparu chez son frère. Il avait un rabbin avec lui. Ils avaient dîné ensemble, et le lendemain matin ils étaient allés à l'office dans l'église du frère. Le frère prétendait qu'ils y allaient pour que Ben se repente avant de se livrer aux autorités fédérales. Il y a eu une altercation à l'église. Ben a été battu et emmené au bureau de l'église. Il y a été enfermé en attendant l'arrivée de la police. Dans le bureau il a mis le feu. Quand Jacob, son frère, est entré après avoir senti la fumée, Ben l'a attaqué et a dit qu'il allait le tuer.

Ben a été de nouveau battu et maîtrisé et peu après il a été emmené au commissariat.

Rien n'indiquait qu'il y avait quelque chose qui clochait dans l'affaire. Elle semblait parfaitement ficelée. Nombreux témoins. Preuves matérielles. Les policiers avaient respecté la procédure. Quand je prends une affaire, je commence par rechercher les trous. Les espaces de doute dans lesquels je peux me glisser pour créer des ouvertures. Je cherche les minuscules fissures que je pourrais transformer en putain de canyons. Il n'y en avait pas dans le dossier de Ben. Rien qui s'en approche. Certes, il faut parfois du temps pour les trouver. Parfois un témoin va changer sa déposition. Ou la preuve va se révéler autre que ce qu'elle paraissait au départ. Mais Ben avait semblé indiquer, quelles qu'en soient les raisons, que cette fois-ci il n'y en aurait pas. Et vu la manière dont il m'avait impressionné, et ce qu'il m'avait fait ressentir, je le croyais.

J'ai pensé à lui à Rikers. Me suis demandé ce qu'il vivait. Un Blanc maigre dans son état. Il n'était pas à l'infirmerie mais avec tous les autres. Pour les hommes les plus durs, les conditions sont brutales. Il y a de la violence et des viols. Il y a des gangs, presque toujours divisés selon les races, et si vous n'appartenez à aucun, vous êtes une cible. Les gens entrent petits délinquants et en sortent prédateurs pervers. Je doutais qu'il tienne longtemps. Ou sinon, il serait battu et violé. Pour tout dire réduit en esclavage. J'ai veillé avec le dossier. L'ai lu et relu jusqu'à ce que les yeux me fassent mal. Jusqu'à ce que je m'endorme littéralement avec lui dans les bras.

Je me suis réveillé. Me suis habillé.
Suis retourné au tribunal où j'avais des audiences prévues. Je ne cessais de penser à Ben. À Rikers. À ce que j'imaginais qui s'y passait. Au milieu de la matinée, mon téléphone a sonné. Le numéro de la prison s'est inscrit sur mon écran. J'ai décroché, m'attendant à de mauvaises nouvelles. C'était le directeur. J'étais choqué. Je ne lui avais jamais parlé ni n'avais eu aucun contact avec lui. C'était extraordinaire d'être en communication directe avec lui. Il m'a dit qu'il avait un problème. Je lui ai demandé quel était le problème et il a répondu qu'il m'en parlerait quand je viendrais.

J'ai pris le métro puis le bus et j'ai traversé le pont Rikers. Après avoir passé la sécurité je me suis rendu à l'administration. Le directeur m'attendait. Je me suis assis en face de lui. Il a parlé.
Que savez-vous de votre client ?
Seulement ce que contient le dossier.
Vous avez entendu parler de Yahya ?
Oui.
Vous savez quelque chose sur lui ?
Très peu.
C'était un assassin. Quand il était gosse il a tué ses parents adoptifs. A disparu pendant trente ans. A fondé une sorte de secte religieuse dans les tunnels du métro. Prêchait contre le gouvernement et la religion organisée. Genre de trucs typiques de Wacko. Scarifiait ses adeptes, dont la plupart étaient

des toxicos et de petits malfaiteurs. Disait que les cicatrices les libéraient de la société, de ses lois et de ses obligations. Ils avaient leur petit monde à eux. Électricité, eau. Ils se droguaient et faisaient des orgies. Vraiment foutraques. Un peu avant la fin, ils ont amassé une énorme quantité d'armes. Yahya disait que l'apocalypse approchait. Que le Messie allait venir pour l'annoncer au monde. Et quand elle arriverait, lui et ses adeptes seraient en sécurité dans les tunnels. C'est à peu près tout ce que je sais. Ils ont tous été arrêtés. Ils ont tous été envoyés au centre de détention fédéral de Manhattan. Yahya a refusé de reconnaître l'autorité de la cour. A essayé d'organiser ses adeptes en prison. S'est retrouvé en cellule séparée. A fait la grève de la faim. Les procureurs ont reçu l'ordre de le nourrir par intraveineuses. Quand les gardiens ont ouvert sa porte il les a attaqués. Alors qu'ils le maîtrisaient sa tête a heurté le sol. Il a fait une hémorragie cérébrale et il est mort. Ses adeptes ont pété les plombs et se sont tous retrouvés en cellules séparées. Certains ont été transférés ailleurs, y compris ici. Partout, ils prêchaient l'évangile de Yahya. Et ils prêchaient l'évangile du Messie de Yahya, qui était effectivement arrivé, et était le seul membre de son groupe qui avait été libéré sous caution et avait immédiatement disparu.
Mon client.
Oui.
C'est le Messie ?
C'est un cinglé qui se prend pour le Messie, et il y a d'autres cinglés qui le prennent pour le Messie.

Il s'est passé quelque chose
depuis son arrivée ?
Après son arrivée à l'infirmerie il a fallu un ou deux jours pour que les gens apprennent qui il était. Alors les prisonniers se sont mis à parler. On l'a isolé pour éviter les problèmes. À son retour hier on l'a mis avec les autres. J'ai regardé quand il est entré dans la cour, où un groupe de détenus l'attendait, ce qui signifie généralement qu'il va y avoir du grabuge. Quand il est entré, ils l'ont tous regardé. Personne n'a bougé. Ceux qui ne l'attendaient pas ont interrompu leurs activités et se sont tournés vers lui. Il est allé s'asseoir au beau milieu de la cour. Les premiers à venir vers lui ont été ceux qui s'étaient scarifiés comme Yahya. Ils étaient quatre ou cinq. Il y en a eu quelques autres qui les ont suivis, qui faisaient partie du groupe qui l'attendait. Ils ont suivi. Et puis tous ceux qui étaient dans la cour, Noirs, Blancs, Hispaniques, Bloods, Crips, Latin Kings, DDP, Trinitarios, Hells Angels et gangsters, tous sont venus s'asseoir autour de lui. Je n'avais jamais vu la cour aussi silencieuse, aussi tranquille. Généralement quand elle devient silencieuse ça signifie qu'il va y avoir une foutue guerre. C'est le calme qui descend avant que la tuerie commence. Mais pas cette fois-ci. Je ne sais pas comment il a fait asseoir en cercle des hommes qui passent littéralement leur temps à essayer de trouver le moyen de s'entretuer. Il s'est mis à parler. Nous ne savons pas ce qu'il a dit, et tout le monde refuse de nous le dire. Nous voulions les disperser mais comme ils ne violaient aucun règlement, nous n'avons rien pu faire.

Il a parlé dix ou quinze minutes. À la fin il s'est levé et il a posé la main sur la tête des gens. Sans un mot. Juste posé la main sur leur front en souriant. Il est allé se rasseoir à sa place. Presque immédiatement, il a fait une sorte de crise. Genre tremblements, crachats, yeux révulsés. Normalement nous emmenons immédiatement le détenu à l'infirmerie. Cette fois-ci pas possible. Je savais absolument sans le moindre doute que si nous avions essayé il y aurait eu une émeute. Et des deux côtés des hommes seraient morts, et cette prison aurait explosé. Donc on l'a laissé là, on les a laissés tous là, et on l'a laissé faire sa crise. Et on a attendu qu'elle se termine. Au bout de dix minutes elle n'était toujours pas terminée. Vingt minutes. Quarante minutes. Elle durait toujours. Et les hommes se sont levés et ont commencé à se mêler. Partout dans la cour, des hommes qui quelques heures auparavant étaient ennemis mortels parlaient, riaient, se serraient la main. Et Avrohom faisait toujours sa crise au milieu de la cour. Et même si apparemment tout le monde l'avait laissé tranquille, on aurait dit qu'ils continuaient tous à l'observer, observer chacun de ses gestes, et attendaient que ça finisse. L'heure de les rentrer était passée. Nous ne savions que faire, donc on les a laissés là. Deux heures plus tard la crise a pris fin. Pendant une minute ou deux il n'a pas bougé, comme s'il était mort. Puis il s'est levé et s'est dirigé vers la grille. On l'a ouverte et il est entré, et tout le monde l'a suivi. Il est rentré dans sa cellule, où il est en ce moment.
La cour est couverte par des caméras ?
Évidemment.

Je peux voir les bandes ?
Vous ne me croyez pas ?
Je veux les voir.
Très bien.
Nous sommes allés dans la salle de
contrôle où convergent tous les systèmes de
surveillance. Il m'a montré les bandes, qui
montraient plus ou moins exactement ce
qu'il avait décrit. À la fin, quand le dernier
détenu est rentré en prison, il a parlé.
Je ne peux pas le garder ici.
Il n'a rien fait de mal.
S'il est capable de faire ça, il représente une
menace extrêmement grave pour la sécurité de
cette prison, et pour les gens qui y travaillent.
J'ai plutôt l'impression qu'il pourrait
être capable de vous aider.
Je ne sais pas ce qu'il a bien pu foutre là-bas
mais un jour ou l'autre ça va mal tourner.
Comment le savez-vous ?
Parce j'ai travaillé dans les prisons
quasiment toute ma vie et que je n'ai
jamais rien vu qui ressemble de près ou
de loin à ce que j'ai vu aujourd'hui.
Vous ne pouvez pas le punir
s'il n'a rien fait de mal.
Nous allons recommander que le procureur le
fasse déclarer irresponsable et l'envoie dans
un hôpital psychiatrique de haute sécurité.
C'est n'importe quoi. Je ne
vous laisserai pas faire.
La plupart des avocats seraient ravis
de sortir leurs clients d'ici.
Je vais m'y opposer.
Pourquoi ?
Il n'a pas sa place dans un
hôpital psychiatrique.

Il se prend pour le Messie.
Il a dit ça ?
Il y a assez de gens qui l'ont dit.
Vous ne pouvez pas retenir contre lui des actes qu'il n'a pas commis ni des déclarations qu'il n'a pas faites.
Il est foutrement dangereux et je ne veux pas de lui ici.
Il s'est levé et m'a serré la main. Je lui ai demandé si je pouvais voir Ben et il m'a dit non. Je suis retourné à mon bureau. À mon arrivée j'ai appris que l'assistant du district attorney avait invoqué l'article 730 aux termes duquel il est possible de faire examiner l'inculpé afin de déterminer s'il est mentalement apte à être jugé. Normalement l'article 730 est parfois utilisé par l'avocat de la défense. S'il peut faire déclarer son client inapte, il peut lui éviter le procès et le faire envoyer dans un hôpital psychiatrique plutôt qu'en prison, ce qui est évidemment préférable pour un malade mental. C'est la première fois que je voyais un assistant du district attorney l'utiliser. Généralement il cherche à obtenir la condamnation et l'emprisonnement de l'inculpé. Suivant la procédure, Ben serait examiné par deux psychiatres. Ils rédigeraient leurs rapports qui seraient soumis au juge qui prendrait sa décision. S'il était déclaré apte, il resterait en prison et passerait en jugement. Sinon, il serait envoyé en hôpital psychiatrique.

Je ne pouvais pas ignorer ni remettre mes autres clients et affaires à plus tard, donc je suis retourné au tribunal. Au cours de la journée, j'ai été informé que Ben avait été mis en cellule séparée. Le lendemain matin il avait eu une autre crise et avait été envoyé à l'infirmerie. Au cours des jours suivants il semble qu'il ait eu des crises à répétition qu'aucun traitement n'avait pu arrêter. Elles cessaient quelques minutes et recommençaient. Il ne mangeait ni ne dormait. Les examens psychiatriques avaient été annulés. J'ai passé tout mon temps libre à essayer de trouver un moyen de contrer le 730, sans succès. J'ai rencontré et interrogé sa mère. Elle était toujours hospitalisée. Elle m'a parlé des circonstances de sa naissance. De son identification immédiate en tant que Messie potentiel. De la pression que cela avait mis sur elle, son mari, sa famille. De son enfance qui avait semblé normale bien qu'on se soit attendu au contraire, et de la manière dont ces attentes avaient pesé sur tous les membres de la famille. J'ai rencontré et interrogé sa sœur. Elle m'a parlé de la relation de Ben avec leur frère. Leur frère le détestait et le craignait. De son ressentiment envers lui. De sa jalousie. Elle m'a parlé de la ferme et de la vie qu'apparemment il y menait. J'ai rencontré son rabbin. Il m'a parlé de l'accident, de la manière dont il y avait survécu, de son état de santé par la suite, et du don qui allait avec. Il m'a parlé de la quantité incroyable de connaissances que Ben possédait, des langues qu'il parlait, des livres qu'il connaissait mot pour mot. Il m'a dit qu'il était impossible que Ben ait appris tout cela par l'étude, qu'il lui aurait fallu cinq vies, peut-être dix. J'ai rencontré et interrogé son médecin, l'une de ses maîtresses, trois personnes qui avaient vécu dans le nord de l'État avec lui. J'ai rencontré et interrogé l'agent fédéral qui l'avait arrêté, un ancien curé qui avait quitté l'Église après l'avoir rencontré. Tous ont dit la même chose : Ben avait changé leurs vies. Il faisait des miracles. Ils pensaient qu'il était le Messie.

Normalement j'aurais ri en entendant ce qu'ils me disaient. Si je ne l'avais pas rencontré. Si je n'avais pas vu ce que j'avais vu et senti ce que j'avais senti. J'aurais ri. Les aurais pris pour des fous. Mais ils ne l'étaient pas. Aucun d'eux ne l'était. Ils étaient sains d'esprit. Ils croyaient. Et il ne leur demandait rien. Il ne voulait pas que les gens lui rendent un culte, ou prient son Dieu, ou suivent les règles d'un livre, ou lui donnent quoi que ce soit. Il n'avait pas une église importante. Ni une émission hebdomadaire à la télévision. Il ne cherchait pas la publicité. Il leur disait qu'il les aimait. Et qu'il fallait qu'ils s'aiment les uns les autres. Et que rien d'autre ne comptait. Que Dieu était une chose au-delà de leur entendement. Que nous devions vivre nos vies de manière à être heureux. Et ne pas suivre les règles simplement parce qu'on nous avait dit de le faire. Ni adorer un Dieu que personne n'avait jamais vu, et avec lequel personne n'avait jamais eu aucun contact. Il leur disait des choses que nous savons tous. Que l'amour peut nous racheter. De ne pas nous laisser dicter notre façon de vivre par des personnages imaginaires. Dans le contexte de la religion ces idées étaient biaisées. Manipulées. Baisées. Et il leur montrait cela.

Je prenais de ses nouvelles presque toutes les heures. Appelais la prison pour voir s'il y avait du nouveau. Après trois jours les crises ont cessé. Il a dormi vingt-quatre heures après ça. Quand son état a été stable pendant une journée, la cour a fixé une date pour ses examens. C'était un processus plus rapide que d'habitude. J'ai essayé de l'arrêter, de le ralentir, mais sans résultat. La cour et l'assistant du district attorney étaient pressés par la prison. Le directeur pensait que Ben était un danger pour lui-même et les prisonniers. Il disait aussi que l'infirmerie de l'hôpital n'était pas équipée pour soigner son épilepsie, la source de sa maladie mentale. Le frère de Ben a poussé dans ce sens. Il a dit à l'assistant du district attorney qu'il pensait que Ben était, à tout le moins, un grand malade mental ; au plus, un maniaque à tendances homicides et suicidaires. La situation à la prison devenait précaire. Les autres détenus demandaient qu'on le laisse sortir de l'infirmerie. Ceux qui l'y rencontraient ressortaient tous en disant qu'il les avait changés. Qu'il guérissait. Faisait disparaître leur rage. Faisait disparaître leurs addictions. Leur donnait la paix.
Ce qui aurait normalement pris des mois prenait des jours. Et je ne pouvais rien faire. Ben refusait de me parler de son affaire ou de me fournir des informations qui pourraient l'aider. Et les témoins que j'avais interrogés auraient travaillé contre lui. Ils auraient soutenu l'idée qu'il parlait avec Dieu. Qu'il était le Messie. Qu'il allait changer, et/ou mettre fin, au monde.

Les examens ont eu lieu en prison. J'ai été autorisé à y assister mais pas à y participer ou à intervenir de quelque façon que ce soit. Je me suis assis au fond de la salle. Ben était enchaîné à un fauteuil. Il a refusé de répondre à toutes les questions. Il a ignoré totalement la présence des psychiatres. Il s'est contenté de les regarder. Ils lui ont posé des questions simples. Est-ce que vous comprenez pourquoi vous êtes ici ? Est-ce que vous comprenez les charges qui sont retenues contre vous ? Savez-vous qui est votre avocat ? Savez-vous dans quel État vous vous trouvez ? Ils n'ont rien obtenu. Entre les séances, je lui ai dit que s'il ne répondait pas aux questions, il serait déclaré inapte. Il m'a répondu que ce qu'il dirait n'aurait pas d'importance. Qu'il ne pensait pas que la cour avait des droits sur lui. Qu'en répondant aux questions, il reconnaîtrait le contraire. Que le système était conçu pour faire ce qu'il faisait. Qu'il le tuerait comme il avait tué, ou tuait, des millions d'autres. De mon côté j'ai fait venir un psychiatre pour l'examiner. J'espérais que Ben viendrait à la raison d'une manière ou d'une autre. Il n'a pas non plus voulu parler à mon psychiatre. Je ne cessais de lui demander de se rendre à la raison, d'être raisonnable, d'agir de manière raisonnable. Il m'a souri et m'a dit que, par son défi, il était la seule personne raisonnable dans toute cette affaire. Que quiconque qui avait tant soit peu de raison ne se soumettrait pas à la cour, ni ne reconnaîtrait l'autorité du système judiciaire.

L'audience elle-même a été brève et implacable. L'État a cité trois témoins :

les deux psychiatres et le frère de Ben. Les deux psychiatres ont tous deux déclaré la même chose. Ben refusait de leur parler, et il refusait de reconnaître les charges retenues contre lui. Tous deux ont déclaré qu'ils pensaient qu'il était inapte à être jugé. Son frère a parlé de la vie de Ben. A dit qu'elle était pleine d'addictions, de délires, de perversions sexuelles. Il a dit que Ben avait cru la plus grande partie de sa vie qu'il était le Messie. Que Ben croyait qu'il avait des pouvoirs. Que Ben croyait qu'il était capable de faire des miracles. Il a dit qu'en tant que pasteur il avait été offensé par les croyances de Ben. Qu'il avait accusé Dieu. Et qu'il croyait à l'amour libre et aux orgies. Il a dit qu'en tant qu'homme il était désolé pour Ben. Qu'il avait essayé d'aider Ben pendant de nombreuses années. Qu'il avait prié pour Ben et qu'il avait essayé de le ramener dans le sein de Dieu, du Christ. Ben avait repoussé ses efforts. Il pensait qu'il était meilleur que Dieu. Au-delà de Dieu. Il pensait qu'il était Dieu. Une heure après qu'il a commencé à parler, Ben a été déclaré inapte à être jugé. Le juge était un chrétien qui siégeait sous un drapeau américain et faisait jurer les témoins sur la Bible. Il a ordonné que Ben soit emmené à Bellevue, où il serait examiné et soigné. Il a aussi ordonné que son frère, Jacob, soit son tuteur et responsable des décisions concernant son traitement.

Quand on l'a emmené, Ben m'a regardé et m'a dit merci. C'est la seule parole qu'il a prononcée ce jour-là. Il a commencé à avoir une attaque dans la voiture de police qui l'emmenait à l'hôpital. Elle a duré sept jours. Sept jours sans interruption. Ensuite, il a refusé de parler ou de reconnaître la présence de ceux qui l'entouraient. On l'a mis dans un service avec d'autres patients. Il semblait les calmer, et on l'a vu leur murmurer à l'oreille. Craignant des problèmes similaires à ceux qui avaient eu lieu en prison, on l'a mis à l'isolement. Essentiellement dans une cellule capitonnée. Il a été diagnostiqué paranoïaque schizophrène atteint de délire messianique. On lui a administré des doses massives de psychotropes, sans qu'aucun ne semble lui faire d'effet. Il a recommencé à faire des crises et on lui a administré des doses massives d'anticonvulsants, mais aucun n'a semblé avoir d'effet sur lui. Il a été conservé à l'isolement et obligé de subir des électrochocs. Ils n'ont eu aucun effet sur lui. Après trois semaines, les médecins de l'hôpital ont prescrit une résection du lobe temporal, procédure relativement fréquente et pas particulièrement dangereuse. Ils pensaient qu'en coupant une partie de son cerveau ils pourraient faire cesser les crises. On l'a de nouveau attaché sur un chariot et mené au bloc. On l'a anesthésié. On lui a donné des doses extrêmement fortes à cause de sa résistance aux précédents traitements médicamenteux. Une heure après être entré au bloc, alors que l'un des chirurgiens, une femme, était sur le point d'effectuer la résection, Ben a ouvert les yeux. Sa boîte crânienne avait été découpée et était littéralement posée sur la table à côte de sa tête. Son cerveau était à nu. La chirurgienne avait le bistouri en main. Le bistouri était juste au-dessus de la surface de son lobe frontal. D'après elle, il l'a regardée et il a parlé. Tout est achevé.

III MARIAANGELES

Ben parlait de nos âmes. Disait que l'idée qu'on avait une âme était quelque chose de stupide. Ridicule. Comme un truc inventé par un gosse. Disait que les gens qui pensaient qu'on avait ces esprits à l'intérieur de nous qui survivraient après notre mort étaient des imbéciles. Que les gens vivaient leurs vies pour quelque chose qu'ils n'avaient pas. Quelque chose qui était même pas possible. Il disait qu'on avait un cerveau. Que tout était dans notre cerveau. Et que de plus en plus en plus, les docteurs et les savants et les gens qui vivent dans le monde réel se mettaient à comprendre que tout ce qu'on est, tout ce qu'on sent, tout ce qu'on sait et vit, toutes les émotions qu'on reçoit et toutes les pensées qu'on reçoit et toute la douleur qu'on reçoit et tout l'amour qu'on reçoit, tout ça vient de notre cerveau. L'âme ça existe pas. Si tu crois à cette connerie, t'es juste idiot.

Je ne sais pas exactement ce qui s'est passé. Les docteurs ont essayé de m'expliquer mais aucune de leurs histoires tenait debout. Ils étaient tous emmerdés, personne voulait être responsable, personne voulait admettre que ce qui était arrivé était ce qui était arrivé. C'est comme ça que c'est en Amérique aujourd'hui. Tout le monde accuse tout le monde. Même le putain de président le fait. Avant c'est lui qui était le pare-chocs. Maintenant c'est toujours la faute de quelqu'un d'autre, ne t'en prends pas à moi, je vais te piquer ton blé et te baiser mais c'est pas à cause de moi. Tout ce que je sais c'est le résultat final. Il y en a un qui a tué Ben. Ils ont coupé son cerveau et ils ont pas pu l'arrêter de saigner et une fois qu'ils ont réussi il était déjà foutu. Pas réparable. Complètement foutu. Comme j'ai dit, on est pas vivants parce qu'on a une âme, on est vivants parce qu'on a un cerveau.

Quand ils ont terminé l'opération, il était parti, mais il avait encore assez de cerveau pour qu'il continue à respirer. C'était le truc le plus dingue que j'ai jamais vu. Cet homme magnifique, cet homme qui savait des trucs que personne depuis des milliers d'années avait su, cet homme qui pouvait changer votre vie et changer le putain de monde, il était parti, mais son corps continuait à marcher. On l'a mis dans un lit et il fixait le plafond. Tu l'asseyais sur une chaise et il regardait droit devant lui. Tu le tournais sur le côté et il fixait le putain de mur. Il bougeait pas. Il pouvait pas bouger. Il clignait des yeux mais rien d'autre. Ils lui ont fait ces tests. Testé ses réflexes et s'il ressentait la douleur ou s'il pouvait entendre quelqu'un ou savoir ce qu'il disait. Tous négatifs. C'était une coquille vide. Un corps qui était capable de respirer et d'être en vie mais rien d'autre.

Ils l'ont enlevé de Bellevue. Dit qu'ils avaient besoin de place pour les dingues qui étaient dingues pour de vrai. L'ont envoyé dans une institution à Brooklyn où on s'occuperait de lui. S'occuper voulant dire s'assurer que son tube d'alimentation est accroché et ses couches-culottes sont changées. C'est pas beaucoup plus que ça. Parfois ils changent de chaîne la télé qui est dans la chambre. Parfois ils le bougent un peu pour que ses escarres s'infectent pas. Il y avait deux autres hommes dans cette chambre. Un était un légume comme Ben. Avait eu un accident de bagnole. Un poivrot lui était rentré dedans. Sa femme venait tous les jours lui tenir la main et lui parler. Elle lui lisait la Bible comme si elle croyait que ça allait lui faire du bien. Elle priait à genoux pour lui. L'autre homme aurait pu aussi bien être un légume. C'était un gay qui avait été tabassé parce qu'il était gay. Personne venait jamais le voir. La plupart du temps il regardait dans le vide lui aussi mais parfois il se mettait à gémir en essayant de bouger. C'était presque plus triste parce qu'il avait une vague idée qu'il était foutu. Une vague idée de ce qu'il avait été. Une vague idée qu'il était tout seul et qu'il allait être tout seul le restant de sa pauvre vie foutue. La plupart du temps les garçons de salle les alignaient juste tous les trois devant la télé. Ils chiaient dans leurs frocs et se pissaient dessus. S'ils avaient du bol, quelqu'un changeait de chaîne. D'une certaine manière c'était pas très différent de comment la moitié des gens vivent dans ce putain de monde. Et quoi qu'ils en pensent, aucun d'eux, ni Ben ou les deux autres, ni tout le reste des enculés au monde, avait le choix.

Je venais deux fois par semaine. J'étais retournée dans le Bronx. Dans le même appartement. Après que tout le monde a appris ce qui s'était passé, on a quitté la ferme. Peut-être que quelques-uns sont restés, mais la plupart sont retournés faire ce qu'ils faisaient avant. On n'a pas arrêté de croire ce que Ben nous avait appris, ou comment on avait vécu avec lui, on l'a juste répandu. Décidé de le ramener dans le monde réel. C'est comme ça que ça a toujours commencé. Il y avait une personne. Une personne qui comprenait. Qui voyait. Qui savait. Et cette personne partageait ce qu'elle avait, et ça se répandait parce que tous ceux touchés par cette personne le partageaient. Dans le cas de Ben on était assez. Assez pour s'aider les uns les autres et peut-être d'autres encore. Assez pour savoir ce que c'était que ressentir l'amour vrai. De voir l'amour vrai. De vivre avec l'amour vrai. De partager l'amour vrai. L'amour où il était pas question de haïr ou de juger ou de savoir d'où tu venais ou de quelle couleur t'étais ou où tu avais grandi ou qui tu aimais. On était assez qui avaient été changés pour pouvoir en changer d'autres. Les changer complètement avant que cette merde se mette à déconner et finisse par exploser.

Mercedes avait plein de gens pour s'occuper d'elle. Elle était vraiment mignonne. Elle demandait toujours si elle pouvait venir voir Ben parce qu'il lui manquait beaucoup. Je l'embrassais et je lui disais une autre fois et je prenais le métro et je venais m'asseoir à côté de lui et lui tenir la main. Je savais qu'il la sentait pas, mais je le faisais quand même. Et je lui parlais. Rien du genre de ces bondieuseries que la femme de l'autre lui racontait. Juste lui raconter ce qui se passait dans ma vie. Je travaillais dans une boutique de vêtements. Je prenais des cours du soir pour passer mon bac. Et je commençais à apprendre à lire et à compter à Mercedes pour qu'elle entre dans une meilleure école. Et j'étais enceinte. J'étais enceinte du bébé de Ben. Je savais qu'il le saurait pas, mais je le lui disais quand même. J'allais avoir son petit bébé. C'était pas la première fois que j'étais enceinte de lui. La première fois c'était quand on était à la ferme. Je l'avais su juste après qu'on était arrivés et Ben et moi on a parlé de quoi faire et il a dit que c'était mon choix. Je lui ai demandé ce que Dieu dirait à propos de ça et il a ri et dit que Dieu faisait pas de choix à propos de ce que les femmes faisaient avec leur corps. Seules les femmes avaient ce droit. Aucun homme, aucun Dieu, personne d'autre l'avait. Et il a dit que si je voulais pas le bébé il irait avec moi, et me tiendrait la main, et m'aimerait et s'assurerait que je serais OK une fois que ça serait fini. Et on y est allés, et il a fait ce qu'il a dit qu'il ferait, et ça a été le moment le plus difficile de ma vie, mais parfois il faut faire des choix difficiles. Et à ce moment, comme j'étais sur la route et que j'avais pas d'argent et que j'avais aucune idée de ce que l'avenir serait, je pouvais pas avoir le bébé. Je me rappelle quand on est entrés. Tous ces gens portaient des pancartes qui parlaient de Dieu et disaient qu'on était des meurtriers et nous criaient dessus. Ils avaient des versets de la Bible sur leurs tee-shirts. Ben leur a juste souri. Et ça les a mis vraiment en colère, encore plus en colère, et il continuait juste à sourire. Un d'eux s'est approché et l'a traité d'assassin et a dit qu'il brûlerait en Enfer. Ben lui a pris la main et l'a embrassée, un baiser super doux et super long, et on aurait dit que le type allait mourir et ses copains étaient tous choqués. Ben lui a lâché la main et lui a murmuré quelque chose à l'oreille et le type a souri et a serré Ben dans ses bras et il est parti. Je sais pas ce qu'il lui a dit, juste ce que j'ai vu. Ben qui aimait un autre homme. Y a pas de mal à ce qu'un homme aime un autre homme. C'est la même chose. C'est l'amour.

Mais ce bébé-là je le gardais. Je m'attendais pas à ce que ce soit le Messie ou rien du genre. Tout ce que je voulais c'est un beau petit bébé. Un beau petit enfant qui était une partie de moi et Ben, cet homme que j'aimais de tout mon cœur, et cet homme qui m'aimait, aimait tous ceux qu'il connaissait. Je racontais à Ben ce que je pensais, ce que je sentais, ce que je mangeais, les prénoms à quoi je réfléchissais, j'en avais pour si c'était un garçon et pour si c'était une fille. Je lui racontais mes rêves, que peut-être on allait retourner à la ferme après que j'aurais eu mon bac, que peut-être j'espérais retomber amoureuse un jour. Je lui racontais qu'il y avait encore des gens qui venaient à l'appartement pour le voir et que les gens continuaient de parler de lui au ghetto et à la prison. Quand je devenais triste, et je devenais toujours triste, à regarder cette coquille où l'homme que j'aimais avait été, je lui disais combien il me manquait et que je l'aimais et que j'aurais voulu qu'il me revienne. Je lui demandais de faire un miracle pour lui, de se guérir pour qu'il puisse se lever et marcher de nouveau, et sourire de nouveau, et me tenir de nouveau la main, et parler de nouveau, et dire mon nom de nouveau, juste une fois je voulais l'entendre dire mon nom, et je voulais qu'il m'aime de nouveau, et me faire de nouveau me sentir parfaite et belle et en paix et en sécurité. Je le lui demandais et je disais fais-le Ben, s'il te plaît fais-le pour moi, mais il refusait de rien faire. Et même s'il avait pu, je savais qu'il voudrait pas. Le truc avec lui qui le faisait ce qu'il était et qui il était, c'est que s'il avait encore un miracle qu'il gardait planqué dans sa poche, il l'aurait utilisé pour quelqu'un d'autre. S'il en avait eu deux, il les aurait utilisés pour d'autres. S'il en avait eu trois, il y aurait eu trois veinards quelque part. Il voulait jamais rien faire pour lui. Il donnait toujours plutôt que prendre. Il donnait jusqu'à ce que tout ait été pris.

Après quelques mois, mon ventre devenait vraiment gros. Les gens de l'institution me connaissaient assez pour me laisser sortir Ben de temps en temps. Ils l'attachaient sur une chaise roulante pour qu'il tombe pas, bien que ça aurait pas fait de différence. J'apportais une couverture pour mettre sous lui pour ses escarres, qui faisaient du sang et du pus et avaient l'air super douloureuses, même si je savais qu'il sentait rien. Je le promenais juste dans le quartier. Lui racontais ce que je voyais et sentais et entendais. Inventais des petites histoires et des trucs à propos des gens qui passaient. L'institution était pas loin de l'eau, et parfois j'allais sur la promenade le long de la mer et je m'asseyais sur un banc et je mettais la chaise de Ben à côté de moi et lui tenais la main et regardais les vagues arriver, l'une après l'autre. Et elles arrêtaient pas d'arriver, l'une après l'autre, juste comme elles faisaient depuis les milliards d'années avant qu'il y ait personne sur la planète, et juste comme elles feraient des milliards d'années une fois qu'on se serait tous tués les uns les autres et qu'on aurait disparu. Ça me faisait sentir toute petite, de regarder ces vagues, de réaliser quelle petite marque on avait laissée sur ce monde, et qu'on était rien qu'une petite planète dans un univers si grand qu'on pouvait pas le comprendre, et comme on durait peu dans cette vie qu'on avait, et qu'on devait la prendre pour l'utiliser du mieux qu'on pouvait. Rien faire d'autre qu'aimer, comme j'aimais Ben en lui tenant la main, et comme il m'avait aimée en changeant ma vie.

L'été a passé et l'automne après. J'étais presque prête à avoir mon bébé. Mercedes arrêtait pas de me parler de Ben alors un jour j'ai décidé de l'emmener. J'avais aussi des photos de mon bébé, des photos d'échographie que je voulais montrer à Ben et mettre sur le mur derrière son lit. On est allées à l'hôpital et ils l'avaient préparé. J'avais demandé si on pouvait l'emmener sur la promenade, même s'il faisait froid et qu'il avait un peu neigé pendant la nuit. Il portait un manteau d'hiver et un mignon petit bonnet et des gants qui étaient usés mais lui tenaient quand même chaud. Mercedes était tout excitée et un peu perdue parce que Ben avait pas changé mais ne pouvait pas bouger ni parler ni rien faire. J'avais pensé à ce que je lui dirais, mais elle était pas prête pour l'histoire, pour toute l'histoire, pour l'histoire de la vie de Ben et de qui il était et de ce qu'il avait fait et ce qu'il avait voulu dire et pourquoi on l'avait tué, leurs tribunaux et leurs jugements et leurs chirurgiens avec leurs bistouris. Pourquoi ils l'avaient tué, avec leurs lois et leurs religions à la con. J'avais pensé à ce que je lui dirais, mais elle était pas prête, donc j'ai dit que Ben ne parlait pas en ce moment et rien de plus. On est allés au bord de l'eau. Les vagues continuaient à se briser. Il y avait quelques centimètres de neige sur tout. On était les seuls à laisser des traces. Le vent a poussé un journal devant nous et je voyais que tout ce qu'il y avait dedans c'étaient des mauvaises nouvelles. Des gens qui mouraient, des gens qui tuaient, des gouvernements qui mentaient et provoquaient des guerres, des entreprises qui escroquaient et qui volaient. Comme elles avaient toujours été, comme ça serait toujours. On est allés sur une jetée qui avançait dans la mer et il y avait un peu de vent et il faisait un peu froid et les vagues faisaient plus de bruit en se brisant sous nous, tout comme elles faisaient depuis quatre ou cinq milliards d'années, et tout comme elles le feraient encore pendant quatre ou cinq milliards d'années. Toutes ces vagues, l'une après l'autre, qui roulaient juste, roulaient jusqu'au rivage. On est arrivés au bout de la jetée et on s'est arrêtés. J'allais rebrousser chemin mais mon téléphone a sonné. C'était quelqu'un qui appelait à propos d'un boulot et ils voulaient prendre rendez-vous pour un entretien. J'ai pris l'appel. Je tenais le téléphone d'une main et Mercedes de l'autre. Je ne pensais pas que Ben allait aller quelque part. Il avait plus de cerveau. Il pouvait pas marcher ni parler ni bouger ni penser ou sentir ou faire quoi que ce soit. Il pensait rien. Je me suis retournée et j'ai pris l'appel. Ça a duré environ une minute. C'était rien, que des conneries à propos d'une heure et d'un endroit, des conneries qu'on doit tous s'occuper et qu'on croit qui sont importantes mais en fait le sont pas du tout. Quand je me suis retournée, Ben avait disparu. Sa chaise était vide et les vêtements étaient dessus. Le mignon petit bonnet était là, et les gants. Mais lui avait disparu. Je savais pas quoi faire, si je devais hurler ou pleurer ou rire ou quoi faire. Il était pas possible que ce qui était arrivé puisse arriver. J'avais pas entendu de plouf et il y avait aucune trace nulle part à part les miennes et celles de Mercedes et celles que la chaise avait faites. Et plus tard, après que les flics sont arrivés et ont regardé les bandes vidéo des caméras de surveillance, il y avait rien à voir. Une seconde Ben était là. La seconde d'après il y était pas. Et je savais pas si je devais pleurer ou hurler ou rire ou quoi, mais je sentais l'amour, je sentais le même genre d'amour que j'avais senti quand il était avec moi, quand il était vivant, il était toujours en moi, et j'ai pris le bonnet, et il était encore chaud de là où il avait été sur sa tête, et j'ai regardé la mer, et j'ai regardé

le ciel, et j'ai prïs la main de ma fille que j'aime tant, et j'ai pris une grande bouffée d'air froid de l'hiver qui venait de la mer, et le soleil était chaud sur ma figure, et j'ai souri et j'ai pensé à lui, et vraiment tout bas j'ai dit, et pas juste à lui, mais à tout le monde, à tout le monde partout, parce que c'est ça qui compte, c'est ça qui compte vraiment.
Je t'aime.
Je t'aime.
Je t'aime.

Merci Ben Zion Avrohom pour ta vie. Merci Mariaangeles Hernández, Mercedes Hernández, et Ben Zion Hernández. Merci Charles Kelly Jr. Merci Dr Alexis Donnelly. Merci Esther Avrohom. Merci Ruth Avrohom. Merci Jérémie Henry. Merci rabbin Adam Schiff. Merci Matthieu Harper. Merci John Dodson. Merci Luc Gordon. Merci Mark Egorov. Merci Judith Cooper. Merci Peter Wade. Merci David Krintzman. Merci Eric Simonoff. Merci Jenny Meyer. Merci Courtney Kivowitz. Merci Ari Emanuel, Christian Muirhead, Alicia Gordon. Merci David Goldin. Merci Andisheh Avini. Merci Richard Prince. Merci Ed Ruscha. Merci Richard Phillips. Merci Dan Colen. Merci Terry Richardson. Merci Gregory Crewdson. Merci Larry Gagosian. Merci Jessica Almon, Britton Schey, et Aaron Rich. Merci Roland Philipps. Merci Olivia de Dieuleveult et Patrice Hoffman, Sabine Schultz, Claudio Lopez de la Madrid, Job Lisman. Merci Melissa Lazarov, Alison McDonald, Nicole Heck, Sam Orlofsky, Jessica Arisohn, Rose Dergan, Kara Vander Weg, Darlina Goldak, Andres Hecker, Paul Neale, Julie

Van Severen, Jennifer Knox White, Sarah Lazar. Merci Carter Burden III. Merci Dr Alexis Halperlin. Merci Marian Hogan. Merci rabbin Adam Mintz, merci, merci.

10039

Composition
NORD COMPO

Achevé d'imprimer en Espagne
par BLACKPRINT CPI IBERICA
le 22 juillet 2012.

Dépôt légal juillet 2012.
EAN 9782290054567
OTP L21EPLN001245

ÉDITIONS J'AI LU
87, quai Panhard-et-Levassor, 75013 Paris

Diffusion France et étranger : Flammarion